Heinrich Steinfest

Der schlaflose Chen

HEINRICH STEINFEST

DER SCHLAFLOSE CHENG

Sein neuer Fall

PIPER

Mehr über unsere Autoren und Bücher:
www.piper.de

Von Heinrich Steinfest liegen im Piper Verlag vor:
Tortengräber
Cheng. Sein erster Fall
Ein sturer Hund. Chengs zweiter Fall
Nervöse Fische
Der Umfang der Hölle
Ein dickes Fell. Chengs dritter Fall
Der Mann, der den Flug der Kugel kreuzte
Wo die Löwen weinen
Die feine Nase der Lilli Steinbeck
Mariaschwarz
Gewitter über Pluto
Batmans Schönheit. Chengs letzter Fall
Die Haischwimmerin
Der Allesforscher
Das grüne Rollo
Gebrauchsanweisung für Österreich
Das Leben und Sterben der Flugzeuge
Die Büglerin
Der schlaflose Cheng. Sein neuer Fall

FSC
www.fsc.org
MIX
Papier aus verantwortungsvollen Quellen
FSC® C083411

ISBN 978-3-492-06148-3
3. Auflage 2019

Satz: Kösel Media GmbH, Krugzell
Gesetzt aus der Adobe Garamond
Druck und Bindung: CPI books GmbH, Leck
Printed in the EU

Im Andenken an den Herrn Stefan, der das Wirtshaus »Adlerhof« in Wien in einer Weise führte, die geeignet gewesen wäre, ein von einer Kugel durchschossenes Herz mit zwei Pfropfen heilsam zu verschließen.

*

Und im Andenken an den Hund Lauscher, der eine solche Widmung wohl für so was von unnötig gehalten hätte.

0

Das Stück am Anfang

Es war kalt.

Was nun wirklich keine Überraschung war, wenn man wusste, dass dieses Schiff sich entlang der Westküste Grönlands bewegte, auf dem Weg von der Hauptstadt Nuuk hinauf nach Itilleq, einer Siedlung zwei Kilometer nördlich des Polarkreises.

An Bord des Schiffs befanden sich an die 230 Passagiere sowie eine elfköpfige Gruppe von Meeresbiologen. Und ein Mann namens Clive Mills, der aber erst in Nuuk an Bord gegangen war, während der eigentliche Start dieser Reise in Island gelegen hatte.

Mills lehnte an der Reling und gab vor, hinaus auf eine bewegte See und einen bedeckten Himmel zu blicken. Die Abstufungen von Blau, Grau und Grün wirkten alle, als trügen sie eine schwarze Armbinde. Es war eine große Trauer in diesen Farben und diesem Licht, aber eine Trauer, die an manchen Stellen etwas Feierliches besaß.

Was Clive Mills aus dem Augenwinkel heraus aber wirklich beobachtete, das waren der Mann und die Frau, die eng aneinandergepresst am Bug des Schiffs standen und tatsächlich hinaus aufs Meer sahen.

Mills kannte den Mann. Mills war hier, um genau diesen Mann zu töten. Nicht die Frau, nur den Mann. Das musste nun endlich getan werden. Um der Gerechtigkeit zu genügen. Wäre der Mann, der vor Jahren in einem Gefängnis gesessen hatte, in diesem auch geblieben, um seine Strafe zu verbüßen, das wäre in Ordnung gewesen, aber er war ausgebrochen und geflüchtet. Und jetzt in Freiheit. Das durfte nicht sein.

Dummm nur, dass er in diesem Augenblick nicht allein war. Mills hätte sonst die Gelegenheit genutzt, ihn außer Gefecht zu setzen und über Bord zu werfen. Doch Clive war keiner von denen, die sich darauf einließen, Kollateralschäden in Kauf zu nehmen. Er hielt dies für eine amerikanische Unart. Er selbst war Brite. Ein britischer Brite.

Er würde warten müssen. Aber dies war ohnehin das Letzte, was er in seinem Leben zu erledigen hatte.

Jetzt sah er wirklich aufs Meer hinaus. Spürte allerdings, wie der Mann und die Frau sich soeben an ihm vorbeibewegten.

Er sah ihnen hinterher und dachte: »Um die Frau wäre es wirklich schade.«

Noch eine ganze Weile blieb er an der Stelle. Irgendwo war das Wolkenband aufgebrochen, und ein wenig vom abendlichen Rot drang hindurch und färbte die treibenden Eisberge rosa-orange.

Da bemerkte Mills, wie eine Hand seine Schulter berührte. Er drehte sich um, blickte in ein Gesicht von chinesischem Zuschnitt und sagte: »Ach, Sie sind es!«

»Natürlich bin ich es«, antwortete der andere, »immerhin haben Sie mich gerufen.«

»Ich habe Sie *an*gerufen«, verwies Mills auf den kleinen Unterschied.

»Wie auch immer«, meinte sein Gegenüber, »hier bin ich.«

»Gut«, sagte Mills, »so können Sie mir helfen.«

»Bei einem Mord?«

»Wieso nicht?«

»Ich glaube«, sagte der mit dem Gesicht von chinesischem Zuschnitt, »Sie verwechseln da etwas.«

»Mag sein«, sagte Mills. Und fügte an: »Aber was hält die Welt mehr zusammen als der Irrtum? Der Irrtum ist die Basis unseres Lebens.«

Sechs Jahre früher

1

Der Mann, der bis zehn zählte, sich aber entschied, dass bis fünfzehn auch in Ordnung wäre

Cheng betrat den Frühstücksraum und nahm Platz. Da bemerkte er den Blick der Frau. Wobei der Blick weniger ihm selbst galt, sondern dem Hund an seiner Seite. Der Hund, der zu seinen Füßen lag und sich wie eine schläfrige Schnecke zusammengerollt hatte.

Ein Hund freilich, der schon lange tot war.

Es geschah selten, aber es geschah, dass Menschen, wenn sie zu Cheng schauten, für einen Augenblick diesen Hund an seiner Seite wahrzunehmen schienen. Manche nur ganz kurz, andere etwas länger, um dann doch festzustellen, sich getäuscht zu haben. Dass also jenes Tier, von dem sie gerade noch meinten, es erblickt zu haben, gar nicht vorhanden war. Ein stämmiger Rüde mit sehr kurzen Beinen und langen, spitz zulaufenden Schlappohren sowie einer Schnauze, die wegen des dort weiß gewordenen Fells aussah, als rage ein Zuckerhut aus seinem Gesicht. Und in dessen trüben Augen die Blindheit von jemandem steckte, der wirklich schon alles einmal gesehen hatte und nicht fand, er müsse sich das ein zweites Mal antun. Genau so ein Hund war das.

Markus Cheng hatte ihn, der einst den Namen Lauscher getragen hatte und vor vielen Jahren hochbetagt entschlafen war, seit dessen Tod weder gesehen noch irgendwie gespürt. Und dennoch fiel ihm immer wieder auf, wie fremde Leute in einer Weise an ihm, Cheng, heruntersahen, die sich eben nur dadurch erklären ließ, dass diese Leute für einen Augenblick dachten, da befinde sich ein kleines Wesen zu seinen Füßen.

Klar, ein kleines Wesen war nicht automatisch ein Hund. Aber die Art der Blicke ließ eigentlich nur einen Hund zu. Hätte es sich um eine Schlange, einen Hasen oder ein Kind gehandelt, die Gesichter der Leute hätten einen anderen Ausdruck besessen. Wenn Menschen Hunde betrachteten, dann lag sofort ein tiefes Verständnis in ihrem Schauen. Ein Verständnis für die Gestalt und das Wesen dieser Kreatur. Als würden sie die Natur der Hunde besser durchschauen als die eigene. Erstaunlicherweise besitzt dieser Ausdruck tief gehenden Begreifens aber auch eine etwas trottelhafte Note. Wie man das wiederum von denen kennt, die frisch verliebt sind. Der menschliche Blick auf den Hund erscheint als eine Kombination aus Wissen und Liebe. Man könnte auch sagen: Bildung und Torheit.

Und genau einen solchen Blick bemerkte Markus Cheng, als er sich an einem Tisch im Frühstücksraum des Hotels niederließ. Die Frau drüben am Fensterplatz war der einzige andere Gast zu dieser noch frühen Morgenstunde.

Das war so eine neue Unart in seinem nun fünfeinhalb Jahrzehnte währenden Leben, nämlich viel zu zeitig aufzuwachen und dann trotz aller Müdigkeit und dem Gefühl des von der bisherigen Nachtruhe völlig Erschlagenen einfach nicht mehr zurück in den Schlaf zu finden. Um fünf Uhr spätestens war alles vorbei und jegliche Rückkehr eine Illusion. Eher um vier oder davor. Eine Weile hatte er dagegen angekämpft, hatte auf eine geradezu wütende Weise versucht, zurück in seinen Schlaf zu finden, wie einer, der gegen die Türe trommelt und Einlass fordert. Dann aber hatte er eingesehen, dass es wohl am besten war, einfach aufzustehen und die Schönheit und den Schrecken dieser frühen Stunde in aufrechter Haltung zu erleben. Die »Stunde des Wolfs«, wie sie bei Ingmar Bergman heißt und in der angeblich die meisten Menschen sterben und die meisten geboren werden, was einen eigentümlichen Widerspruch ergibt, weil in dieser Zeit die Welt geradezu stillzustehen scheint und rein gar nichts geschieht.

Cheng kam es so vor, als höre er in all der Stille den Planeten, auf dem er stand, an den Leitplanken des Weltraums entlangschrammen. Und er begann nun den viel zu frühen Tag damit, Gymnastik zu treiben. Einarmige Gymnastik, denn Markus Cheng hatte in den Neunzigerjahren des zwanzigsten Jahrhunderts seinen linken Arm verloren. Und einige andere Verletzungen davongetragen. Im Zuge eines schweren Sturzes war der heruntergerissene Teil seiner Gliedmaße in eine Gletscherspalte geraten und nicht wieder aufgetaucht. Somit war es theoretisch sogar möglich, dass man Cheng irgendwann mitteilen würde, man hätte seinen im Eis gut konservierten Arm gefunden.

Und was dann? Hätte er den Arm beerdigen oder ihn in irgendeiner Weise präparieren lassen sollen? Gab es überhaupt Verordnungen für Körperteile, die nach so langer Zeit zu denen zurückkehrten, an denen sie ursprünglich festgewachsen waren? Das war lächerlich. Wenn es nach Cheng ging, durfte der Arm für immer verschwunden bleiben. Er hatte sich an den Zustand der Einarmigkeit bestens gewöhnt und bezweifelte, dass selbst eine wundersame Heilung ihn glücklich gemacht hätte. Darum war für ihn auch nie eine Prothese infrage gekommen. Eine Prothese wäre ihm im Wege gewesen, während der leere Raum, der durch das Fehlen von Unterarm, Ellbogen und einem kleinen Stück des Oberarms entstanden war, zu einem wesentlichen Teil seiner selbst wurde. Ein kleines Reich, ein kleiner Himmel am senkrecht stehenden Horizont seiner linken Flanke. Weshalb er auch stets darauf achtete, dass der lose Ärmel eines Jacketts oder eines langärmeligen Hemds in eleganter Weise nach oben gefaltet und befestigt war. Im Grunde wie ein angehobener Vorhang, der den Blick auf »Chengs Himmel« freigab, diese sphärisch gefüllte Leerstelle seines Körpers. Sie bildete zudem einen bedeutenden Aspekt seiner Noblesse. Es gab wenige Männer, die einen Anzug so gut zu tragen verstanden wie Cheng. Wofür der fehlende Arm und der in der Folge hinzugekommene Himmel von großer Bedeutung waren. Es war der entscheidende Punkt in Chengs Leben, erst im Zuge verschiedener Verluste und Einschränkungen das Gefühl entwickelt zu haben, komplett zu sein.

Wenn Cheng sich mitunter dachte, die Katastrophen seiner mittleren Jahre, die ihn einen Arm gekostet und ihm einen Himmel beschert hatten, wären einer Art von schriftstellerischer Intervention zu verdanken gewesen – vor allem ein Jahre zurückliegender Fall, bei dem er im wirklich allerletzten Moment aus einem Hohlraum unterhalb eines mit Wasser gefüllten Bassins gerettet worden war –, so galt das für sein aktuelles Leben rein gar nicht. Man könnte sagen: Er war fertiggeschrieben worden. Wer oder was auch immer einst daran Interesse gehabt hatte, einzuwirken, schien das Interesse verloren zu haben. Was nichts daran änderte, dass Cheng weiterhin im doch sehr literarisch angehauchten Detektivgeschäft arbeitete. Aber was hätte er auch sonst tun sollen? Die Detektivarbeit entsprach am besten seiner Persönlichkeit. Es widerstrebte ihm, innovativ zu sein, unternehmerisch. Er bevorzugte es, etwas bereits Stattgefundenem auf den Grund zu gehen. Natürlich, manche Geschichten waren an Banalität kaum zu überbieten, aber das gehörte dazu: der Ehebruch, der Erbstreit, böse Nachbarn, böse Kinder, der Schrecken des Alltags mit seinen Lügen und Heimlichkeiten und immer wieder dem Blick aufs Geld.

Was Cheng ebenfalls deutlich spürte, war, dass sein eigenes Leben langsam zu Ende ging. Aber eben nicht im Zuge einer schweren Krankheit oder eines Unfalls, bei dem sich noch etwas mehr von seinem Körper abgetrennt hätte als lediglich ein Unterarm. Nein, es bestand keinerlei Vorahnung, die das exakte Wesen seines Abschieds von der Welt beschrieben hätte. Cheng erkannte einfach das Ende der Straße, auf welcher er sich bewegte. Er konnte es deutlich sehen. Wobei es gar nichts genutzt hätte, auf ein und derselben Stelle herumzuzappeln oder mittels rückwärtigem Salto zu versuchen, hinter die eigene Position zu gelangen und ein paar Zentimeter zu schinden. Für Saltos fehlte ihm die Sprungkraft, und ein Herumgezappel hätte nur dazu geführt, dass das Ende der Straße gezwungen gewesen wäre, sich seinerseits auf ihn zuzubewegen. Doch eine Straße zwingen, sich zu bewegen, war schlichtweg unwürdig. Nein, er sah keine andere Möglichkeit, als ohne Zuversicht, aber mit einiger Gelassenheit gerade Schritte in Richtung auf jenes sichtbare Ende der Straße zu machen, auch wenn er dabei ganz leicht hinkte, ebenfalls die Folge eines einstigen Unfalls. Doch sein Hinken war wiederum ein Äquivalent zum *Himmel* an seiner Hüfte, nämlich eine in seinen Gang integrierte kleine *Welle.*

Gymnastik um vier also. Während die sich drehende Erde ein wenig knirschte. Ein langer Morgen. Gymnastik, dann Fernsehen, dann Dusche, dann auf dem Balkon stehen und dem Tag zusehen, wie er auf die Beine kommt.

Drei Stunden später betrat Cheng den Frühstücksraum, überblickte das Ambiente mit den vielen leeren Tischen, den weißen Tischtüchern, den spitz in die Höhe gefalteten Servietten und dem lang gestreckten Buffet, an dem soeben eine Servierkraft letzte Hand anlegte. Den anderen Gast, die Frau am Fenster, bemerkte er erst, als er selbst in der Mitte des Raums Platz genommen hatte. Es war dies die einzige Stelle, die im Schatten lag – ein schmaler Sektor –, während die übrigen Bereiche von den Strahlen der tief stehenden Morgensonne geradezu lackiert schienen. Cheng war kein Freund direkter Sonneneinstrahlung. Er bevorzugte das Halbdunkel.

Und in einem solchen bevorzugten Halbdunkel saß er nun und nahm den Blick der Frau wahr. Sie schaute in diesem Moment von der Stelle, an der sich Chengs *Himmel* befand, abwärts zu den Beinen, dorthin, wo es sich der Hund Lauscher wohl gemütlich gemacht hätte. Wäre seine Anwesenheit im Hotel überhaupt erlaubt gewesen. Was nicht der Fall war. Tiere waren in diesem Fünf-Sterne-Palast nicht zugelassen. Doch gegen unsichtbare Tiere bestand natürlich keinerlei Handhabe.

Der Blick der Frau war nicht ungebührlich. Sie hatte bloß das Tier bemerkt. Und bald darauf begriffen, sich getäuscht zu haben. Vielleicht auch begriffen, es handle sich in Wirklichkeit um das Echo eines Hundes. Einen Nachhall. Ein umrissartiges Nachglühen. Etwas in dieser Art. Sie war aber sicher nicht die Frau, die von einer Aura gesprochen hätte. Jedenfalls betrachtete sie Cheng und seinen toten Hund nicht länger, als es brauchte, der eigenen kleinen Überraschung Platz einzuräumen. Und sich gleich darauf wieder der Realität ihrer Kaffeetasse zu widmen.

Wenig später erhob sie sich. Aus dem Gespräch mit einem Kellner war herauszuhören, sie plane, im Meer schwimmen zu gehen.

Das war nicht ganz so überraschend wie ein unsichtbarer Hund, aber doch ungewöhnlich, immerhin schrieb man Ende Januar.

Ende Januar auf Mallorca. So kräftig die Sonne in diesen Frühstücksraum eindrang, im Meer draußen hatte es dreizehn, maximal vierzehn Grad. Zudem war die See trotz wolkenlos blauem Himmel recht unruhig.

Wie kalt auch immer, etwas später konnte Cheng – während ihm der Kellner soeben eine zylindrische Rühreikreation servierte – durch eine der Fensterscheiben weit drüben im Meer eine kraulende Person erkennen, vielleicht die Frau von vorhin, vielleicht ein anderer Kaltwasserfanatiker. Auch meinte er zu beobachten, wie die schwimmende Person an Bord eines Segelboots ging.

Es brauchte ihn nicht zu kümmern. Er vertiefte sich jetzt ganz in sein Frühstück, angeblich eines der weltbesten Frühstücke, wenn man der Werbung des Hotels glauben durfte. Und er mochte es gerne glauben.

Es war kein Auftrag, der ihn hierher geführt hatte, nach Cas Català, einem Vorort von Palma. Vielmehr war er dem Bedürfnis gefolgt, ein paar Tage Urlaub zu machen. Urlaub war im Grunde etwas, das er persönlich kaum kannte, ausgenommen von einer Reise noch zu Studentenzeiten. Dabei hatte er schon einiges von der Welt gesehen, aber nie im Sinne einer Pause vom gewohnten Beruf.

Dennoch war ihm mit einer erstaunlichen Plötzlichkeit die Idee gekommen, zu verreisen, einen billigen Flug zu buchen und ein teures Hotel dazu. Nicht einmal eine ganze Woche, fünf Tage nur, für jedes Jahrzehnt seines gelebten Lebens ein Urlaubstag. Das sollte reichen. Wobei er sich im Grunde gar nicht für Mallorca entschieden hatte, sondern für dieses eine spezielle Hotel. Wäre das gleiche Haus auf Lanzarote gestanden, dann wäre er jetzt auf Lanzarote gewesen und hätte dort eine kunstvoll geschichtete Türmung verrührter Eier genossen.

Nach und nach füllte sich der Raum mit Gästen, ausschließlich Paare. Es ging sehr ruhig zu. Ein Schweigen und Flüstern, hin und wieder ein zurückhaltendes Lachen. Einige der Gäste nahmen draußen auf der Terrasse Platz, wo sie deutlich lauter sprachen. Auch Cheng wechselte ins Freie, an einen der Tische, die direkt an der niedrigen Brüstung standen und von wo man frei von Hindernissen auf das weite Meer sehen konnte. Cheng bestellte noch einen Kaffee und ließ sich Orangensaft einschenken.

Die Segeljacht von zuvor, auf die die kraulende Person sich begeben hatte, war verschwunden.

Es war etwas anderes, was seine Aufmerksamkeit anzog. Die Stimme des Mannes am Tisch hinter ihm. Er konnte den Mann also nicht sehen, der sich in diesem Moment mit einer Frau unterhielt, die genau in Chengs Rücken saß. Wie viele andere Gäste auch, sprachen die beiden Deutsch. Die Stimme des Mannes war so markant wie dunkel, dunkel in der Art der Dinge, die einen Übergang bilden. Also nicht die Nacht, sondern die Dämmerung. Nicht das Verbrannte, sondern das Knusprige. Nicht der Triumph, auch nicht die Niederlage, sondern eine Ahnung davon, was Triumph oder Niederlage bewirken können. So eine Stimme war das. Auch eine Stimme, die ungemein klar und deutlich ausfiel, dabei aber in keiner Weise laut und aufdringlich war.

Vor allem aber war es eine Stimme, die Cheng bekannt vorkam. Er benötigte eine Weile, um in der von Meeresgeräuschen und Frühstückstönen gefüllten Luft diese eine Stimme zu isolieren, dann aber war er sich sicher, sie aus diversen Filmen zu kennen. Es war die Stimme eines der populärsten und meistausgezeichneten Filmschauspieler unserer Zeit. Von ihm noch nie gehört zu haben war eigentlich undenkbar. Man musste schon blind und taub sein oder seit der Kindheit in entlegenster, fernsehfreier Wildnis gelebt haben, um rein gar nichts mit dem Gesicht und dem Namen dieses Mannes zu verbinden. Dieser Schauspieler war – wie natürlich einige andere Berühmtheiten auch – geradezu eine Naturerscheinung. Seine Präsenz war die der dahinziehenden Wolken, die man schließlich selbst dann bemerkt, wenn man sich wenig für Wolken interessiert und deren Chemie nicht versteht. Und es war mehr als passend, dass ein Asteroid nach ihm benannt worden war. Dieser Mann war fundamental. Dieser Mann und seine dunkle, jegliches Zwischenreich vertonende Stimme …

Stimme?

Cheng begriff seinen zwangsläufigen Irrtum. Und schüttelte den Kopf.

Denn es war ja nicht etwa so, dass der in Amerika lebende, aus England stammende und noch immer als englischer Schauspieler geltende Superstar auch die Synchronisation der eigenen Originalstimme ins Deutsche übernahm. Davon hätte Cheng gewusst, weil die ganze Welt davon gewusst hätte. Nein, eine solche Zweisprachigkeit war definitiv nicht der Fall.

Dies konnte somit nur bedeuten, dass es sich bei dem Träger der Stimme, die Cheng hier und jetzt vernahm und die so unverkennbar und vielschichtig dunkel vom Nebentisch herüberschwang, um die sogenannte *deutsche Stimme* des weltberühmten Hollywoodschauspielers handelte. Oder aber um eine Person, die quasi als der phonetische Doppelgänger der ihrerseits berühmten Synchronstimme auftrat.

Nicht dass Cheng der Name des deutschen Schauspielers und Sprechers ein Begriff gewesen wäre. Wobei es sich natürlich ebenso um einen Österreicher hätte handeln können. Doch Cheng selbst war ja Österreicher, geborener, und auf eine verzweifelte Weise auch ein überzeugter Österreicher, jedenfalls war er sich sicher, dass, wenn in dieser Stimme irgendetwas Österreichisches gesteckt hätte – auch noch so verloren und noch so vergraben –, es ihm aufgefallen wäre. Aber da war nichts Österreichisches, nicht einmal etwas ehedem Österreichisches, das in ähnlich geisterhafter Weise auf ein geschehenes Leben verwiesen hätte wie im Falle von Chengs Hund. Einem Hund, den er selbst nicht sah, aber durchaus erkannte, dass andere ihn sahen.

Cheng frühstückte zu Ende, dann erhob er sich und verließ den Tisch. Und indem er dies tat, gewann er für einen Moment einen guten Blick auf den Mann, dessen Stimme ihm aus einer ganzen Reihe höchst populärer Filme vertraut war. Die Stimme schon, der Mann nicht. Er schien um die sechzig und besaß rein gar nichts von jener weltbekannten Naturerscheinung, für die er den deutschsprachigen Part übernahm. Kein schöner Mann also. Eher hässlich, allerdings auf eine interessante Weise. Es lag etwas Derbes in diesem runden Gesicht, eine ausgeprägte Fleischlichkeit, die eine hölzerne Qualität besaß. Als könnte Fleisch verholzen. Und wenn man wusste, dass die Verholzung von Pflanzen dazu diente, stabile

Strukturen zu bilden, dann galt dies auch für dieses Gesicht. Cheng stellte sich vor, wie dieses Gesicht erst im Alter, erst im Zuge der Verholzung seinen prägnanten Ausdruck gewonnen hatte, wie es davor einfach nur schwammig gewesen war. Aus der Hässlichkeit dieses Gesichts – das gut auf ein Gemälde von Lucian Freud gepasst hätte und somit also immerhin die Wirkung eines englischen Gesichts besaß – leuchtete eine sympathische Beredtheit heraus, eine wort- und anspielungsreiche Erzählung des Lebens. Hätte dieses Gesicht einen Titel besessen, dann etwa einen wie *Der Mann, der bis zehn zählte, sich aber entschied, dass bis fünfzehn auch in Ordnung wäre.*

Cheng begab sich auf sein Zimmer, wo er sich ein weiteres Mal die Zähne putzte, wie nach jeder Mahlzeit, um sodann seinen Bart mit Öl einzureiben und zu frisieren. Der erste Bart seines Lebens. Und obgleich es hieß, Asiaten würde kein Bart oder zumindest kein richtiger Bart wachsen, so war es ein wirklich schönes Ding geworden, das da seine untere Gesichtshälfte dominierte. Ein durchaus europäisch zu nennender Bart. Ähnlich wie bei seinem Kopfhaar zeigte sich eine Mischung aus sehr schwarzen und vollkommen weißen Haaren, als wär's ein stark kontrastiertes Schwarz-Weiß-Foto. Wobei das eher vom Schwarz dominierte Kopfhaar einem Foto im Stile präziser Architekturfotografie glich, einem sehr geordneten Haus, sein Bart hingegen an ein Standfoto aus einem frühen Fritz-Lang-Film erinnerte, zum Beispiel *M – Eine Stadt sucht einen Mörder.* Denn so gleichmäßig gestutzt und an den Rändern präzise ins Linealistische rasiert dieser Bart auch war, fuhren die weißen Strähnen wie ein überraschend aufgezogener Sturm durchs schwarze Land. Ein Mörder, aber ein weißer Mörder, der eine schwarze Gesellschaft verstört.

Cheng achtete sehr auf diesen Bart, wie er insgesamt auf die eigene Person achtete und gänzlich diese gewisse Schlampigkeit seiner frühen Jahre zugunsten einer akkuraten Selbstbeschreibung aufgegeben hatte. Ja, es war wirklich so, dass er sich Tag für Tag *nachzeichnete* und diverse Korrekturen vornahm, ausradierte, nachstrich, präzisierte und bei alldem die Vorteile und Raffinessen des

Alters und Alterns nutzte. Sein Gesicht, sein Bart, sein Anzug, sein fehlender Arm – und wie dies alles ein Bild ergab, das von Manet hätte stammen können. Unsigniert, aber von Manet. Ein Manet von heute natürlich, ein Manet, der schon mal einen Fritz-Lang-Film gesehen hatte.

Den Vormittag verbrachte Cheng im hoteleigenen Wellnessbereich, besuchte die Sauna, ließ sich massieren, trug Früchte im Gesicht und Schlamm auf seinem Körper.

Als er sich mittags auf den Weg machte, um hinein nach Palma zu fahren, bemerkte er vom Balkon seines Zimmers aus, wie draußen auf dem Meer einige Boote hin und her fuhren. Es hatte etwas Militärisches. Wie bei einer Übung. Cheng begab sich hinunter in die Lounge, wo eine ganze Gruppe von Polizeibeamten stand. Jemand zeigte auf ihn. Es war der Kellner, der ihn frühmorgens bedient hatte. Cheng wurde gerufen, und man bat ihn, eine Aussage ebendieses Kellners zu bezeugen. Eine Aussage betreffs jener Frau, die früh am Morgen, noch vor Cheng, den Frühstücksraum betreten und beim Verlassen angekündigt hatte, zum Schwimmen ins Meer zu gehen.

Der kritische Punkt war, dass sie genau davon nicht mehr zurückgekommen war. Darum auch die Boote draußen, die nach ihr suchten. Was ja nur bedeuten konnte, einen Leichnam zu suchen und nicht etwa eine erschöpfte Schwimmerin.

Cheng bestätigte die Ankündigung der Frau, zum Baden ins Meer zu wollen, wie auch die Warnung des Kellners, dass es dafür eigentlich zu kalt sei. Zusätzlich aber konnte Cheng berichten, wenig später tatsächlich eine Person beim Schwimmen gesehen zu haben, höchstwahrscheinlich die gleiche Frau. Und dass er zudem beobachtet habe, wie sie an Bord eines Segelboots gegangen war. Was für ein Boot genau, könne er nicht sagen, dafür sei die Distanz dann doch zu groß gewesen. Ein Boot, das später, als er die Terrasse betreten hatte, nicht mehr zu sehen gewesen sei.

Mehr konnte Cheng nicht berichten und vermied es tunlichst, von seinem Beruf zu sprechen. Viele Polizisten empfanden Privatermittler als tendenziell kriminell, nicht nur in dem Sinne, eine irgendwie verbrecherische Kundschaft zu vertreten, sondern ganz grundsätzlich zur Gesetzwidrigkeit zu neigen. Die Peripherien des Rechts zu beschreiten. Ein wenig wie sie selbst, die Polizisten, aber illegitim.

Immerhin ließen die Beamten Cheng bald wieder in Frieden, während sich das Hotelmanagement ob der Unannehmlichkeiten untröstlich zeigte. Zugleich hatte Chengs Äußerung natürlich eine gewisse Erleichterung geschaffen. Die Frau schien nicht einfach untergegangen zu sein. Wenngleich es zunächst völlig mysteriös blieb, auf was für ein Boot sie gelangt sein sollte. Und vor allem, wieso sie von dort nicht zurückgekehrt war. Zurück zu ihrem Begleiter, mit dem sie ein Zimmer im Hotel bewohnte.

»Ich bin im Urlaub«, sagte sich Cheng und meinte das auch so. Die verschwundene Frau kümmerte ihn nicht. Sie war nicht sein Fall.

Er stieg in ein Taxi und ließ sich ins Zentrum von Palma fahren. Dort genoss er es, bei moderater Außentemperatur und einer Wärme, die noch nicht schwitzen machte, aber den Körper angenehm einhüllte, recht ziellos herumzuspazieren und in den Straßencafés zu sitzen. Noch sah man vor allem Einheimische, während die deutschen Touristen bloß eine kleine Vorhut bildeten.

Gegen Abend kehrte er ins Hotel zurück. An der Rezeption fiel kein Wort über die Ereignisse des Vormittags. Doch er war sich sicher, hätte man die Frau gefunden, man hätte es ihm mitgeteilt.

Cheng ging auf sein Zimmer und legte sich aufs Bett, wo er kurz einschlief. So war das meistens. Ein Schlaf spät am Nachmittag, aus dem er sehr viel ausgeruhter erwachte als bei seinem allnächtlichen Dilemma viel zu weniger Stunden. Ein kurzer Schlaf, der sich anfühlte wie eine komfortable Parkbank im hintersten Winkel des Universums.

2

PP

Cheng aß nicht im Hotel zu Abend, sondern besuchte ein um die Ecke gelegenes indisches Restaurant, das offensichtlich zu dieser Jahreszeit vor allem vom Lieferservice lebte. Im Lokal selbst blieb Cheng der einzige Gast. Er hatte einen guten Blick auf das in die Dunkelheit gleitende, leicht stürmische Meer und wurde von einem ständig zwischen drei Sprachen wechselnden Kellner bedient, dem Cheng zweisprachig seine Wünsche mitteilte. Wünsche, die bestens erfüllt wurden. Das Alleinsein störte Cheng dabei nicht im Geringsten. Es hatte etwas ungemein Vornehmes, als traue sich niemand, ihn, Cheng, beim Essen und Nachdenken und Genießen der vielen kleinen Gerichte zu stören. Allein dieser indische Kellner mit der Ausstrahlung eines göttlichen Boten, der zwar seine Botschaft nicht mehr so richtig im Kopf hatte, aber zufrieden damit war, silberne Schälchen zu balancieren.

Beim Bezahlen der erstaunlich moderaten Rechnung kam Cheng dann noch ein wenig mit dem Kellner ins Gespräch und musste ihm versprechen, sich in den wenigen Tagen seines Aufenthalts ein weiteres Mal hier einzufinden. Cheng versprach es gerne. Und hätte größte Lust gehabt, den mallorquinischen Inder hinüber in die Hotelbar einzuladen, aber das wäre natürlich zu weit gegangen. Denn so wenig Cheng an Gott glaubte, auch an keinen indischen, hielt er sich doch an die Regel, nach der es sich nicht gehörte, mit einem göttlichen Boten an einem Tresen zu sitzen. Boten waren stets dienend. Was zu bedenken war, wenn man ihnen ein Trinkgeld gab, beziehungsweise wenn man ihnen *kein* Trinkgeld gab. Cheng bedachte es und zeigte sich großzügig.

Hätte man Cheng übrigens nach seiner Religiosität befragt, hätte er vielleicht geantwortet, dass er bei allem Unglauben doch meine, es könne nicht schaden, sich an ein paar Regeln zu halten. Und dass möglicherweise das Paradoxon bestehe, dass selbst in einem von Gott oder Göttern völlig freien Universum dennoch göttliche Boten existierten. Leute mit einem Auftrag.

So kehrte er also zurück zum Hotel, betrat die große Halle und war gezwungen, das Restaurant zu durchqueren, um an die rückwärtig gelegene Bar zu gelangen. Ähnlich wie beim Frühstück saßen auch hier ausschließlich Paare an kleinen Tischen, weiß und glänzend von Geschirr und Glas.

Als sich nun Cheng an die Bar begab – eine längliche, dunkle Theke, darüber ein Plafond aus altem Holz, davor weiß gepolsterte Hocker, dahinter drei Reihen beleuchteter Spirituosen –, erkannte er im Näherkommen einen einzelnen Mann, der am unteren Ende saß. Es war Peter Polnitz.

Natürlich, Cheng hatte im Internet nachgesehen, wie er hieß, der Mann, der die deutsche Stimme jenes weltbekannten Schauspielers verkörperte. Und in der Tat gab er der Stimme viel Körper: Peter Polnitz. Von seinen Freunden wie von der Presse auch gerne *PP* genannt, eigentlich die Abkürzung für *Papa,* womit der Papst gemeint ist, der beim Unterschreiben eines Dokuments dieses Kürzel hinter seinen Namen setzt. Einige Rezensenten hatte dies zur durchaus ernst gemeinten Behauptung verführt, Polnitz sei der »Papst unter den Synchronsprechern«. Jedenfalls lieh Polnitz nicht nur besagtem Superstar seine deutsche Stimme, sondern auch noch anderen Größen des Filmgeschäfts, war viel im Radio zu hören, in Hörspielen und Dokumentationen. Nicht zuletzt arbeitete er für die Werbung, wo er einem Auto stimmlich schmeichelte, einem Auto, das noch ein bisschen berühmter war als der weltberühmte Schauspieler. Auch der Wagen eine Naturerscheinung.

Auf einigen Seiten wurde zudem erwähnt, dass Polnitz eine sehr ungewöhnliche Nonstop-Lesung der drei bedeutendsten Monumentalromane des zwanzigsten Jahrhunderts eingespielt hatte, nämlich *Auf der Suche nach der verlorenen Zeit, Der Mann ohne Eigenschaften* und selbstverständlich *Ulysses,* zwar nicht ohne die

Unterbrechung von Schlaf und Nahrungsaufnahme, aber doch in einem Zug, in einem Aufwasch, wie man so sagt, was ihm neben dem Kürzel *PP* auch die Initialen *PMJ* – Proust, Musil, Joyce – eingebracht hatte, nicht zu verwechseln mit dem New Yorker Musikkollektiv *Postmodern Jukebox*.

Peter Polnitz alias PP alias PMJ.

Es war eigentlich so gar nicht Chengs Art, jemand Fremden anzusprechen. Auch gehörte er nicht zu den hysterisch leidenschaftlichen Fans jenes Hollywoodstars und damit eben auch nicht von dessen deutscher Stimme. Dennoch, etwas trieb ihn dazu, sich nicht nur nahe diesem Mann – bloß einen einzigen Sitz aussparend – niederzulassen, sondern nach einiger Zeit, in der er sein Gläschen Averna wie ein kleines, ein wenig unnützes Möbel hin und her geschoben hatte, sich zu dem Mann hinzudrehen und …

Cheng konnte gerade noch vermeiden, ihn tatsächlich anzusprechen.

Es war Polnitz, der sich praktisch im gleichen Moment zu Cheng hinwandte und erklärte, er wolle nicht aufdringlich erscheinen, meine sich aber zu erinnern, man sei sich vor einigen Jahren in einem Hörspielstudio in Berlin begegnet.

Wobei Polnitz dies auf Englisch sagte. Cheng ihm jedoch auf Deutsch antwortete, ganz sicher niemals in einem Hörspielstudio gewesen zu sein.

»Dann muss ich mich entschuldigen«, meinte Polnitz, jetzt mit genau jener deutschen Stimme, die aus ihm einen PP gemacht und ihm die Gunst vieler Film- und Hörspielfreunde beschert hatte.

»Nein, keineswegs«, sagte Cheng, »es ist mir eine Ehre. Ich erkenne natürlich Ihre Stimme. Wer nicht?«

Polnitz reichte Cheng die Hand und fragte feststellend: »Sie sind Österreicher, nicht wahr?«

»Das haben Sie rasch herausgehört. In der Tat, ich bin geborener Wiener.«

Darauf Polnitz: »Das war der Mann, mit dem ich Sie gerade verwechselt habe, definitiv nicht. Sondern Ire. Chinesischer Abstammung zwar und … nun, Sie entschuldigen, er hatte nur einen Arm. Darum meine Annahme. Er besaß aber auch Ihre

Figur. Und Ihren Schick. Ich hoffe, es stört Sie nicht, wenn ich das sage.«

»Kein Problem«, versicherte Cheng, wobei es ihm schon einen kleinen Stich versetzte, nämlich die Vorstellung, es existiere ein Mann, der ihm auf solche Weise glich.

»Ein Mann mit Bart?«, fragte Cheng.

»Nein, darum war ich mir ja heute Morgen unsicher, als ich Sie das erste Mal sah. Und auch wegen dem Hund, den Sie bei sich hatten. Der andere hatte keinen Hund.«

»Ich ebensowenig«, beteuerte Cheng. »Ich habe keinen Hund.«

»Wirklich?«

»Wirklich. Sehen Sie einen Hund?«, fragte Cheng, der sich freilich bewusst war, dass das heute nicht zum ersten Mal geschah.

»Jetzt nicht.« Polnitz schien ehrlich verwirrt. »Schauen Sie, es ist schon verrückt, wie man sich täuschen kann. – Sie kommen also nicht aus dem Filmgeschäft.«

»Nein, gar nicht. Ich arbeite …«

Cheng stockte. Fast wollte er lügen. Wollte davon sprechen, im Aktienhandel tätig zu sein, oder als Manager einer Modefirma, als Architekt. Meine Güte, warum nicht als Buchhalter oder Steuerprüfer? Wie schon mittags in Gegenwart der Polizisten widerstrebte es ihm, die Wahrheit über seine Profession zu sagen.

Dennoch, aus dem kurzen Stocken heraus entglitt sie ihm. Wie bei einem Kind, dem die im Mund versteckte Schokoladenkugel beim Versuch zu lügen aus dem Mund fällt.

Polnitz war begeistert: »Detektiv! Toll! Das klingt, als würden Sie also doch fürs Kino arbeiten. Fürs Kino der Wirklichkeit.«

»Es gibt auch langweilige Filme«, erklärte Cheng. »Die meisten meiner Fälle würden sich kaum als Vorlage für ein Drehbuch eignen.«

»Und Sie haben wirklich keinen Hund?«, fragte Polnitz. Dieser Punkt hatte es ihm offensichtlich angetan.

»Aber Sie haben eine Frau«, erwiderte Cheng, dem das Hundetheater langsam auf die Nerven ging. Er vermutete, dass es sich bei der Frau heute Morgen an Polnitz' Tisch um dessen Ehefrau gehandelt habe. Zumindest trug Polnitz einen darauf hinweisenden Ring an seinem Finger.

»Ja. Doch!«, sagte Polnitz. »Aber sie musste abreisen. Wegen ihrer Mutter. Ihre Mutter ist die perfekte Kranke. Ich bin schon gespannt, wie der Tod es schaffen wird, diese unverwüstliche, leidende Person ins Jenseits zu befördern. Sie entschuldigen, dass ich das so sage. Aber Gabrielas Mutter ist achtzig, dreimal verwitwet und bekommt Krankheiten, von denen Sie noch nie ein Wort gehört haben. Sie scheint diese Krankheiten richtiggehend zu erfinden. Darum können ihr diese Krankheiten auch nichts anhaben. Na ja, und wenn sie ruft, weil sie wieder eine neue Krankheit erfunden hat, dann springt meine Frau sofort. Und ich sitze alleine an der Bar und belästige Sie.«

»Das geht schon«, meinte Cheng lachend.

»Ich habe noch zwei Tage hier«, sagte Polnitz, »und die will ich auch genießen, bevor wieder die Arbeit losgeht.«

»Ein neuer Film?«

»Wir sind zu zwei Drittel fertig und arbeiten jetzt am Schluss. Wieder im Studio in Hamburg. Aber Mitte März muss ich dann nach London. Ich treffe dort … Sie werden es nicht glauben, seit dreißig Jahren synchronisiere ich Andrew Wake. Nur zweimal ist es passiert, dass jemand anderer ihn gesprochen hat. Einmal, weil ich über einen längeren Zeitraum fürchterlich verkühlt war. Beim zweiten Mal aber gab's das Problem, dass ich auch für den anderen Hauptdarsteller der Stammsprecher war. Und da hat sich die Produktion entschieden, ich solle dessen Rolle sprechen und die von Wake abgeben. Was ein fürchterlicher Fehler war. Jedenfalls bin ich von diesen zwei Ausnahmen abgesehen seit den späten Achtzigern die Stimme von Andrew Wake und bin ihm trotzdem noch kein einziges Mal persönlich begegnet.«

»Der Mann ist sicher viel unterwegs.«

»Das ist er ganz gewiss. Aber dennoch hätte es eine Menge Gelegenheiten gegeben, sich zu sehen. Alle anderen, die ich synchronisiere, habe ich längst kennengelernt. Und einer von denen war es ja auch, der … also er hat gemeint, Wake würde mir darum ausweichen, weil er mir meine Stimme neidet. Was man sich mal vorstellen muss!«

So weit hergeholt schien Cheng das gar nicht. Manche Zuseher und nicht wenige Kritiker fanden, PPs Stimme würde letztlich besser zu Andrew Wake passen als dessen eigene. Derartiges geschah. Man nehme nur Woody Allen. Oder den alternden Robert Redford, gesprochen von Kaspar Eichel. Oder Christian Bale, wenn er Batman spielt und »seine« deutsche Stimme, nämlich die von David Nathan, dem dunkel gebrochenen Wesen des Fledermausmanns so viel eher entspricht als seine eigene. Denn darum geht es ja, dass eine Stimme und ein Gesicht (oder die Maske über dem Gesicht, welche Maske auch immer) harmonieren, vereint sind, wozu es mitunter zwei Menschen braucht. Sicher auch im Falle nicht so berühmter Personen. Jemand hört wen reden und denkt sich: Verdammt, das ist doch *meine* Stimme. Das ist die Stimme, die ich verdient hätte.

Polnitz schränkte ein, dass der Schauspieler, der diese Behauptung aufgestellt habe, sich mit Wake zuerst wegen einer Filmrolle und dann wegen einer politischen Äußerung zerstritten habe. Somit ein Feind sei.

»Feinde sagen gerne die Wahrheit«, stellte Cheng fest.

Cheng hatte nie darüber nachgedacht. Aber jetzt, wo man es besprach, kam ihm ebenfalls vor, dass sich Polnitz' deutsche Synchronstimme viel eindringlicher in Wakes Darstellung von Figuren füge. In seine Art des Gehens, seine Gestik, sein Mienenspiel, und auch darin, selbst in Momenten der Verzweiflung zu dominieren. Besser als die Originalstimme Wakes, die Cheng ja kannte, vor allem aus der Werbung. Der deutschen Werbung wohlgemerkt, in der Wake mit seiner englischen Originalstimme auftrat. Oder von den paar Malen, da er sich einen Wake-Film auf Englisch angesehen hatte. (Wobei es aber so war, dass wiederum PP für jenes erwähnte weltberühmte Auto nicht nur auf Deutsch warb, sondern dies auch in der englischen Version tat: *This car is more than a car. It's a driven spirit.*)

Die Stimme PPs verlieh dem ganzen Wake den idealen klanglichen Körper. Nicht dass Wakes eigene Stimme etwa hässlich war, natürlich nicht, keine Pieps- oder Reibeisenstimme, auch keine irgendwie verletzte Stimme …

Aber das war es doch eigentlich, dass nämlich Wakes eigener Stimme so völlig ein Verletztsein abging, eine Wunde, während hingegen sein Gesicht, also Wakes Gesicht, bei aller maskulinen Attraktivität durchaus Spuren einer Läsion besaß. Nicht jedoch seine Stimme. Die von Polnitz schon. Keine lächerliche Verletzung, sondern eine elegante, männliche Verletzung, eine rätselhafte Narbe oder ein geradezu historisches Gebrechen.

Jedenfalls fand es Cheng nicht ganz abwegig, sich vorzustellen, der Superstar Andrew Wake sei so lange einem Mann ausgewichen, dessen Stimme ihn gerade dadurch beleidigt habe, genau die richtige zu sein.

Doch irgendetwas musste sich geändert haben.

Jedenfalls erklärte Polnitz, Wake wolle ihn darum in London treffen, weil dort eine Pressekonferenz anlässlich des im Herbst erscheinenden neuen Films stattfinden sollte. Die mit Spannung und einigem Getöse erwartete englisch-amerikanische Produktion *A Man for Endings,* für den natürlich Polnitz es übernommen hatte, Wakes deutsche Stimme zu sprechen.

»Ich werde ihm also endlich leibhaftig begegnen«, erklärte Polnitz, »schon komisch, nach drei Jahrzehnten, in denen ich ja viel Zeit hatte, ihn genau zu studieren, praktisch jeden Winkel in seinem Gesicht, und vor allem natürlich jede Bewegung seiner Lippen. Manchmal träume ich, er zu sein. Manchmal träume ich, ein kleiner Mann zu sein, der in seinem Mund steckt, mit einem Megafon in der Hand. So was träume ich bei keinem anderen. Dabei ist es ja nur ein Beruf, oder? Ihn jetzt aber zu sehen ... allerdings, man hat mich gewarnt. So freundlich und umgänglich er nach außen hin und vor der Presse auftritt, dürfte er unter vier Augen auch zu der einen oder anderen Grobheit fähig sein. Nun, man wird sehen, ob er mir meine Stimme verzeiht.«

»Wo treffen Sie ihn?«

»Im Hotel. Zum Frühstück in seiner Suite. Im Beaumont. Kennen Sie das Beaumont?«

»Um ehrlich zu sein«, sagte Cheng, »bin ich froh, das Hotel zu kennen, in dem wir beide uns gerade befinden. Es ist teuer genug.«

»Sie haben recht, Hotelpreise zeugen vom Grad der Unanständigkeit, die in einer Gesellschaft waltet. Das Zimmer, in dem ich Wake treffe, kostet pro Nacht zweitausend Euro. Nun, es ist natürlich kein Zimmer, sondern wohl eher … ich weiß nicht, wenn es zweitausend Euro kostet, wohl eher des Teufels Adresse, wenn er gerade in London ist.«

(Das konnten weder Polnitz noch Cheng wissen, aber das Zimmer, in dem Andrew Wake absteigen würde, war in der Tat etwas sehr Besonderes, besonderer als jegliche Präsidentensuite, die es im Beaumont natürlich ebenso gab. Und wenn Polnitz spaßeshalber den Teufel ins Spiel brachte, so lag er zumindest in einem ästhetischen Sinn gar nicht so falsch.)

Vorerst aber einmal wollte Polnitz doch etwas über das Detektivgeschäft erfahren. Nicht ohne sich zu erkundigen, ob er Cheng auf einen Drink einladen dürfe.

»Einen Kaffee«, bat Cheng, der seinen Averna kaum angerührt hatte. Alkohol war nicht so seine Sache. Früher schon, jetzt nicht mehr. Er bestellte ihn zwar hin und wieder, wie aus einer alten Gewohnheit heraus, aber wenn dann die vom Glas eingefasste alkoholisierte Flüssigkeit vor ihm stand, fiel ihm wieder ein, dass die Liebe zum Alkohol eine verflossene war. Gleich anderen Lieben. Er war ein Mann ohne Liebe. Aber nicht ohne *Liebesgeschichte*. Er war ein Mann, der von den Liebesgeschichten seines Lebens zehrte. Und der in dieser Hinsicht weder eine Gegenwart noch eine Zukunft, nur eine Vergangenheit kannte.

Als Detektiv lebte er freilich in Gegenwart, Zukunft wie auch Vergangenheit. Aus dem einen simplen Grund des Geldverdienens und dem anderen simplen Grund, nichts anderes zu können. Wie viele Menschen seines Alters schien er in der einmal begonnenen Tätigkeit gefangen und alternativ zu dieser nur ein Leben *ohne* Arbeit denkbar.

»Wissen Sie«, fragte Cheng, »was Chesterton über den Wert der Detektivgeschichte gesagt hat? Dass sie die bis jetzt einzige Form volkstümlicher Literatur ist, in welcher sich ein gewisser Sinn für den poetischen Gehalt des modernen Lebens ausdrückt.«

»Wie? Sie schreiben über Ihre Fälle?«

»Nein, Gott behüte!«, antwortete Cheng mit einem Lächeln, das aber nicht von seinem Mund stammte, sondern aus seinen schmalen Augen mit den kleinen Angelhaken am inneren Rand trat. Lider, die sich im Moment des Lächelns zu zwei leicht geschwungenen Bögen schlossen. Als er die Augen wieder öffnete, erklärte er: »Fürs Schreiben fehlt mir die Kraft, ehrlich. Von der Sprache einmal abgesehen. Aber was ich sagen will, ist, dass ich in meiner Arbeit als Detektiv versuche, den poetischen Gehalt modernen Lebens festzuhalten. Immerhin bin ich damit beschäftigt, Leute zu beobachten. Manchmal auch Leute, die gar nicht mehr leben, genauer gesagt, ich beobachte die Auswirkungen ihres Totseins.«

»Sie sprachen zuvor auch von der Langeweile mancher Aufträge.«

»Was nicht bedeuten muss, es fehle die Poesie. Ein Mann, der meint, seine Frau betrüge ihn, und darum ihre Observation in Auftrag gibt, ist ja nicht nur von Zorn erfüllt, sondern auch von Angst und Liebe und dem Gefühl der eigenen Unzulänglichkeit. Und der tiefen Scham, jemanden wie mich zu beauftragen.«

»Ist Scham poetisch?«

»Sie besitzt sicher mehr Poesie als ... zum Beispiel der Straßenverkehr.«

Polnitz wendete ein, gerade der Verkehr würde einen recht prägnanten Ausdruck des modernen Lebens darstellen.

»Hätte ich Autoverkäufer werden sollen«, fragte Cheng, »weil mich die Poesie so kümmert?«

Polnitz erklärte, nicht behaupten zu wollen, Autoverkäufer seien ausgesprochen poetisch veranlagte Wesen, doch die Autoschlangen, die unsere Erde beherrschen ...

»Wenn man sich vorstellt«, sagte er, »irgendein fremdes Wesen würde die Welt von oben betrachten. Was sieht dieses Wesen? Autoschlangen! Und würde von deren Schönheit berichten, wenn in der Nacht die Lichterketten über die Kontinente ziehen.«

»Das stimmt schon«, sagte Cheng, »aber ich spreche ja vom Leben der Menschen, das zwar teilweise auch hinter Steuerrädern stattfindet und Schlangen hervorbringt, sich aber doch viel stärker in der Scham äußert.«

»Ehepartner haben einander schon immer betrogen.«

»Richtig. Aber deswegen einen Detektiv zu beauftragen ist doch neu.«

»Ist das Ihr Spezialgebiet, der Ehebruch?«

»Nicht unbedingt. Meine Aufträge ergeben kein Muster. Ich habe ein Leben lang versucht, ein Muster darin zu entdecken. Umsonst. Vielleicht bin ich darum auf den Begriff der Poesie gekommen. Als das einzige Muster, das ich erkennen kann.«

»Man müsste Poesie definieren«, sagte Polnitz, »Sie meinen schließlich keine Gedichte.«

»Es gibt da einen alten Spruch«, sagte Cheng, »und zwar, dass der Poesie anheimfällt, was im Leben untergeht. Doch das gilt natürlich für die Poesie eines Lebens, wie man es früher kannte. Der Poesie des modernen Lebens hingegen fällt eher das anheim, was im Leben *überläuft*. Würde ich sagen. Der viele Hass und das viele Ungemach, das die Menschen im Überfluss gerade dort verbindet, wo es ihnen besonders gut geht. Weshalb Detektive existieren.«

»Das haben Sie aber schön gesagt. Sind Sie vielleicht doch ein bisschen ein Schriftsteller?«, fragte Polnitz, dessen Stimme von mehreren Whiskys leicht gefärbt war, logischerweise mit einer honiggelben Tönung. Aber auch so, als hätte sich eine verlangsamende Wachsschicht über seine Stimmbänder gelegt. Er redete in Zeitlupe.

Noch einmal meinte Cheng: »Gott behüte!«

Sie ließen das Thema bleiben und unterhielten sich noch eine Weile über das Hotel, über Palma und über den Tourismus. Dabei kamen sie auf das Verhältnis zwischen Deutschen und Österreichern zu sprechen. Polnitz fand, dieses sei weniger von der Kultur, der Geschichte oder der viel zitierten »gemeinsamen Sprache, die trennt«, bestimmt, sondern simplerweise von dem Umstand eines vom großen Weltreich zum kleinen Urlaubsort verwandelten Landes, auf dessen Bergen und Pisten, in dessen Seen und Opernhäusern, in dessen Wirtshäusern und selbst noch in dessen Universitäten die Deutschen das Gefühl hätten, sich in einer Märchenwelt zu befinden. Keine Feenwelt wie etwa auf Island, auch kein Reich aus

Monstern wie vielleicht dort, wo die Großmächte, der Nahe Osten oder die lateinamerikanischen Drogenkartelle zu Hause waren, sondern tatsächlich von jener Art Märchen, wie die Gebrüder Grimm sie aufgezeichnet haben.

»Ich finde«, sagte Polnitz, »Österreich hat etwas Schneeweißchenhaftes und etwas Rosenrotes sowieso. Auch in seinen schlimmsten Momenten.«

Er lallte nicht, aber seine Stimme strauchelte ein wenig. Und auf solche Weise im Straucheln begriffen, wollte er nun von Cheng wissen, ob er etwas von der Frau gehört habe, die heute verschwunden sei.

»Welche Frau?«

»Dabei sind *Sie* doch der Detektiv«, erinnerte Polnitz.

»Ach so, Sie meinen die Schwimmerin. Also ehrlich, ich habe keine Ahnung. Aber ich denke, sie hat sich auf den Weg zu einem anderen Ort gemacht.«

»Das sagt man aber auch, wenn Leute sterben«, erklärte Polnitz.

»Was von einem Ort zu halten ist, weiß man halt wirklich erst, wenn man dort war. Das gilt für Jedlesee genauso wie für das Jenseits.«

»Jedlesee?«, fragte Polnitz.

»Soll das heißen, Sie kennen sich zwar im Jenseits aus, haben aber noch nie von Jedlesee gehört?« Immerhin war Cheng so gütig zu erklären, es handle sich bei Jedlesee um einen im Norden Wiens gelegenen Stadtteil.

Leider konnte Polnitz im Gegenzug so gar nichts über das Jenseits erzählen. Aber doch einiges über Karlsruhe, wo er zusammen mit seiner Frau lebte, ohne Kinder, aber mit vielen Hunden.

»Ach darum«, sagte Cheng und meinte natürlich Polnitz' Fähigkeit, einen Hund zu sehen, der gar nicht da war.

Kurz nach Mitternacht verabschiedete sich Cheng von Polnitz, der sich noch einen allerletzten Drink genehmigen wollte. Seine Stimme war nun ausgereifter und dunkler und inmitten der Dunkelheit geschmeidiger denn je. Bei aller Zeitlupenhaftigkeit. Fast ein Sakrileg, sich jetzt von diesem Mann und seiner Stimme zu verabschieden.

Doch Cheng ging und trat noch einen Moment auf die Terrasse. Es war kühl. Nur ein paar Raucher standen draußen, die Kälteforscher der neuen Zeit. Cheng sah hinaus aufs Meer, auf die schwarz bewegte Fläche.

Vom Meer her ein Klang, als hätte Gott sich verschluckt.

3

A Man for Endings

Mitte März in Wien. Und eine der wichtigsten Meldungen war die folgende: *Seit mehr als vierzig Jahren gibt es den Pollenwarndienst.*

Vor Hasel und Erle wurde gewarnt. Sowie eine überdurchschnittliche Eschenblüte angekündigt, die wohl einige Leute in den Wahnsinn treiben würde.

Aber davon erfuhr Cheng nichts. Aus dem einfachen Grund, weil er keine Nachrichten hörte. Immerhin war Fastenzeit, und so wenig Cheng ein religiöses Empfinden dazu trieb, sich auf Ostern vorzubereiten, so wollte er auch in diesem Punkt einer Regel folgen. Der allgemeinen Praxis, einen Verzicht zu üben.

Dabei aber irgendwelche Speisen oder Getränke auszulassen erschien ihm lächerlich, umso mehr, als er ja die Lust am Alkohol verloren und irgendwann auch mit dem Fleisch aufgehört hatte. Ohne darum aber mit Begeisterung in den Vegetarismus wie in eine neuartige Hochschaubahn eingestiegen zu sein, sondern eher, wie wenn man etwas vergisst und es erst einige Zeit braucht, um sich des Verzichts überhaupt bewusst zu werden. Bis es dann irgendwann zu spät ist, um wieder damit anzufangen. Ihm war das Fleischessen einfach abhandengekommen.

Gut, er hätte auf Kaffee verzichten können. Aber dann wäre er viel zu unleidlich in den Tag gestartet. Das wollte er sich und anderen nicht zumuten. Nicht vierzig Tage lang. Er dachte daran, dass es bei Christus in der Bergpredigt heißt, man solle beim Fasten auf ein finsteres Gesicht gleich den Heuchlern verzichten. Doch in seinem Fall wäre ein finsteres Gesicht ohne Kaffee unvermeidbar gewesen.

Nein, er entschied sich für einen Verzicht auf Nachrichten. Also dafür, nicht wie gewohnt mehrmals am Tag diverse Internetseiten aufzurufen, um nachzusehen, wo auf der Welt schon wieder etwas passiert war. Und das galt natürlich gleichfalls für Radio und Fernsehen und Zeitungen und das Alarmsignal, mit dem sein Smartphone das Eintreffen von Eilmeldungen anzukündigen pflegte. Allein Sportmeldungen waren erlaubt, aber eben auch nur, weil sich Cheng für Sport kaum interessierte. Sport war das ungeliebte Fastenbier in Chengs »Nachrichtensperre«. Für das Wetter hingegen galt das Verbot.

So konnte er also nicht wissen, welche Ankündigungen der seit vierzig Jahren bestehende Pollenwarndienst betreffs aufkommender Pollenflüge soeben auf den Wetterseiten meldete und es allgemein hieß, nun könne über eine Million Österreicher wieder ihre Taschentücher auspacken.

Auch bei ihm hatte in den letzten Jahren eine gewisse Sensibilität eingesetzt, eine Empfänglichkeit und Empfindlichkeit, die ihm das Gefühl gab, seine Nase sei gewachsen, nicht die äußere Nase, sondern die innere. Wie wenn man seit Ewigkeiten in der gleichen sechzig Quadratmeter großen Wohnung lebt und plötzlich meint, für den Weg von der Küche ins Badezimmer sehr viel länger zu benötigen. Möglicherweise, weil man einfach langsamer geworden ist. Und doch …

Sobald sich der Frühling näherte, kam es Cheng vor, ein Wind wehe durch seine Nase. Ein Wind, der im Naseninneren fortlaufende Kreise zog. Und bald darauf ein Schneefall einsetzte, sodass die Flocken mit ihren scharfen Kristallen in die Wände der Gänge und Höhlen zahlreiche Schnitte und Spuren kratzten. Ja, draußen mochte Frühling sein und der Sommer winken, in seiner Nase hingegen zog der Winter ein und verursachte ihm einen mitunter heftigen Schnupfen.

Es war also gar nicht nötig, die Seite des entsprechenden Pollenwarndienstes zu lesen. Er merkte auch so, was da kam. Die offene Packung Taschentücher lag seitlich von seinem Schreibtisch gleich dem Sprungpolster einer lilliputanischen Feuerwehr.

Markus Chengs Büro unterschied sich sehr von seinem früheren, das dem Klischee einer gewissen Armseligkeit seines Gewerbes entsprochen hatte. Dem ins Optische verkehrten Geruch einer aufgewärmten Einbrennsuppe.

Das neue Büro – nicht mehr in der Lerchenfelderstraße gelegen, sondern im vierten Bezirk, ein Stück hinter dem kompakten Baukörper der Karlskirche, in einer Straße, die den Namen Taubstummengasse trug – befand sich im dritten Stockwerk eines Gründerzeitgebäudes. Es war großzügig in der Art der Dinge, deren Privileg darin besteht, Platz zu haben. Aus viel Luft zu bestehen. Luft in dem weiten, hohen Altbauzimmer. Wände, deren hellgrauer, faseriger Anstrich unverputzten Sichtbeton suggerierte. Im Zentrum ein massiver Art-déco-Schreibtisch, auf dem sich das Licht und die goldene Innenseite einer ovalen Pendelleuchte spiegelte. Seitlich davon zwei Sessel aus rotbraunem Leder, auch sie aus den Neunzehndreißigerjahren.

Auf dem Tisch befanden sich ein Computer von der Firma, die dem Apfelgott huldigte sowie eine schwarze Schreibunterlage, auf der Cheng seine Hände abzulegen pflegte, wenn er nachdachte. Was bedeutete: die eine Hand tatsächlich und die andere theoretisch.

An der Wand hinter Chengs Schreibtisch hing der einzige Wandschmuck. Schmuck war freilich ein schwaches Wort für ein starkes Bild. Es handelte sich um ein Gemälde, das aus der Sammlung eines ehemaligen Klienten stammte. Dieser war einige Jahre zuvor verstorben und hatte sehr zur Überraschung und zum Ärger seiner Familie und Verwandtschaft den geschätzten Detektiv zu einem der Begünstigten gemacht. Nicht etwa, indem er Cheng mit einem Teil aus dem beträchtlichen Aktien- und Immobilienvermögen bedacht hätte. Dieses war allein an die Ehefrau und mehrere erwachsene Kinder gegangen, wie auch die bedeutende Kunstsammlung. Allerdings … ja, dieses eine Bild eben nicht. Dieses eine Bild hatte Cheng geerbt.

Wie hatte die Witwe gesagt? »Wieso in Herrgottsnamen der Correggio?! Jedes andere verdammte Bild wäre in Ordnung gewesen. Nur nicht der Correggio!«

Doch daran war trotz einiger Bemühungen des Anwalts der Familie nicht zu rütteln gewesen. Cheng erhielt das Gemälde. Und hätte es eigentlich speziell versichern lassen müssen. Man bedenke: ein echter Correggio! Allerdings wäre Cheng dann von der Versicherung gezwungen worden, eine erstklassige Alarmanlage anzubringen, wie auch dazu, die Richtwerte zu Beleuchtung, Temperatur und Luftfeuchtigkeit einzuhalten. Doch nichts davon geschah. Das mit einem üppigen, aber nicht zu üppigen Rahmen versehene Gemälde hing einfach an einem in die Wand geschlagenen ordinären Nagel, pur und rein, belüftet allein von der durchschnittlichen Taubstummengassenluft, einzig geschützt durch den Umstand, dass kaum jemand wusste, dass es überhaupt dort hing, während die, die es zu sehen bekamen, es selbstverständlich für eine Kopie hielten.

Keine Frage, nichts wäre so sinnvoll gewesen, wie dieses millionenteure Gemälde zu veräußern. Umso mehr, als Cheng zwar die absolute Meisterschaft sah und die immense kunsthistorische Bedeutung kannte, aber dem Kunstwerk nicht mit unbedingter Liebe zugetan war. Er war kein Sammler. Mit dem Geld aus dem Verkauf hätte er sich mehrfach lebenslänglich zur Ruhe setzen können. Einerseits. Andererseits war es eher Gelassenheit, die ihm vorschwebte, nicht Ruhe. Außerdem saß er ja bereits ganz gut und verspürte kaum das Bedürfnis, woanders besser zu sitzen. Vor allem aber war dieses Bild ein Geschenk. Geschenke veräußerte man nicht, und man schenkte sie nicht weiter.

Gegen diese Haltung wiederum sprach, dass Cheng eigentlich viel zu wenig verdiente, um sich das Büro in der Taubstummengasse wirklich leisten zu können. Und ebenso wenig, eine eigene Sekretärin zu bezahlen. Was er jedoch tat. Darum auch war Cheng auf das Angebot eines amerikanischen Sammlers eingegangen.

Nicht auf das erste, aber auf das zweite.

Als der Amerikaner, einer der bedeutendsten privaten Besitzer von Kunst der Renaissance, vom Verbleib dieses rätselhaften Correggios erfuhr, hatte er augenblicklich einen österreichischen Händler beauftragt, in seinem Namen zu agieren.

Welcher Correggio eigentlich?

Es handelte sich bei Chengs Erbe um ein eher kleines Gemälde mit dem Titel *Porträt eines schwierigen Mannes,* gemalt von Correggio kurz vor dessen Tod. Es war also 1533 oder 1534 entstanden, und einige Kunsthistoriker vertraten die Ansicht, es stelle dieselbe Person dar, die Correggio in seinem um 1525 gemalten, heute im Louvre hängenden *Porträt eines jungen Mannes* verewigt habe. Die Meinung dieser Experten, die das Bild noch aus der alten Sammlung kannten, ging dahin, man könne darauf erkennen, wie hier aus einem im Jahre 1525 noch jungen Mann ein zehn Jahre älterer geworden war, vor allem aber, wie sich ein verträumt-sehnsüchtiger Mensch zu einem verbittert-schwierigen entwickelt habe. Ja, es war gerade diese große Ähnlichkeit des jungen mit dem älteren Mann – bei aller Verwandlung –, die man als letztendlichen Beweis dafür anführte, es handle sich hier um ein originales Werk des großen Renaissancemeisters. Und nicht um das eines Schülers oder Nachahmers.

Das erste Angebot hatte Cheng also abgelehnt. Ein Angebot, das einfach in einem unverschämt hohen Geldbetrag bestanden hatte. Cheng hatte seine Zurückweisung recht lustvoll damit begründet, am Reichwerden nicht interessiert zu sein. Weshalb es auch nichts nützen würde, die unverschämt hohe Summe noch ein wenig unverschämter werden zu lassen. Das hatte der Mann aus Amerika begriffen. Sein zweites Angebot war dann auch schon sehr viel mehr nach dem Geschmack Chengs gewesen. Es bestand nämlich in einer Art von Vorkaufsrecht. Im Grunde genommen ein Nachkaufsrecht. Jedenfalls eine Abmachung, die besagte, dass mit dem Eintreten von Chengs natürlichem Tod der Sammler Eigentümer des Gemäldes werden würde. Und zwar durch Bezahlung der bereits genannten Summe.

Das war dahingehend erstaunlich, als der Sammler um einiges älter als Cheng war. Offensichtlich jedoch überzeugt, ihn zu überleben. Oder auch nur so besessen, jegliche Möglichkeit ausschöpfen zu wollen. Sollte das Bild nicht in seinen Besitz gelangen, seine ihn überlebende Sammlung würde es auf jeden Fall bekommen.

An wen wiederum die beträchtliche Kaufsumme beim Tod Chengs gehen würde, wusste allein Cheng sowie der kleine handbeschriebene und kuvertierte Zettel, der im Tresor eines Anwalts lag.

Allerdings erhielt Cheng auch jetzt schon vom zukünftigen Käufer des Bildes eine monatliche Entschädigung.

Mag sein, dass der Amerikaner hoffte, Cheng würde ein wenig in die Sicherheit und Pflege des Gemäldes investieren. In jedem Fall hatte Cheng dieses Geld, das praktisch aus der Zukunft des Verkaufs stammte, durchaus nötig, um sich sein Büro sowie seine Sekretärin leisten zu können. Er war, wie schon zu Beginn seiner Karriere, alles andere als ein viel beschäftigter Detektiv. Stimmt schon, er hatte ein paar ungewöhnliche Fälle behandelt und war hin und wieder in einen gesellschaftlichen Morast von einiger Bedeutung geraten, aber er war eben niemand, der für die großen Firmen arbeitete, gleich, was man unter Firmen verstand. Bei ihm dominierte der Begriff des Privaten, der ja als Erstglied, als Bestimmungswort seinen Beruf charakterisierte. Cheng war im Privaten zu Hause, in der Intimität des Einzelnen, und nicht im Großen und Ganzen einer von Unternehmen bestimmten Welt.

Eine Sekretärin zu haben war also der pure Luxus. Und Luxus zeichnet sich vor allem dadurch aus, in übertriebener Form der Sinnlosigkeit zu huldigen. Denn es gab wenig, was Frau Wolf tat, was Cheng nicht auch selbst hätte erledigen können. Die spärlichen Anrufe entgegenzunehmen und an Cheng weiterzuleiten, der ein Zimmer entfernt saß, war lächerlich. Oder Kunden den Mantel abzunehmen, die ihre Mäntel auch ganz gut selbst hätten ablegen können. Zudem war Cheng nicht etwa der Mensch, der sich gerne verleugnen ließ und darum seine Sekretärin als Schutzschild benötigte. Letztlich verstand er es sogar, sich seinen Kaffee selbst zu machen. Andererseits besaß Frau Wolf eine wirklich gute Stimme. Eine sehr viel bessere als Cheng, der über tolle Augen und einen großartigen Bart verfügte, über einen Himmel, dort, wo früher sein Arm gewesen war – und ja, über einen unsichtbaren Hund, wo früher ein sichtbarer gewesen war –, aber eben nicht über eine prägnante Stimme. Die hatte Frau Wolf. Und es tat jedem Anrufer gut, zuerst einmal Frau Wolf zu hören.

Zudem wurde einiges von dem, was Cheng hätte selbst machen können, von Frau Wolf einfach besser gemacht. So sehr Cheng ein gutes Händchen besaß, Frau Wolf besaß eine gute Hand.

Sie war nun siebenundfünfzig Jahre und hatte zwei Jahrzehnte im Geschäft ihres Mannes gearbeitet, bevor sie in eine fatale, in jeder Hinsicht ungünstige Scheidung geraten war. Letztlich aber hatte froh sein müssen, nicht im Gefängnis gelandet zu sein, nachdem sie auf ihren Exmann geschossen und ihn knapp verfehlt hatte. Absichtlich verfehlt, wie es hieß, was aber nicht stimmte. In den Dienst eines Detektivs war sie schließlich über Vermittlung des Arbeitsamts gekommen.

Cheng war ihre Anstellung auch darum so wichtig gewesen, weil sein Büro über einen Vorraum verfügte, der gleich bei der ersten Besichtigung förmlich nach einer Sekretärin geschrien hatte. Ihm, Cheng, war klar geworden, diesen Raum unglücklich zu machen, wenn er niemanden beschäftigte, der in ihm saß. Und wer möchte neben seinem Büro ein unglückliches Zimmer haben? So, wie es Räume gibt, wo man sofort weiß, dass man Kinder bekommen muss, damit dieses Zimmer zum Kinderzimmer werden kann.

Als sich Frau Wolf beworben hatte, war Cheng augenblicklich überzeugt gewesen, sie sei genau die Person, auf die dieser Vorraum gewartet habe.

Frau Wolf war eine mittelgroße, etwas mollige Person mit slawischen Wurzeln, deren Mimik gekonnt zwischen Strenge und Freundlichkeit wechselte. Es bot sich an, ihr nicht dumm zu kommen, sondern gescheit. Man könnte auch sagen, sie besaß alle Eigenschaften einer Erzieherin. Selbst wenn sie jemandem aus dem Mantel half, erzog sie ihn.

Alle paar Tage suchte sie einen Friseur auf. Das schien ihr größtes Glück zu sein, dieser Friseur, ein junger Türke, den alle für schwul hielten und zu dem Frau Wolf mitunter nur darum ging, um eine Winzigkeit in ihrer Frisur zu verändern. Sie nannte es selbst »Renovierung«. Und wenn sie etwa ihre Mittagspause nutzte, um beim Friseur vorbeizuschauen, so sagte sie zu Cheng: »Ich geh mal kurz zum Renovieren.«

Diese im Zustand einer fortlaufenden Erneuerung ihrer Frisur befindliche Sekretärin trat am Vormittag jenes Tages, an dem verstärkt vor Pollen gewarnt wurde, in Chengs Büro und legte ihm die

Post auf den Schreibtisch. Dabei fragte sie ihn: »Haben Sie es schon in den Nachrichten gehört?«

»Sie wissen doch, dass ich faste.«

»Mir war nicht klar, wie ernst Sie es nehmen.«

»Absolut ernst«, antwortete Cheng.

»Also gut. Aber mit dieser Neuigkeit kann ich nicht warten bis nach Ostern«, erklärte Frau Wolf. Und verkündete: »Andrew Wake ist tot. Er wurde erschossen. In London, in seinem Hotelzimmer. Die Nachrichten sind voll davon.«

Cheng brauchte nicht nachzufragen, wer da genau gemeint war. Es gab nur einen Andrew Wake von Weltbedeutung, dessen Tod die Menschen an einem jeden Flecken der Erde traf. Und viele in einer Weise erschütterte, als wäre soeben ein Freund oder Bekannter gestorben, noch dazu einer, dem man alles Mögliche zugetraut hätte, aber nicht den Tod. Selbst wenn Superstars mit neunzig oder später starben, hundertjährig noch, waren die Menschen ratlos ob der Sterblichkeit eines Unsterblichen. Freilich war Wake nicht neunzig gewesen, sondern Mitte fünfzig und sein unglaublich gutes Aussehen ein Versprechen für die Zukunft.

Eine Zukunft, die nun mit einem einzigen Schuss zunichtegemacht worden war.

Es war übrigens nicht so, dass sich Cheng angesichts dieser Nachricht augenblicklich an jene Episode auf Mallorca erinnerte, als er der deutschen Stimme des Hollywoodstars begegnet war. Das lag eineinhalb Monate zurück. Und auch wenn Cheng in dieser Zeit Andrew Wake mehrmals im Fernsehen gesehen hatte, hatte er dennoch nicht an Polnitz gedacht.

»Ein Attentat?«, fragte Cheng, ohne irgendeine Ahnung zu haben, inwieweit sich Wake politisch engagiert hatte. Freilich stellte ein Hollywoodstar per se ein Politikum dar. Im Sinne einer Ikone. Und manche neigten dazu, Ikonen zerschlagen zu wollen.

»Die wissen noch gar nichts«, erklärte die Sekretärin und versprach ihrem Chef, ihn auf dem Laufenden zu halten, wenn er schon selbst die Nachrichten mied.

Was sie dann am gleichen Nachmittag auch tat. Frau Wolf mit einem frischen Farbton im Haar, Cheng nach einer Massage, die er sich jetzt immer öfter genehmigte. Die Schmerzen in Rücken und Brustkorb stellten sich mit einer gewissen Regelmäßigkeit ein, wie man das von Verwandten kennt, die vorgeben, nur mal über die Ferien zu kommen, dann aber immer häufiger, um schließlich unter diversen Ausreden einfach nicht mehr auszuziehen.

»Sie werden es nicht glauben«, erklärte Frau Wolf. In ihrer schönen, reifen Stimme war ein Anflug von Schlaganfall.

»Und zwar?«, fragte Cheng.

»Sein eigener Sprecher.«

»Sein Pressesprecher?«

»Nein, seine Synchronstimme. Seine deutsche Synchronstimme.«

»Peter Polnitz!?«

»Genau der.«

»Das ist nicht wahr!« Jetzt kippte auch Chengs Stimme für einen Moment ins Notfallartige.

»Oh doch«, sagte Frau Wolf. »Die beiden haben sich zum Frühstück verabredet. Fragen Sie mich nicht, was da serviert wurde. Jedenfalls hat Polnitz … also, da gab's zuerst eine Falschmeldung. Er hat ihn gar nicht erschossen. Er hat ihn erschlagen.«

Cheng erinnerte sich. Stimmt, das Frühstück im Beaumont!

Ihm fiel wieder ein, wie Peter Polnitz davon gesprochen hatte, Andrew Wake in London treffen zu wollen.

Und darum auch erklärte Cheng jetzt: »Eigentlich hätte man annehmen können, es würde umgekehrt ablaufen.«

»Wieso umgekehrt?«

Cheng erzählte seiner Sekretärin davon, Peter Polnitz im Januar dieses Jahres während seines kurzen Urlaubs beim Frühstück begegnet zu sein. Und wie Polnitz eben nicht nur von diesem kommenden Treffen in London gesprochen hatte, sondern auch davon, wie lange schon Wake ihm aus dem Weg gegangen war. Was gerüchteweise mit einer Art *Stimmneid* zusammenhing.

»Das muss ich jetzt nicht glauben, oder?«, meinte Frau Wolf.

»Was davon?«, fragte Cheng. »Dass ich Peter Polnitz in Mallorca kennengelernt habe? Oder die geneidete Stimme?«

»Beides«, sagte sie.

»Aber es ist so. Er sprach wirklich von diesem Treffen.«

»Sie haben schon ein merkwürdiges Glück in solchen Dingen, Herr Cheng«, meinte Frau Wolf, die ja um einige der alten Fälle ihres Chefs wusste. Und ihr Chef war er nun mal. Selbst wenn Frau Wolf die vielleicht wichtigste Person im Universum war, zumindest ein göttlicher Bote, hier auf der Erde war sie Sekretärin und Cheng ihr Chef.

»Na«, sagte dieser Chef, »es wird mich diesmal sicher keinen ganzen Arm kosten, davon gewusst zu haben. Wobei ich gestehe, es hat etwas Eigentümliches. Einfach, indem ich da in Mallorca am Nebentisch saß.«

»Von Frühstück zu Frühstück«, dichtete Frau Wolf und meinte die Spanne zwischen Mallorca und London, zwischen der sonnenbeschienenen Arglosigkeit des einen Frühstücks und der von einer luxuriösen Londoner Hoteleinrichtung umrahmten tödlichen Fatalität des anderen.

»Was sagen die Medien denn über das Motiv?«, fragte Cheng.

»Das ist jetzt aber fast schon eine Art von Fastenbrechen«, meinte Frau Wolf lächelnd und ließ es sich nicht nehmen, auch noch auf die Parallele zum Wort *breakfast* hinzuweisen. Dann sagte sie: »Nein, die wissen noch gar nicht, wieso Polnitz das getan hat. Jedenfalls wurde er auf dem Flughafen Heathrow festgenommen, als er dabei war zu flüchten.«

»Das ist aber schon ziemlich dumm, in so einer Situation mit einem Flugzeug abhauen zu wollen, oder?«

Bereits in diesem Moment spürte Cheng einen Zweifel. Natürlich, er wusste gut, dass das Schicksal in der Lage war, Situationen zu schaffen, in denen fast jeder zum Mörder werden konnte. Momente, die auch Leute zu einer Tat verführten, die gänzlich ohne Plan oder Veranlagung waren. Den Menschen, der vollkommen frei von einer solchen Gefahr war, den gab es nicht.

Und dennoch, allein der Umstand, dass Polnitz versucht hatte, gleich nach dem Verbrechen den Flughafen zu erreichen und sich abzusetzen, irritierte Cheng. Das war eine Ungeschicklichkeit, die zu einem Mann wie Polnitz nicht passte. Egal, wie sehr er in Panik gewesen sein mochte.

Allerdings sollte sich im Laufe dieses Tages und im Laufe weiterer Tage zeigen, wie zwingend die Hinweise waren, Polnitz sei der Täter. So sehr er selbst auf seiner Unschuld beharrte. Faktum war, dass er an besagtem Morgen mit Wake in dessen Hotelsuite gefrühstückt hatte, wobei eine mit Wake befreundete Journalistin und BBC-Kommentatorin zunächst ebenfalls zu Gast gewesen war. Sie war eingeladen worden, die Möglichkeit eines Fernsehinterviews mit den beiden zu besprechen, und konnte darum bezeugen, was Polnitz auch gar nicht abstritt, nämlich in dieser Suite und an diesem Ort gewesen zu sein. Das Frühstück gestand er. Es war die Tat, die er abstritt. Eine Tat, die geschehen sein musste, nachdem die Journalistin die beiden allein gelassen hatte.

Der springende Punkt war also nicht, dass sich Polnitz' Fingerabdrücke an diversen Stellen der Einrichtung und des Frühstücks befanden. Nein, es war kein Fingerabdruck, der sich als bedeutungsvoll erwies, sondern ein Fingernagel. Ein winziges Stück, das die Forensiker auf dem Hemd des Toten, verhakt im Gewebe, entdeckt hatten. Keine abgeschnittene Sichelform, sondern einen Abbruch. Ein Fragment, das haargenau in die Lücke des Fingernagels an Peter Polnitz' rechter Hand passte.

So sehr die britischen Ermittler eigentlich erst am Anfang des Falls standen, war ihnen vorgekommen, als würden sie ein letztes Puzzlestück in ein höchst bedeutendes Bild fügen und es somit vervollständigen. Als hätten sie die Puzzleversion des Bildes *Porträt des Mannes als Mörder* beendet.

Natürlich, ein jeder Tatort besitzt eine Anziehung. Aber dieser war schon sehr speziell. Nicht bloß, weil es sich um das im Londoner Stadtteil Mayfair gelegene Nobelhotel Beaumont handelte, sondern vor allem wegen einer an die Fassade des Hotels gefügten Konstruktion namens ROOM, geschaffen vom britischen Künstler Antony Gormley. In dieser auf einem der beiden vorstehenden Gebäudesockel aufgesetzten bewohnbaren Skulptur befand sich der Raum, in dem Wakes Leichnam gefunden worden war. ROOM, so hatte der Kunstsuperstar Gormley einst erklärt, würde ihm erlauben »to sculpt the darkness itself«.

Die »Dunkelheit selbst« dieses einzigartigen, ganz auf sich selbst bezogenen Schlafzimmers innerhalb einer exklusiven Hotelsuite wurde geradezu zum Synonym dessen, was an diesem Tag geschehen war. ROOM und die Dunkelheit des Schlafraums, die Leiche Wakes und der Verdacht, sein deutscher Synchronsprecher habe den Mord begangen, dies alles verschmolz zu einer Art Mysterium. Mehr als nur ein Mord, der vielleicht aus Eifersucht, vielleicht aus Gier, vielleicht im Auftrag oder doch spontan geschehen war.

Das Ganze besaß von Anfang an den Charakter eines geradezu biblischen Brudermords. Und so, wie Wakes Person einen Superlativ darstellte, galt dies auch für seinen Tod sowie für den Ort, an dem er eingetreten war.

Bei der Außenhülle der Skulptur handelte es sich um eine aus Edelstahl gefertigte geduckte Figur eines Mannes, einzig aus Quadern zusammengebaut und angeblich basierend auf dem Körper des Künstlers. Im Inneren dieses wuchtigen Gebildes befand sich der eigentliche ROOM, ein mit dunkler Räuchereiche ausgekleidetes Schlafzimmer, wobei an diesem Ort das Wort »ausgekleidet« absolut passte. Es war ein nackter Raum. Dunkle Wände und ein dunkler Boden. Dazu mächtige, holzvertäfelte Kuben. Das Ganze mit einer Grundfläche von nicht mehr als vier Metern im Quadrat, jedoch mit einer Höhe von zehn Metern, um weit oben im quadratischen Kopf der Figur zu enden. In einem leeren Kopf voller Kontemplation. An dessen entgegengesetztem Ende sich nichts anderes befand als ein Doppelbett von raffinierter Schlichtheit.

Und auf diesem Bett war die Leiche Wakes gefunden worden.

Hätte man die Ereignisse umkehren können – zuerst der Mord, dann der Bau von ROOM –, so wäre sicher der Eindruck entstanden, dass auch die Leiche, gewissermaßen BODY, von Gormley stammte und die bewohnbare Skulptur um diesen toten Körper herumgebaut worden war.

Tage später gelangten dank einer undichten Stelle innerhalb des Polizeiapparats Fotos vom Tatort und der Leiche ins Netz und unter die Leute. Polizeifotos, die erstaunlich künstlerisch wirkten, sakral, so obszön wie erhaben. Vergleiche mit den Arbeiten Robert Mapplethorpes wurden bemüht, und der Polizeifotograf brachte es zu einiger Bekanntheit. Fotos, die den Eindruck noch steigerten, hier sei ein Raum nur darum geschaffen worden, um einen Toten aufzunehmen. *Den* Toten.

Gleich als Cheng das erste Mal ein Foto von ROOM sah, fühlte er sich angesichts der Außenhülle an die Wiener Wotrubakirche erinnert, so benannt nach dem österreichischen Bildhauer Fritz Wotruba, der sie entworfen hatte. Mit dieser Kirche verband Cheng einen früheren Fall, in dessen Zentrum eine Auftragsmörderin gestanden hatte, die nie ohne ihren behinderten Sohn unterwegs gewesen war. Entstanden bereits Mitte der Siebzigerjahre, war sie die wahrscheinlich schönste Kirche auf der Welt, damals wie heute, während Gormleys ROOM erst 2014 errichtet worden war und eine Übernachtung zu einem extrem teuren Erlebnis machte. Wovon man eine ganze Menge Kindergeburtstage hätte finanzieren können. Oder eine hohe Monatsmiete. Ein Raum, der laut Gormley die wohlhabenden Gäste zu der existenziellen Frage provozieren sollte: »Who am I and what am I doing here?«

Eine Frage, die sich für Wake in der radikalsten Weise beantwortet hatte. Oder, wie jemand schrieb, der Schlaf sei der Weg zum Tod und jedes Schlafzimmer per se ein Sterbezimmer.

Und ROOM im Moment das mit Abstand berühmteste. Auch wenn Cheng fand, dass der von rechteckigen Blöcken dominierte äußere Baukörper so aussah, als sei hier eine säkularisierte Wotrubakirche mit vierzig Jahren Verspätung in London angekommen.

Wake war also nicht im Salon gefunden worden, wo man gefrühstückt hatte, sondern in der »gebauten Dunkelheit« des Schlafzimmers. Mit dem Rücken auf dem Bett liegend, angezogen, schwarze Hose, weißes Hemd, goldene Manschettenknöpfe und dunkle Krawatte, wie aufgebahrt. Ohne dass aber zunächst eine Verletzung sichtbar gewesen wäre. Die Hotelleitung hatte sich Zutritt verschafft, nachdem Wakes Managerin ihn vereinbarungsgemäß hatte aufsuchen wollen, dieser aber auf ihr Klingeln und Klopfen an der Türe wie auf das Klingeln und Anklopfen seines Handys nicht reagiert hatte. Man hatte aufgesperrt und den leblosen Körper des Schauspielers entdeckt. Allein die Managerin berührte ihn und stellte mit einem Griff an die Schlagader fest, dass keinerlei Leben mehr in ihm war. Er war steif und kalt und nicht erst seit zwei Sekunden tot. Man dachte an einen tödlichen Infarkt. Merkwürdig erschien bloß die perfekte, absolut symmetrische Weise, mit der er auf diesem Bett lag.

Die Polizei war rasch vor Ort gewesen, und einer ihrer Ärzte hatte dem Toten das Hemd aufgeknöpft und damit den Umstand einer Fremdeinwirkung offenbart. Denn an der Stelle der Brust, unter der sich Wakes Herz befand, leuchtete das noch frische Rot eines fast kreisrundes Hämatoms von der Größe einer Untertasse. Keine Öffnung, kein ausgetretenes Blut, nicht die Einwirkung einer Kugel oder eines Messers also, auch nicht – wie eine sofortige Befragung ergab – das Resultat eines Wiederbelebungsversuchs, sondern die Folge eines schweren Schlags auf Höhe des Organs. Ein Schlag von solch durchdringender Kraft, dass er im Herzen einen Schock ausgelöst hatte, der zum sofortigen Stillstand geführt haben musste.

Es brauchte noch ein wenig Zeit, aber die Gerichtsmedizin sollte bald feststellen, dass die tödliche Attacke nicht etwa mit einer Stange erfolgt war – wie man das im ersten Moment vermutet und darum die Suite, das Hotel und die Umgebung nach einer Tatwaffe abgesucht hatte –, sondern allein mittels einer menschlichen Hand. Einer Hand, deren wie zu einem Speer versteifte Finger die Bruststelle mit großer Wucht penetriert hatten und tief in das Organ eingedrungen waren.

Dies war zu perfekt, verwies zu sehr auf ein kontrolliertes Vorgehen, auf eine Form von Meisterschaft, als dass man diesen Angriff und seine Folge für spontan halten konnte. Es war unwahrscheinlich, dass der Täter einfach zugeschlagen und auf unglücklich-glückliche Weise voll ins Schwarze beziehungsweise Rote getroffen hatte. Vielmehr war einem der Ermittler sofort aufgefallen, wie sehr die Art der Verletzung und Tötung mit einer aus dem Chinesischen stammenden Kampftechnik übereinstimmte: Dim Mak, Kunst der tödlichen Berührung. Eine alte Technik, die so logisch wie ironisch auf dem gleichen Prinzip wie die Akupunktur beruht. Heilung und Verderben. Mit dem Prinzip, die Vitalpunkte des menschlichen

Körpers zu treffen. Wobei man innerhalb der Gruppe von Zielen das Herz als ein geradezu *offenes* Organ bezeichnen musste. Nur ungenügend von Rippen geschützt, war es einer direkten Einwirkung ausgeliefert.

Es kamen nun zwei Dinge zusammen. Erstens, dass jenes abgebrochene Stück eines Fingernagels, das man auf dem Hemd des Toten gefunden hatte, sich zweifelsfrei in eine Lücke fügen ließ: die Polnitz'sche Lücke. Und es sich zweitens erwies, dass Peter Polnitz über genau jene Fähigkeiten verfügte, die im Buch Bubishi, das der Dim-Mak-Technik zugrunde liegt, gelehrt werden. Ein Buch, das als die Quelle des Okinawa-Karate gilt und mit dem sich Polnitz nachweisbar bereits seit vielen Jahren beschäftigte.

Das taten auch andere, keine Frage, doch deren Fingernägel steckten nicht im Hemd eines toten Schauspielers.

Dabei hatte man anfangs Polnitz gar nicht als Verdächtigen auf dem Flughafen Heathrow festgenommen, sondern ihn aufgehalten, um ihn als Zeugen zu befragen, als die Person, die mit Wake gefrühstückt hatte und vielleicht wichtige Hinweise geben konnte. Die Medien hatten voreilig von einer Verhaftung gesprochen, die jedoch erst Stunden später tatsächlich geschah, als sich die Dinge fügten. Als sie begannen, sich zu einem gefälligen Bild zu vereinen.

Und so folgte das eine auf das andere. Frau Wolf, der fastenbrechende Cheng und der Rest der interessierten Welt – und eine uninteressierte Welt existierte nur in der Art eines toten Winkels –, alle konnten es verfolgen: die Untersuchungshaft, die Anklage, die Suche nach weiteren Beweisen, den Prozess und sodann im Prozess eine Verdichtung der Indizien, eine Konkretisierung des Tatvorgangs, eine siegessichere Staatsanwaltschaft, eine gar nicht siegessichere Verteidigung, Gutachter, Zeugen, eine Jury. Nur eines blieb weiterhin im Dunkeln: das Motiv. Das Motiv des fortgesetzt seine Unschuld beteuernden Peter Polnitz. Die Staatsanwaltschaft ging davon aus, dass ein Streit zwischen Wake und Polnitz stattgefunden habe, der eskaliert war. Wobei kurz das Gerücht kursierte, Wake hätte seinem Synchronsprecher die Stimme geneidet. Etwas, das Polnitz vehement verneinte, nicht den Neid, sondern dass darüber überhaupt gesprochen worden sei. Und auch die Journalistin –

übrigens eine Deutsche, die nach England geheiratet hatte und bei der BBC zur populären Kommentatorin aufgestiegen war – konnte einen solchen Streit nicht bestätigen. Aber letztlich blieb es dabei. Als Wake und Polnitz alleine gewesen waren – ein Zeitraum von zwanzig Minuten zwischen dem Moment, da die BBC-Frau sich verabschiedet hatte, und dem Augenblick, als Polnitz aus der Suite trat –, musste jene Auseinandersetzung stattgefunden haben, an deren Ende der in der Karatekunst geschulte und nachweisbar mit der sogenannten Penetration-Hand-Technik vertraute Peter Polnitz den fingerspitzen Schlag ausgeführt hatte. Und ihm dabei einzig der Fehler unterlief, ein winziges Stückchen jener transparenten Keratinplatte zu verlieren, aus der ein Fingernagel nun mal besteht. Ein Stückchen, das man exakt an jener Stelle des Hemds entdeckte, darunter sich die hämatöse Spur des »Einschlags« befand.

Wenn es je einen Beweis gegeben hatte, hier war er. Dazu brauchte es nicht die Argumente der berüchtigten englischen Boulevardpresse.

Die Frage, die sich eher stellte – also die Frage, die überhaupt gestellt wurde –, war, inwieweit diese »tödliche Berührung« bei aller Perfektion im Zuge eines Affekts begründet gewesen war. Oder doch eher im vollen Bewusstsein des Ziels geschah, Wake einen unwiderruflichen Schaden zuzufügen. Es zeigte sich, dass die Jury letztlich die Tötungsabsicht als gegeben annahm. Polnitz' Lehrmeister in dieser Technik, der vor Gericht aussagte, bestätigte das hohe Vermögen seines Schülers und ließ keinen Zweifel, wie genau Polnitz zwischen einer todbringenden Aktion oder einer bloßen Betäubung des Gegners zu unterscheiden verstand. Und ganz sicher nicht »unglücklicherweise« Wakes Herz auf diese spezielle Weise getroffen hatte. Mittels einer zum Speer geformten Schlaghand, besser gesagt Stichhand.

Zwar betonte der Zeuge, niemals einen seiner Schüler, und eben auch Polnitz nicht, darin unterrichtet zu haben, tödliche Attacken vorzunehmen, aber das Indiz wog einfach zu schwer. Hätte sich ein ganzer Klub von Karatekämpfern mit Kenntnissen der Dim-Mak-Technik in Wakes Suite aufgehalten, okay, aber es war eben allein Polnitz gewesen. Allerdings verabschiedete sich die Staatsanwaltschaft im Zuge der Verhandlung von der These, Polnitz habe seine Tat von langer Hand geplant und sei mit dem festen Entschluss nach London gekommen, Wake zu töten. Dafür gab es keinerlei Hinweise. Und somit auch nicht für irgendein Komplott. Zugleich aber verstand es der Ankläger, der Jury zu vermitteln, dass man Notwehr ausschließen konnte. Der Tatort wie auch Polnitz selbst zeigten nicht die geringsten Spuren eines Kampfes. Dieser Kampf musste rein verbal stattgefunden haben, bevor dann Polnitz mit überraschender Plötzlichkeit Wake einen tödlichen Stoß versetzt hatte. Dank einer einzigen zügigen Bewegung, dabei seiner großen Wut folgend.

Große Wut? War es denn nicht Andrew Wake gewesen, der im Verdacht gestanden hatte, seiner »deutsche Stimme« den Klang zu neiden?

Es war schon merkwürdig, wie wenig es der Verteidigung gelang, diesen Punkt zu verdeutlichen, ihn bloß erwähnte, aber nicht in der Lage war, Zeugen anzubieten. So blieb allein das Gerücht. Ein Gerücht, das dann sogar noch eine Umkehrung erfuhr, indem andere Zeugen, Zeugen der Anklage, von der großen Frustration sprachen, die Peter Polnitz empfunden habe, *nur* eine Stimme zu sein. Eine schöne Stimme, das schon, aber eine schöne Stimme in einem sehr viel weniger schönen Körper. Einem Körper, der es nie und nimmer an jene Stelle der Leinwand bringen würde, wo Wake stand.

Eifersucht?!

Und auch wenn es nicht auf solche Weise ausgesprochen wurde, so blieb doch das Bild von der Konfrontation zwischen einem hässlichen und einem schönen Mann. Ja, in manchen Andeutungen und Umschreibungen der englischen Boulevardpresse stellte sich das lange überholt geglaubte Bild vom hässlichen Deutschen ein, der hier einem schönen Engländer das Leben genommen hatte. Das Leben und mehr.

Dieses »Mehr« war es, das wie eine toxische Gloriole über der ganzen Tat schwebte.

Zudem blieb es bei der Ansicht, Polnitz habe in Wut gehandelt. Sei bei aller Wut aber kontrolliert vorgegangen. Die Hand zum

Speer geformt. Habe zugestoßen und Wake im Stürzen begriffen aufgefangen, um ihn dann mit einer Sorgfalt, die dem wortwörtlichen Fingerspitzengefühl des Schlags absolut entsprach, auf dem Bett abzulegen. Ohne allerdings eine weitere Spur auf Körper oder Kleidung des Ermordeten zu hinterlassen. Nur das eine winzige Fragment eines Fingernagels. Aber dieses war nun mal ausschlaggebend, umso mehr, als sich daraus auch die DNA Polnitz' ablesen ließ. Dieses *kleine* Stück war verhandlungstechnisch gesehen zum *großen* Stück geworden.

Es handelte sich natürlich um einen dieser Prozesse, in denen das öffentliche Urteil lange gesprochen war, bevor das gerichtliche erfolgte. Hier hatte aus welchen dunklen Gründen auch immer – Gründen, für die vielleicht ganz einfach die Sprache fehlte und auch die Sprache der Psychologen nicht ausreichte –, hatte also ein Synchronsprecher den Schauspieler in einer raffiniert-perfiden Weise ermordet. In einer Technik, die stets als japanisch bezeichnet wurde, trotz ihrer chinesischen Wurzeln. Es schien, als sei der Umstand des Japanischen irgendwie besser geeignet, sich die Brutalität des Vorgehens zu erklären.

Als dann das Urteil erfolgte, herrschte große Befriedigung im Vereinten Königreich. Wie unter den Wake-Fans in aller Welt.

Cheng betrachtete diese Geschichte ohne sonderliche Leidenschaft. Es war also nicht so, dass er ein spezielles Interesse daran entwickelt hätte, nur weil er Peter Polnitz in einem mallorquinischen Hotel begegnet und man zusammen an der Bar ein wenig ins Gespräch gekommen war. Derartiges geschah. Leute verschwanden. Und mitunter schafften es Leute, auf eine Art in die Medien zu kommen, mit der man eigentlich nicht berühmt werden möchte. Doch solange es sich dabei nicht um einen seiner Kunden handelte, tat Cheng wenig, um mehr in Erfahrung zu bringen als das, was ihm quasi mit den Nachrichten des Tages zuflog. Oder ihm von Frau Wolf berichtet wurde.

Frau Wolf verfolgte wie viele andere Fans von Andrew Wake nicht nur den Prozess, sondern fieberte auch seinem letzten Auftritt in einem Film entgegen. Seiner Rolle in *A Man for Endings*, der im

Herbst in die Kinos kommen sollte und auf den das Publikum mit diversen, recht unterschiedlichen Trailern eingestimmt und zu allergrößter Neugierde erzogen wurde (wobei sich im Zuge einiger rechtlicher Schwierigkeiten im Produktionsbereich, vielleicht auch dank eines absichtsvollen Hinauszögerns die Premiere um ein ganzes Jahr verschob, was dem enormen finanziellen Erfolg keinen Abbruch tat).

Das eigentliche Glück bestand darin, dass im Moment, da Wake ums Leben gekommen war, man die Dreharbeiten bereits abgeschlossen hatte, es also nicht nötig war, fehlende Szenen mit einem Doppelgänger zu besetzen oder gar mithilfe der Animationstechnik einen toten Schauspieler für die Leinwand zu reanimieren.

Alles war beendet gewesen. Nur eine Sache nicht, woraus sich eine geradezu absurde Pointe ergab. Nicht beendet waren die Arbeiten an der so wichtigen deutschen Synchronisation des Films. Indem also Peter Polnitz verhaftet worden war und nun auf seinen Prozess wartete, stand die Synchronisationsregie vor einem ernsten Problem. Und tatsächlich kam es zu Überlegungen, die Zeit bis zum Beginn des Prozesses zu nutzen und einen Antrag zu stellen, Polnitz in der Untersuchungshaft den Rest seines Textes einsprechen zu lassen. Was leider nicht geschah, obgleich Polnitz dazu bereit gewesen wäre. Er erklärte, nicht der Mörder zu sein und darum auch mit gutem Gewissen Wake zu Ende synchronisieren zu können. Doch die Behörden untersagten dies ohne weitere Angabe von Gründen. Auch wurde die Idee verworfen, für den Rest des einzusprechenden Textes einen Stimmenimitator – also jemanden, der Polnitz nachzuahmen verstand – zu engagieren. Nein, man entschied sich, die gesamte deutsche Synchronisation der Wake'schen Stimme von einem anderen Schauspieler neu einsprechen zu lassen.

Das Resultat sollte jedoch beim deutschsprachigen Publikum auf wenig Begeisterung stoßen. Der Film schon, die Stimme nicht. Vielen kam es so vor, als befinde sich auf der Leinwand nicht nur ein zwischenzeitlich Verstorbener, sondern auch ein stark Verwandelter. Ein stimmlich Verwester. Jemand, dessen Sprache und Tonfall einfach nicht mit dem »Original« mithalten konnte. Ja, nicht wenige Zuseher meinten, als der Film dann in die Kinos kam, auch wenn Polnitz ein Mörder sei, es dennoch besser gewesen wäre, ihn diese letzte Arbeit abschließen zu lassen. Ein filmisches Kunstwerk zu vollenden. Und damit zu verhindern, dass Wake vielen deutschsprachigen Zusehern in seinem postum erschienenen Film ein wenig so vorkam, als wäre er nicht ganz echt. Ja, man meinte, dass sogar eine gewisse Gerechtigkeit und Sühneleistung darin bestanden hätte, Peter Polnitz die einmal begonnene Synchronisation zu Ende bringen zu lassen.

Es war ein Jahr später, Ende April, als in London der von den Medien so gehandelte Sensationsprozess zu Ende ging. Er wurde vor dem für schwere Verbrechen zuständigen Crown Court verhandelt, wo eine zwölfköpfige Jury den Angeklagten mit einem zulässigen Mehrheitsvotum von zehn zu zwei Stimmen für den Mord an Andrew Wake schuldig sprach. Woraufhin das Gericht als Strafmaß eine lebenslange Freiheitsstrafe mit einer Mindestverbüßungsdauer von zwanzig Jahren festlegte.

Peter Polnitz war dreiundsechzig Jahre alt. Er würde somit erst als Greis das Gefängnis und damit England verlassen können.

In der Folge wurde dieses Urteil auch vom Revisionsgericht, dem Court of Appeal, bestätigt. Der Versuch der Verteidigung, eine verfahrenswidrige Parteinahme des Richters bei dessen *summing up* geltend zu machen, scheiterte. (Das *summing up* stellt eine Zusammenfassung der Beweisaufnahme durch den Richter dar, die dieser den Geschworenen präsentiert. Man könnte sagen, eine »Short Story« des Prozesses, dessen romanhafte Fassung die Geschworenen bereits durchgestanden haben.)

Bei alldem war es nicht gerade ein Vorteil, dass sich Peter Polnitz mit der Arroganz seiner deutschen Stimme – die auch im Englischen provozierend gut klang und in verschlüsselter Weise das Opfer zu verhöhnen schien – einem strafmildernden Geständnis widersetzte. Vor dem Prozess ebenso wie während des Prozesses. Und wie zu vermuten war, würde er damit auch niemals aufhören.

Cheng vernahm die erste Meldung von Polnitz' Verurteilung in den Abendnachrichten, nachdem er tagsüber nicht im Büro, sondern in einem kleinem niederösterreichischen Dorf gewesen war, um dort einen Klienten aufzusuchen, für den er einige Jahre zuvor tätig gewesen war. Es gehörte zu Chengs Prinzipien, mit seiner Kundschaft in Kontakt zu bleiben, auch wenn diese ihn gar nicht mehr benötigte. Er sah sich zwar weder als Seelsorger noch als Therapeut, natürlich nicht, aber doch als ein *Verpflichteter*. Und das war ja vielleicht auch der Grund, dass in seinem Büro ein echter, millionenschwerer Correggio hing.

Als er am nächsten Tag mit seiner Sekretärin einen morgendlichen Kaffee genoss (es war eine hübsche Geste moderner Lebensführung, dass die beiden sich beim Zubereiten des Kaffees abwechselten und auf diese Weise einmal ein einhändig und dann wieder ein zweihändig zubereiteter Kaffee entstand), kam man auch auf das in London gefällte Urteil zu sprechen. Frau Wolf zeigte sich sehr einverstanden damit. Obgleich auch sie nicht vergaß zu erwähnen, dass Peter Polnitz bis zum Schluss der Verhandlung seine Unschuld beteuert hatte. Und diese Beteuerung nun in einem englischen Gefängnis würde fortsetzen können.

»Manchmal scheint mir«, sagte Frau Wolf, »dass für große Verbrechen das Gleiche gilt wie für die kleinen Schweinereien des Alltags. Dass die Leute sich so fest einreden, nichts getan zu haben, bis sie es irgendwann wirklich glauben. Und es sodann für den Rest ihres Lebens glauben. Je länger ihr Leben dauert, umso fester.«

Cheng vermied es, Frau Wolf darauf hinzuweisen, was für ein gutes Gegenbeispiel sie selbst abgab. Sie würde niemals verdrängen, auf ihren Mann geschossen zu haben. Vielmehr schien es so, dass sie bei aller gerichtlich anerkannten Notwehr, mit der sie gehandelt hatte, durchaus stolz war, sich gegen diesen »Mistkerl« – den ein böses Schicksal ihr als Ehemann zugeführt hatte – gewehrt zu haben. So wie sie es auch nicht verdrängen würde, keineswegs absichtlich danebengeschossen zu haben. So sehr es auch von Vorteil gewesen war, genau das vor Gericht zu behaupten.

Jedenfalls verschwand der Fall »Polnitz« bald nach dem Urteil aus den Medien. Nicht hingegen der Fall »Wake«. Natürlich nicht, angesichts des Films sowie der seit seinem Tod blühenden Mythenbildung. Zu der nicht zuletzt die Theorie gehörte, Andrew Wake sei gar nicht gestorben und bei der Leiche handle es sich um einen Doppelgänger. Und dass das alles irgendwie mit Russland zusammenhänge. Zudem kündigte ein großer englischer Verlag eine bedeutende, eine wirklich bedeutende Biografie an, selbstverständlich von einem Pulitzer-Preisträger verfasst. Die Biografie sollte zeitgleich mit dem Film erscheinen (und weil dieser sich ja von einem Herbst auf den nächsten verspätete, folgte dieser Verspätung auch die Biografie). Sie war unter dem Titel *Happily Damned* geplant und versprach nicht zuletzt eine Antwort auf jene Frage, die der Prozess nicht wirklich beantwortet hatte, warum nämlich Wake hatte sterben müssen.

Cheng wiederum hatte anderes zu tun. Ihn beschäftigten zwei Aufträge, die er beide als »Familiengeschichte« bezeichnete und bei denen er sich phasenweise wie ein »Onkel« vorkam, zwar kein reicher aus Amerika, aber immerhin einer, der die Dinge zurechtrückte und dabei Liebe wie Hass auf sich zog.

Dennoch, es geschah einige Male, wenn er spätnachts im Bett lag und ihm Bilder durch den Kopf schossen, dass da auch das Polnitz'sche Gesicht auftauchte, dieser Kopf von verholztem Fleisch, der ihm damals auf Mallorca ironischerweise *englisch* erschienen war. Das Gesicht blitzte auf, aber ohne Stimme. Nur das Gesicht. Nun gut, das taten auch andere Gesichter. Nicht alles, was aufblitzte, brauchte etwas zu bedeuten. Nicht jedes Gewitter bringt auch Regen.

Dieses dann aber doch.

4

Lis

Ende Mai. Cheng saß an seinem Schreibtisch und dachte nach. Er hatte sich entschlossen, einen Auftrag zu beenden, bei dem ihm vorkam, die Klientin sei in erster Linie daran interessiert, ihn zum Nachmittagstee einzuladen. Und so sehr er sich seinen Kunden auch über die reine Detektivarbeit hinaus verpflichtet fühlte, nicht in dieser Weise. Nicht als Tröster. Nicht als Mann von jemands Träumen. Darum also überlegte er, wie er aus dieser Sache wieder herausfinden könnte, ohne eine Kränkung zu verursachen. Wobei die meiste Kränkung natürlich einer Verspätung zu verdanken war. Einem »Nein«, das einfach viel früher hätte ausgesprochen werden müssen.

Und während er also über Verspätungen und Kränkungen nachdachte, klopfte es an der Türe, und Frau Wolf trat herein, um ihm mitzuteilen, draußen stehe eine Dame und wolle ihn sprechen.

Cheng war irritiert. »Hat sie denn einen Termin?«

»Sie ist ohne Termin hier.«

»Ach!« Und dann: »Was denken Sie, Frau Wolf? Muss ich mich fürchten?«

Die Frage war nicht zum Spaß gestellt. Es kam schon mal vor, dass Verrückte bei Cheng vorsprachen. Oder eben Leute, die er später würde kränken müssen.

»Ich glaube«, sagte Frau Wolf, »die Dame ist in Ordnung. Wenn Sie mich schon so fragen. Ihr Name ist Bischof. Sie ist Deutsche.«

»Und was macht sie dann in Wien?«

»Ich weiß es nicht, aber wenn Sie möchten, kann ich es gerne in Erfahrung bringen.«

»Nein, ist schon gut. Schauen wir mal, was sie will.« Dabei sah er auf die Uhr, die kurz nach zwölf zeigte. »Sie haben heute Ihren Friseurtermin, nicht wahr?«

»Die Spitzen schneiden.«.

»Sie können gerne gleich gehen, wenn Sie wollen«, bot Cheng ihr an. »Diese Frau Bischof wird mich schon nicht umbringen.«

»Wahrscheinlich nicht«, sagte Frau Wolf, merkte freilich an, dass wohl einige Menschen genau einen solchen Satz gedacht oder ausgesprochen hatten, bevor sie dann eines Besseren belehrt wurden.

Dann kehrte sie in ihr Vorzimmer zurück und teilte der dort wartenden Frau mit: »Er hat Zeit für Sie.«

Cheng vernahm die Schritte einer leichten Person. Das Parkett knarrte nicht, wie es das bei schweren Leuten tat. Sondern knackste. So ein Knacksen wie bei eingeklemmten Wirbeln, die endlich freikommen.

Cheng gehörte nicht zu den Leuten, die sitzen blieben, wenn jemand eintrat, um sich erst im allerletzten Moment zum Zweck einer Begrüßung zu erheben. Wenn solche Leute überhaupt ihre Hintern hochbekamen. Nein, er pflegte seine Kunden im Stehen zu empfangen. Er pflegte ihnen in die Augen zu sehen. Und er teilte die Augen der Leute in vier Kategorien ein: in gute Augen, schlechte Augen, böse Augen und abwesende Augen. Schlecht und böse, das war also nicht das Gleiche. Es war wie der Unterschied zwischen gemein und perfide. Gemein waren viele, perfide die raffinierten Teufel.

Bischofs Augen ergaben eine Mischung aus gut und abwesend. Das Gute resultierte aus der klaren Form, das Abwesende aus einem Schimmer von Schwermut. Halb stand diese Frau im Leben, halb außerhalb davon.

Farblich gesehen waren es grüne Augen. Altes Grün. Wie bei oxidierter Bronze. Ein altes Grün in den Augen einer eher jungen Frau. Sie mochte Mitte oder Ende zwanzig sein. Klein und schlank und helle Haut, und sehr kurzes, blondes Haar.

Cheng fand, dass sie nicht nur gute Augen besaß, sondern überhaupt einen guten Kopf. Er musste an Jean Seberg denken, die er bewundert hatte, als er selbst jung gewesen war.

Er reichte ihr die Hand. Sie nannte ihren vollen Namen: Lis Bischof.

Cheng bat Frau Bischof, auf einem der beiden Lederstühle Platz zu nehmen, und fragte, ob er ihr etwas anbieten könne.

»Leitungswasser wäre fein.«

Stimmt, dachte sich Cheng, Leitungswasser ist wirklich das, was zu diesem Typ passt. Wobei ihm durchaus bekannt war, dass Jean Seberg nicht an Leitungswasser zugrunde gegangen war.

Er holte Lis Bischof ein gut gefülltes Glas, dann setzte er sich ihr gegenüber in den Stuhl und erkundigte sich, was er für sie tun könne.

»Sie kennen meinen Vater«, erklärte die Frau.

»Bischof?«

»Das ist der Name meines Mannes. Mein Vater heißt Peter Polnitz.«

»Ach was?« Cheng dachte nach. Nicht darüber, wer Peter Polnitz war, das nicht.

Frau Bischof half ihm beim Nachdenken, indem sie sagte: »Er hat Ihnen wahrscheinlich gesagt, er hätte keine Kinder.«

»Stimmt«, erinnerte sich Cheng, »das war es. Jetzt weiß ich es wieder, er sprach von seiner Frau in Karlsruhe und einer Menge Hunde, aber auch davon, keine Kinder zu haben.«

»Eines schon. Ich stamme aus seiner ersten Ehe. Wir waren lange ohne Kontakt. Und um ehrlich zu sein, ich habe ebenfalls oft behauptet, ich hätte keinen Vater, obgleich das nicht ganz so überzeugend klingt, wie wenn man sagt, man sei kinderlos.«

Lis Bischof erklärte, nicht gekommen zu sein, um über ihre verkorkste Kindheit in einem von zwei Egomanen bestimmten Künstlerhaushalt zu sprechen, und wieso sie sich beinahe ein Jahrzehnt geweigert habe, ihren Vater zu sehen. Sie sei nicht hier, um über ihren Vater zu klagen, sondern um ihn zu retten.

»Sie wollen mich hoffentlich nicht überreden«, sagte Cheng, »mich an einem Gefängnisausbruch zu beteiligen. Erst recht nicht, da es sich um ein englisches Gefängnis handelt.«

Dabei schob er ein wenig den aufgesteckten Ärmel seines Sakkos in den Vordergrund, wie um zu betonen, für Waghalsigkeiten körperlicher Natur nicht geeignet zu sein.

»Wieso«, fragte Frau Bischof, »wäre es bei einem englischen schwieriger?« Fügte aber sogleich an: »Nein, ich will Sie nur darum bitten, Nachforschungen anzustellen, die die Unschuld meines Vaters beweisen.«

»Sie haben also wieder Kontakt?«

»Ja, als der Prozess begann, war ich mehrmals in London, um mit ihm zu reden. Ich fand, dass zehn Jahre Trennung genug waren. Ich fand, dass die Situation sich geändert hatte. Und sich nicht mehr die Frage stellte, ob er meine Hilfe verdient. Sondern dass sie ihm einfach zusteht. So wie sie mir zugestanden hätte, wäre es umgekehrt gewesen.«

»Er ist verurteilt. Die Revision war ohne Erfolg«, erinnerte Cheng.

»Natürlich. Die Verteidigung hat grobe Fehler begangen. Außerdem war mein Vater bereits in dem Moment schuldig gesprochen, als sein Gesicht das erste Mal in einer englischen Zeitung auftauchte. Neben dem Gesicht des toten Wake. Und das war ja rasch der Fall. Erzählen Sie mir also nichts von Gerechtigkeit.«

Lis Bischof erwähnte mit einem spöttischen Blick in ihrem hübschen Jean-Seberg-Gesicht, wie stolz die englische Justiz auf ihr Jury-System sei, weil sie meine, der Angeklagte würde von Seinesgleichen verurteilt oder freigesprochen werden.

»Seinesgleichen?!«, höhnte sie. »Ach was! Ein deutscher Schauspieler und Synchronsprecher, der vor einer Jury aus lauter Leuten zu sitzen kommt, für die Andrew Wake ein Nationalheld war. Dazu diese verfluchte Beweisorgie. Dieses Gottesgeschenk eines Fingernagels im Hemd des Toten. Und dann ist mein Vater auch noch Karatemeister.«

Lis Bischof beklagte, dass niemand, selbst die Verteidigung nicht, versucht habe, die Möglichkeit eines anderen Täters zu bedenken. Es sei allein darum gegangen, die Frage zu klären, ob ihr Vater völlig spontan, kurz entschlossen oder aus reinem Kalkül gehandelt habe. Das Fehlen eines Motivs habe gar nicht interessiert.

»Es gab Zeugen«, sagte Cheng, »die davon sprachen, ihr Vater sei unglücklich gewesen mit der Rolle der reinen Stimme. Und darum auf Wake wütend gewesen. Auf den sichtbaren Mann.«

»Glauben Sie das wirklich? Sie haben meinen Vater doch kennengelernt. Erschien er Ihnen denn frustriert, nur weil er nicht wie Clooney, Gere oder eben Wake aussieht? Schien er unglücklich so ganz allein mit seiner schönen Stimme?«

Cheng schwieg.

Lis Bischof führte weiter aus, dass die Anklage diesen Unsinn einer Konkurrenz aufgebracht habe, während das Konzept der Anwälte ihres Vaters allein darin bestanden habe, ihren Klienten mehr oder weniger als einen Geisteskranken dastehen zu lassen.

»Herr Polnitz«, wendete Cheng ein, »hat aber auch nicht viel mehr getan, als auf seiner Unschuld zu beharren. Wenn ich da richtig informiert bin.«

»Wissen Sie«, sagte Lis Bischof, »ich glaube, dass die Absurdität darin besteht, dass jemand, der schuldig ist, viel besser eine Unschuld vertreten kann als jemand tatsächlich Unschuldiger. In unserer Welt ist die Wahrheit eigentümlich unglaubwürdig. Schauen Sie irgendwohin – und ich rede jetzt nicht allein von der Politik –, sehen Sie irgendwo eine Meisterschaft der Wahrheit? Oder nicht eher eine Meisterschaft der Lüge?«

»Sie wollen mich aber nicht engagieren, um einen Kreuzzug gegen die Verlogenheit der Welt zu führen.«

»Ich will Sie engagieren«, sagte sie, »um etwas zu finden, das hilft, den Fall neu aufzurollen. Und Sie bitten, ganz von vorne anzufangen.«

»Wo von vorne?«

»Wie wäre es mit Mallorca? Als Sie meinen Vater kennenlernten.«

»Wieso das denn?«, fragte Cheng. Und erklärte: »Nie sind sich zwei Menschen zufälliger begegnet als er und ich. Kein Gott und nichts und niemand hatte da seine Finger im Spiel.«

»Ich rede nicht von Gott. Aber Sie müssen doch zugeben, dass die Art, wie Sie zusammenkamen, dem Beginn eines Romans ähnelt. Und ein Roman endet nicht nach drei, vier Seiten. Auch nicht nach drei, vier Kapiteln.«

Cheng runzelte die Stirn. Dann meinte er: »Ich glaube mich daran zu erinnern, bereits Ihrem Vater erklärt zu haben, kein Schriftsteller zu sein.«

»Aber es ist doch schon verrückt, dass er Sie angesprochen hat, weil er Sie mit einem anderen Chinesen verwechselt hat.«

»Verrückt war es«, sagte Cheng, »weil der, für den er mich hielt, auch einarmig war. Im Übrigen wäre zu sagen, dass es sich bei dem anderen um einen Iren handelte, ich aber Österreicher bin. Kein Chinese. Sie heißen Bischof, ich halte sie dennoch nicht für einen Geistlichen.« Kein Chinese zu sein war geradezu der Leitspruch in Chengs Leben.

»Ja, verzeihen Sie«, sagte Polnitz' Tochter. »Ich möchte Sie wirklich nicht verärgern.«

Sie nippte an ihrem Glas Wasser, als sauge sie Blut aus dem Leib eines Singvogels. Aber zärtlich.

Dann sagte sie: »Er träumt von Ihnen.«

»Wer? Ihr Vater?«

»Ja, er behauptet, seitdem das Urteil ergangen ist, würden Sie immer wieder in seinen Träumen auftauchen. Vorher nie. Jetzt schon.«

Cheng erwiderte: »Ich würde Träume nicht zu hoch bewerten. Sie spielen gewissermaßen in einer unteren Liga. Und steigen niemals auf. Sie haben keine Bedeutung. Nicht in der oberen Liga. Und dort ist nun mal unser Leben.«

»Trotzdem«, sagte Lis Bischof, »es ist der Wunsch meines Vaters. Und es ist mein eigener, dass Sie das übernehmen.«

»*Trotzdem* ist kein Argument«, erklärte Cheng.

»Ist Geld ein Argument?«

»Ehrlich, liebe Frau Bischof«, meinte Cheng. »Das klingt nach einem beträchtlichen Aufwand, nach viel Zeit und hohen Spesen und einem letztlich deprimierenden Resultat.«

»Ich zahle für die Mühe, die Sie sich machen, nicht für ein bestimmtes Resultat. So sehr ich die Unschuld meines Vaters annehme. Aber weder gebe ich ein Gutachten noch eine Meinungsumfrage in Auftrag. Er verkommt in diesem Gefängnis.«

Lis Bischof berichtete davon, dass ihr Vater sich derzeit in jener

Londoner Strafanstalt befinde, in der einst Timothy Evans eingesessen habe, der 1950 für die Ermordung seiner Frau und seiner Tochter verurteilt und gehängt worden sei. Und es dann drei Jahre brauchte, bis sich Evans' Nachbar als Serienmörder herausstellte und natürlich auch als der Mörder von Evans' Frau und Tochter.

»Dieses Gefängnis«, sagte Lis Bischof, »ist ein wirklich schrecklicher Ort, obgleich er so nett klingt: *The Ville*. Wie wenn man einen Tiger *Katze* ruft. Oder einen Hai *Clemens*.«

Cheng nickte. Er dachte an den wunderbar unpassenden Namen seines zuletzt so gut wie tauben Hundes.

Frau Bischof betonte, wie sehr der Anblick ihres Vaters sie erschreckt habe, als sie zuletzt in *The Ville* gewesen war, an einem Ort, der ihrem Vater eher als *The Hell* erscheinen müsse. Noch vor und selbst während des Prozesses habe er erstaunlich gesund gewirkt und habe ja schon immer über eine robuste Natur verfügt. Jetzt aber würde er verfallen. Resignieren und verfallen. Bis zuletzt habe er gedacht, sich in einer Farce zu befinden, die ein Ende haben würde. Um nun aber festzustellen, dass dieses Ende nicht stattfindet. Dass kein Vorhang fällt.

»Doch genau das«, sagte Lis Bischof, »will ich nicht akzeptieren, die Ewigkeit dieser Farce. Darum sitze ich hier und frage mich, was ich tun muss, um Sie zu überzeugen, für uns zu arbeiten.«

»Ich müsste nicht zuletzt nach England«, sagte Cheng.

»Überall, wohin Sie meinen. Und wenn nötig auch nach Mallorca, falls Sie glauben, es könnte helfen.«

»Das wird teuer.«

»Wenn es sein muss.«

Cheng bestimmte eine hohe Summe. Einfach, um Frau Bischof zu testen.

Sie überlegte keine Sekunde. »In Ordnung. Ich überweise den Vorschuss. Und Sie schicken mir bitte Ihre Honorarrechnung und die Spesenabrechnung in einem Intervall Ihrer Wahl. Wenn Sie mögen, auch täglich.«

»Das wird nicht nötig sein«, sagte Cheng. Dann fragte er: »Bleiben Sie länger in Wien?«

»Ich kam nur hierher, um Sie zu treffen.«

»Sie hätten sich voranmelden sollen.«

»Mir schien es besser, mit der Tür ins Haus zu fallen.«

Cheng sah hinüber zu seiner Bürotüre, als sei Bischofs Bemerkung wörtlich zu verstehen.

»Am Abend«, verriet Lis Bischof, »fliege ich nach London zu meinem Vater.«

»Leben Sie jetzt dort?«

»Nein, in Monte Compatri nahe Rom. Mein Mann ist Italiener.«

»Mit Namen Bischof?«

»Sein Urgroßvater stammt aus Deutschland. Ich bin somit die Ehefrau, die seinen Stammbaum bestätigt.«

»Und wie ist das mit Ihrer Stiefmutter? Sie lebt doch in Karlsruhe, nicht wahr?«

»Ich habe sie erst während des Prozesses kennengelernt«, erklärte Lis Bischof. Und fügte an, nicht sagen zu können, ob die Gleichgültigkeit dieser Frau Ausdruck einer Lieblosigkeit oder einer Depression sei.

»Aber ich vermute«, sagte sie, »es hätte sie viel härter getroffen, hätte man einen ihrer Hunde verurteilt. Es muss ihr ein Gräuel gewesen sein, ihre geliebten Labradore alleine in Karlsruhe zu lassen, um der Verhandlung beizuwohnen.«

»Auf Mallorca«, erinnerte sich Cheng, »hatte sie aber auch keine Hunde dabei.«

»Darum war sie ja so erleichtert – hat mir mein Vater erzählt –, als der Anruf ihrer angeblich kranken Mutter kam. Die sitzt schließlich genauso in Karlsruhe. Nein, wirklich, sie schien mir mehr als glücklich, als der Prozess endlich vorbei war und sie wieder zu ihren Lieblingen zurückdurfte.«

»Was wollen Sie mir genau sagen, Frau Bischof? Dass Ihre Stiefmutter Ihren Vater hasst?«

»Nein, ich will sagen, dass Gabriela … Okay, niemand kann was für seinen Namen, aber doch dafür, genau so zu sein, wie der Name klingt. Leute, die Heinz heißen und auch Heinz *sind.*«

Lis Bischof zitierte Wilhelm Busch. Dieser habe einmal geschrieben, dass gar manches vorherbestimmt sei und das Schicksal den

Menschen in Bedrängnis führe. »Doch wie er sich dabei benimmt, ist seine Schuld und nicht Verhängnis.«

Cheng nickte. »Guter Spruch, auch wenn ich nicht finde, dass man durch die Namen Gabriela oder Heinz ernsthaft in Bedrängnis gebracht wird.«

»Und wie ist das mit Markus?«, fragte Lis Bischof. Wobei sie selbst ja einen wirklich wunderschönen Vornamen besaß und ein Verhängnis wohl eher dadurch drohte, ihm nicht gerecht werden zu können.

»Mein Vorname«, erklärte Cheng, »steht wohl so ziemlich in der Mitte zwischen Heiligkeit und Verderben. Er ist das Mittelmäßigste an mir.«

»Die gute Gabriela jedenfalls«, sagte Lis Bischof, »gehört zu der Sorte kranker Menschen, die sich in ihre Tiere verlieben und diese Tiere für die besseren Partner halten. Wie sehr Gabriela daneben auch noch ein wenig meinen Vater liebt oder geliebt hat oder auch nicht, also, ich kann es Ihnen wirklich nicht sagen.«

»Und was ist mit Ihrer Mutter?«

»Sie können sie aufsuchen, wenn Sie wollen. Doch ... Lassen Sie es mich so ausdrücken: Wenn Gabriela ein Faible für Labradore hat, hat meine Mutter ein Faible dafür, ihre Pillen mit Alkohol hinunterzuspülen. Und weil ihr die Pillen immer so schwer im Magen liegen, spült sie viel nach. Wenn sie über meinen Vater redet, ist es die pure Empörung. Nur kann man nie sicher sein, ob sie sich gerade über ihn oder nicht über einen anderen ihrer Männer auslässt. Keine Frage, wenn jemand meinen Vater richtig hasst, dann meine Mutter. Aber sie hasst daneben eben auch noch andere Männer. Und bringt sie alle gern durcheinander.«

»Gut«, sagte Cheng. »Wir werden sehen. Vor allem benötige ich natürlich sämtliche Unterlagen, die den Prozess betreffen.«

»Die bekommen Sie.«

»Und noch was: Da war doch so eine Journalistin von der BBC dabei, die als Letzte Ihren Vater zusammen mit Andrew Wake gesehen hat.«

»Kirsten Bach. Im Prozess selbst hat sie aber kaum eine Rolle gespielt, bloß Dinge bestätigt, die mein Vater gar nicht geleugnet hat.«

»Dennoch, ich werde mit ihr reden müssen.«

»Sie finden sie in London.«

Lis Bischof äußerte, Kirsten Bach scheine tatsächlich eine gute Freundin von Andrew Wake gewesen zu sein. Was wohl auch der Grund dafür war, dass sie rein gar nichts unternahm, Peter Polnitz zu entlasten. Auch habe sie sich geweigert, mit ihr, Lis Bischof, zu reden. Bischof schloss: »Das ist eine schwierige Frau.«

»Mit schwierigen Frauen«, sagte Cheng, »hatte ich schon mal zu tun.«

Es klang, als spreche er von seiner Leidenschaft für schwer verständliche, aber teure Kunst, so etwas wie Haie in Formaldehyd, um jetzt nicht von halbierten Kühen zu sprechen.

Lis Bischof meinte: »Ich wusste, Sie sind der Richtige.«

Cheng darauf: »Als Erstes aber werde ich sinnvollerweise Ihren Vater aufsuchen. Meine Frau Wolf soll das arrangieren. Sie können Ihren Vater schon einmal vorwarnen. Sagen Sie ihm, es wäre hilfreich, ganz bei der Wahrheit zu bleiben, gleich, wie die aussieht.«

»Ich denke nicht«, sagte Bischof, »dass mein Vater etwas verheimlicht.«

»Ich denke schon«, entgegnete Cheng, »aber das denke ich eigentlich immer.« Dann fragte er: »Darf ich wissen, was Sie beruflich machen?«

»Vielleicht bin ich einfach Ehefrau.«

»Das wäre dann auch ein Beruf«, meinte Cheng, und nichts in seinem Gesicht verriet, er würde dies ironisch meinen.

»Nein«, sagte sie, »ich entwerfe Autos. Genauer gesagt, ich entwerfe die Armaturen von Autos. Und die von Badezimmern.«

»Wie kommt man denn auf so was?«

»Ja, das war nicht unbedingt die Entscheidung, die ich in meiner Kindheit traf. Und auch nicht während meines Kunststudiums. Ich bin da reingerutscht. Ein Sommerjob. Ein Sommerjob in Rom. Und während dieses Sommers habe ich eine Dusche entwickelt, von der alle begeistert waren. Duschen wachsen ja auch nicht aus der Erde. Ebenso wenig Autos. Einer oder eine muss es tun. Muss bestimmen, wie die Dinge aussehen. Und ich bin so eine.«

Als schaue sie nun einer verflossenen Liebe hinterher, blickte sie auf die rückwärtige Wand des Raums: »Eine schöne Correggio-Kopie haben Sie da.«

»Eigentlich ist es ein Original«, erklärte Cheng.

Lis Bischof lachte.

»Ja, Frau Bischof, wie Sie vorher schon so richtig angemerkt haben, die Leute glauben einem eher eine Lüge.«

Sie sah ihn irritiert an. Dann aber meinte sie: »Jetzt verstehe ich, wieso Sie so teuer sind. Wenn Sie sich solche Bilder leisten.«

Cheng sagte, er spare beim Essen. Dann fragte er, wie er sie erreichen könne.

Lis Bischof hinterließ ihm ihre Handynummer, eine Adresse in Monte Compatri sowie eine Nummer in Rom, wo offensichtlich ihr Mann ein Büro betrieb.

»Und was entwirft *er*?«, wollte Cheng wissen, eine berufliche Parallele vermutend.

»Er entwirft nicht. Er handelt.«

Mehr sagte sie nicht.

Durch die offene Türe vernahm man die Schritte von Frau Wolf, die soeben von ihrem Friseurtermin zurückkam.

»Wie ich zu meinem Honorar komme«, sagte Cheng, »besprechen Sie bitte mit meiner Sekretärin.«

Lis Bischof verabschiedete sich von Cheng und trat hinüber in den Vorraum. Dabei kam sie nahe an dem Correggio vorbei. Es war ein Zittern in ihrem Gang.

»Wow!«, hörte Cheng sie ausrufen. Aber da war sie bereits im Vorzimmer, meinte also nicht den Correggio, sondern Frau Wolf: »Was haben Sie mit Ihrem Haar gemacht?«

»Nicht wahr? Der Mann ist ein Künstler«, erklärte sie. In ihren Augen war ein biolumineszentes Leuchten.

In der Folge tauschten die Frauen alle Daten aus, die nötig waren, das Finanzielle zu regeln. Vor allem aber, um den Antrag auf einen Besuchstermin beim inhaftierten Peter Polnitz in die Wege leiten zu können.

Lis Bischof stellte zudem eine Vollmacht aus, die alle Handlungen betraf, die demnächst in ihrem Namen geschehen sollten, soweit sie den Fall ihres Vaters betrafen.

Nachdem sie gegangen war, kam Cheng kurz ins Vorzimmer. Er hatte ja das Gespräch mitangehört und betrachtete Wolfs Frisur mit Interesse. Doch auch wenn das jetzt ein Klischee ist – nämlich diese gewisse Blindheit von Männern in Bezug auf gewisse Veränderungen des Optischen –, Cheng hätte überhaupt nicht sagen können, was sich im Zuge einer etwa fünfundzwanzig Euro teuren Intervention verändert hatte.

»Buchen Sie mir für nächste Woche Mittwoch einen Flug nach London«, bat er Frau Wolf. »Zwei Übernachtungen.«

»Können wir Geld ausgeben?«

»Wir können. Schauen Sie, ob ein Zimmer im Hotel Beaumont frei ist. Und wenn sich das irgendwie machen lässt, hätte ich gern die Suite, die dort ROOM heißt.«

»Und was ist mit einem Rückflug?«

»Mal sehen.«

»Sie kommen aber schon wieder nach Wien zurück?«

Cheng führte aus, sich seit jeher vorgenommen zu haben, in der Stadt, in der er praktisch in die Welt geraten sei, die Welt auch wieder verlassen zu wollen. Folglich ganz sicher nach Wien zurückzukehren. Zur Not mit seinem letzten Atemzug. (Wobei er verschwieg, während einer sich des Öfteren wiederholenden Traumsequenz in einer Shanghaier U-Bahnstation ums Leben zu kommen, doch für ihn – und das betonte er ja gerne – gehörten Träume einer unteren Liga an, einer Liga, aus der nichts und niemand aufstieg.)

Frau Wolf versprach, alles in Kürze erledigen zu wollen und sogleich im Beaumont wegen dieser speziellen Suite anzufragen.

Cheng kehrte in sein Büro zurück, setzte sich an seinen Computer und begann zu recherchieren. Er wollte etwas erfahren über die Verhältnisse in jenem Gefängnis, von dem Lis Bischof nur als von *The Ville* gesprochen hatte. Und bei dem es sich um das Pentonville-Gefängnis im Norden Londons handelte. Ein Gefängnis, das zu Chengs Überraschung auf Google in derselben von vollen oder leeren Sternchen bestimmten Weise wie ein Hotel, ein Arzt oder Restaurant bewertet wurde. Die Haftanstalt brachte es allen Ernstes im Schnitt auf vier von fünf Sternen, wobei ein Blick auf die Rezensionen den Galgenhumor der Kommentatoren bewies. Wenn zum Beispiel jemand fünf Sterne dafür vergab, hier von seinem »favourite place to go for a riot!!« zu sprechen, oder jemand anderer die Höchstwertung mit dem Argument versah, das Pentonville-Gefängnis sei eine »Great KILLING location!!!!«, während ein weiterer ehemaliger »Gast« vom herrlichen Ausblick aus dem 5. Stock schwärmte. *The Ville* gehörte offensichtlich zu jenen überfüllten, in jeder Hinsicht überlasteten Strafanstalten und trotz der vier Google-Sterne eher höllisch zu nennenden Plätze, wie man sie gerne in Gefängnisfilmen zeigte. Ein Ort, der in jüngster Zeit durch eine Vielzahl an Messerstechereien in die Medien geraten war und an dem einst so unterschiedliche Persönlichkeiten mit so unterschiedlichen Delikten inhaftiert gewesen waren wie Arthur Koestler (weil er 1940 ohne Papiere nach England eingereist war), der Fußballer George Best (nicht weiter überraschend wegen einer Handgreiflichkeit und Alkohol am Steuer) und Boy George (wegen Freiheitsberaubung an einem norwegischen Callboy).

Cheng hatte wenig Lust, sich an einen solchen Ort zu begeben. Einen Ort ähnlich einem Krankenhaus, so voll von Viren und schlechter Luft und der Nähe zu einem Tod, der einen zweifeln ließ, ob hinterher wirklich Erlösung folgte. Doch er hatte diesen Job nun mal angenommen und würde Polnitz in *The Ville* aufsuchen müssen.

Wenn Cheng sich entschlossen hatte zuzusagen, dann nicht wegen des Geldes. Geld, das er zwar nötig hatte, aber auch nicht *so* nötig, einen Schritt in Richtung Fegefeuer zu tun. Nein, er hatte eingesehen, dass er sich niemals zu Polnitz an die Bar hätte setzen dürfen. Indem er es getan hatte, hatte er selbst die ganze Entwicklung verschuldet, nicht den Mord an Wake, natürlich nicht, aber doch die Notwendigkeit eines sich schließendes Kreises. Der darin bestand, die Schuld oder Unschuld eines Mannes zu beweisen, mit dem er sich einen Abend lang unterhalten hatte. Damals ahnungslos, mag sein, aber Ahnungslosigkeit ist das Letzte, wovon die Natur des Schicksals sich beeindrucken lässt. Ganz im Gegenteil. Ahnungslosigkeit fixt die Natur des Schicksals geradezu an. Für das Schicksal ist es wie Sex mit verbundenen Augen.

Frau Wolf kam ins Zimmer und berichtete, die Suite namens ROOM im Hotel Beaumont sei leider für Monate ausgebucht, weshalb sie eines der Standardzimmer habe reservieren lassen.

»Allerdings«, sagte Frau Wolf, »habe ich denen erklärt, Sie seien ein bedeutender Kunsthistoriker und würden für das New Yorker Magazin *ARTnews* einen Essay zum Thema *Was hat Kunst in einem Hotel verloren?* schreiben. Und dass sie diesen speziellen Raum ganz unabhängig davon betrachten würden, dass hier Andrew Wake so tragisch zu Tode gekommen sei. Ich habe da schon dick auftragen müssen. Jedenfalls ist die Hotelleitung bereit, Sie am Freitagvormittag, wenn die Suite für einen neuen Gast vorbereitet wird, auf eine halbe Stunde hineinzulassen. Nur keine Fotos. Aber Sie dürfen sich den Schlafraum ansehen. Und um den handelt es sich schließlich, nicht wahr? Kunsthistorisch und überhaupt.«

»Und wenn mich diese Beaumont-Leute googeln? Das tut doch ein jeder heutzutage.«

»Ich weiß auch nicht«, sagte Wolf. »Das müssen Sie denen dann erklären. Ich kann jetzt nicht auch noch in aller Eile einen Wikipedia-Eintrag fälschen oder das Institut für Kunstgeschichte der Universität Wien hacken.«

Frau Wolf schlug zusätzlich vor, über Frankfurt zu fliegen und dort die Reise zu unterbrechen, um jenes Anwaltsbüro aufzusuchen – Enslin & Partner –, das in Kooperation mit einem britischen Partner die Verteidigung von Peter Polnitz übernommen hatte.

»Ensslin?«, fragte Cheng. »Terroristenanwälte?«

»Nein, mit nur einem *S*, das sind eigentlich Wirtschaftsanwälte.«

»Erstaunlich«, fand Cheng und meinte, in diesem Fall wäre ein Typ wie Perry Mason doch wohl geeigneter gewesen.

»Sicher«, sagte Frau Wolf, die sehr gut wusste, wer Perry Mason war, »aber Fakt ist auch, dass die englischen Partner der Enslin-Leute einen bekannten Strafverteidiger zur Hand hatten. Vielleicht hätten sie einen Zauberer nehmen sollen. Oder einen Hypnotiseur. Wie auch immer, Frau Bischof hat versprochen, Sie bei diesen Frankfurter Anwälten anzukündigen.«

»Die werden eine große Freude mit mir haben«, prophezeite Cheng. »Aber gut, packen Sie alles zusammen: die Anwälte, das

Hotelzimmer, das Gefängnis. Und seien Sie noch so lieb und stellen mir ein kleines Dossier zum Thema *Dim Mak* zusammen.«

»Die Kunst der tödlichen Berührung«, bewies Frau Wolf, die Berichte über den Prozess genau verfolgt zu haben.

»Sie wissen«, sagte Cheng, »wie sehr ich diese asiatischen Kampfkünste verabscheue.«

»Sie verabscheuen alles Asiatische«, erinnerte Frau Wolf.

»Das vielfach überschätzte Essen auf jeden Fall. Und dann, mein Gott, dieses Theater um eine lange Mauer. Und Krieger aus Ton. Warum nicht Reis aus Ton? Und ebendiese sogenannten Kampfkünste. Der Körper als Waffe, ich bitte Sie! Schlimmer sogar als Yoga, das ja wenigstens nur den verunstaltet, der es betreibt. Und nun fürchten sich auch noch alle vor der chinesischen Wirtschaft. Aber was soll ich tun, ich muss mich in dieser Sache kundig machen. Ob mir das passt oder nicht.«

»In Ordnung«, sagte Frau Wolf, »dann schnüre ich jetzt das Paket.«

Sie ging.

Cheng erhob sich und trat zum Fenster hin, das auf die vergleichsweise schmale Taubstummenstraße wies. Er öffnete es. Dabei bemerkte er, sich in der Scheibe eines auf gleicher Höhe befindlichen, gegenüberliegenden Fensters zu spiegeln. Wobei er aber auch noch eine weitere Person in dieser Spiegelung zu erkennen meinte, die sich also folglich hinter ihm befinden musste. Doch Frau Wolf konnte es nicht sein … Anstatt sich umzudrehen, verengte Cheng die Lider und blickte angestrengt auf den leicht zittrigen Reflex auf der Scheibe. Bei der Person, von der er glaubte, sie stünde in seinem Rücken, leicht gegen die Seite hin … Es war eine nackte Frau. Er erkannte ihre Brüste sehr viel deutlicher als ihr Gesicht, das, eingerahmt vom langen Haar, eine dunkle Fläche bildete.

Indem Cheng noch ein wenig näher an den Fensterrahmen trat und sich ein Stück hinausbeugte, begriff er endlich die Peinlichkeit. Die Peinlichkeit, dort hinüberzustarren, hinüber in eine Wohnung, in der eine nackte Frau stand. Höchstwahrscheinlich im Umziehen begriffen.

Kaum anzunehmen, dass diese Frau sich vorstellen konnte, welchen Irrtum der Mann beging, der derart unverschämt zu ihr herüberglotzte.

Nun, Cheng selbst erkannte den Irrtum, behielt aber so weit die Nerven, nicht in der Manier des Ertappten rasch zur Seite zu springen – das tat er aus Prinzip nicht, *springen,* er sagte gerne, er sei kein Actionfilm –, vielmehr schob er seinen Kopf ein wenig nach links und ein wenig abwärts und blickte hinunter auf die Stelle, wo Taubstummengasse und Argentinierstraße etwas bilden, was die Menschen eine Ecke nennen.

Er blickte starr auf die Ecke, als stünde dort etwas weit Interessanteres als eine nackte Frau. Dann schloss er das Fenster und trat zurück in die Mitte des Raums. Eines Raums, in den wiederum ein von Correggio gemalter verzweifelter Mann von seiner Leinwand herunter hineinsah.

Es wird viel geschaut in dieser Welt.

5

Wenn der Tod zu spät kommt und trotzdem pünktlich ist

Die Pfingsttage verbrachte Cheng zumeist im Bett liegend, aber kaum schlafend, dafür in ein Buch vertieft, unterbrochen nur von Momenten gepflegter Nahrungsaufnahme und langen gedankenlosen Sitzungen in der Badewanne. Bei seiner Lektüre handelte es sich um Mary Shelleys berühmten Roman *Frankenstein,* den Cheng schon immer einmal hatte lesen wollen und den er intuitiv als die richtige Vorbereitung für das empfand, was ihn demnächst erwarten würde. Immerhin war der Frankenstein-Roman ja ein britischer Roman, auch wenn es sich bei der Hauptfigur, dem fanatischen Wissenschaftler, um einen Schweizer in Ingolstadt handelte. Und das Monster insofern als echter Ingolstädter gelten konnte, als es in der dortigen Universität zum Leben erweckt worden war. Ein ganz und gar ursprünglicher Akademiker.

Als Kind hatte Cheng, wie wohl nicht wenige in seinem Alter, den Irrtum begangen, Frankenstein nicht für den Namen des Schöpfers, sondern für den des Monsters zu halten. Denn natürlich hatte er das Buch da noch nicht gelesen. Als er dann aber begriff, dass der Name Frankenstein allein dem Schöpfer der Kreatur galt, die Kreatur selbst jedoch ohne Namen blieb, da war er, der Zehnjährige, überzeugt, genau darin die Tragödie des Monsters zu erkennen. Keinen eigenen echten Namen zu besitzen und im besten Fall mit dem Namen seines Erschaffers assoziiert zu werden. Dabei bekamen doch selbst kleine Marienkäfer und Ameisen, die man in Pappkartons gefangen hielt und mit Blättern fütterte, Namen verliehen. Namenlosigkeit erschien dem Kind, das Cheng war, so, als müsse jemand ohne Seele leben. Darum auch meinte er, wäre des

Monsters Verlangen nach einem Geschöpf an seiner Seite, einer Frau, nicht anders zu deuten als ein Versuch, jemanden zu finden, der endlich willens und in der Lage war, ihm einen Namen zu geben. Erst mit einem Namen ausgestattet würde die Kreatur imstande sein, eine Seele zu entwickeln und seine Kräfte zu kontrollieren. Und damit aufhören, des Menschen unheimliches Bedürfnis nach Monstern zu erfüllen.

Das Frankenstein-Buch wie gegen die Brust gezimmert, verlebte Cheng die beiden Feiertage so schlaflos wie lesend. In einer Wohnung, die sehr viel bescheidener war als sein Büro. Ein kleiner Wohnraum, ein kleines Schlafzimmer, eine kleine Küche, ein kleines Badezimmer. All das aber von einer Gestaltung, die der Enge etwas Großzügiges verlieh.

Als Cheng am späten Nachmittag des Pfingstmontags auf der letzten Seite von Mary Shelleys Roman angelangt war und die finalen Worte las – *und verschwand in Finsternis und Ferne* –, um sodann das Buch mit einer Vorsicht zu schließen, mit der man einen Giftschrank schließt, in dem sich freilich auch besonders wirksame Medikamente befinden, da dachte er sich: »Robert! Ja, ich würde das Monster Robert nennen.«

Womit er jedoch nicht meinte: Robert Frankenstein. Denn weder erkannte er im Monster die ureigene Kreation des Herrn Viktor Frankenstein, noch sah er ihn als dessen Sohn, obgleich Mary Shelley einmal von Viktor als von einem »schlechten Vater« gesprochen hatte. Für Cheng hingegen war das Monster eine Idee der Natur und Viktor Frankenstein so gesehen nur ein Instrument der Natur. Eines, das mit erstaunlicher Ignoranz etwas verabsäumt hatte – was jedes Käfer sammelnde Kind bestens weiß –, nämlich der für dämonisch gehaltenen Kreatur einen persönlichen Namen zu geben.

Robert also. Und weil unter bürgerlichen Verhältnissen ein Nachname unabdingbar erscheint, entschied sich Cheng entsprechend der englischen Herkunft der Autorin für den Familienamen Wollstonecraft. So hatte die Mutter von Mary Shelley geheißen, eine bekannte Frauenrechtlerin. Und wer, wenn nicht eine Frauenrechtlerin, sollte sich besser dafür eignen, die radikale Empfindsamkeit aufzubringen, ein Monster mit einem seelengebenden und friedenstiftenden Namen auszustatten?

Somit war der Name »Robert Wollstonecraft« als das eigentliche Ergebnis eines langen Pfingstwochenendes anzusehen, zugebracht in einer kleinen großen Wohnung.

Am Tag nach dem Pfingstmontag traf sich Cheng mit jener Dame, die ihn so gerne zum Tee einlud. Diesmal aber nicht bei ihr zu Hause, sondern auf seinen Wunsch hin im Ladenlokal einer Bäckereikette. So wie Cheng der Genuss von Fleisch gänzlich und der von Alkohol zu großen Teilen eher entglitten war, als dass er ihn sich abgewöhnt hatte, war ihm auch der Besuch von Kaffeehäusern abhandengekommen. Er verabredete sich jetzt am liebsten in den Steh- und Sitzbereichen von Bäckereien, wo es mehr nach Brot denn nach Genialität roch und wo das Personal um Äonen freundlicher war als jene Kaffeehauskellner, die den Gästen gerne vermittelten, sich auf der untersten Stufe einer Hierarchie zu befinden. Eher in der Vorhölle als in Wien.

Die Dame hatte Cheng ursprünglich beauftragt, Licht ins Dunkel ihrer verworrenen Familiengeschichte zu bringen, vor allem aber den Verbleib eines Paars sehr wertvoller zweiarmiger Silberleuchter aus ihrem Besitz aufzuklären. Seither war Cheng den beiden Objekten – sogenannten Blakern aus dem 17. Jahrhundert, die neben dem finanziellen Wert auch einigen ideellen besaßen – auf der Spur. Einer Spur gleich feiner Asche, die der Wind verbläst. Dementsprechend erfolglos war er bei seiner Suche. Was seiner Kundin – die auch ohne diese Leuchter sehr reich und ziemlich alt war – jedoch wenig auszumachen schien. Sie war wohl weniger verliebt in die Vorstellung, irgendwann die kostbaren Stücke zurückzuerhalten, als in die Idee, Cheng auf Lebenszeit zu beschäftigen. Genauer gesagt, auf *ihre* Lebenszeit. Und man darf vermuten, dass auch in dieser Geschichte so etwas wie ein Correggio drohte. Ja, vielleicht sollte Cheng die Leuchter nur finden, um sie später vererbt zu bekommen. – Und wofür, bitteschön, hätten diese Silberarbeiten sich auch besser geeignet, als den Correggio zu flankieren?

Eigentlich hatte Cheng geplant, den Auftrag hier und heute vollständig zu beenden, nicht zuletzt mit dem Hinweis auf seine Erfolglosigkeit in dieser Sache. Entschied sich dann aber für eine Art von Zwischenlösung, indem er seiner Kundin gegenüber offen aussprach, demnächst mit einem Fall beschäftigt zu sein, der seine ganze Zeit und Aufmerksamkeit in Anspruch nehmen und ihn wohl auch einige Male von Wien wegführen würde.

»Das verstehe ich schon«, sagte die Dame, »würde es aber noch weit besser verstehen, könnten Sie mir sagen, wer das ist, für den Sie da in Zukunft arbeiten und darum keine Zeit mehr für mich haben.«

Cheng zögerte.

»Na, kommen Sie.«

»Ich will Ihnen so viel verraten«, erklärte er, »es geht um Andrew Wake. Aber behalten Sie das bitte für sich.«

»Wake? Im Ernst? Sollen Sie ihn zum Leben erwecken?«, fragte die Dame mit einem Lächeln, das eine zarte Schattierung auf ihre Wangen zauberte.

»Nein, seinen angeblichen Mörder.«

»Peter Polnitz? Ist der jetzt auch gestorben?«

»Noch nicht. Aber ein englisches Gefängnis ist kein Hort der Gesundheit. Seine Tochter hätte gerne, dass er dort herauskommt, bevor er gleichfalls tot ist. Sie will, dass ich Beweise für die Unschuld ihres Vaters finde. Was angesichts eines verlorenen Prozesses nur bedeuten kann, Beweise für die Schuld von jemand anderem zu finden.«

»Herrje! Dann steigen Sie jetzt praktisch ins Kinogeschäft ein.«

»Sie meinen, weil das alles später einmal verfilmt wird.«

»Das Leben von Andrew Wake doch ganz sicher, oder?«

Das stimmte. Wobei Cheng die Vorstellung gar nicht gefiel, die eigene Person könnte einer auch noch so kleinen Filmrolle als Vorbild dienen. Die Kunst, so wünschte er sich, solle das Leben inspirieren, nicht umgekehrt. Freiheit der Kunst bedeute eben immer auch, von der Wirklichkeit frei zu sein.

»Sie sind jedenfalls mein Held, lieber Herr Cheng«, verlautete die Dame und nahm dem Detektiv ihres Vertrauens das Versprechen ab, dass, sobald er den Fall des Peter Polnitz zu einem Abschluss geführt habe – in welcher Weise auch immer –, er sich doch bitte wieder um ihre beiden Barockleuchter kümmern möge.

Cheng versprach es. Er sah im Moment keinen anderen Weg, das ihm so verhasste Moment der Kränkung zu umgehen. Im Zuge einer jeden Kränkung bekam die ganze Welt einen kleinen Stoß. Natürlich war so ein Stoß nicht in der Lage, unseren Planeten aus der Bahn zu werfen. Wenn man sich aber andererseits vorstellte, wie viele Kränkungen andauernd, gleichzeitig und mit der größten Gedankenlosigkeit oder noch größerer Bösartigkeit geschahen, dann war nicht auszuschließen, dass eine an Kränkungen überreiche, gewissermaßen gesättigte Welt aus ihrer Umlaufbahn geraten könnte.

Etwas, woran sich Cheng nicht beteiligen wollte. Er dachte in diesem Moment gelebter Inkonsequenz, dass der Verzicht auf eine Kränkung die Möglichkeit bot, genau der eine fehlende Tropfen zu sein, der das Fass eben *nicht* zum Überlaufen brachte.

So gingen Cheng und seine Kundin ungekränkt auseinander. Und die Erde hielt sich auf ihrer gewohnten Bahn.

Am Abend dieses Tages begab sich Cheng in den Gastgarten eines kleinen Wirtshauses. Er war dort zum Essen verabredet, aber bereits etwas früher erschienen und nahm an einem der kleinen, runden Tische unter der Pergola Platz. Es bröselte jetzt nur noch wenig Sonnenlicht herunter.

Cheng bestellte ein Mineralwasser und holte aus seiner Tasche ein Konvolut von Ausdrucken, zusammengestellt von Frau Wolf zum Thema Dim Mak. Manche Zeilen oder Begriffe waren rot unterstrichen, andere mit Bleistift eingeringelt, Verbindungslinien mit schwarzem Filzstift gezogen, handschriftliche Anmerkungen mit blauer Tinte aufs Papier gesetzt. Es war ein Cheng vertrautes System Wolf'scher Filtrierung eines Textes. Ein System, dem er nicht zuletzt einiges Wissen über die Silberausstattungen fürstlicher Residenzen im 17. Jahrhundert verdankte. Er wäre sofort imstande gewesen, ein Barockschloss einzurichten.

Neben den Ausdrucken aus dem Internet hatte Frau Wolf auch ein Buch beigelegt, das sie gleich nach dem Besuch Lis Bischofs bestellt hatte. Und das nun also ebenfalls auf dem von spätem Licht gefleckten Tisch lag. Eine Studie und Interpretation des sogenannten Bubishi, das als die »Bibel des Karate« gilt, verfasst vom französischen Karate-Historiker Roland Habersetzer, freilich die deutsche Ausgabe. Wenngleich der französische Titel so viel verführerischer klang: *À la source des Karaté-Do.* Als rufe jemand aus der Küche, ihm sei gerade die beste Crème brûlée seines Lebens gelungen.

Cheng blätterte das Buch in einer Weise durch, wie man das tut, wenn man aus vielen einzelnen Bildern einen zusammenhängenden Film gewinnen möchte, ein Daumenkino. Der Film, der sich dabei für Cheng ergab – bestehend aus den dahinrasenden Illustrationen kämpfender Männer und den flitzenden Buchstaben und Zeichen des Textes – machte ihn schwindlig.

Während Cheng das erste Papier vom Stapel nahm und vor sich hinlegte, fragte er sich, wie man sich einen Karatekämpfer überhaupt vorzustellen habe. Als einen Mann gleich einer einzigen Hand? Nein, eigentlich musste man von einem Mann gleich einer *leeren* Hand sprechen, denn nichts anderes bedeutet Karate.

Was aber bedeutet Bubishi?

Frau Wolf hatte die freie Übersetzung des japanischen Begriffs mit zwei ovalen, sich mehrfach überlappenden Ringen eingekreist: *Eine Aufzeichnung über die Vorbereitung zum Kampf.*

Cheng dachte daran, wie oft er in seinem Leben als Detektiv gänzlich unvorbereitet gewesen war. Unvorbereitet. Unbewaffnet. Manchmal geradezu dilettantisch. Mehr blind als einarmig.

Einen Moment reizte es ihn, den ganzen Packen wieder zu verstauen und sich von seiner Unwissenheit treiben zu lassen. Trotzdem, er begann dann doch, mithilfe der Wolf'schen Anweisungen in die Materie einzudringen.

Er erfuhr, dass es sich beim Bubishi um ein rätselhaftes, schwer verständliches, schwer zu übersetzendes und an vielen Stellen vages, weil spezielle Kenntnisse und Fähigkeiten des Lesers voraussetzendes Buch handelt. Um eine in vielen Belangen geradezu esoterische, dann aber wieder doch recht praktische Anleitung. Ein Buch mit Benimmregeln, Angaben zur Kräuterheilkunde sowie zu diversen Methoden der chinesischen Medizin. Und natürlich ein Buch über die vitalen Punkte, die den Körper gleich einem Netz überziehen. Und die den Schautafeln der Akupunkteure eine solch komplizierte Anmut verleihen.

Wenn diese Punkte tatsächlich irgendeine Bedeutung besaßen, erschien es durchaus logisch, dass sich einige davon auch als Ziel für negative Stimulationen anboten. Das Bubishi konzentrierte sich auf 36 Punkte, die man zu treffen hatte, und zwar zu verschiedenen Tageszeiten, wollte man ein optimales Ergebnis erzielen. Etwa eine Ohnmacht bewirken, einen Schmerz, eine Lähmung oder gar den Tod des Angreifers oder Kontrahenten, wie im Falle Andrew Wakes. Oder aber man bevorzugte eine sogenannte multiple Komplikation, mit der verblüffenden Möglichkeit, jemanden *jetzt* zu treffen, aber *später* zu töten, nicht unähnlich dem aus dem Westen stammenden Prinzip, etwas sofort zu kaufen, es aber erst in der Zukunft zu bezahlen. Jedenfalls handelte es sich dabei um die fatale Punktgenauigkeit des *Delayed Death Touch.* Eine tödliche Berührung, basierend auf der Stundenuhr des Qi, jener für die chinesische Medizin so bedeutsamen Lebensenergie, die angeblich entlang von Meridianen zirkuliert, angeblich in zwölf Zwei-Stunden-Perioden, so wie im Westen das Blut angeblich gleichmäßig fließt.

Qi also strömt von einem Vitalpunkt zum nächsten und bewirkt auf diese Weise, dass ein jedes Organ während einer bestimmten Phase des Tages stärker versorgt wird als zu anderen Zeiten.

Das weiß die Akupunktur. Und das weiß auch ihre pervertierte Form, die Kampfkunst. Deren Ziel es ist, ein Ungleichgewicht herzustellen. Krankheit ergibt sich dabei aus einem Zuwenig, aber auch aus einem Zuviel an Energie. Aus einem Ungleichgewicht.

Das verstand Cheng, so sehr er auch bezüglich der Meridiane und der Vitalpunkte zweifelte.

Allerdings zweifelte er ebenso, was den Blutkreislauf der Schulmedizin betraf. Er war – wie nicht wenige Menschen – in erster Linie unsicher. Die Unsicherheit war eine bedeutende medizinische Richtung zwischen all den westlichen und östlichen, akademischen und alternativen Richtungen. Die Unsicherheit war genau genommen jene medizinische Schule, die das Volk der Patienten selbst hervorgebracht hatte.

Nun gut, aus den Unterlagen ging hervor, dass, indem man einen bestimmten Punkt seines Gegners zum Zeitpunkt höchster Energiedichte traf, man in der Lage war, dessen Schwächung und Tötung nicht sofort, sondern mit Verzögerung eintreten zu lassen. Einen kurzen Augenblick später, einen Tag später, mehrere Tage, angeblich auch bis zu drei Jahre nach erfolgter Berührung – wenn vielleicht auch nicht, wie in dem bekannten Film *Männer, die auf Ziegen starren* behauptet, achtzehn Jahre später. Wobei ein kraftvoller, schneller Schlag den Tod eher augenblicklich bewirkte, während eine gewisse Sanftheit zur Perfidie des Aufschubs führte.

Diese Technik des *Death Point Striking* wie auch seine verzögerte Variante hatten beide vielfache Spuren in der östlichen wie westlichen Unterhaltungskultur hinterlassen. Und was in der Kultur wäre keine Unterhaltung gewesen? Thomas Pynchons *Vineland* nicht weniger als *Kung Fu Panda.* Wobei sich die fiktionalen Übertreibungen wiederum auf die realen übertrugen: all die Leute aus Ost und West, die ihre eigenen Schulen gegründet und eine Inflation an Begriffen, Mythen und Versprechungen in Gang gesetzt hatten. Die verkitschte Dramatisierung asiatischer Weisheiten. Ständig hatte man an seine Mitte zu denken. Und überall waren Wege. Und jeder ein Krieger. So viele zerschlagene Ziegel!

Dieses ganze Karate erschien Cheng als eine Männerdroge, auch von Frauen konsumiert.

Sobald man zum Thema des Dim Mak googelte, stieß man unweigerlich auch auf Verweise zum Tod Andrew Wakes, der schließlich zum prominentesten Opfer des Kyūsho Jitsu, der »Kunst der Vitalpunkte«, geworden war. Folgerichtig leuchtete damit auch der Name Peter Polnitz auf, der ja nicht nur eine Personalunion aus Synchronsprecher und Mörder bildete, sondern eben auch eine aus Synchronsprecher und Mörder von ein und derselben Person.

Was Cheng bei alldem irritierte, war die konkrete Technik, die Peter Polnitz gewählt hatte. Polnitz hatte, wie im Prozess dargestellt und nachgewiesen, jahrelang das Bubishi studiert und war in seine Geheimnisse eingedrungen. Und war damit auch zum Kenner jener verzögerten Form der Tötung geworden. Wieso aber, fragte sich Cheng, war Polnitz – er, dem alle einen kühlen, berechnenden Kopf nachsagten – mit der immensen, geradezu eskalierenden Kraft einer zum Speer versteiften Hand – *Nukite* – direkt in das Herz eingedrungen? Um auf diese Weise eine offenkundige wie auch eine versteckte Spur zu hinterlassen. Das Hämatom einerseits, womit er hatte rechnen müssen, den Fingernagel andererseits, was er nicht hatte voraussehen können, bei der Wucht des Schlags jedoch riskiert hatte. Vor allem aber ließ er eine Leiche zurück, die zeitlich mit seinem Verlassen der Suite in einen Zusammenhang gebracht werden musste. Eine Leiche, die doch Stunden oder Tage später so viel besser in das Konzept von der eigenen Unschuld gepasst hätte.

Wenn Cheng die Sache richtig sah, dann hatte Polnitz eine Stelle getroffen, die geeignet gewesen wäre, in der zurückhaltenden Weise einer negativen, erst später zum Tod führenden Stimulation behandelt zu werden. Mittels der sogenannten Kunst der vergifteten Hand.

Zudem hätte angesichts der Wechselwirkungen zwischen den Organen die Möglichkeit bestanden, auf ein Organ einzuwirken, auf das man es gar nicht abgesehen hatte, um ein anderes Organ, das man sehr wohl im Sinn hatte, schädigen zu können.

Wie bei Roland Habersetzer beschrieben und von Frau Wolf hervorgehoben, konnte man in der Spanne, wenn das Herz voll von Energie war, also um die Mittagszeit herum, mittels eines Schlags auf Milz und Bauchspeicheldrüse eine tödliche Blutdruckerhöhung im Herzen hervorrufen. Das war so, als gebe man dem Staatssekretär einer Bundesregierung eine bloße Ohrfeige, an der dann so plötzlich wie mysteriös die Kanzlerin verstirbt.

Polnitz war erwiesenermaßen bis nach halb zwölf in der Suite Andrew Wakes gewesen, er hätte also die Gelegenheit gehabt, in der sogenannten Stunde des Pferdes seine Tat in einer sehr viel klügeren Weise zu begehen, als direkt und mit unmittelbarer Tötungsabsicht auf das Herz zu zielen.

Cheng meinte zudem, dass Polnitz trotz Ausübung dieser Kampftechnik keineswegs als ein topfiter Athlet gelten konnte, eher als ein rheumatischer Typ. Seine langsamen Bewegungen und seine gebeugte Haltung waren ihm, Cheng, damals an der Bar im Hotel auf Mallorca gerade darum aufgefallen, weil sie im Gegensatz zur reinen Vitalität der Stimme standen. Ein Mann mit verholztem Gesicht und viel Bauch und dünnen Armen. Natürlich, Arme waren nicht Hände, und dünn war ein Speer auch. Aber was Cheng sagen wollte, war, dass vor allem jene Dim Mak-Techniken, die besonders effektiv mit der Zeit spielten, wenig Kraft bedurften. Zeit war so gesehen auch nur ein Meridian, auf dem man sich hin und her bewegte. Und Dim Mak etwas, das sich gerade für ältere und langsamere Personen besonders gut eignete. Leute, die nicht zuletzt die Zeit hatten, sich die Schwachpunkte ihres Gegenübers zu vergegenwärtigen. Weniger darauf achteten, ob jemand klein oder groß war oder wie ausgeprägt seine Muskeln ausfielen, sondern an welcher Stelle sich ein Tumor ankündigte, wo ein Zahn schmerzte, wo ein Organ angegriffen schien. Die Stelle zu erkennen, an der ein Körper litt.

Wenn Peter Polnitz tatsächlich Andrew Wake auf dem Gewissen hatte, wieso also hatte er nicht versucht, eine Verzögerung zu bewirken? Ohne darum gleich achtzehn Jahre in Kauf nehmen zu müssen. Während sein tatsächliches Handeln ihn sogar noch etwas mehr als achtzehn Jahre kostete.

Diese Frage war im Prozess nicht wirklich gestellt worden, weshalb Polnitz so plump und dumm vorgegangen war, anstatt elegant und raffiniert. Eine Frage, die Cheng ihm stellen wollte, sobald sie beide im Londoner *The Ville* zusammenkamen.

»Meine Güte, wirst du auf deine alten Tage jetzt doch noch zum Chinesen?«

Die Person, die das wissen wollte, war soeben an seinen Tisch getreten und blickte amüsiert auf diesen Tisch hinunter, mit all den Papieren, den Akupunkturtafeln, den Schaubildern von Kampftechniken und Handstellungen. Nicht zuletzt dem Buch über das Bubishi sowie einer Abbildung der Stundenuhr des Qi. Dem ganzen Wolf'schen Konvolut.

Es war eine große, schlanke Frau, die wissen wollte, ob Cheng sich im Zuge solcher Studien zum Chinesischen seiner Vorfahren bekehren ließ. Sie nahm ihm gegenüber Platz und schlug ihre dunkelblau bestrumpften Beine übereinander. Beine von einer Länge, angesichts derer sie beim Weit- und Hochsprung eigentlich mit Handicap hätte antreten müssen. Sie schob ihre mächtige Sonnenbrille herunter und betrachtete Cheng aus graublauen Augen. Ihre Wimpern besaßen genau die Art und Länge, bei der man nicht sicher sein konnte, ob hier Kunst oder Natur vorlag. Aber das passte gut zu dieser Person, die es verstanden hatte, sich Formen der Kunst einzuverleiben, auf dass diese zu einem wesentlichen Teil ihrer Natur wurden.

Die Frage, die diese Frau Cheng gestellt hatte, spielte natürlich auf dessen lebenslangen Ärger an, nämlich genau dafür gehalten zu werden, für einen Chinesen. Wie auch auf seine eklatante Ablehnung jener Kultur, die da so ungeliebt aus den Ästen seines Stammbaums drang. Eines Stammbaums, den er zwar nicht leugnete, aber doch meinte, von dessen Blätterwerk völlig unbehelligt zu sein. Dass in der Bewegung seines Bluts sehr viel von Wien mitschwang, aber rein gar nichts von Schanghai oder Wuhan. Bereits seine Großeltern waren für ihn weniger fern als einfach unsichtbar.

Cheng war schlicht und ergreifend ein Österreicher, so schwer es fällt, den Österreicher ähnlich präzise zu definieren wie etwa ... Wasserbären. Das sind kleine Bärtierchen, die nicht mal einen Millimeter groß werden, vielzellige Wesen, fähig zur Kryptobiose, einem todesähnlichen Zustand, der hilft, gewisse ungemütliche Lebensverhältnisse zu überstehen.

Zeichnete sich der richtige Österreicher dadurch aus, extreme Bedingungen, vor allem extreme seelische Bedingungen zu überleben, indem er einige Funktionen stark reduzierte und andere stark steigerte? Ein extremophiles Wesen war? Jemand, der ein ganzes Jahrzehnt so gut wie tot war, um dann mit erstaunlicher Lebendigkeit weiterzumachen wie zuvor?

»Das ganze Zeug da«, sagte Cheng und schob die Papiere zusammen, »ist für meinen nächsten Auftrag.«

»Und wo musst du recherchieren? In einem Shaolin-Kloster?«,

fragte die Frau, die Margot hieß. Sie trug ein kurzes weißes Sommerkleid mit hellblauem Blumenmuster, bestellte beim Kellner einen Aperol Spritz und zündete sich eine Zigarette an. Sie hielt die Zigarette ein wenig von sich weg, wie um nicht in einen Qualm zu geraten, der ihrem Teint hätte schaden können. Und der in der Folge tatsächlich eher den Teint der Menschen auf dem Nebentisch beeinträchtigte.

Cheng berichtete, worum es ging. Wieso ausgerechnet er sich mit asiatischen Kampfkünsten beschäftigen musste. Und also demnächst nach London aufbrechen würde.

»Schön!«, sagte Margot. »Sehr schön. Das ist doch ein Auftrag, wie man ihn sich wünscht.«

Als die beiden sich zwanzig Jahren zuvor kennenlernten, da war Margot nicht Margot gewesen, sondern Gernot und gemäß dieses Namens männlichen Geschlechts. Ein Geschlecht, das Gernot zu Beginn der Jahrtausendwende begonnen hatte einzutauschen. Von Hormonbehandlung zu Hormonbehandlung, von Operation zu Operation, nicht zuletzt aber – so konsumistisch das klingen mag – von Kleiderkauf zu Kleiderkauf. Man könnte auch sagen, von Buchstabe zu Buchstabe. Die Buchstaben, die gleich blieben, wie die, die sich änderten. Gernot hatte sich für den Namen Margot nicht nur wegen des Gleichklangs entschieden, sondern auch aufgrund derselben Anzahl an Buchstaben. Die Verwandlung sollte ja nicht auf eine völlige Entfremdung vom früheren Selbst hinauslaufen, sondern vielmehr auf eine Versöhnung mit diesem Selbst.

Cheng war das, gelinde gesagt, unheimlich gewesen. Eigentlich genau dadurch, dass es nicht von einem Moment auf den anderen geschah, wie man das von Wundern kennt. Wäre es mit großer Plötzlichkeit erfolgt – heute Gernot, morgen Margot –, dann hätte es zwar einen Schock ausgelöst, aber man hätte sich ebenso rasch davon erholt und damit arrangiert. Mit Wundern konnten die meisten besser fertig werden als mit Dingen, die einer als absurd empfundenen Planmäßigkeit unterworfen waren. Wunder waren in ihrer Geschwindigkeit leichter tolerierbar als Hormontherapien und Operationen, die nun mal nicht in einem Tag erledigt waren. Wie hier ein Mensch erst nach und nach ein anderer wurde.

So sehr aber Cheng der Wechsel des Geschlechts und damit der Wechsel seines Freundes zu einer Freundin ein unangenehmes Gefühl beschert hatte, musste er freilich gestehen, dass rein objektiv gesehen diese radikale Veränderung zu einer deutlichen Verbesserung geführt hatte. Gernot war bei aller Intelligenz und Sympathie ein eher farbloser Mensch gewesen, während Margot eine den Blick einfangende wunderbare Erscheinung darstellte. Sie war schlichtweg eine Frau von ausgezeichnetem Geschmack. Was nicht nur bedeutete, tolle Kleider auszuwählen, sondern auch zu verstehen, sie richtig zu tragen. Gernot war mit sich recht nachlässig umgegangen, Margot dagegen erlebte ihren Körper wie eine Skulptur, an der zu arbeiten sie niemals aufhörte. Eine Arbeit, die ihr sichtlich Freude bereitete.

Margot hatte viel in Kauf genommen, um die zu werden, die sie nun war. So hatte sie etwa die unterste Rippe auf beiden Seiten entfernen lassen, damit ihre Taille schmaler erscheinen konnte. Gleichzeitig waren ihre Hüften mittels Einlagen ausgepolstert worden. So auch ihre Brüste, die im Zuge der Hormontherapie nur ungenügend gewachsen waren und darum fast vollständig aus einem formgebenden und die Form erhaltenden Material bestanden.

Aber war denn die eigentliche Frage nicht die, *wie* jemand seine Brüste zu tragen verstand? Und weniger, woraus sie bestanden?

Wie gesagt, Margot war eine betörende Erscheinung. Und aus Gründen, die dann wohl eher der Psychologie zuzurechnen waren als irgendwelchen Hormonen oder glücksbringenden Kleidereinkäufen, war sie eine großartige Pianistin geworden. Gernot war bloß ein mittelmäßiger Klavierspieler gewesen, mit einem recht sauberen Anschlag, aber weit, weit davon entfernt, der Sauberkeit etwas Originelles oder auch nur Virtuoses beifügen zu können. Ganz anders Margot. Was wohl kaum allein ihren Fingern zu verdanken war, nur weil die ein klein wenig schmaler geworden waren.

Man konnte es nicht anders sagen, die Geschlechtsumwandlung – korrekt gesagt die Geschlechtsangleichung – hatte nicht nur eine elegante Person hervorgebracht, sondern auch noch eine geniale dazu. Zwei Dinge, die ewig in Gernot lebendig begraben geblieben wären, hätte er nicht gewagt, Margot zu werden. Der Nutzen für die Musikwelt war beträchtlich. Es gab viele Menschen unter den Musikliebhabern und Konzertgehern, die der Geschlechtsangleichung eine völlig neue Seite abgewannen.

Das Einzige, was sich leider kaum hatte ändern lassen, war die Stimme. Gernots Stimme schien für alle Zeiten auch Margots Stimme zu bleiben. Keine übermäßig männliche Stimme, aber doch wenig geeignet, Margots grandios weibliche und keinen Millimeter tuntig wirkende Persönlichkeit stimmlich zu rechtfertigen. Andererseits war Margot klug genug, nicht zu versuchen, ihre Stimme verstellen zu wollen und wie eine Karikatur zu klingen. Nein, sie war eben eine Frau mit einer dunklen, tiefen Stimme. Darum hatte sie auch mit dem Rauchen angefangen. Die Zigarette in ihrer Hand unterstrich ihre Stimme.

Und mit dieser ihrer Zigarettenstimme äußerte sie nun, sich kaum einen interessanteren Fall vorstellen zu können als den, den ihr Freund Cheng übernommen hatte. Vor allem interessanter, als die dünne Spur verschwundener Silberleuchter zu verfolgen. Allerdings sei London ein ziemlich unsicherer Ort geworden.

»Es gibt keine richtig sicheren Orte«, stellte Cheng fest. »Wenn Gott will, dass ein Flugzeug irgendein dummes Teil verliert, nur um in die Taubstummengasse zu fallen, wenn ich grad zur Haustüre reinwill, kann ich das auch nicht verhindern.«

»Aber du glaubst doch gar nicht an Gott«, erinnerte Margot ihn.

»Nicht unmittelbar.«

»Wie denn? Auf Umwegen?«

»Wenn du so willst, ja. Der ganze Atheismus ist praktisch ein Umweg zu Gott. So wie ich mir andererseits Gott als jemanden denke, der nicht wirklich an die Existenz der Menschen glaubt. Seine Einmischungen in unsere Welt, die gütigen wie die bösartigen, sind purer Trotz gegen den eigenen Unglauben.«

»Du hast Ideen«, meinte Margot und ließ ihre Zigarette in den Aschenbecher fallen, als lasse sie einen kleinen dünnen Mann in den Abgrund stürzen. Ohne danach die Zigarette auszudrücken.

Das taten immer andere für sie. Aber niemand beschwerte sich. Auch Cheng nicht, der jetzt den Filter hoch- und umbog und in die verlöschende Glut presste.

Und gleichzeitig erklärte: »Na, jedenfalls werde ich in London nirgends herumspazieren, sondern mich an genau zwei Orte begeben: in ein Schlafzimmer namens ROOM und in ein Gefängnis namens *The Ville*. Absurderweise erscheinen mir diese beiden Orte im Moment als vergleichsweise sicher.«

»Pass nur mal auf, dass du in keine Gefängnisrevolte gerätst.«

»Ach weißt du, es wäre immerhin interessant zu sehen, was dann geschieht. Was machen solche Leute mit einem Einarmigen?«

»Denkst du, die haben Mitleid? Mörder und Vergewaltiger?«

»Die Frage wäre, ob es einen Unterschied macht, dass sie mich für einen *chinesischen* Einarmigen halten. Weil du das grad angesprochen hast.«

»So kenne ich dich gar nicht. So ironisch bei diesem Thema.«

»Und ich kenne dich gar nicht mit dunklen Strümpfen. Es hat heute knapp dreißig Grad.«

»Eine Behandlung«, erklärte Margot, »auf die meine Haut ein wenig störrisch reagiert hat. Aber darüber mag ich nicht reden.«

So wenig sich Cheng eigentlich über London unterhalten wollte, eine Stadt, die er mehr aus dem Fernsehen kannte, die ihm aber auch dort nicht wirklich gefiel. Am besten noch auf einem kleinen Gemälde von Oskar Kokoschka aus der Sammlung Batliner in der Wiener Albertina. Aber dafür hätte er nicht in ein Flugzeug steigen müssen.

Also, man entschied sich, weder über London noch über schwarze Strümpfe zu sprechen.

Stattdessen über Musik.

Margot bereitete soeben ein Programm vor, mit dem sie im Herbst ihre erste große Tournee bestreiten würde. Welttournee!

Sie war sich noch immer nicht ganz im Klaren über ihr Programm, ein Programm, das den Titel *She* tragen sollte. Und wobei auch geplant war, eine gleichnamige CD aufzunehmen und einen Film über Margot während der Tournee zu drehen.

Cheng fragte: »Meinst du dich selbst damit?«

»Auch. In erster Linie aber *She*, weil ich nur Kompositionen von Frauen spiele.«

»Wieso? Willst du eine Quote erfüllen?«

»Eine Quote«, sagte Margot, »wär's, würde die Hälfte der Stücke von Männern stammen, oder?«

»Stimmt. Wie viele Frauen hast du denn geplant?«

»Fünf. Fanny Hensel natürlich. Lili Boulanger, dann ein Stück von Amy Beach und natürlich etwas von der wunderbaren Jacqueline Fontyn. Und zusätzlich … nun, ich bin keine Komponistin, aber ich dachte mir, ich würde gerne in Anlehnung an ein verschollenes Stück von Ethel Smyth, *Prelude and Fugue for Thin People*, eine kleine musikalische Erfindung vortragen. Aber erstens bin ich noch nicht fertig damit und außerdem wirklich unsicher, ob ich es wagen soll, was Eigenes zu spielen.«

»Niemand wird dir bös sein«, meinte Cheng.

»Aber Markus, die Leute sollen vor Begeisterung von den Stühlen kippen und mir nicht einfach nur nicht böse sein.«

Um seine Dummheit zu überspielen, erkundigte sich Cheng nach der einzigen Komponistin, die ihm gerade in den Sinn kam. Er fragte: »Und gar nichts von Clara Schumann?«

Margot darauf: »Die wird ohnehin oft genug aufgeführt.«

»Sag, wenn du mich schon fragst, ob ich jetzt doch noch zum Chinesen werde, könnte ich dich fragen, ob du jetzt doch noch zur Frauenrechtlerin wirst.«

Wobei die Frage, die Cheng eigentlich wirklich interessierte, die war, ob Margot, die ja, als sie noch Gernot gewesen war, zweifelsfrei heterosexuell gewesen war, dies auch im Zuge ihrer Verwandlung geblieben war. Und darum folgerichtig einen gewissen Gefallen an Männern fand.

Margot erklärte, dass es ihr gar nicht so sehr um Gleichberechtigung ginge. Auch sehe sie das Heil der Frauen ganz sicher nicht darin, in gleicher Anzahl in gleich vielen Vorständen zu sitzen und mit der gleichen Verachtung auf eine Welt zu schauen, deren Schicksal man bestimmt.

»Ich will Frau bleiben«, sagte Margot, »Mann war ich ja schon. Und das fand ich nicht so gut. Also wenn du mich fragst, ob ich

Frauenrechtlerin bin, könntest du mich auch fragen, ob ich Musikrechtlerin bin, weil mir die Musik am Herzen liegt. Die Musik ist mein eigentliches Geschlecht. Mir liegt am Herzen, was ich bin und was ich tue. Wenn ich fünf Stücke von fünf Frauen spiele, dann, weil's mir am Herzen liegt.«

»Dieses eigene Stück für dünne Leute«, sagte Cheng, »willst du mir das nicht mal vorspielen?«

»Gib mir noch zwei Wochen, Markus.«

»Gerne. Da bin ich dann hoffentlich wieder aus diesem Londoner Gefängnis draußen.«

Später auf dem Heimweg – Cheng hatte Margot nach Hause begleitet und spazierte jetzt durch die lauwarme Nacht, um die Schwierigkeiten seines Schlafs hinauszuzögern – ging ihm nochmals die unglaubliche Karriere seines Freundes, der nun seine Freundin war, durch den Kopf. Und er überlegte sich, welche Eigenschaft oder Fähigkeit sich bei ihm selbst steigern, gar revolutionieren würde, würde er zur Frau werden.

Nun, vielleicht wäre er dann in der Lage, den Hund zu sehen, der geisterhaft seine Seite flankierte.

Es ging ein Schmunzeln über sein Gesicht, so eines, mit dem man einen feinen Schlitz in die Nacht hätte ritzen können.

6

Weißer Papagei

Cheng war nicht nur kein Chinese, er war auch kein Reisender.

Zwar hatten das Leben und die Umstände ihn immer wieder gezwungen, Reisen anzutreten und fern seiner Heimatstadt zu sein, aber er hielt dies für einen gegen die menschliche Natur gerichteten Akt. Das Weggehen und Woanderssein. Die menschliche Natur, davon war Cheng überzeugt, war dazu geschaffen worden, sich an einem einzigen Ort aufzuhalten, nicht an irgendeinem, sondern dem ersten, dem zwangsläufigen der Geburt. Cheng hielt die Geburt und damit den Geburtsort für wichtiger als die Eltern. Er sah dies durchaus genetisch. In dem Sinn, dass der Ort, an dem man geboren wurde, dem Geborenen etwas vererbte, eine Information betreffs der Seele des Ortes. Einen Baustein, der die biologische wie geistige Entwicklung des Geborenen bestimmte. Für Cheng war der Mensch ein Tier des Ortes.

Das Unglück des Reisens widersprach einem möglichen Frieden. Und dennoch beherrschte es die Welt. Was Cheng an der Globalisierung verachtete, war nicht die Frage des Geldes und die paar vom Teufel besessenen Leute in Top-Positionen, sondern der Zwang zur Mobilität (die der Kapitalismus zwar nicht erfunden hatte, sie aber auf die Spitze trieb, gleich ob es sich um Touristen, Flüchtlinge, ein T-Shirt, einen Geschäftsmann oder um die Schweine oder Kühe handelte, die auf unseren Tellern landeten).

»Wirklich ungerne.«

Das war es, was Cheng zu seiner Sekretärin sagte, als er zu seiner Reise aufbrach und sie ihn zum Bahnhof begleitete, wo er in den Zug nach Frankfurt stieg.

»Sie hätten den Auftrag nicht annehmen dürfen«, erklärte Frau Wolf. »Jetzt haben wir den Salat. Sie müssen fort, ich bleibe hier. Umgekehrt wäre es eigentlich besser, aber dann stimmt halt die Ordnung nicht.«

Zuerst Frankfurt, was wenig einbrachte. Vielleicht aber doch.

Cheng wurde von einem der Partneranwälte der Kanzlei empfangen, einem jungen, schlanken Mann von der Art der Flamingos. Dieser erklärte ihm, Peter Polnitz sei in all den Jahren als Klient dieser Kanzlei in erster Linie vom ebenfalls hier ansässigen Steuerberater betreut worden, man habe daneben aber auch die Gestaltung und Prüfung einiger seiner Verträge übernommen. In der Regel arbeite man zwar für Großkunden und im Bereich von Wirtschaftsstrafverfahren, doch Peter Polnitz sei mit dem einstigen, im Vorjahr verstorbenen Gründer der Kanzlei befreundet gewesen. Und eben schon immer Klient gewesen. Nach seiner Festnahme in London sei man sofort aktiv geworden und habe den englischen Kooperationspartner ins Boot geholt.

»Ich will es so deutlich sagen«, erklärte der junge Anwalt, »wir hatten da wirklich schlechte Karten. Ein Musterbeispiel für einen Indizienprozess, bei dem der Ankläger alles in der Hand hat und die Verteidigung nichts.«

»Es gab doch sicher Widersprüche«, meinte Cheng.

Der junge Mann blickte für einen Moment geradezu wehmütig durch die große Büroscheibe hinaus auf die Stadt, in der er selbst ganz gewiss nicht geboren worden war. Das war trotz seiner sauber zurechtgerückten Sprache deutlich zu hören. Irgendwo aus der Slowakei, schätzte Cheng.

»Es ging letztlich um die Stimmung«, sagte der Anwalt. »Natürlich ist ›Stimmung‹ kein juristischer Terminus. Aber wenn die Stimmung schlecht ist … also, das ist so, wie wenn Sie auf einem Rad sitzen und gegen den Wind fahren müssen. Es ist unmöglich, eine Windstille einzuklagen, damit es gerechter zugeht. Der Wind blies uns in dieser Sache von Beginn an ins Gesicht und hat damit während der gesamten Verhandlung nicht aufgehört. Widersprüche? Ja, natürlich. Aber wenn ein Sturm so heftig weht, gehen die

Widersprüche unter. Sie verändern die Windrichtung nicht. Schon gar nicht, wenn eine Jury das Urteil spricht. Eine Jury, die sich *mit* dem Wind bewegt.«

Cheng wollte wissen, ob denn die Verteidigung überhaupt an die Unschuld ihres Mandanten geglaubt habe.

Der Anwalt erinnerte daran, dass zur Hauptsache der englische Partner die Verteidigung übernommen habe, sagte dann aber: »Nein, niemand hat hier wirklich gedacht, Polnitz sei unschuldig. Eher, er sei im Moment der Tat beschränkt zurechnungsfähig gewesen, worauf dann auch unsere Strategie aufbaute. Eine Strategie, der sich unser Mandant leider widersetzt hat. Er hat sich in das Prinzip der Unschuldsvermutung regelrecht hineingesteigert. Als hätte er gedacht, seine eigene Jury zu sein.«

Cheng dachte daran, dass dies genau dem entsprach, was Frau Wolf über Polnitz' Schuld gesagt hatte.

Dann fragte er: »Und Sie haben gar nichts für mich, was mir weiterhelfen könnte? Etwas, mit dem man wenigstens im Nachhinein die Windrichtung drehen könnte.«

Der Flamingo-Anwalt zögerte. Es war, als müsse er einen kleinen Zaun überwinden, hinter dem all die Flamingos eingesperrt waren.

»Also ... da ist so eine Sache«, sagte er, »wenn man sich nämlich die Fotos vom Tatort ansieht – und ich glaube, es war sogar auf einem der Bilder zu erkennen, die in die englischen Zeitungen gelangt sind –, also wenn man diesen Raum im Hotel Beaumont, in dem der Tote liegt, genau anschaut, dann kann man dort neben dem Bett, auf dem dunklen Boden etwas entdecken: einen hellen, weißen Gegenstand. Wir dachten zuerst an ein zerknülltes Papier und hätten schon gerne gewusst, was es damit auf sich hat. Aber es war nichts dergleichen auf der Liste der Beweisstücke vom Tatort zu finden.«

Diese Liste, so der Anwalt, bestehe eigentlich nur aus Gegenständen, die nicht direkt vom Tatort stammten, sondern aus den anderen Räumen der Suite. Und auf der vor allem eine Tatwaffe fehle. Was ja eigentlich das größte Problem gewesen sei. Erst dadurch sei die Hand des Peter Polnitz – seine zu einer »tödlichen Berührung« fähige rechte Hand – derart in den Mittelpunkt gerückt. Dieses ganze Theater um eine Technik namens Dim Mak. Nein, die Verteidigung hätte viel für eine Tatwaffe gegeben. Eine solche aber leider nicht gefunden.

Und auch kein zerknülltes Papier.

»Unsere Leute«, sagte der Anwalt, »haben das Tatortfoto stark vergrößert und festgestellt, dass es sich nicht um ein Papier, sondern um eine Blüte handelt.«

»Falschgeld?«, fragte Cheng.

»Nein, nein! Eine wirkliche Blüte«, erklärte der Anwalt. »Die an den Rändern ausgefranste, schneeweiße Blüte einer Tulpe. Und wie uns ein Experte erklären konnte, die Blüte einer Tulpe mit dem Namen *White Parrot.*«

Die Vermutung sei gewesen, so der Anwalt, hier habe einfach ein Luftzug bewirkt, dass es vom Wohnraum her – dort, wo eine Vase mit Blumen aufgestellt gewesen war – eine losgelöste Blüte die kurze Treppe hoch in den Schlafraum geweht habe.

»Ich war da aber doch ein wenig neugierig«, erzählte der Anwalt, »und habe nachgefragt, ob an diesem Tag tatsächlich genau solche Blumen in der Vase der Suite standen. Die Antwort war: Blumen ja, selbstverständlich, natürlich. Mehr jedoch nicht. Also nicht, welche Art. Wenn man nun aber Fotos aus diesem Hotel aufruft, dann sind wirklich viele weiße Buketts zu sehen. Rosen, auch Tulpen, vor allem aber langstielige Callas. Weiße Calla-Lilien. In der ROOM-Suite immer nur weiße Callas. Niemals aber Tulpen von der Sorte *White Parrot.* Andere Tulpen in anderen Räumen, das schon, aber nicht diese eine Sorte. Nirgends. – Schön und gut, aber was soll man damit vor Gericht anfangen? Ich erzähle Ihnen das nur, weil es mich selbst kurz beschäftigt hat. Und damit ich Ihnen mehr bieten kann, als Ihnen zu erklären, wie schwierig es ist – wenn ich mich als Jurist so ausdrücken darf –, gegen den Wind pinkeln zu müssen.«

Cheng bat darum, dieses Foto sehen zu dürfen.

»Ich schicke Ihnen einen Scan an Ihre Mail-Adresse«, versprach der Anwalt, dem die Einwilligung von Peter Polnitz vorlag, Cheng Einblick in sämtliche anwaltlichen Unterlagen, die den Prozess betrafen, zu gewähren. Und wenn nötig eine Bewilligung zu erwirken, die Cheng ein Studium der Gerichtsakten ermöglichte. Worauf Cheng aber gar nicht so wild war. Nicht nur wegen der Kopfschmerzen, die ihm die englische Sprache bereitete. Er war ja im Grunde mehr ein Detektiv des Gefühls. Anstatt geregelte Wege zu beschreiten, folgte er gerne merkwürdigen Zeichen. Der Weg zur Wahrheit führte selten über gerade Straßen.

Cheng erschien die Möglichkeit, einer Blüte zu folgen, so viel attraktiver, als sich durch Gerichtsakten zu wühlen. Um dann möglicherweise nichts anderes zu begreifen als die Chemie des Windes.

»Sie haben mir sehr geholfen«, sagte er, als er sich von dem Anwalt verabschiedete.

»Das meinen Sie nicht im Ernst.«

»Gerade im Ernst meine ich es«, sagte Cheng und verließ die Kanzlei.

Als er nach draußen vor die Türe des hohen Bürogebäudes trat, merkte er, wie sich ein ganz anderer Wind, der »Pollenwind«, in seiner Nase drehte und sich dort der milde Frühling in einen scharfen Winter verwandelte.

Cheng griff zu dem Taschentuch in seiner Hosentasche. Einen Moment hielt er es in der Hand und betrachtete es. Er hätte nicht behaupten wollen, man könne es mit einer weißen Tulpenblüte der Sorte *White Parrot* verwechseln. Aber die verwandte Form und Farbe und die zufällige Ausfransung im Zuge mehrfachen Gebrauchs an diesem Tag wirkten nun doch wie ein … ein Erinnerungsfoto.

Dann schnäuzte er sich.

7

Traum im Raum

London. Hotel Beaumont.

Für den, der das Reisen hasste, war das Hotel eine Hölle der Möglichkeiten. Zwischen defekten Duschen und Duschen von einer Größe, unter denen man sich fühlte, als würde man in den Weiten des Universums im Regenschauer stehen.

Die Dame an der Rezeption überraschte Cheng mit der Nachricht, dass der Kunde, der für die nächsten zwei Tage ROOM gebucht habe, soeben absagen musste und man somit in der Lage sei, ihm, Cheng, für seine beiden reservierten Übernachtungen das von Antony Gormley entworfene Schlafzimmer samt luxuriöser Suite anzubieten. Und nicht nur für die vereinbarte halbe Stunde. Auch bleibe der Preis derselbe. Also der Preis, den Cheng für das vorbestellte Standardzimmer hätte zahlen müssen.

»Die Hotelleitung freut sich«, verkündete die Dame, »dass Sie ROOM für Ihren Artikel in *ARTnews* ausgewählt haben. Und es dabei allein um die Architektur gehen soll. Nicht wahr?«

»Absolut«, sagte Cheng und betonte, in keiner Weise die Geschehnisse behandeln zu wollen, die diesem Raum zuletzt zu einer *falschen* Popularität verholfen hätten.

Das war etwas ungeschickt ausgedrückt, beruhigte aber die Rezeptionistin.

Sie winkte einen Kollegen herbei, der ihre Position einnahm, während sie selbst daranging, Cheng zu seiner Suite zu geleiten.

Als sie hinter der Theke hervorkam, dachte sich Cheng: »Auch so ein Flamingo. Ein Flamingoweibchen.« Denn obgleich ganz in Schwarz gekleidet, schien sie von demselben rosa Farbstoff bestimmt, den man auch von Pfifferlingen, von Krabben und eben den Federn der Flamingos kannte. Und von Anwälten in Frankfurt. Cheng stellte sich einen Moment vor, wie wunderbar der junge Slowake und diese Frau zusammenpassen würden. Streng und schlank verschlungen.

Während sie sich nun zu der berühmten Suite hinbewegten, erklärte die Hotelangestellte, dass man nach jenem fürchterlichen Ereignis (sie sprach von »The Happening«) überlegt habe, ROOM zu schließen, um nicht etwa morbide Charaktere oder suizidgefährdete Wake-Fans anzuziehen, oder gar Leute, die anfangen würden, devotionale Holzsplitter aus den Wänden und Böden zu entfernen. Glücklicherweise habe sich aber gezeigt, dass die Kosten für eine Übernachtung in ROOM ein bestimmtes Publikum fernhielten. Es würden nur jene Gäste Buchungen vornehmen, denen es ein Bedürfnis war, in das abstrahierte Abbild des Körpers eines der größten Künstler unserer Zeit zu gelangen. Und denen die Magie dieses Ortes eine gewisse Mühe wert war.

Cheng nickte und sagte: »Nicht zuletzt die Mühe, darüber nachzudenken, wer man ist und was man hier tut.«

Das war das einzige Zitat Gormleys, das Cheng zur Hand hatte. Wobei er selbst diese Frage eigentlich ganz gut hätte beantworten können. Als Wahrheit wie als Lüge. Nämlich ein Detektiv auf der Spur einer Blüte zu sein. Während er vorgab, ein Kunsthistoriker zu sein, der versuchte, die Kunst zu verstehen.

Vergleichsweise leicht zu verstehen war dann schon die enorme Attraktivität von ROOM. Weniger der geräumige Flur, der mit dem englischen Begriff »Hallway« besser beschrieben war. Auch nicht der vom üblichen Art-déco-Stil des Beaumont bestimmte Wohnraum, dort, wo – wie vom Frankfurter Anwalt angekündigt – zwei weiße Calla-Lilien in der Vase standen, aber keine weißen Tulpen. Und nicht einmal das vollständig mit weißem Marmor ausgekleidete Badezimmer. Das war alles ganz hübsch und edel, aber letztlich teurer Schund. Das Schlafzimmer hingegen, diese gebaute »Dunkelheit an sich« … Cheng war überrascht, wie weich diese Dunkelheit anmutete, viel weicher, als auf den Fotografien zu erkennen. Nicht im Sinne von weichgezeichnet oder weichgeklopft, eher so, wie etwas *weich* wird, dem lange genug mit Zärtlichkeit begegnet wurde.

Cheng überlegte, dass dieser Ort sich tatsächlich in einer Weise zum Schlafen eignete, die man als Vorbereitung auf den Tod ansehen konnte.

»Ich lasse Sie jetzt mit unserer Schönheit alleine«, erklärte die Rezeptionistin, vollzog eine kleine Drehung und trat aus der hohen, dunklen Weichheit von ROOM.

Cheng stand eine ganze Weile da, ließ seinen Blick über die kubische Anordnung gleiten und war für einen Moment angenehm gedankenlos.

Cheng an sich.

Und bemerkte seine Müdigkeit. Dabei war es erst Mittag. Doch Cheng entschied, dass er für ein Studium des Betts nicht zu warten brauchte, bis es Abend wurde. Er hatte die Nacht zuvor in einem schrecklichen Hotel in Frankfurt verbracht, in dem die Zimmerwände aus Packpapier oder eher aus sehr dünnem Knäckebrot gewesen waren und die vielfältigen Geräusche diverser Nachbarn ungefiltert durchgedrungen waren. Von seinen obligaten vier Schlafstunden hatte er keine einzige wirklich durchgeschlafen und war dann früh zum Flughafen gefahren und früh in einen Flieger gestiegen. Einen Flieger mit Geschäftsleuten. Wobei, ein Flieger voll mit Hornissen wäre auch nicht so fein gewesen.

Jedenfalls fühlte er sich durchaus in der Lage, augenblicklich in diesem Bett einen ersten Schlaf zu versuchen.

Cheng entkleidete sich bis auf die Unterhose und legte seine Sachen gefaltet an den unteren Rand des Betts. Überaus penibel. In der archäologischen Weise ausgestellter Scherben. Chengs Einhändigkeit führte zu einer Genauigkeit, wie man sie von Leuten kennt, die etwas besonders gut können, sich dann aber für eine Form von »Nachteil« entscheiden, um noch besser zu werden.

Cheng an sich im Dunklen selbst.

Er legte sich mittig ins Bett, Wakes Position suchend, die er von den Tatortfotos kannte, die ihm der Flamingo-Anwalt zugeschickt hatte. Es lag sich aber auch als Lebender ganz ausgezeichnet.

Cheng schaute zum leeren Kopf im Inneren der Skulptur hinauf. So schlief er ein.

*

Er spürte die Wärme auf seiner nackten Haut. Eindeutig Sommersonnenwärme, gefiltert vom Stoff eines aufgespannten Schirms. Der heiße Wind strich seitlich über seinen Körper wie das breite Band eines Schwarms keuchender Flöhe. Cheng vernahm das Rauschen des Meers, Kindergeschrei, Musik, die Stimmen Telefonierender. Portugiesisch, Englisch, Deutsch, dazwischen auch eine slawische Sprache, sehr gebellt. Cheng roch die viele verschmierte Sonnencreme und roch das in heißem Fett Gebratene. Vor allem aber hörte er, wie hier in rascher Folge kleine wie große Körper auf der Wasseroberfläche auftrafen und fröhlich kreischend versanken.

Als er die Augen öffnete, sah er eine Entsprechung dessen, was er gerade gehört, gerochen und gespürt hatte. Er lag auf einer Liege unterm Sonnenschirm inmitten einer von gut gebräunten Menschen bevölkerten betonierten Fläche. Von den Rändern sprangen Kinder und Jugendliche ins tiefer gelegene Meer, während muskulöse Männer glänzend im mediterranen Licht standen und ihre Tausenden von Trainingseinheiten an diesem Ort in Ruhe zur Anschauung kamen. Auf Badetüchern und Liegestühlen posierten junge und ältere Schönheiten in Bikinis, aber auch eine Gruppe sehr alter Damen mit kurzen, dünnen Beinen und großen Brüsten und großen Bäuchen, die etwas seitlich eine kleine palavernde Kolonie bildeten, gepackt in dunkle Badeanzüge.

Cheng richtete sich ein wenig auf. Über dem Meer thronte ein Himmel von klarem, reinem Blau. Kein Dunst nirgends. Zugleich bemerkte er die Sonnenbrille, die mit einem Bügel im oberen Rand seiner Badehose eingeklemmt war. Er griff nach ihr und setzte sie auf.

Im Zustand moderater Verdunkelung erhob er sich von der Liege, neigte seinen Kopf ein paar Mal hin und her und ließ seine Schultern kreisen. Auf solche Weise gelockert, trat er unter dem Schirm hervor, hinein ins gleißende Licht.

Jemand sprach ihn von der Seite an. Ein dunkelhäutiger Mann, der über seinen kräftigen Armen zwei Dutzend Gürtel trug, breite Dinger mit silbernen und goldenen Aufsätzen und Schnallen. Er hielt seine Ware Cheng vor die Nase. Der Gürtelhaufen blendete mit der verzweifelten Kraft eines Schatzes, den niemand mehr sucht. Cheng gab dem Mann zu verstehen, beim Baden niemals Gürtel zu tragen, schon gar keine, die ihn höchstwahrscheinlich unter Wasser ziehen würden. Der Schwarze fluchte und ging.

Cheng spürte eine Frage. Er spürte sie mehr, als dass er sie wirklich stellte. Und aus irgendwelchen Gründen fühlte sich die Frage Englisch an. *Who am I and what am I doing here?*

So einfach die Frage auch klang, und so verbissen Cheng auch nachdachte, er konnte außer der Feststellung, Cheng zu sein, rein gar nichts sagen. Cheng sein und außerdem ein Mann in einer Badehose, der eine Sonnenbrille trägt und bei gut fünfunddreißig Grad und wolkenlosem Himmel auf einer in die Felsenküste hineingebauten Plattform steht.

Ihm war zum Heulen. Gleichzeitig empfand er ein Wohlgefühl angesichts dieser Badegesellschaft, deren Teil er war. Ein unglücklicher Mensch in einer glücklichen Szenerie. So dachte er. Und trat jetzt näher an den Rand, an die Stelle, wo eine steinerne Treppe hinunter ins Meer führte, obgleich fast alle der Badenden von den Kanten die zwei, drei Meter ins leicht bewegte, grünblaue Meer sprangen.

Dann sah er das Mädchen. Etwa siebzehnjährig. Wie einige andere Jugendliche stand sie aufrecht auf einem schwimmenden Brett, einem gelben Board, und hielt ein langes Paddel in der Hand. Genau mit diesem Paddel deutete sie in die Ferne. Es hatte etwas von einem Gestochere an sich. Dabei rief sie etwas, was Cheng nicht verstand. Aber er spürte ihre Wut und Angst. Und sah, dass einige der Jungs, die um sie herum paddelnd und schwimmend Kreise zogen, lauthals lachten. Es war ein böses Lachen. Es war das Lachen von Männern, die gerade im Krieg waren, im Krieg mit ihren Hormonen und im Krieg mit dem Gefühl, es stehe ihnen mehr zu, als sie erhielten. Es war das Lachen derer, die etwas nicht bekommen hatten. Einen Kuss nicht, eine Berührung nicht, ein

Versprechen nicht. Ungeküsste, unberührte Krieger, die sich nun an einer fremden Verzweiflung freuten.

Cheng erkannte, dass dort, wo das Mädchen mit ihrem Paddel hinzeigte, ein winziger Punkt auf dem Meer war. Möglicherweise ein anderes Board. Aber ein Board mit einem sehr kleinen Menschen darauf. Einem Kind? Oder war es jemand, der sich auf der schmalen Fläche zusammengekauert hatte? Oder eher nur ein Gegenstand?

Eindeutig war hingegen, was das Mädchen verlangte. Man sollte ihr helfen. Man sollte sich ihr anschließen, dorthin aufs Meer zu gelangen, um wen oder was auch immer zurückzuholen.

Cheng sah sich um. Die Leute auf der Plattform schienen uninteressiert. Oder bemerkten einfach nicht, was vor sich ging. Zwar befand sich an der Sprungkante auch eine kleine Turmkonstruktion, die wohl einem Rettungsschwimmer als Ausguck diente, doch da war niemand, der ihn besetzte.

Das Mädchen paddelte los, durchstieß die Phalanx der sie umkreisenden Jungs.

Eben noch war sich Cheng unsicher gewesen, ob er überhaupt des Schwimmens mächtig sei, und nun sprang er unversehens hinunter ins Wasser.

Kam auf. Sank ein. Tauchte auf. Hatte seine Brille verloren. Aber er schwamm. Und zwar durchaus mit einer Technik, die geeignet war, sich auch länger über Wasser zu halten.

Was für ein Glück!

Er schwamm nicht nur, sondern stieß auch einen der lachenden Jungs von dessen Bord. Und riss ihm das Paddel aus der Hand. Dann kletterte er auf das Brett, drückte sich in die Aufrechte und hielt sich an dem Paddel wie an einer schwebenden Gerüststange fest. Er wackelte eine Weile, fand aber rasch den richtigen Stand. Der Junge im Wasser hinter ihm tobte. Seine Freunde drohten mit den Fäusten. Einer spuckte in Chengs Richtung.

»Ihr könnt mich mal«, sagte Cheng. Er hatte jetzt auch die Aufmerksamkeit der Leute oben auf der Plattform. Er vernahm ihre Rufe. Was auch immer sie ihm rieten, er paddelte los, genau so, wie er das aus dem Fernsehen kannte. Vielleicht aber auch, weil er es schon einmal getan hatte. Denn es funktionierte ja. Er hielt das Gleichgewicht und führte das Stechpaddel aus dem Rumpf heraus abwechselnd durch das Meer links wie rechts von ihm, wobei er das Paddel nicht ganz nach hinten zog, sondern auf Fußhöhe aus dem Wasser nahm. Immer drei, vier Paddelschläge lang auf einer Seite, bevor er die Seite wechselte und dabei natürlich auch den Griff. Es fühlte sich richtig an.

Cheng wandte sich kurz um. Die Jungs reckten ihre Mittelfinger in die Höhe. Aber keiner von ihnen nahm die Verfolgung auf, um das Brett zurückzuerobern.

Das Mädchen blickte hinter sich. Sie sah Cheng an und nickte. Es lag ein großes Einverständnis in diesem Nicken. Cheng war da, um ihr zu helfen. Und schien wenigstens im Augenblick keiner von den Rettern zu sein, die mehr schadeten als halfen, weil sie im Vorfeld den falschen Lehrgang besucht hatten.

Cheng trieb heran und hielt sich nun auf Höhe des Mädchens. Gemeinsam strebten sie dem Ziel zu, dem größer werdenden Punkt.

Während Cheng so paddelte, empfand er mit einem Mal einen merkwürdigen Zweifel. So ähnlich, wie wenn man unter alten Fotos ein Bild entdeckt, auf dem man selbst zu sehen ist, als junger Mann mit einem Tennisschläger im Arm und einem Pokal in der Hand. Im Grunde ein schönes Foto. Auch nicht wirklich ungewöhnlich. Ungewöhnlich nur, wenn man sich so gar nicht erinnern kann, jemals im Leben, auch nicht probeweise, Tennis gespielt zu haben.

Im Falle Chengs war es aber nicht ein Tennisschläger, mit dem etwas nicht stimmte, sondern … Es waren seine Hände.

Zwei Hände!

Ja, was Cheng einen tiefen Zweifel bescherte, war die Tatsache, dass er sein Paddel mit *zwei* Händen hielt.

Na, was sonst?, dachte er. Mit nur einer Hand hätte es kaum funktioniert. Dennoch wurde er das Gefühl des Unwirklichen nicht los.

Auch das Mädchen paddelte zweihändig. Sie stand sicher und fest auf dem Brett. Ihre Bewegungen fügten sich zu einem durchgehenden Zug. Sie besaß die Schlankheit ihres Alters, etwas überaus

Gerades und Glattes, sehr groß gewachsen, größer als Cheng, dazu eine südliche Bräune, dunkles Haar, Haar von einer Schwärze, die etwas Doppeltes an sich hatte, eine Verstärkung und Vertiefung, wie wenn jemand Lakritze schwarz lackiert. Und dazu eine Traurigkeit in ihrem Gesicht, die ganz selbstverständlich zu bestehen schien und ihrem Gesicht eine erhabene Festigkeit verlieh.

Während die beiden da paddelten, fiel kein Wort. Dafür rückte das Ziel näher. Allerdings auch das Wetter, wenn man nämlich unter »Wetter« nicht Sonnenschein und wolkenlosen Himmel versteht, sondern eher ein *Un*wetter. Mit großer Plötzlichkeit – unvermittelt in der Weise, wie Cheng zuvor die paar Meter von der Plattform ins Meer gesprungen war – näherte sich eine Front dunkler, mächtiger Wolken. Auch das Meer wechselte die Farbe, das Grün überwältigte das Blau. Ein Wind kam auf, kühl und kühler. Cheng dachte daran, wie günstig jetzt ein Neoprenanzug und eine Rettungsweste gewesen wären. Oder die Fettschicht einer Robbe. Anstatt der ernüchternden Tatsache, ein halb nackter Detektiv zu sein.

O ja! Jetzt fiel es ihm ein. Detektiv also. Und wie ihm zudem einfiel, ein einarmiger. Warum auch immer. Doch hier und jetzt paddelte er unverkennbar mit zwei Armen aufs Meer hinaus. Aufs viel zu offene Meer. Woran nun nichts mehr zu ändern war. Und er auch gar nichts ändern wollte. Es tat schon gut, bei aller Lebensgefahr, neben dieser jungen Frau zu sein und ihr zu helfen, einen …

Er konnte endlich erkennen, was sich dort vorne auf dem Brett befand: ein Hund. Ein Hund, der seinen Schwanz wie eine Sichel zwischen die Hinterbeine geklemmt hatte.

Cheng spekulierte. Wahrscheinlich hatte die Horde Jungs von zuvor das Tier, das gewiss dem Mädchen gehörte, entführt und ausgesetzt. Strömung und Wind mussten das Board weit hinausgetrieben haben. Sodass sich nun alle drei – Hund, Detektiv, Mädchen – nicht mehr auf einer Linie mit dem Ausgangsort befanden. Vielmehr trieben sie in einigen Hundert Metern Entfernung vor einer gigantischen Steilküste dahin, die Cheng mit Unbehagen von der Seite betrachtete. Eine hohe, senkrechte, rötlich graue Felswand.

Es war nun auch das Bellen des Hundes vernehmbar. Vom heftiger werdenden Wind getragen. Sein Schwanz zog sich aus der Sichelform und schlug kräftig im Takt einer langwierigen Ohrfeige.

Wasser spritzte an den Kanten von Chengs Bretts hoch und legte ein salziges Netz auf Gesicht und Haut.

Die junge Frau rief etwas. Etwas mit einem »O« am Ende. Es war wohl der Name des Hundes. Ein mittelgroßes, schwarzes Tier mit einigen weißen Flecken, die sich alle im hinteren Teil versammelt hatten, an Lende, Kruppe und Ferse. Ein schlanker, knochiger Mischling mit einer langen Schnauze. Die kleinen Ohren standen waagerecht zur Seite.

Noch einmal nannte das Mädchen den Namen des Hundes, genauer gesagt der Hündin: ...o.

Als sie das Tier erreicht hatten, sprang die Hündin augenblicklich auf das Brett des Mädchens und ließ sich ohne Aufforderung auf dem vorderen Teil nieder. Es war eindeutig, dass die beiden, Mädchen und Hund, des Öfteren in dieser Weise auf dem Wasser unterwegs waren. Aber wohl selten unter solch ungünstigen Bedingungen.

Das Mädchen vollzog sofort eine Kehre. Cheng folgte ihr, allerdings nicht ohne Schwierigkeiten. Im Moment der Drehung erwischte ihn eine Böe. Ihm war, als rutsche er über die Schulter von jemand Unsichtbarem. Cheng landete kopfüber im Wasser, das sich über ihm schloss gleich einem flüssigen Spiegel. Hinter dem er einen Moment wie in einer Sprudelflasche steckte, dann hindurchbrach, um spuckend an die Oberfläche zu gelangen. Wo er feststellte, ohne Paddel zu sein. Er sah es in einiger Entfernung.

Wer bin ich und was mache ich hier?

Denn die Wahrheit war doch die, dass das Mädchen sehr gut auch ohne seine Begleitung den Vierbeiner hätte erreichen und retten können. Anstatt nun zu allem Überfluss auch noch auf Cheng warten zu müssen. Was aber leider geschah.

Ein Gefühl der Peinlichkeit gesellte sich zu den Schmerzen in Füßen und Armen und der Kälte auf der Haut, die ihn frösteln ließ.

»Hurry up!«, rief ihm das Mädchen zu.

Er dachte: Sie hält mich sicher für eine Prüfung.

Doch als er dann auf einer Höhe mit ihr war und sie kurz herübersah und er kurz zu ihr, erkannte er eine Dankbarkeit in ihrem Blick. Vielleicht war sie einfach froh, nicht alleine zu sein. Erst recht, wenn man in diesem Wetter umkommen würde. Es ist kein geringes Geheimnis, dass es sich in Gesellschaft besser sterben lässt als alleine. Auch wenn man einen Hund dabei hat.

Der Sturm war jetzt ganz nahe. Indem Cheng einen Blick hinter sich wagte, erkannte er den mächtigsten Wolkenhaufen, den er je gesehen hatte. Auf der Unterseite hatte sich ein breiter Regenstreifen gebildet, der in der Mitte aus purem, mattem, saugendem Schwarz bestand und sich an den Ausläufern ins Rötliche und Rosafarbene aufhellte. Die Sonne schien heute etwas früher unterzugehen. Und die Erde mit ihr.

Es sah wirklich toll aus. Cheng hätte diesen Anblick gerne auf einem Foto oder auf seinem Computer betrachtet. Oder zumindest vom Strand aus.

Schön war, dass es einen solchen Strand überhaupt gab. Cheng konnte ihn sehen. Aber auch, wie rechts und links davon die Felswände senkrecht ins Meer führten und dort eine Landung schlichtweg unmöglich machten. Nur dieser einzige kleine Platz eignete sich. Es wäre sehr dumm gewesen, ihn zu verfehlen.

Der Wind zog jetzt mit kräftigen Wirbeln landeinwärts, was deutlich das Tempo der Boards erhöhte, sodass die Paddelei eher dazu diente, den Kurs beizubehalten und zu helfen, nicht von der schmalen Fläche heruntergeweht zu werden.

Cheng wusste, dass er nicht noch einmal von seinem Board geraten durfte. Im Unterschied zu dem der jungen Frau, verfügte sein Brett über keinerlei Knöchelband, mit dem er sich hätte verbinden und absichern können. Wie natürlich auch der Hund nicht, der sich aber lang gestreckt und flach gegen das Board drückte, sodass man ihn zwischen den auf- und absteigenden Wellen kaum noch sah. Er stellte keinerlei Widerstand dar. Cheng schon. Weshalb er nun in die Knie ging, dabei aber erneut das Paddel verlor, diesmal für immer. Er legte sich bäuchlings aufs Brett und versuchte, kraulend den Rest der Strecke zu bewältigen.

Er vernahm einen Schrei. Und als er jetzt hinübersah, war da allein das Brett und die Hündin. Aber kein Mädchen. Auf eine gewisse Weise war Cheng erleichtert. Nicht, weil sie weg war. Aber die zuvor so stark empfundene Peinlichkeit, mehr eine Last als eine Hilfe zu sein, wich nun der Chance, zum Retter zu werden.

Und das war letztlich das Einzige, was einen Mann zum Menschen machte. Frauen retten.

Cheng rutschte von seinem Brett, opferte es der See und schwamm hinüber. Sein Kopf schlug gegen die Wellen. Was sich heftiger anfühlte als zuvor, als er über die Schulter von jemand Unsichtbaren geglitten war. Aber er erreichte das Board. Das Tier jaulte. Cheng griff nach der Leash, der Kunststoffleine, an deren Ende hoffentlich …

Er tauchte unter, zog an der Leine. Wie lange konnte eine solche Schnur sein? Kaum mehr als vier, fünf Meter. Doch ihm schien, als hole er einen Quastenflosser aus der Tiefsee. Es war dann aber doch das Mädchen, deren Fuß er zu greifen bekam. Bevor er dann den ganzen Körper auf das Brett bugsierte. Die Hündin bellte wie verrückt.

Cheng dagegen hing noch halb im Wasser, umklammerte mit seinen Armen das Board, das Mädchen und den Hund und sah nun die Felsen ganz nahe.

Als das Trio auf einer Welle hoch nach oben getragen und über die Kante kippend nach unten gerissen wurde, vollzog das Board eine Kurve. Eine gute, brave Kurve, die das Brett auf jenen steinernen Strand zuführte, den es hier eben *auch* gab, sehr kurz, geradezu winzig, ein Kabinett von Strand, mehr breit als lang.

Wäre das Board ein Pferd gewesen, hätte man wohl gesagt, es finde alleine den Weg nach Hause. Samt der ohnmächtigen Reiter auf seinem Rücken.

Cheng klebte in Gedanken bereits an der Felswand und verlor für einen Moment das Bewusstsein. Nur die Hündin blieb ganz bei sich, als das Brett diese schöne Kurve beschrieb und auf den Strand zuflog. Der Aufschlag auf dem hüfthohen Wasser brachte Cheng wieder zurück. Er spürte scharfe Steine unter seinen Sohlen. Aber nicht im Gesicht. Und erblickte mehrere Personen, die vom Strand her ins Wasser eilten und auf sie zuliefen. Jemand hob den Hund vom Brett. Zwei andere brachten Board und Mädchen an Land. Eine Frau in einem Neoprenanzug griff Cheng unter die Achseln und half ihm das Stück aus dem wild schäumenden Wasser. Dorthin, wo der Strand in eine kleine Promenade überging. Dahinter füllten drei, vier Steinhäuser aus gelbem und rotem Gemäuer eine Nische an der Schnittstelle zweier Felswände.

Als Cheng sich noch einmal umdrehte und zu der Wolke sah, meinte er nichts anderes als Zorn zu erkennen. Keinen göttlichen. Einen natürlichen Zorn. Natur in Zorngestalt. In Schurkengestalt. Mr. Weather!

Da war es sicher besser, drinnen statt draußen zu sein.

Das Mädchen war bereits wieder bei Bewusstsein, als man das überfüllte kleine Restaurant betrat. Wohin sich angesichts des Wetterumschwungs mehrere Gruppen von Extremsportlern geflüchtet hatten, die an diesem Ort waren, um einen 250 Meter langen Wasserfall zu beturnen. Es lag ein ungemeiner Dampf im Raum. So ein Büffelherdendampf feuchter Menschen. Soeben wurden die hölzernen Fensterläden geschlossen, bevor der Sturm, der jetzt zum Orkan geriet, die Scheiben eindrücken konnte. Ein Geheul drang durch die Ritzen und vermischte sich mit den Stimmen und der Musik, die aus zwei Lautsprechern drang.

Dem Mädchen schien es gut zu gehen. Man hatte ihr ein großes Badetuch über die Schultern gelegt, wie auch Cheng eines hatte. Sie saß inmitten einer Gruppe junger Männer, die sich wohl alle irgendwie für ihre Retter hielten. Außerordentlich drahtige, muskulöse Kerle, so Leute, die beim Bergsteigen mit zwei Fingern an Felsen hängen.

Aber zur richtigen Zeit am richtigen Ort zu sein ist halt auch was wert. Anstatt Wasserfälle runterzurutschen.

In das Gesicht des Mädchens kehrte die Farbe zurück. Die Hündin saß zwischen ihren Beinen. Beide, Hund wie Mädchen, schauten zu Cheng, der ein wenig abseits stand.

Draußen war die Nacht am Tage.

Drinnen hatte die Musik aus den beiden Lautsprechern gewechselt. Beziehungsweise war sie in den Hintergrund getreten, indem über der Musik nun eine erzählende Männerstimme lag. In der Art der Hörspiele. Zuerst dachte Cheng, es sei die Originalstimme von Richard Burton. Aber das stimmte nicht. Wobei er beim besten Willen nicht sagen konnte, ob diese Stimme Deutsch oder Englisch sprach. Wie er auch nicht hätte sagen können, in welchen Sprachen sich die jungen Leute um ihn herum unterhielten. Er fühlte sich als ein totales Opfer der babylonischen Sprachverwirrung. Ein von Gott Gestrafter, obgleich er selbst absolut nichts mit dem Turmbau zu Babel zu schaffen hatte. Er kannte zwar das berühmte Gemälde von Bruegel, natürlich, das war's aber auch schon.

Die Stimme des Sprechers war ihm dennoch vertraut. Nicht Burton, sondern … die Stimme mit dem Auto. Besser gesagt die Stimme aus der Autowerbung. *Dieses Auto ist mehr als ein Auto. Es ist ein gelenkter Geist.*

Während er noch darüber nachdachte, wie der Name des Mannes lautete, dem diese Stimme gehörte, kam die Erschöpfung. Und zwar mit einer ähnlichen Wucht und Geschwindigkeit wie draußen das Wetter. Cheng fror und schwitzte, und in seinen Beinen war ein gefühlter Bruch auf Höhe der Knie und der Fußgelenke. Dazu eine innere Hitze, die senkrecht aufstieg. Er griff sich an die Stirn und wankte zur Seite, sodass er mit der Schulter gegen die nahe Wand geriet, gegen die er sich lehnte, um nicht umzufallen.

Als Erstes kam die Hündin, die zwischen seine Beine strich. Und dann das Mädchen. Sie war aufgestanden. Er wusste jetzt endlich … Wenn ihm schon nicht einfiel, wie der Sprecher hieß, so fiel ihm zumindest ein, an wen dieses Mädchen ihn die ganze Zeit erinnerte. An einen Film.

Irene Papas!

Ja, Cheng fand tatsächlich, dass das schmale Gesicht dieses Mädchens – streng und schön und mit einer geraden Linie in allen Bögen und Krümmungen – eine große Ähnlichkeit mit dem der griechischen Schauspielerin Irene Papas besaß. Wobei Cheng in erster Linie die Irene Papas aus dem Griechenland-Epos *Alexis Sorbas* meinte.

Cheng betrachtete das Mädchen und dachte, dass sie genau das besaß: die Ausstrahlung einer jungen Witwe. Und wie passend es darum war, dass sie in diesem Moment das dunkle Badetuch über den Kopf und die Schultern gelegt hatte und ihr Gesicht als ein heiliges Oval herausleuchtete.

Das Mädchen besaß sogar jenes für die Papas so typische feine Grübchen zwischen den eng stehenden dichten, dunklen Brauen.

Und weil Cheng nun an diesen Film dachte, an die Ähnlichkeit des Mädchens mit der strenge Würde der »großen, schönen, wilden Witwe«, dachte er auch an die Szene, in der die Männer des Dorfes eine Ziege entführen, die der Witwe gehört und die im Wirtshaus versteckt wird, und wie Sorbas erklärt, dass alle hier, alle, diese Frau wollen, »und sie hassen sie, weil sie sie nicht haben können«.

Ein guter Verweis, dachte Cheng, auf das, was sich zuvor drüben in der Stadt zugetragen haben mochte. Die Jungs dort hatten zwar keine Ziege entführt – wer hatte heute noch Ziegen? –, dafür aber einen Hund. Und alle diese Jungs hassten dieses Mädchen, weil sie es nicht bekommen konnten.

Die Begehrte und Gehasste trat jetzt nahe an Cheng heran. Aus dem Oval ihres Gesichts heraus sagte sie etwas. Cheng verstand es nicht. Spanisch? Portugiesisch? Er spürte jedoch den Griff, mit dem sie seinen Oberarm leicht umfasste und ihn von der Stelle an der Wand wegführte. Hinüber in einen kurzen Gang, eine Treppe hoch ins erste Stockwerk und hinein in ein kleines Zimmer.

Der ganze Raum vibrierte vom anprallenden Sturmwind. Auch hier waren die Fensterläden geschlossen. Aber ein wenig vom schwarzen Licht sickerte hindurch und verlieh dem einfachen, weiß gestrichenen Zimmer eine Anmutung, die am treffendsten mit ein paar englischen Wörtern beschrieben werden kann, die man für eingefärbte Stummfilme verwendet: *Original color tinting and toning*. Ja, das Zimmer hier war ein *getintetes* Zimmer. Mit einem *getinteten* Bett. Und einer kleinen *getonten* Dusche, deren Plastikvorhang im schwarz-blauen Licht – und weil Cheng ja seinen Schatten darauf warf – die Wirkung eines Grabtuchs besaß.

»Take a shower!«, sagte das Mädchen.

Das war Englisch, und das verstand er auch. Ein Pfingstwunder. Sein eigenes halt.

Sie sagte es nicht streng. Sie sagte es im Ton einer wohlmeinenden Empfehlung.

Ohnehin hatte Cheng nicht die Kraft zu widersprechen, nahm das Handtuch von der Schulter, stellte sich mit dem Rücken zur Zimmermitte, schlüpfte aus seiner Badehose und stellte sich unter die Dusche. Beziehungsweise setzte er sich in die Duschtasse, die wirklich nicht hätte winziger sein dürfen, als sie winzig war. Sie schien eher für jemand gedacht, der ein Schrat war, also ein Duschschrat. Doch das Wasser war warm und ging in einem Schwall auf Chengs Hinterkopf und Rücken nieder. Sehr viel kräftiger als das Getröpfel, das er erwartet hatte.

Minutenlang verbrachte Cheng in dieser Haltung, noch immer zitternd. Er hätte einschlafen können. Doch als er die Augen schloss, empfand er eine schmerzhafte Verstärkung dieses Geschlossenseins, wie bei einem Schlüssel, den man mit aller Gewalt noch ein weiteres Mal im Schloss drehen möchte.

Er erhob sich, drehte den Hahn zu und griff nach dem Badetuch, das über der Vorhangstange hing. Er trocknete sich ab, band sich das Tuch um und trat aus der Dusche.

Der Hund lag auf einem Korbsessel in der Ecke, das Mädchen im Bett.

Cheng überlegte: Wie alt bin ich im Moment genau?

Da fand sich aber keine Zahl in seinem Kopf. Eines freilich hätte er schon sagen können: alt.

Und sie? Das Mädchen? Wie hatte seine erste Schätzung gelautet? Siebzehn? Sie war kein Kind, das nicht. Doch zwischen ihnen beiden lag mit Sicherheit ein halbes Leben.

Er sagte ihr, er gehe jetzt.

Nun, er hätte eigentlich auch einfach gehen können, anstatt anzukündigen, dass er das tun wolle. Das war wie die Phrase *Wenn ich ehrlich bin …*

Das Mädchen war unkomplizierter. Sie sagte: »Come to me.«

Er dachte sich: Ich sollte jetzt langsam zu zittern aufhören.

Überraschenderweise gelang ihm das auch, als er sich nun auf das Bett zubewegte. Das Mädchen zog die Decke etwas zur Seite, sodass er ihren nackten Oberkörper sehen konnte. Der ganz sicher die Pubertät bereits hinter sich hatte.

Er dachte, wie um sich gut zuzusprechen: Doch eher achtzehn oder neunzehn.

Was er interessanterweise nicht dachte, war, dass er ihr Vater hätte sein können. Und noch wichtiger war, dass er das auch nicht sagte. Worauf er dann aber doch nicht ganz verzichten konnte, war ein: »You owe me nothing.«

»But you owe me«, entgegnete sie, griff nach seiner Hand und zog ihn zu sich.

Er rutschte neben sie auf das tintig schimmernde Leinen und fasste nach ihrer linken Brust. Der Busen schien in seiner Hand noch ein klein wenig zu wachsen. Vielleicht schrumpfte aber auch seine Hand. Seine alte Hand auf der jungen Haut. Es passte jedenfalls sehr gut. Allerdings meinte er, dass, indem er den Busen hielt, sich von einem seiner Finger, besser gesagt von einem seiner Fingernägel, ein kleines Stück löste, ein feiner Splitter vom oberen weißen Plattenrand. Er hätte nicht sagen können, welcher Finger und wohin dieses Fragment genau geraten war, fürchtete aber einen Moment, die Haut des Mädchens verletzt zu haben. Wie da ein sehr kleines, aber auch sehr scharfes Nagel-Messer eine Wunde verursachte.

Er schaute suchend. Meinte einen kleinen Tropfen von Blut zu erkennen. Aber es war Schweiß aus den Poren des Mädchens, ein Tropfen, in dem sich die Vergangenheit spiegelte: etwas vom Rot der viel zu früh untergegangenen Sonne.

Mit seiner freien Hand glitt Cheng unter den Kopf des Mädchens, hob ihn ein wenig an und führte ihr Gesicht nahe heran. Es schien jetzt sehr viel heller als zuvor, obgleich Cheng in solcher Position doch eigentlich einen verdunkelnden Schatten auf sie hätte werfen müssen. Aber es war wohl eher Licht, was er warf. Wobei ihm jetzt bewusst wurde, dass er über das Aussehen seines eigenen Gesichts rein gar nichts hätte sagen können. Fast wollte er aufspringen und einen Spiegel suchen, um sich des eigenen Gesichts zu vergewissern. Das Gesicht dessen, der diese junge Frau im Arm hielt.

Aber zu spät. Ihrer beiden Lippen fanden zueinander, einen Moment wie bei Bruder und Schwester, gleich darauf dann doch wie bei Mann und Frau. Ohne sich darum zu verschlingen, aber nicht ohne Kraft.

Sie küssten sich lange. Und in dieser Zeit entschied Cheng, dass er nicht in das Mädchen eindringen wollte. Er wollte sie befriedigen, das schon, aber nicht in Form einer Penetration. Allein dieses Wort! Er dachte sich, es sei *unangebracht*. Ja, es wäre ihm unangebracht erschienen. Angebracht hingegen, dass er nun mit einer ruhigen Bestimmtheit am Körper des Mädchens abtauchte und mit seinem Kopf zwischen ihre Schenkel geriet. Einen Moment wartete er darauf, dass sie sich wehrte. Aber das tat sie nicht.

Cheng wusste mit großer Sicherheit, dass er das konnte. Dass er – um es so deutlich zu sagen – eine gute Zunge besaß. Und weil er ja nicht taub war und genau ihre Laute, ihr Stöhnen, die Töne ihrer Verzückung hören konnte, konnte er auch hören, wie sich diese Töne veränderten und dabei Markierungen entstanden. Wegweiser.

Dieser Umstand, sich zurechtzufinden, war derart erregend, war derart Teil seines eigenen Körpergefühls, dass im gleichen Moment, da die junge Frau ihren Höhepunkt erreichte, es auch Cheng kam.

*

Mit der Hand in seiner Unterhose, das glücklich verklebte Geschlecht zwischen seinen Fingern, erwachte Cheng.

ROOM, BODY und jetzt auch noch SEX.

Es war ihm peinlich vor sich selbst. Der Erguss an sich, denn Cheng war ja nicht etwa sechzehn, sondern – wie er jetzt wieder sehr genau wusste – einiges über fünfzig. Auch war er der Meinung, dass ein Mann seines Alters nichts im Bett einer jungen Frau verloren hatte, selbst im Traum nicht. So wenig er Träumen eine Bedeutung zumaß, außer eben die einer Unterliga, hieß das noch lange nicht, sich dort alles erlauben zu können.

Er war froh um die Möglichkeit der Hygiene. Froh um dieses superweiße Badezimmer, in das er sich nun begab und sich reinigte.

Sich selbst und gleichermaßen die befleckte Unterhose. Jetzt wieder einhändig.

Er empfand es als ein Zeichen für die Dummheit seines Traums, dort mit zwei Armen unterwegs gewesen zu sein. Allein um des Paddelns wegen. Damit sich dieser Traum überhaupt hatte realisieren lassen.

Eines aber musste er sich eingestehen. Er dachte doch mit einer gewissen Wehmut an das Mädchen. An ihr Gesicht, ihren Körper, ihre bei aller Jugend witwenhafte Ausstrahlung. Er konnte nicht leugnen, dass das Zusammensein mit ihr ohne jegliches Übel gewesen war. Der gemeinsame Höhepunkt gleich einer Blüte, die sich im Öffnen schließt.

Aber so was geht einfach nicht.

8

Feuer

Nachdem er aus seinem Koffer frische Shorts geholt und sie über die im Sitzen gestreckten Beine hochgezogen hatte, schlüpfte er in ein weißes Hemd, dessen Knöpfe er wie kleine Münzen durch die Schlitze der Knopflöcher drückte. Als müsse er dieses Hemd bezahlen wie einst ein Ferngespräch am Automaten.

Er griff nach einem neuen Paar Socken, dann ging er zurück ins Schlafzimmer, wo noch immer seine Anzughose lag, akkurat auf dem Bettrand platziert. Und dazu, auf dem Boden abgestellt, seine schwarzen Lederschuhe, die ihm ein Schuster während seiner Zeit in Stuttgart angefertigt hatte. Und obgleich er meinte, seine Füße seien in der Zwischenzeit ein wenig geschrumpft – denn tatsächlich trug er nur mehr 43er und nicht wie einst 44er –, so waren diese Slipper noch immer die angenehmsten, die er besaß. Sie waren es auch, die Cheng lobend erwähnte, wenn man ihn auf Stuttgart ansprach und er keine Lust hatte, etwas Böses über diese Stadt zu sagen.

Er setzte sich auf die Bettkante, stellte den Hemdkragen hoch und griff nach der Krawatte, die natürlich noch immer gebunden war und nur so weit geöffnet, um sich die Schlinge über den Kopf werfen und auf Höhe des Kragens zuziehen zu können. Es war eine Krawatte, die ihm Yvette, seine letzte Ehefrau, gebunden hatte. Von fast jeder Frau seines Lebens besaß er eine gebundene Krawatte. Er hatte praktisch keine Partnerin gehen lassen, bevor sie ihm nicht zumindest eine Krawatte präpariert hatte. Beziehungsweise war keine gegangen, ohne ihm diesen Gefallen zu tun. All diese Krawatten besaßen Knoten, die Cheng, solange er lebte, niemals lösen würde. Selbst wenn er sie zur Reinigung brachte, gab er die Anweisung, den jeweiligen Knoten intakt zu lassen.

Er setzte die Krawatte in eine Linie mit seiner Brustmitte, zog sich die Socken über, glitt in die mit einer ganz leichten, kaum merklichen Lockerheit an seine Beine geschneiderte Hose und sah jetzt nach den Schuhen. Stimmt, er hatte sie auf der anderen Seite abgestellt. Als er nun um das Bett herumschritt und dort das schwarze Paar »Stuttgarter« entdeckte, entdeckte er aber auch noch etwas anderes, und zwar genau an der gleichen Stelle, an der gemäß den Tatortfotos schon einmal eine weiße Blüte gelegen hatte.

Und nun also wieder.

Das war verwirrend. Verwirrend, weil Cheng sich ziemlich sicher war, beim Betreten des Raums nichts Derartiges auf dem Boden bemerkt zu haben. Zudem war anzunehmen, dass jener Flamingo-Dame, die ihn in dieses so ungemein übersichtliche und bei aller Weichheit des dunklen Holzes strenge Zimmer geführt hatte, ein Gegenstand, der nicht hierher gehörte, sofort aufgefallen wäre. Was nur bedeuten konnte, dass die weiße Blüte in diesen Raum gelangt sein musste, als Cheng geschlafen und einen Traum vom Meer geträumt hatte.

Cheng hob die Blüte auf. Die samtige Stofflichkeit, die sich auf seine Finger übertrug, war unverkennbar. Eine echte Blüte. Keine aus Plastik oder Seide oder Papier. Und eindeutig eine Blüte der Sorte *White Parrot*: das schneeige Weiß, die hellgrüne Flammung am unteren Rand, die deutliche Fransung am oberen Ende, der barocke Charakter, der delikate Faltenwurf, die florale Dekadenz.

Cheng hielt sich die Blüte an die Nase. Hätte er diesem Duft einen Parfümnamen geben müssen, er hätte *Dominanz* ausgewählt. Ein Parfüm für Frauen, die ein gewisses Interesse daran haben, dass man sie etwa in der Oper und im Theater auch noch in der nächsten und übernächsten Reihe riechen kann, und dass alle, die sie riechen, ein bisschen tot umfallen.

Okay, er hielt also eine Blüte in seiner Hand. Und überlegte, welche Möglichkeiten bestanden, so was als reinen Zufall anzusehen. Einerseits die Parallelität von Ort und Gegenstand, also eine

White-Parrot-Blüte, die zweimal in ROOM aufgetaucht war, andererseits die Vorstellung, wie der Wind diese Blüte heute und damals von irgendwoher hereingeweht haben könnte. Was immerhin theoretisch möglich war, da unten im Salon die Fenster offen standen, wie sie wohl auch beim ersten Mal offen gestanden hatten. Und damals wie heute der Vorhang zwischen Schlafzimmer und Treppe nicht zugezogen war.

Theoretisch also. Und zufälligerweise.

Doch so gerne gerade die Skeptiker immer und überall Zufälle sehen, ist es doch so, dass, sobald man einen Zufall etwas genauer betrachtet, er obskur wirkt.

Nüchtern betrachtet blieb eigentlich nur, dass jemand, während Cheng geschlafen hatte, in das Schlafzimmer geschlichen war, um das einzelne Blütenblatt exakt an die Stelle zu platzieren, wo schon einmal eines, am Tag von Wakes Ermordung, gelegen hatte.

Aber wozu?

Als Warnung?

Als ein Dekor der Bedrohung?

Als ein Ritual?

Jedenfalls konnte Cheng davon ausgehen, dass seine Einmischung nicht unerkannt geblieben war und es Leute gab, die wussten, dass er nicht in ROOM logierte, um einen Essay über die Raffinesse raumgewordener Dunkelheit zu schreiben.

Cheng folgerte, er werde beobachtet. Und eigentlich fand er das ganz in Ordnung. Es zeigte ihm ja, dass hinter der Sache mehr steckte als ein zu Recht Verurteilter, der sich seine Unschuld bloß einredete und dabei auch noch von seiner in später Vaterliebe entflammten Tochter unterstützt wurde.

Wohin aber mit der Blüte?

Cheng wollte sie nicht in eine Plastiktüte stecken, um sie hernach auf Spuren untersuchen zu lassen. Er glaubte auch gar nicht, es würden sich irgendwelche Fingerabdrücke darauf finden. Wer sich eine solche Mühe machte, Pflanzenteile auszustreuen, würde sich wohl auch die Mühe machen, Handschuhe zu tragen.

Der beste Platz für eine Blume ist eigentlich ein Buch, nicht wahr?

Cheng erinnerte sich.

So sehr dies als eine Angelegenheit der Mädchen gegolten hatte, so hatte er als kleiner Junge trotzdem das eine oder andere Stück Natur zur Pressung, Trocknung und Konservierung in ein Buch gelegt. Es hatte ihm das Gefühl gegeben, auf eine gewisse Weise den Tod auszuschalten.

Cheng kehrte in den Salon zurück und warf einen Blick aus dem offenen Fenster, um nachzusehen, ob sich irgendwo in der Nähe ein Tulpenfeld oder auch nur ein Blumenhändler finden ließ. Was aber nicht der Fall war. Dann schaute er sich nach einem Buch um. Auf dem Couchtisch vor dem Sofa lag ein Stapel von Bildbänden zu den Werken Antony Gormleys. Dank ihrer Dicke und ihres Gewichts hätten sie sich für eine Pressung bestens geeignet, allerdings nicht für den Transport in Chengs schmaler Umhängetasche. Einer Tasche, die er stets mit sich führte. Er vermied es, Geldbörsen und Schlüssel und Dinge wie Sonnenbrillen und Kopfwehtabletten in seinem Sakko mitzuführen und auf diese Weise hässliche Beulen zu riskieren. Darum lieber die leichte, aus altem Grün und mattem Schwarz gemaserte Umhängetasche, deren Riemen aber nie quer über seiner Brust hing, sondern immer nur gerade über einer seiner Schultern.

Auf der anderen Seite des Tisches, recht auffällig an den Rand gerückt, entdeckte er nun auch noch einen dünnen, kleinformatigen Band. Er hob das Büchlein hoch und betrachtete den tief dunkelroten, schimmernden Einband, dessen Oberfläche sich ein wenig schuppig anfühlte. Darauf stand in Lettern von kräftigem Gold und kalligrafischem Schwung *How To Cook Mushrooms From Yuggoth.* Darunter etwas kleiner der Untertitel *A Little Cookbook Dictated To Me By The Alien Race Of The Mi-go.* Und ganz tief im Süden des schmalen Bands der Name des Autors: Thomas Or.

Offensichtlich handelte es sich um ein fiktionales Buch im Gewand eines nonfiktionalen. Cheng hatte noch nie davon gehört. Aber es schien ihm ebenfalls kein Zufall, hier in ROOM auf ein Buch ausgerechnet über Pilze zu stoßen, die in diesem Land immerhin »mushrooms« hießen. Zudem schien der Band in einer Weise auf dem Tisch abgelegt worden zu sein – fast zur Hälfte über den

Rand des Tisches hinausragend –, dass Cheng ihn kaum übersehen konnte.

War dieses Buch bereits hier gewesen, als er die Suite erstmals betreten hatte? Oder hatte es gleich der *White-Parrot*-Blüte seinen Weg an diesen Platz gefunden, während er geschlafen und geträumt hatte?

Er blätterte ein wenig in dem schmalen Band, in dem sich kurze Essays mit Kochanleitungen abwechselten, wobei auf der linken Seite stets das Englisch kommentierte Originalrezept angeführt war, dessen Ingredienzien auf der Erde beim besten Willen nicht zu bekommen waren, zum Beispiel etwas, das Lan-gu hieß und als eine Art »invisible pepper« bezeichnet wurde. Auf den gegenüberliegenden Seiten standen dann die Rezepte, die es einem ermöglichten, mithilfe terrestrischer Ersatzprodukte die Mi-go-Speisen nachzukochen. Erstaunlicherweise wurde dabei nicht wie zu erwarten statt des unsichtbaren Yuggoth-Pfeffers sichtbarer Erd-Pfeffer empfohlen, sondern Garam Masala, eine Gewürzmischung aus der indischen Küche.

Nach einigem Hin- und Herblättern wählte Cheng eine Stelle ungefähr in der Mitte und legte die weiße Blüte der *White-Parrot*-Tulpe zwischen die Seiten 22 und 23, auf denen ein Rezept angeführt war, das die Überschrift trug: *The fine taste of the Devillish Kai-tsu-mushroom, freshly made with a low-dosed hallucinogenic and thoroughly educating effect.*

»Enorm!«, murmelte Cheng, schloss das Büchlein und brachte es in seiner Tasche unter.

Er verließ die Suite und begab sich zur Rezeption. Wo sich nun eine andere, sehr viel weniger flamingohafte Dame aufhielt, die aber nicht minder erfreut war, ihm behilflich sein zu dürfen.

Cheng ersuchte sie darum, ihm ein Taxi zu bestellen, das ihn in den Stadtteil Kew im Südwesten Londons bringen sollte, zu den Royal Botanic Gardens, einer berühmten Parkanlage mit großen viktorianischen Gewächshäusern. In einem dieser Gewächshäuser, dem sogenannten Palm House, würde Cheng jene deutsch-englische Journalistin treffen, die zusammen mit Peter Polnitz am Tag der Ermordung Andrew Wakes in ROOM gewesen war.

Kirsten Bach war freilich keine Botanikerin, sondern BBC-Reporterin und in diesem Moment damit beschäftigt, ein ausführliches Interview im Ambiente dieses Tropenhauses zu führen. Cheng hatte unmittelbar nach seiner Ankunft in London von Frau Wolf die Nachricht erhalten, Kirsten Bach sei bereit, ihn kurz zu sprechen. Allerdings müsse er sich die Mühe machen, sie während der Dreharbeiten in den Royal Botanic Gardens aufzusuchen, wo sie ihm während einer kleinen Pause zur Verfügung stehe.

Keine Frage, es war Frau Wolfs Geschick zu verdanken, dass Cheng diese Möglichkeit erhielt. Seine Sekretärin konnte auch am Telefon und auch in der englischen Sprache eine durchdringende erzieherische Kraft entwickeln.

Das Taxi kam, und Cheng ließ sich also hinaus zu den Kew Gardens chauffieren. Am Haupteingang stieg er aus, bezahlte an der Pforte ein Eintrittsgeld und begab sich zum zentral gelegenen Palmenhaus. Einem grandiosen Ort, der allerdings auch die Warnung enthielt, sich nicht allzu lange in ihm aufzuhalten, wenn man es mit der Atmung oder dem Herzen hatte. Hatte es Cheng zwar nicht, dennoch wäre ihm sehr viel lieber gewesen, das dahinterliegende Temperate House, das Haus der gemäßigten Klimazonen, aufzusuchen. Aber die gemäßigten Klimazonen befanden sich gerade im Zustand der Renovierung.

Trotz der Wärme behielt Cheng sein Jackett an, als er jetzt durch die hohe Luftfeuchtigkeit schritt. Die Luft war ausgesprochen schmierig. Cheng spürte, wie sich ein dünner Film auf seine Haut und sein Haar legte. Er dachte: »Wie in einer Autowaschanlage.«

Bald geriet er an eine mit gelben Bändern markierte Absperrung, was an einen eingezäunten Tatort erinnerte. Dahinter befanden sich die Filmleute der BBC, die in Konkurrenz zur Tropenhitze auch noch ihre Scheinwerfer aufgestellt hatten. Erstaunlich, dass sie ihre heiklen Geräte solch feuchter Wärme aussetzten. Allerdings meinte Cheng auch die Geräusche kühlender Ventilatoren zu vernehmen.

Er trat an einen der Security-Leute heran, nannte seinen Namen und erklärte, Frau Bach würde ihn erwarten.

»Wait!«, sagte der Sicherheitsmensch und hielt Cheng kurz seine Handinnenfläche vor die Nase.

Viel zu kurz, als dass Cheng dem Mann die Zukunft hätte weissagen können. Also blieb er einfach stehen und wartete.

Es dauerte.

Und weil es dauerte, griff Cheng nun in seine Tasche, nahm das Pilz-Kochbuch heraus und fächelte sich damit Luft zu.

Wenn man bedachte, wie der Titel dieses Buchs lautete und welches Objekt sich zwischen den Seiten 22 und 23 befand, deren Zeilen wiederum einem teuflischen Kai-tsu-Pilz gewidmet waren, dann war das eigentlich der passende Ort. Und umgekehrt der passende Fächer.

Nach einiger Zeit erschien ein junger Mann, wohl einer der Assistenten Frau Bachs, begrüßte Cheng, hob das gelbe Band hoch und führte den Detektiv an den Rand des Sets. Inmitten hoher Palmen war ein Mann zu sehen, der gewiss der zu Interviewende war. Er saß in einem in solcher Umgebung unwirklich breiten Ledersessel, vor ihm, auf einem nicht ganz so mächtigen Möbel, die BBC-Dame.

Kirsten Bach war ohnedies mächtig genug. Eine auf eine mondäne Weise kräftige Frau. Sie trug ein weißes, mit roten und gelben Früchten gemustertes Kleid aus Seide, das ihren Körper fest umschloss. Cheng hatte sich im Internet einige Fernsehausschnitte mit ihr angesehen. Gespräche mit Künstlern und Prominenten sowie ihre Einführungen zu Beginn der beliebten Proms-Konzerte. Bei alldem wirkte sie wie der eigentliche Star. Als sei sie der Grund dafür, wieso Konzerte und Künstler überhaupt existierten.

Und dann ihre Stimme! Auf eine enorme Weise britisch.

Wenn Briten der Oberklasse redeten, hörte sich das an, als hätten sie ein von Thomas Gainsborough gemaltes und nachträglich mit dem Turner-Preis ausgezeichnetes Lutschbonbon im Mund.

Der Assistent sprach recht leise, als er jetzt den Namen des Gastes vorne in dem mächtigen Sessel nannte. Cheng verstand allerdings nur den Professorentitel. Begriff aber bald, dass es sich um einen der renommiertesten Evolutionsbiologen der Welt handelte, bekannt auch für seine Kritik an den Kirchen und Religionen. Mit ihm unterhielt sich soeben die perfekt das Englische imitierende

Deutsche und lieferte ihrerseits ein gutes Beispiel für gelungene Anpassung.

Bachs Assistent bot Cheng einen kleinen Stuhl an. Cheng nahm Platz, und der junge Mann entfernte sich. Cheng schloss seine Augen. Die Dschungelgeräusche hüllten ihn ein. Er spürte die Feuchtigkeit auf seinem Gesicht in der gleichen strukturierten Weise, mit der im Traum zuvor das Meersalz ein Netz auf seine Haut gebrannt hatte. Es erschien ihm geradezu deckungsgleich, wie sich da die Tropenfeuchte über das Raster aus seinem Traum legte und es verdoppelte und damit auch verstärkte.

Die Frage war nur, in wessen Netz er da jeweils geriet, wenn er träumte oder döste.

Er hätte nicht sagen können, wie lange er in diesem Zustand verharrte, jedenfalls wurde er herausgerissen, als er spürte, wie der Boden direkt vor ihm unter der Last einer sich nähernden Person ein wenig nachgab.

Cheng öffnete die Augen. Kirsten Bach stand vor ihm. Sie hatte ihre Arme verschränkt und blickte auf ihr Gegenüber herunter. Sie sprach in einem Deutsch, das so klang, als sei diesmal besagtes Lutschbonbon von Ernst Ludwig Kirchner aus einem kleinen Stück Holz herausgeschnitzt worden. Einem Holz, das Kirchner von einer alten gotischen »Madonna mit Kind« gebrochen hatte.

Bachs Deutsch war also um einiges grober als ihr Englisch, aber nicht unelegant. Grob und pastoral zugleich. Und mit einer Schicht Schokolade versehen, die sich jedoch nicht oben auf dem Bonbon der Sprache befand, sondern tief in seinem Inneren, um aus dieser Tiefe heraus – Schokolade als Schwingung – jeden gesprochenen Satz mit einem feinen Ausrufezeichen zu versehen.

In diesem Deutsch sagte sie zu Cheng: »*Sie* sind das also!«

»Ja, ich bin das«, antwortete er und erhob sich aus seinem Sitz und seiner Verschlafenheit.

»Wenn Sie mögen«, schlug Kirsten Bach vor, »können wir hinüber zum Alpine House spazieren. Ich brauche jetzt eine Zigarette.«

»Alpine House klingt gut.«

»Ja, es ist schon ziemlich warm hier«, erklärte die Starmoderatorin. »Ich wollte einen Ort, wo unser kirchenfeindliches Genie ein bisschen ins Schwitzen kommt. Aber der gute Mann scheint wohl selbst eine von den Echsen zu sein, über die er so gerne Vorträge hält.«

Cheng darauf: »Vielleicht ist er der Teufel.«

»Ach ja, das ist eine gute Idee, das würde erklären, wieso er sich so Mühe gibt zu beweisen, Gott könne nicht existieren. Gleich nachher, wenn wir weitermachen, werde ich mich erkundigen, ob er vielleicht an den Teufel glaubt.«

»Tun Sie das«, sagte Cheng.

»Jetzt aber eine Zigarette«, bestimmte Frau Bach und ging voran. Cheng folgte ihr.

Draußen fragte sie, ob er auch eine wolle.

»Das ist vorbei«, antwortete Cheng.

»Schade! – Sie arbeiten also für Peter Polnitz.«

»Ich arbeite für seine Tochter.«

»Und was wollen Sie von mir hören? Sie kennen doch wohl meine Aussagen, die ich vor Gericht gemacht habe. Dass ich Andrew lebend mit Herrn Polnitz zurückließ.«

»Waren Sie seither noch einmal in diesem Raum, dem Schlafzimmer, in dem man Andrew Wake fand?«

»Ich war niemals dort, auch damals nicht. Sie vergessen, wir saßen im Salon. Ich kenne dieses verrückte Schlafzimmer nur von Fotos. Und damit habe ich hoffentlich auch Ihre Frage beantwortet, ob ich mit Wake ein Verhältnis hatte.«

»Das wollte ich Sie später fragen. Aber bitte, Sie beide waren schon sehr gute Freunde, oder?«

»Also in erster Linie war er mit meinem Mann befreundet.«

»Ihr Mann starb im letzten Jahr, nicht wahr?«, sagte Cheng. Frau Wolf hatte ihn diesbezüglich instruiert.

»Ein Reitunfall. Fast wie in einer Boulevardkomödie. Sie müssen verzeihen, er und ich waren zuletzt kein großes Liebespaar. Wahrscheinlich hat Andrew den Tod meines Mannes mehr bedauert als ich. Trotzdem war er so freundlich, mich einzuladen, dabei zu sein, als er sich mit Peter Polnitz traf. Und glauben Sie mir, die beiden waren ganz friedlich, solange ich im Zimmer war.«

»Es hieß doch, es hätte Andrew Wake geärgert, wie gut sich diese deutsche Synchronstimme anhört. Wie viel besser sie zu ihm passen würde als seine eigene.«

»Also, davon habe ich gar nichts gemerkt. Und das habe ich auch vor Gericht ausgesagt. Was immer geschehen sein mag, ich glaube nicht, dass es um ihrer beider Stimmen ging.«

»Sondern?«

»Die beiden haben sich über Japan unterhalten. Andrew Wake war seit seinem Kyōto-Film ein großer Japan-Fan. Und Peter Polnitz des Öfteren in Okinawa, wegen diesem ganzen Karate, mit dem er sich beschäftigt hat. Was ja seit den Geschehnissen bestens bekannt ist.«

»Kannte sich Wake damit aus?«

»Er schien mir durchaus eine Ahnung zu besitzen, auch wenn er nie in so einem Martial-Arts-Film mitgespielt hat. Er war ja nicht Keanu Reeves. Und doch, ja, er schien einiges zu verstehen von dem, was Polnitz berichtet hat. Ich selbst kenne mich damit nicht aus. Ich habe es einmal mit Tai-Chi probiert, aber ehrlich, mir ist das zu langsam. Es hat mich total nervös gemacht, obwohl es ja genau umgekehrt sein sollte.«

Cheng wusste, was sie meinte. Aber was er sagte, war: »Komisch, davon war nie die Rede, oder?«

Cheng spielte auf die Möglichkeit an, nicht nur Peter Polnitz hätte eine Ahnung von der tödlichen Technik namens Dim Mak besessen, sondern Andrew Wake ebenso. Dass es genau das war, was die beiden neben dem Umstand, denselben filmischen Figuren eine Stimme zu verleihen, eine englische wie eine deutsche, verbunden hatte.

Kirstin Bach zuckte mit den Schultern. Sie könne das nicht wirklich bestätigen, sie habe Andrew niemals bei der Ausübung irgendeiner Kampfkunst oder eines Kampfsports gesehen. Und dazu komme ja wohl, dass bei jemandem von solch enormer Prominenz ein derartiges Hobby kaum ein Geheimnis geblieben wäre.

»Außerdem«, sagte sie, »hätte das doch wohl im Prozess herauskommen müssen. Ich sage ja auch nur, dass die beiden sich recht leidenschaftlich über Japan unterhalten haben. Und weniger über den nächsten Film, mit dem Andrew in diesem Moment bereits fertig war. Andrew schon, Polnitz nicht.«

Cheng meinte, nicht so richtig verstanden zu haben, wovon dieser Film überhaupt handle.

»Verblüffend!«, sagte Frau Bach. »Weil – das wissen doch eigentlich alle. Und die sind keine mit dem Wake-Mord beschäftigten Detektive.«

»Ach, kommen Sie schon, erzählen Sie.«

»Na, den ganzen Film kenne ich natürlich auch nicht, aber die diversen Vorschauen. Und es ist nicht ohne Ironie, dass dieser Film das Verhältnis zweier Männer behandelt. Über ein Produkt der Kunst verbundene Männer. Verbunden und schließlich verfeindet.«

Frau Bach beschrieb, dass in *A Man for Endings* Andrew Wake eine Art literarischen Finisher verkörpere. Einen völlig unbekannten Autor, der seit vielen Jahren die Romane eines gefeierten Bestsellerautors um ein gelungenes Ende bereicherte.

»Der Bestsellerautor«, erzählte Bach, »leidet unter der Unfähigkeit, seine großartig komponierten Spannungsgeschichten zu einem schlüssigen Ende zu führen. Er kann das einfach nicht. Und Wake, also die Figur, die von Wake gespielt wird, ein Mann namens Tony, macht es für ihn und macht es gut. Aber natürlich bleibt es nicht bei dieser Idylle. Als Tony für den neuesten Roman ein Ende schreibt, will der andere es nicht akzeptieren. Tony beschließt nämlich den Tod der Hauptfigur. Aber der Schöpfer dieser Hauptfigur will sie am Leben wissen. Er will ein glückliches Ende, Tony ein unglückliches.«

»Und wer setzt sich durch?«

»Das ist natürlich das Geheimnis des Films. Jedenfalls gibt es Krieg zwischen den beiden. Und ich glaube, ob die Hauptfigur stirbt oder weiterleben darf, hängt davon ab, wer von den beiden, der Autor oder der Ghostwriter, diesen Krieg überlebt.«

»Wer spielt eigentlich die andere Hauptrolle?«

Bach nannte einen der Großen der Branche, einen Amerikaner, der wie Andrew Wake zwei Oscars und zwei Golden Globes erhalten hatte. Wobei sich Bach erneut überrascht zeigte, dass Cheng davon nichts wusste.

Cheng gestand ihr, bei aller Begeisterung für das Medium Film sich Filme immer erst anzusehen, wenn sie ein bestimmtes Alter erreicht hatten oder er sie aus einer Zeit kannte, als er ein junger Mann gewesen war.

»Ja, aber das ist immerhin *Ihr* Fall.«

»Der Film doch nicht.«

Was Cheng nicht sagte, war, wie sehr es ebenfalls seiner detektivischen Philosophie entsprach, die Dinge auf sich zukommen zu lassen. Herumzuirren und darauf zu warten, dass die Dinge *ihn* fanden, nicht umgekehrt.

Das stimmte zwar nur halb, aber halb stimmte es.

Sie erreichten das Alpine House, ein gipfelartig geschwungenes, 2006 eröffnetes, selbstredend von einem Stirling-Preisträger entworfenes Glashaus, in dem das mit Abstand angenehmste Klima herrschte. Nach einer Seite hin war ein riesiges Segel hochgezogen, das dem Raum einen milden Schatten bescherte.

Mehrere Besucher frequentierten das schmale, gläserne Gewölbe. Einige sahen interessiert zu Kirsten Bach herüber. Man erkannte sie. Es war ein Flüstern in diesen Blicken.

Cheng und Bach kamen neben einer Ansammlung von Steinen zu stehen, aus deren Spalten verschiedene Gräser und Flechten wuchsen.

»Können Sie sich erinnern«, fragte Cheng, »ob an diesem Tag weiße Tulpen in der Vase im Salon des Hotelzimmers standen?«

»Tulpen?«

»Weiße Tulpen von der Sorte *White Parrot*«, präzisierte Cheng.

»Nein, da waren keine Tulpen. Das kann ich sogar beweisen. Ich habe ein Foto gemacht, als die beiden zusammensaßen. Ich glaube mich zu erinnern, dass in der Vase ein Strauß Callas steckte. Weiße Callas, aber sicher keine Tulpen. Wie kommen Sie überhaupt auf Tulpen?«

Cheng erklärte, wie er auf Tulpen kam. Einmal dank eines Fotos, das ihm von dem flamingohaften Anwalt aus dem Frankfurter Büro zugesandt worden war, das andere Mal wegen der Blüte, die er jüngst auf dem Boden des berühmten Schlafzimmers entdeckt hatte.

Frau Bach wiederholte, während ihres Aufenthalts im Salon der Hotelsuite einzig und allein weiße Callas gesehen zu haben.

»Und sonst?«

»Was meinen Sie damit?«

»Sind Ihnen je solche Blüten untergekommen?«

»Fragen Sie mich, ob ich schon einmal eine weiße Tulpe gesehen habe?«

Cheng nahm das Büchlein aus seiner Tasche, dessen Titel versprach, etwas über die Methoden zu verraten, mit denen auf dem Planeten Yuggoth Pilze zubereitet wurden. Er öffnete es in der Mitte, indem er sehr zielgenau mit dem Daumen zwischen die Blätter fuhr und die Buchteile auseinanderschob. Mit einem Nicken und einem Blick verwies er auf die am Beginn ihrer Pressung stehende weiße Blüte.

»Sehr romantisch«, kommentierte Kirsten Bach.

Cheng erklärte, es handle sich um die Blüte, die er auf dem Boden des Schlafzimmers gefunden habe. Noch einmal fragte er, ob sie damit etwas anfangen könne. Jenseits aller Botanik.

In ihrem Gesicht zeigte sich eine Mischung. Ein Mischung aus Spott und Nachdenklichkeit. Einerseits hätte sie Cheng gern erklärt, er befinde sich auf dem Holzweg, man könnte ebenso sagen *Blütenweg*. Aber da war eben auch ein Zweifel. Ein Zweifel und eine Erinnerung.

Sie sagte: »Ich glaube nicht, dass es irgendetwas mit der Ermordung von Andrew zu tun hat, aber es stimmt, ich habe schon einmal von dieser Blüte gehört.«

Und zwar nicht, wie sie erklärte, in der BBC-Sendung *Gardeners' World,* sondern in einem Interview, das sie selbst vor einigen Jahren mit einem ehemaligen Agenten des MI5 geführt habe. Der pensionierte Geheimdienstler hatte 2013 eine Biografie mit dem Titel *My Life Gathered In Twohundred Pages* herausgegeben, ein Buch, das folgerichtig zweihundert Seiten maß und in dem ein nie öffentlich gewordener Attentatsversuch auf Mitglieder des englischen Königshauses beschrieben wurde. Und vieles andere mehr. Nicht zuletzt erzählte der Autor vom Einsatz sogenannter »wild members«. Agenten, die auf keiner der Gehaltslisten des britischen Inlandsgeheimdienstes standen, eines Geheimdienstes, dem es offiziell untersagt war, die gezielte Tötung von Verdächtigen vorzunehmen. Und der gemäß der Behauptung des Verfassers zu diesem Zweck professionelle Killer engagiere, die man aus einer Art Kaffeekasse bezahlte. Einer sehr gut gefüllten Kaffeekasse in der Schweiz.

»Wir haben dieses Interview nie gesendet«, sagte Kirsten Bach. »Auf Anordnung von ganz oben. Worüber man sich ärgern kann, aber nicht muss. Ohnehin erschien mir das Buch mehr Fiction als Non-Fiction, das Produkt einer gekränkten Seele. Mehr obskur als authentisch. Genau genommen hatten wir noch Glück, das Interview nie gezeigt zu haben.«

Und doch, Kirsten Bach erinnerte sich an eine Äußerung des Buchautors. Er hatte erwähnt, unter den Auftragsmördern befinde sich jemand, der über die wahrscheinlich größte denkbare Palette an Tötungsformen verfüge, zwischen gänzlich unsichtbar und verblüffender Täuschung. Der aber noch nie darauf verzichtet habe, eine weiße Tulpenblüte am Tatort zurückzulassen. Was aber seltsam unerkannt geblieben sei. Als übersehe man die gleichbleibende Signatur auf sich ständig wandelnden Bildern.

»Und tatsächlich«, sagte Frau Bach, »hat er von einer *White Parrot* gesprochen.«

»Das fällt Ihnen jetzt ein?«

»Ja. Darum erzähle ich es Ihnen doch. Oder möchten Sie etwas anderes hören?«

»Im Prozess aber …«

»Im Prozess war nie von einer Blume oder Blüte die Rede. Und schon gar nicht von einer Blüte dieses Namens. Mir ist die Sache mit dem Interview doch nur eingefallen, weil Sie jetzt von dieser Tulpe sprachen. Und ich bereue es bereits.«

»Das müssen Sie nicht.«

»Anscheinend schon.«

»Wie hieß das Buch noch mal?«

Sie sagte ihm, wie es hieß, erklärte aber auch, er werde darin nichts über die *White-Parrot*-Tulpe finden. Sie habe das Buch in Vorbereitung auf das Interview gelesen. Und obgleich darin einige Anspielungen auf jene eingekauften Killer des MI5 zu lesen seien, fehle der Hinweis auf einen Mann mit dem Hang, seine stilistisch so variablen Taten um eine gleichbleibende florale Phrase zu bereichern. Von ihm habe der Autor einzig und allein in dem nie gesendeten Interview gesprochen.

»Und daran können Sie sich noch erinnern?«, staunte Cheng.

»Wäre es Ihnen lieber, ich hätte es vergessen?«

Cheng lächelte. Und wollte wissen, wie der Verfasser und damalige Interviewpartner eigentlich heiße.

»Sehen Sie. Daran kann ich mich jetzt wirklich nicht erinnern«, antwortete Bach. »Aber das können Sie ja googeln. Sie haben schließlich den Titel des Buchs. Apropos Buch. Was ist das eigentlich für eines, das Sie da als Album für Ihre Tulpe benutzen?«

Cheng zog den Daumen aus der Buchmitte, klappte mit seiner einen Hand den schmalen Band zu und reichte ihn Kirsten Bach.

Sie betrachtete interessiert den Buchdeckel. Strich mit dem Finger über die schuppige Oberfläche. Dann schlug sie es an einigen Seiten auf und meinte letztlich: »Nie davon gehört.«

»Das Schicksal einiger Werke«, stellte Cheng fest.

»Thomas Or«, las Bach laut den Namen des Autors. »Ich glaube, über den würde ich gerne was bringen. Über einen verrückten Pilzsammler.«

Sie fragte Cheng, ob sie das Büchlein haben könne, und meinte: »Ich kann Ihnen für die Pressung gerne ein anderes besorgen. Das Genie dort drüben im Palmenhaus hat einen ganzen Stapel zum Signieren mitgebracht.«

»Nein, danke!« Cheng streckte seinen linken Armstumpf zu einer fordernden Geste. Er meinte, einer Tulpenblüte ganz gewiss nicht antun zu wollen, im schwergewichtigen Werk eines besserwisserischen Evolutionsbiologen zu landen.

»Na gut«, sagte Bach, meinte aber, Cheng hätte ihr ruhig etwas entgegenkommen können, nachdem sie ihm gerade geholfen habe, eine mögliche Bedeutung der *White-Parrot*-Blüte zu verstehen.

Sie reichte ihm das Pilzbuch. Wobei sie es in Richtung auf den Armstumpf hielt und sich Cheng darum etwas nach rechts drehen musste, um auch wirklich danach greifen zu können.

Cheng nahm es und sagte: »Sehr gütig.«

Mehr sagte er nicht. Sondern verabschiedete sich mit einer knappen Verbeugung.

In diesem Moment kam der junge Assistent der BBC-Reporterin herein und sprach von der Ungeduld des wartenden Wissenschaftlers.

Cheng hörte, wie Kirsten Bach erklärte, die Evolution habe auch ihre Zeit benötigt.

Aber da befand sie sich bereits an der Türe des Alpine House.

Kurz nach ihr trat der Detektiv ins Freie. Instinktiv neigte er seinen Kopf zur Seite, als wolle er dem Schlag der Hitze ausweichen. Umsonst.

9

Gute Nacht

Cheng ließ sich mit dem Taxi zurück in die Nähe des Beaumont bringen, ging aber nicht ins Hotel, sondern in den nahe gelegenen Hyde Park, wo er auf einer Parkbank Platz nahm und ein Smartphone aus seiner Umhängetasche zog.

Es galt, ein paar Dinge festzustellen. Denn so sehr Cheng dazu neigte, die Dinge auf sich zukommen zu lassen, so gab es auch solche, denen er zumindest auf der Hälfte des Weges entgegenging. Beziehungsweise sie überhaupt erst darum erkennen konnte, weil er von ihnen schon einmal gehört oder gelesen hatte.

Natürlich bediente sich Cheng wie der Rest der Menschheit für solche Zwecke des Internets. Aber immer, wenn er es tat, dann mit dem Gefühl, nicht ganz korrekt zu handeln. Sich einen Vorteil zu verschaffen, der ihm nicht zustand. Das war früher anders gewesen, als er sich in Bibliotheken begeben und die Regale durchforstet hatte, als er Seiten kopiert und Zeitungsausschnitte studiert oder aber einen kundigen Menschen gebeten hatte, ihn über eine Sache aufzuklären. Die Leichtigkeit hingegen, mit der man heutzutage mittels kleiner und kleinster Apparate das Wissen der Welt abrufen konnte, erschien Cheng gerade darum, weil er Detektiv war, wie eine grobe Hinterlist. Eine Hinterlist, für die er fürchtete irgendwann einmal zur Rechenschaft gezogen zu werden. Er und alle anderen.

Es war schon sehr bezeichnend, dass er sich das Rauchen abgewöhnt hatte, das Fleischessen ebenso, und dass er nur noch hin und wieder und dann eher unwillig und eine dumme Höflichkeit praktizierend Alkohol konsumierte, er jedoch weit entfernt davon war, auf die Benutzung seines Handys verzichten zu können. Auf das Telefonieren schon. Aber nicht darauf, sich der Allwissenheit dieses kleinen, flachen, wie eine umgestürzte Haustür in seiner Hand liegenden Geräts zu bedienen.

Er trat ein ins Netz und sah sich um in der Welt der Bücher.

Das Bemerkenswerte war, dass von den beiden Publikationen, dem Pilzbuch und dem Agentenbuch, das eine, nämlich Thomas Ors *How To Cook Mushrooms From Yuggoth,* in keinem einzigen Verzeichnis auftauchte und auch sonst nirgends Erwähnung fand, während das von Kirsten Bach genannte *My Life Gathered In Twohundred Pages*, als dessen Autor ein gewisser Clive Mills angeführt wurde, zwar auf verschiedenen Seiten zu finden war, aber überall als »currently out of print« angegeben wurde. Es war kaum lebendiger zu nennen als das Or'sche Werk. Diese beiden Bücher widersprachen in heftiger Weise der allgemeinen Verfügbarkeit von Gegenständen. Sie schienen selbst in gebrauchter Form der Welt abhandengekommen zu sein. Sie waren nicht einmal auf den Parkplätzen und Friedhöfen der ebenfalls ins Netz gegangenen Antiquariate zu finden.

Cheng griff in seine Tasche, um die kleine Schrift über fremde Pilze herauszuziehen und sich zu überzeugen, dass sie tatsächlich existierte.

Alles schien in Ordnung. Der Band lag fest und real in seiner Hand. Cheng legte das Büchlein in seinem Schoß ab, öffnete es und las das Impressum, in dem als Jahr der Veröffentlichung 1969 angeführt wurde. Das Buch war nicht etwa in irgendeinem ominösen, seinerseits so gut wie unsichtbaren Esoterikverlag erschienen, sondern bei Alfred A. Knopf, auch wenn die Verlagsgruppe, zu der Knopf heutzutage gehörte, sich für dieses Buch nicht mehr verantwortlich zu fühlen schien. Immerhin hatte Cheng einige biografische Daten zu Thomas Or entdeckt. Daraus ging hervor, dass Or 1922 auf der Orkney-Insel Mainland auf die Welt gekommen war, die meiste Zeit seines Lebens an verschiedenen schottischen Grammar Schools englische Literatur unterrichtet hatte und als Autor von ein paar utopischen Geschichten Bekanntheit in kleinen Zirkeln erlangt hatte. Und dass er im Oktober 1972 an einem nicht näher benannten schweren Leiden verstorben war. Immerhin existierte eine literarische Gesellschaft, die mehrere Texte Ors ins Internet gestellt hatte. Aber auch dort kein Wort über ein Kochbuch.

Umso mehr stellte sich die Frage, wie der Band in dieses Hotel und in diese Suite gelangt war. Ein Werk, das nirgendwo aufschien und das niemand zum Kauf anbot.

Die andere Frage, die Cheng beschäftigte, war die nach der Blüte. Denn wenn es sich tatsächlich um das Markenzeichen eines vom britischen MI5 gedungenen Auftragsmörders handelte, dann hätte Cheng nämlich gerne gewusst, wieso er selbst überhaupt noch am Leben war. Hier zu sitzen und Londoner Parkluft zu atmen wäre dann doch ein deutlicher Widerspruch gewesen. Oder sollte er diese Blüte allein als Warnung auffassen? Als Hinweis darauf, sich soeben in Gefilde zu begeben, in denen er nichts verloren hatte?

Zudem überlegte Cheng, dass zwar damit zu rechnen gewesen war, die Blüte auf dem glatten, dunklen Schlafzimmerboden von ROOM zu entdecken, doch im Falle des Buches …

Dennoch Absicht?

Nun, es war schon in einer sehr auffälligen Weise platziert worden. Wie alle Objekte, die »Hier bin ich, nimm mich!« rufen.

Absicht also!

Cheng begab sich zurück zum Hotel und trat an die Rezeption. Zu seiner Freude war es nun wieder die Flamingo-Dame von zuvor, die fragte, was sie für ihn tun könne.

Er legte das Pilzbuch auf die spiegelnde Fläche der Theke, sagte, er habe es in seiner Suite gefunden und sei sehr interessiert zu erfahren, wieso gerade dieses Buch dort abgelegt worden war. Bei den Bildbänden über die Kunst Antony Gormleys stelle sich diese Frage ja nicht, bei einem Buch über Pilze hingegen durchaus. Und dann ergänzte er: »Noch dazu Pilze von einem fremden Planeten.«

Die Hotelangestellte schob den Band mit einem einzigen ihrer schlanken Finger in eine Position, die es ihr ermöglichte, den Titel lesen zu können. Dann erklärte sie, man würde überall im Hotel, in den Zimmern wie in den Salons, auf Bücher stoßen. Allerdings könne sie nicht bestätigen, speziell dieses eine schon einmal bemerkt zu haben. Möglicherweise habe der Gast, der zuvor in ROOM übernachtet habe, es vergessen. Dass das Aufräumpersonal so etwas übersehe, dürfe eigentlich nicht passieren. Andererseits habe sich noch niemand deswegen gemeldet.

Und dann bot sie an, das Buch gerne an sich zu nehmen.

»Nein«, sagte Cheng.

Er hatte es nicht geschrien. Aber fast. Jedenfalls legte er sehr eilig seine Hand auf den schmalen Band.

»Sie verzeihen«, sagte er, »ich würde es sehr gerne behalten. Pilze sind meine Leidenschaft.«

In Wahrheit konnte er kaum den einen Pilz vom anderen unterscheiden. Letztlich erschienen sie ihm alle giftig.

Er erinnerte sich jetzt, welche Profession es eigentlich war, die ihn angeblich an diesen Ort geführt hatte. Die Kunstkritik. Weshalb er also ergänzte, sich für Pilze *und* die Kunst zu begeistern. Beziehungsweise Pilze *in* der Kunst. Und erwähnte nun den einzigen Künstler, von dem er wusste, dass dieser mit Pilzen zu tun gehabt hatte: John Cage.

Das Buch des Thomas Or lag zwischen der Flamingo-Frau und dem Detektiv. Cheng hatte seine Hand darauf, die Frau noch immer ihren Zeigefinger am Buchrücken. Es sah aus, als würden sie beide auf dieses Kochbuch schwören wie andere auf eine Verfassung oder den Namen Gottes. Nur ein paar Sekunden lang. Merkwürdige Sekunden der Verbundenheit.

Die Flamingo-Frau zog ihren Finger zurück. Auf ihren Wangen zeigte sich eine zarte Schattierung, die nicht von ihrem Rouge stammte. So eine, wie Cheng sie zuletzt bei jener älteren Dame in Wien bemerkt hatte, für die er schon lange und recht erfolglos nach zwei barocken Leuchtern fahndete.

»Ich kann das Buch also einstweilen behalten«, folgerte Cheng und zog es von der Theke.

Die Frau nickte und meinte, für den Fall, dass sich der Besitzer noch melde, Cheng zu benachrichtigen und ihn um die Rückgabe zu bitten.

»Natürlich«, sagte Cheng. Aber das war eine Lüge.

Dann fragte er noch, ob er wissen dürfe, wer vor ihm die Suite bewohnt habe.

Die Flamingo-Frau lächelte.

»Also nicht.« Cheng lächelte zurück und ging.

Als er seine Suite betrat und sich zuerst im Salon umsah, konnte er zwar feststellen, dass jemand während seiner Abwesenheit hier gewesen war, aber offensichtlich nur, um die von ihm verursachte kleine Unordnung zu bereinigen. Ein bloßes Zurechtrücken vorzunehmen. Auch im Badezimmer, wo Chengs kürzlich benutztes Handtuch wieder im Zustand präziser Faltung von der Stange hing, während im Schlafzimmer die Decke des Betts ungemein glatt gestrichen worden war. Mit einem Lineal, hätte man meinen können, oder einem Bügeleisen.

Cheng dachte, dass die Frage *Wer bin ich und was mache ich hier?* bei aller Unbestimmtheit der Geschehnisse doch eine gewisse Klarheit nach sich zog. In der Art, wie man sagt, der Nebel würde sich lichten. Der Nebel, in dem sich Cheng aufhielt. Welcher ein wenig aufstieg und zumindest den Boden freigab, auf dem er selbst stand. Und damit die Dinge, die eine Rolle spielten: zwei Bücher, eine Blüte und die Erkenntnis, noch immer am Leben zu sein, so sehr das dem zurückgelassenen Markenzeichen eines Killers widersprach. Aber dieser Widerspruch war eben auch Teil der bodennahen Klarheit.

Zum Abendessen ließ sich Cheng den teuersten Toast seines Lebens aufs Zimmer bringen. Er aß ihn, während er auf dem Art-déco-Sofa im Salon lehnte und in Thomas Ors Pilzbuch blätterte. Natürlich war es in Englisch verfasst und Cheng kein Meister in dieser Sprache. Aber es fiel ihm sehr viel leichter, im Englischen zu lesen, als im Englischen zu sprechen. Jedenfalls stellte er fest, mit welcher Ernsthaftigkeit und ohne jegliche Ironie Thomas Or von seiner Reise auf den Planeten Yuggoth berichtete. Bei dem es sich laut Or nicht – wie von anderen Leuten behauptet – um den zum Zwergplaneten degradierten Pluto handelte, sondern um ein sogenanntes transneptunisches Objekt am äußersten Rand unseres Sonnensystems. Einen dauerdämmrigen Planeten mit drei Monden, von dem

Or sagte, auf ihm herrsche die Farbe Schwarz in einer erstaunlichen, stark unterscheidbaren Vielfalt vor. Derart, dass man von einer »Buntheit von Schwarz« sprechen müsse. Yuggoth sei allerdings nicht der Heimatplanet der Mi-go, sondern eine von deren Kolonien innerhalb unseres Systems.

Wie Or darstellte, ernährten sich die Mi-go allein von verschiedenen Varietäten einer bestimmten Pilzart, die sie auf Yuggoth züchteten und in raffinierter Weise zu verarbeiten verstanden. Mittels einer Technik, die nur bedingt mit den Kochkünsten auf der Erde vergleichbar war und die auch telepathische Fähigkeiten einschloss. Fähigkeiten, die die Mi-go mit großer Selbstverständlichkeit einsetzten, umso mehr als sie den Vorteil einer hohen Präzision im paragnostischen Ausdruck schätzten. Etwas, das ihnen ihre gesprochene Sprache nicht bot. Die gesprochene Sprache wurde eher in jenen Momenten eingesetzt, wenn man gar nicht so genau sein wollte. Wenn die Diplomatie im Umgang mit anderen eine Ungenauigkeit als den besseren Weg erscheinen ließ. Mi-go logen nicht, nie. Doch wenn die ganze Wahrheit auszubreiten zu einem Nachteil zu werden drohte, dann setzten sie lieber ihre gesprochene Sprache ein.

Was bei Pilzen nicht funktioniert hätte. Erstens, weil sie bekanntermaßen und eben auch auf Yuggoth keine Ohren und kein Gehör besaßen. Und es sich zweitens dringend empfahl, ihnen nicht mit Halbwahrheiten zu kommen.

Die Kunst des Kochens auf Yuggoth ähnelte somit einer geistigen Zwiesprache zwischen dem Kochenden und den zu verarbeitenden Fruchtkörpern der Pilze. Entweder waren diese Pilze bedeutend geistvoller als ihre Verwandten auf der Erde. Oder diese Verwandten auf der Erde nicht ganz so gedanken- und seelenlos, wie allgemein angenommen. Möglicherweise resultierte die eine oder andere Giftigkeit aus einer missverständlichen Kommunikation. Oder überhaupt aus dem Fehlen einer solchen.

Was Cheng verblüffte, war, dass die Schilderungen – die Beschreibungen der Mi-go-Rasse, der Landschaften und Architekturen auf Yuggoth, der riesigen Felder von Pilzen, der Kochgeräte, der symbiotischen Beziehungen – so gar nicht an Science-Fiction erinnerten. Eher kam ihm vor, jemand in der Tradition Adalbert Stifters berichte von seiner Reise. Wenn hier etwas erfunden wirkte, dann nicht der Ort und die Handlungen an sich, sondern die romantische Überhöhung der Betrachtungen. Das Bedürfnis des Autors, die Dinge gerade dort, wo es sehr dunkel war, zum Leuchten zu bringen. Wofür sich ein bestimmtes englisches Wort besonders eignete: *radiant*.

Cheng fielen bereits die Augen zu, als er sich dachte: »So ein Unsinn.« Und gleich darauf: »So ein schöner Unsinn.«

Nur eine Stunde später schreckte er hoch. Schweiß lag auf seiner Stirn wie eine Folie aus flüssigem Glas. Glas, in dem sich noch ein wenig von dem Traum spiegelte, den er soeben hinter sich gelassen hatte. Besser gesagt, dem er entkommen war. So ganz ungefährlich war seine untere Liga auch wieder nicht.

Auf Chengs Brust befand sich das zu einem Dach geöffnete Pilzbuch. Er griff danach, schloss es und erhob sich vom Sofa. Er nahm das Buch mit, als er ins Badezimmer ging. Er würde es von nun an überall dabeihaben.

Gewaschen und in einen Bademantel gehüllt, legte er sich auf das breite Bett, über sich das Kopfinnere des Mannes, der diesen Raum entworfen hatte. Es war jetzt nach Mitternacht. Ungewöhnlich rasch schlief Cheng wieder ein.

Gar nicht ungewöhnlich hingegen war, dass er keine drei Stunden später erwachte und auch gleich wusste, dass es mit dem Schlaf vorbei war. Er rutschte vom Bett herunter und trat hinüber in den Salon, wo er sich auf einem der Art-déco-Stühle niederließ. Erneut öffnete er Thomas Ors außerplanetarisches Pilzbuch. Und las: »Wenn Sie einen Yuggoth-Pilz in kleine Stücke schneiden, machen Sie sich darauf gefasst, dass Sie es spüren. Dass er, der Pilz, es Sie spüren lässt. Man kann aber auf verschiedene Weise diese Schnitte ausführen und sie darum auch auf verschiedene Weise am eigenen Leib erleben. Das ganze Spektrum zwischen großen Qualen und Gefühlen der Erlösung. Wobei es nicht genügt zu meinen, man müsse vorsichtig schneiden, um den Schmerz zu vermeiden. Vorsicht allein genügt nicht. Vorsicht allein kann sogar den allergrößten Schmerz hervorrufen. Vielmehr sollte es eine fließende Bewegung sein. Fließend und gleichförmig und mit konstantem Druck. Die Mi-go sprechen von ›Schneiden wie im Traum‹. Wobei zu sagen wäre, dass deren Träume eher etwas gleichkommen, das wir Musik nennen.

Bei alldem sollte der Koch sein Messer beherrschen. Das Messer ist in diesem Fall ein bloßes Werkzeug. Es wäre schädlich, so vorzugehen, dass das Messer dies vergisst. Dass das *Messer* sich für den Symbionten hält.«

Cheng las bis in den frühen Morgen, dann zog er sich an und ging in den Frühstückssaal. Einen Moment reizte es ihn, den Kellner zu fragen, ob es frische Pilze von Yuggoth gebe.

10

Der Mann, der bis zehn zählte, sich aber spätestens bei fünf einen Sessel suchte, um beim Zählen nicht stehen zu müssen

Cheng wurde in einen mittelgroßen, hohen Raum geführt, in dem sich ein einziges, kleines, vergittertes Fenster befand. Die Vergitterung wirkte etwas übertrieben, weil das Fenster so weit oben lag und dabei auch gar nicht auf eine Straße und in die Freiheit führte, sondern auf einen tief gelegenen Innenhof. Wobei von hier drinnen allein das makellose Blau des Himmels zu sehen war.

In der Mitte standen ein metallener Tisch und zwei metallene Stühle. Die Wände waren in einem Graugrün gestrichen, das aussah, als sei einem Lila übel geworden.

Gegenüber der Fensterseite hing ein gerahmtes und verglastes Bild von Margaret Thatcher.

Aktuell war Frau Thatcher ja tot. Allerdings handelte es sich um ein Bild aus den Achtzigern, das die Dame in staatsmännischer Pose zeigte.

Cheng wunderte sich. Denn auch wenn es eine Frau war, die derzeit die Briten anführte, so hieß die Theresa May. Und sie, May, hätte eigentlich von der Wand schauen müssen. Oder zumindest – wenn man eine gewisse Langsamkeit bei der Umsetzung von Neuerungen berücksichtigte – ihr Vorgänger, ihr Parteikollege David »der Farblose« Cameron.

Während Cheng sich wunderte, erinnerte er sich an ein verwandtes Erlebnis, das viele Jahre zurücklag. Nur, dass er damals …

Sein Gedächtnis bereitete ihm seit einiger Zeit Probleme. Mehr Probleme, als dass er sich damit hätte beruhigen können, es würde zum Älterwerden einfach dazugehören. Dass man sich nicht mehr alle Namen von Leuten merkte, mit denen man zu tun hatte. Langsamer lernte. Rascher vergaß. Und es kaum schaffen würde, auf die überraschende Frage eines Polizisten, wo man am letzten Montag um vierzehn Uhr gewesen war, eine zügige Antwort zu geben. Oder überhaupt eine Antwort.

Doch Chengs Vergesslichkeit war in erster Linie eine umgekehrte. Umgekehrt zu den Erscheinungen beginnender Demenz, die sich dadurch auszeichnet, dass einem Geschehnisse entgleiten, die fünf Minuten zurückliegen, man sich aber durchaus an vieles erinnern kann, was sich vor Jahrzehnten zugetragen hat.

Das sogenannte Ribot'sche Gesetz, das bezüglich einer Gedächtnisleistung zur Phrase »first in, last out« geführt hatte, fand bei Cheng eine Umkehrung in »first out, last in«. Je länger etwas in seiner Biografie zurücklag – selbst sehr wichtige und vor allem persönliche Dinge –, umso mehr versanken sie in einer Interferenz. Einem Flirren, aus dem manches kurz herausstach, anderes nur als Schatten erkennbar wurde, vor allem aber die Verbindungen zwischen den Elementen fehlten. Mitunter war dieses Flirren so dicht, dass nichts als eine bestimmte Färbung auszumachen war. Die Farben all dieser Zuckungen gaben Cheng eine Ahnung davon, was einst geschehen war. Wobei es keine Farben waren, die er hätte benennen können. Es waren Farben jenseits der Sprache.

Entgegen der Anschauung, dass vor allem die Erlebnisse mit Selbstbezug lange in Erinnerung bleiben, waren es bei Cheng immer wieder scheinbar unwichtige Details, die inmitten des Flirrens eine konkrete Gestalt annahmen. Konkreter als eine unbenennbare Farbe. Wie auch jetzt.

Während Cheng sich also über das Thatcher-Bild wunderte, fiel ihm ein, etwas ganz Ähnliches vor vielen Jahren erlebt zu haben. Er war damals in einem Wiener Polizeibüro gewesen. Allerdings hätte er nicht sagen können, wann genau und aus welchem Grund er dort hingegangen war, sondern bloß, wie sehr ihn das Präsidentenbild an der Bürowand irritiert hatte. Weil es nämlich den Staatsmann Rudolf Kirchschläger zeigte. Doch der war zu diesem Zeitpunkt schon lange nicht mehr im Amt gewesen. Und auch dessen Nachfolger nicht, der für seine Nazi-Vergangenheit berühmte und beliebte Kurt Waldheim. Nein, ein gewisser Thomas Klestil hätte an dieser Stelle hängen müssen, ein Mann, der vor allem für seine häuslichen Schwierigkeiten mit Frau und Freundin berühmt geworden war.

Stattdessen aber Kirchschläger.

Und hier also Frau Thatcher, von der manche Leute meinten, ihr größter Verdienst sei es gewesen, als Kultur- und Wissenschaftsministerin die Gratismilch für Grundschüler abgeschafft zu haben. Die Bedeutung der Milch war zu dieser Zeit von vielen Leuten sehr überschätzt worden, und es war somit eine kluge Entscheidung gewesen, auf diese Weise Geld einzusparen. Und sonst? Wenn man zu denen gehörte, die die Schotten verachteten, dann war zu sagen, dass Frau Thatcher die *poll tax,* also Kopfsteuer, versuchsweise bereits 1988 in Schottland hatte einführen lassen. Als würde man bei einer Operation zuerst einmal die Beine oder Hände abschlagen, um sich zu versichern, dass die Person auch wirklich blutet. Im Übrigen verstand die Dame es ganz gut, im richtigen Moment einen Krieg zu führen. Und dank dieses Krieges ihren Landsleuten sehr viel attraktiver zu erscheinen, als sie war. (Der Falkland-Krieg war ein Krieg, von dem alle wussten, dass er nur dazu diente, die gute Margaret besser aussehen zu lassen. Er, also der Krieg, war eigentlich nicht wirklich ernst gemeint gewesen, genauso wenig wie Ronald Reagan seine Grenada-Invasion wirklich ernst gemeint hatte, aber es braucht eben auch Kriege, die allein der Verschönerung derer dienen, die sie inszenieren. Es existieren diese Kriege, die man eigentlich auch in einem Friseur- oder Kosmetiksalon abhalten könnte.)

Cheng dachte nach. Ihm fiel einfach nicht ein, wann genau und aus welchem Grund er in diesem Wiener Polizeibüro mit dem Kirchschläger-Porträt gewesen war. Er erinnerte sich zwar, dort einem gewissen Inspektor Lukastik begegnet zu sein, aber rein gar nicht, wieso eigentlich.

So ging es ihm jetzt oft, dass aus dem Gebirge der Erinnerung, das im dichten Nebel lag, kleine Brocken brachen, nur die Brocken und nichts sonst. Über seine alten Fälle wusste er kaum etwas zu sagen.

Ein Arzt, den Cheng kürzlich aufgesucht hatte, sprach von einer Art von retroaktiver Hemmung. Wenn nämlich umgekehrt zum Phänomen des dominierenden Langzeitgedächtnisses sich viel stärker das kürzlich Geschehene durchsetzte. Derart, dass das soeben Erlernte alles Frühere überlagerte.

»Alzheimer?«, hatte Cheng, der Sechsundfünzigjährige, gefragt.

»Eigentlich nicht«, hatte sein Arzt geantwortet und weitere Untersuchungen angekündigt.

Eigentlich nicht.

Die Türe ging auf, und Peter Polnitz erschien. Beziehungsweise wurde er von einem Wärter in den kleinen Raum geführt.

Es war so, wie von Lis Bischof angekündigt. Polnitz hatte deutlich an Gewicht verloren. Wenn Cheng beim ersten Mal gedacht hatte, das Gesicht dieses Mannes besitze etwas von »verholztem Fleisch« und ihm bei dessen Anblick der Titel *Der Mann, der bis zehn zählte, sich aber entschied, dass bis fünfzehn auch in Ordnung wäre* eingefallen war, dann hatte er nun den Eindruck, kein Fleisch, sondern nur noch Holz zu erkennen. Und hätte es eines neuen Titels bedurft, er hätte einen gewählt wie *Der Mann, der bis zehn zählte, sich aber spätestens bei fünf einen Sessel suchte, um beim Zählen nicht stehen zu müssen.*

Doch als Polnitz nun Cheng die Hand reichte und ihn, als sei er hier der Gastgeber, bat, Platz zu nehmen, da sprach er mit der gleichen kraftvollen Stimme, die Cheng damals in Mallorca vernommen hatte.

An den seitlich stehenden Gefängniswärter gerichtet, fragte Polnitz: »John, what do you think, could we have some privacy?«

Der Wärter sah kurz hinüber zum Thatcher-Bild, als benötige er das Einverständnis der großen Milchfeindin, sodann nickte er und verließ den Raum.

»Die Löhne hier«, sagte Polnitz, »sind wahrlich nicht berauschend. Die Angestellten müssen froh sein um jeden zusätzlichen Groschen.«

»Sie schmieren ihn?«

»Ich bezahle ihn«, korrigierte Polnitz. »Für spezielle Leistungen. Etwa die, dass er uns beiden ein wenig Ruhe gönnt und wir uns unterhalten können.« Dann schaute er kurz hinüber zu Margaret Thatcher und meinte, es reiche ja vollkommen, wenn »die da« dabei sei.

Diese Hängung, erklärte er, sei dem speziellen Humor des Personals zu verdanken. Welches die Meinung vertrete, zu einem Ort wie *The Ville* passe einzig die verstorbene Premierministerin. »Und recht haben sie.«

»Sie scheinen sich aber durchaus arrangieren zu können«, sagte Cheng.

»Solange ich die Leute bezahlen kann, ja. Meine Tochter hilft mir dabei. Aber es ist trotzdem kein Vergnügen, hier zu sein.«

»Das sieht man Ihnen an.«

»Ich bin kein Unterweltboss, die Privilegien, die ich mir an diesem Ort erkaufen kann, halten sich in Grenzen. Außerdem gibt es natürlich auch im Gefängnis eine Menge Leute, die den toten Andrew Wake verehren. Mein Glück ist mein schlechter Ruf. Die Herren aus der Küche spucken mir ins Essen, und die Leute aus der Wäscherei sind so freundlich, mir abgeschnittene Rattenschwänze in die frische Bettwäsche zu tun. Aber niemand kommt mir zu nahe. Sie halten mich für den Mann, der mit einem einzigen Handauflegen töten kann.«

»Und können Sie das?«

»Ich will Ihnen gerne meine Geschichte erzählen«, sagte Polnitz. »Aber nicht nur, weil Sie von mir träumen.«

»Ja, das ist wirklich sonderbar, Herr Cheng, wie oft Sie mir in meinen Träumen begegnen. Angesichts dessen, wie kurz unsere Begegnung war. Ich musste das einfach als ein Zeichen betrachten. Wenn man bedenkt, womit Sie Ihr Geld verdienen. Mit der Wahrheit.«

War es das wirklich, womit Cheng sein Geld verdiente? War die Wahrheit das Tier, das er jagte?

Immerhin war es ja genau das gewesen, was er zu Frau Bischof gesagt hatte. Sie solle ihren Vater vorwarnen, er, Cheng, würde sich einzig und allein mit der Wahrheit zufriedengeben. Und nicht damit, diversen Lügen zu einem besseren und schöneren Auftritt zu verhelfen.

Eigentlich hätte Cheng gestehen müssen, dass auch er, obgleich erst kürzlich, von Polnitz geträumt hatte, zumindest von seiner Stimme, ohne dass ihm freilich im Traum Polnitz' Name eingefallen war. Was Cheng aber sagte, war: »Ich höre Ihnen gerne zu. Vielleicht hilft mir das, wieder aus Ihren Träumen hinauszukommen.«

»Dort ist es besser als hier«, erwiderte Polnitz.

Im Weiteren eröffnete er, nicht immer schon Polnitz geheißen zu haben.

»Sondern?«

»Das ist nicht so wichtig. Ich mag diesen Namen nicht nennen.«

»Das ist ein schlechter Anfang«, meinte Cheng.

»Der Name schmerzt«, sagte Polnitz. »Der Name meiner Kindheit und Jugend. Dabei waren meine Eltern keine Sadisten oder Wahnsinnige. Es waren … ich würde sagen: normale Eltern. Was ich von mir selbst nicht sagen kann. Wenn *normal* die Vorstufe zu schrecklich ist, dann war ich das Kind, das die Stufe übersprungen hat. Ich weiß nicht, woher dieses Bedürfnis nach Gewalt kam. Aber es war da, ganz unmittelbar. Nicht die sadistische Gewalt eines Fünfjährigen, der Käfern die Beine ausreißt. Ich habe nie irgendwelche Beine ausgerissen. Ich hatte allein dieses starke Bedürfnis nach Konfrontation. Diese maßlose Verachtung für den Gegner. Für den freiwilligen, erst recht für den unfreiwilligen.«

Mit fünf, sagte Polnitz, sei er ein Raufer gewesen, mit zehn ein Schläger und mit sechzehn schlichtweg gefährlich. Und dabei immer ein ausgezeichneter Schüler.

»Ein guter Schüler zu sein«, sagte Polnitz, »das ist geradezu wie ein Tarnanzug. Sie verzeihen dir eine Menge, wenn du lauter Einsen schreibst. Und ich habe Einsen geschrieben. Leuchtende Einsen.«

»Gibt es auch matte Einsen?«, fragte Cheng.

»Die Einsen der Streber«, antwortete Polnitz. »Ich war nie ein Streber. Mir flogen die guten Noten einfach zu. Weil mir eben die Antworten zuflogen. Als hätte ich einen Vertrag mit dem Teufel. Er ließ mich gut in der Schule sein, damit ich draußen böse sein konnte.«

Polnitz beschrieb die Lust, die er in diesen Jahren der Jugend dabei empfunden hatte, Auseinandersetzungen zu suchen. Eine Gier nach dem Gefühl der Überlegenheit, das sich daraus entwickelte, rascher als andere zuzuschlagen. Ungehemmter zu sein. Einen Kopfstoß auszuführen, während sein Gegenüber noch damit beschäftigt war, sich verbal und gestisch aufzuplustern. Er war nicht einmal besonders kräftig gewesen, hatte nie ein Messer in der Tasche gehabt und keinen Schlagring an der Hand, aber eine leidenschaftliche Entschlossenheit, die Faust dort einzusetzen, wo es ganz sicher wehtat.

»Dim Mak«, sagte Cheng.

»Nein, nichts dergleichen zu dieser Zeit. Keinerlei gelehrte Weise des Kampfs. Sondern spontan und ungehemmt. Es war die pure Lust. Aber ich habe schon aufpassen müssen, nicht erwischt zu werden. Darin bestand ein zusätzliches Vergnügen. In der Raffinesse. Keiner von den Dummen zu sein. Wenn ich heute an diese Zeit denke, dann denke ich an das Monster, das ich war.«

»Das Sie aber nicht geblieben sind.«

»Einmal ging ich zu weit. Vielleicht, um endlich aufzuwachen.«

»Das wäre aber schön«, meinte Cheng, »würden alle aufwachen, die zu weit gehen. Es gäbe ein großes Gähnen in der Welt.«

Polnitz legte seine rechte Hand auf die Metallfläche des Tisches, wie um die Stelle für ein Denkmal zu markieren, und sagte: »Das ist kein Spaß. Ich habe jemand wirklich verletzt. Nicht nur ein blaues Auge geschlagen, eine Nase oder Rippe gebrochen. Es war dieses eine Mal nicht wie im Rausch gewesen, wie das immer heißt, sondern trotz aller Gewalt ausgesprochen kontrolliert. Kontrolliert und gewollt.«

Polnitz erzählte, wie er im Alter von siebzehn Jahren am Ende des Schuljahrs die Party eines etwas älteren Freundes besuchte. Er trank nichts, er rauchte nichts, er betrachtete die Mädchen wie ausgehängte Ware. Aber eine gefiel ihm dann schon besonders gut. Ohnehin waren Mädchen oder Frauen der beste Weg, um in eine Konfrontation zu geraten, jenen Stress zu erleben, nach dem er sich so sehnte. Man brauchte nur die Freundin von jemand gierig anzublicken oder jemandes Mutter beleidigen, schon war der Konflikt geboren.

»Sie sah wirklich gut aus«, sagte Polnitz, »und das sagte ich ihr auch, wie gut sie aussehe und dass sie doch wohl was anderes und Besseres verdiene als den schlappen Typen an ihrer Seite. Ihr Freund, der da neben ihr stand. Keine Ahnung, ob jemand ihn vor mir gewarnt hatte, er hat es sich jedenfalls gefallen lassen. Es war das Mädchen, das es sich nicht hat gefallen lassen. Ich weiß nicht mehr genau, was sie gesagt hat. Und ich weiß auch nicht mehr, was ich gesagt habe. Aber nett war es kaum.«

Es war dann nicht der Freund des Mädchens gewesen, so Polnitz, der sich einmischte, sondern jemand ganz anderer. Ein großer, schlanker Kerl, neunzehnjährig, sehr souverän, sehr bestimmt, ein Junge, dem man seine tolle Zukunft geradezu ansehen konnte. Eine Zukunft, die sich in seinem feinen, intelligenten Gesicht spiegelte. Eine Zukunft, die sehr bald Vergangenheit sein würde.

»Er war einfach jemand mit einer wirklichen Haltung«, sagte Polnitz, »jemand, auf den der Teufel – ich meine den gleichen Teufel, von dem ich meine guten Schulnoten hatte – mit dem Finger zeigte und bestimmte: *Der! Genau der!* Und als er das tat, auf diesen Jungen zeigen, habe ich keine Sekunde gewartet. Es war aber anders als in der gewohnten Weise. Diesmal war es wie der Mittelpunkt von etwas. Ich habe so kräftig zugeschlagen wie nie zuvor. Der erste Schlag auf den Kopf allein hätte gereicht, aber der Junge ging erst nach dem dritten zu Boden, und ich hatte noch eine ganze Weile Zeit, auf ihn einzutreten, in seine Nieren hinein, seinen Unterleib, auf seinen Kopf. Ohne Scham, ohne Hemmung. Es hat ewig gedauert, bis die anderen mich endlich überwältigt hatten. Man muss sich das vorstellen, da waren zwei Dutzend Jungs, und wie lange die brauchten, um mich von meinem Opfer wegzuzerren. Auf ihre Weise waren sie auch Monster. Monster der Verzögerung.«

»Wollen Sie mir erzählen«, fragte Cheng, »die Partygäste waren schuld? Oder wollen Sie mir erzählen, der Teufel war schuld?«

»Nein, da verstehen Sie mich falsch. Ich versuche nur, ein komplettes Bild zu liefern. Der Einzige dort, der Courage besaß, der

Einzige, der es verdient hätte, ein gutes Leben zu leben, und der genau ein solches vor sich hatte, den habe ich praktisch umgebracht. Und darin liegt genau jener Zynismus, der unsere Welt im Wesentlichen bestimmt. Oder meinen Sie im Ernst, es stünden die Besten und Anständigsten an der Spitze.«

Polnitz schilderte die Folgen seiner Tat. Dabei legte er auch seine zweite Hand auf der Tischfläche ab und sah Cheng fest in die Augen. Cheng, der sich zurücklehnte, nicht aus Lässigkeit, sondern wie um einem Atem oder Wind auszuweichen.

»Ich habe ihn ins Koma geprügelt«, sagte Polnitz. »Aus dem er erst zwei Wochen später erwachte. Aber wie?! Die tolle Zukunft, die er vor sich gehabt hatte, ich habe sie ihm genommen. Ich kannte seinen Namen nicht, hatte ihn nie vorher gesehen, aber ich habe ihn um den Job gebracht, den er einmal hätte ausüben können, um die Frau, die er hätte heiraten, die Kinder, die er hätte zeugen können. Ich habe ihn in einen Zustand befördert, bei dem das Zeugen von Kindern nicht mehr das Thema ist. Als ich dann im Jugendgefängnis saß, hat mir sein Vater geschrieben, dass sein Sohn, als das alles geschah, soeben ein Studium der Mathematik begonnen hatte. Während man ihm nun mühsam das Einmaleins beibringe. Und es zu kaum mehr reichen werde, als mit viel Wille und Training ein paar Zahlen zu addieren. Dieser Mann schrieb mir auch, ich hätte seinen Sohn töten sollen, das wäre gerechter gewesen, menschlicher. Ich besitze diesen Brief noch heute. Er ist das Einzige, was mir aus dieser Zeit blieb. Darin steht auch, ich solle nicht glauben, entkommen zu können. Denn sie existiere, die Gerechtigkeit. Die Menschen würden sie nicht immer erkennen und darum so viel jammern. Aber es gebe sie. Sie komme über einen jeden. Irgendwann. Aber sie kommt. Und sie würde ganz sicher nicht darin bestehen, einige Monate in einer Jugendstrafanstalt zu verbringen und dort einen Englischkurs und eine Psychotherapie zu besuchen, eine Tischlerlehre zu machen und zur Abwechslung auf einen Sandsack anstatt auf einen Menschen einzuschlagen.«

»Sind Sie ihm je begegnet, dem Vater?«, fragte Cheng.

»Dem Vater nicht und dem Sohn nicht wieder. Und auch wenn ich jetzt erneut in einem Gefängnis sitze, sechsundvierzig Jahre später, und man eigentlich sagen könnte, es schließe sich ein Kreis, so sitze ich hier als eine Person, die von niemandem mit dem Jungen, der ich einmal war, in Verbindung gebracht wird.«

»Auch von Ihrer Tochter nicht?«

»Auch von meiner Tochter nicht. Sie, Herr Cheng, sind im Moment der Einzige«, sagte Polnitz und erzählte seine Geschichte zu Ende.

Erzählte von dem Unfall. Dem Unfall, der ihn aus seiner Misere befreite. Aus seinem alten, verpfuschten Leben.

»Ich saß in einem Bus, als es geschah, zusammen mit anderen aus dem Jugendgefängnis. Wir sollten aufs Land gebracht werden, um im Zuge unserer Resozialisierung irgendein Gehöft zu renovieren.«

Doch das schöne Wetter, bei dem sie aus der Stadt hinausgefahren waren, es verwandelte sich. Heftige Regenfälle setzten ein. Gewitter, schlechte Sicht, aber kaum jemand, der die Geschwindigkeit drosselte. Der Busfahrer nicht, der die Jugendlichen und ihre Aufpasser chauffierte, und auch nicht der Fahrer, der ihnen auf einer Brücke entgegenkam und der die Kontrolle über seinen Wagen verlor und sich an der schlechtesten aller Stellen querstellte. Der Bus raste in den PKW, schlitterte zur Seite, durchbrach die Brüstung und stürzte mit der Frontseite hinunter in den Hochwasser führenden Fluss. Es ging so schnell, wie diese Dinge schnell gehen, weil sie eben langsam gar nicht geschehen würden. Der Bus wurde vom Strom mitgerissen, blieb aber nach zwanzig Metern in den verkeilten Teilen zweier umgestürzter Bäume hängen. Wo er vornüber versank. Mit dem hinteren Drittel ragte er aus dem Wasser.

»Ich kann Ihnen nicht genau sagen, wie es passierte«, sagte Polnitz, »es muss mich wohl gleich beim Aufschlag aus einem der Fenster katapultiert haben. Ich verlor das Bewusstsein … und wissen Sie, wenn ich zuvor vom Teufel sprach, also ich glaube, er war es auch, der mich hat überleben lassen. Denn eigentlich hätte ich ersaufen müssen, technisch wie moralisch, doch als ich wieder zu Bewusstsein kam, hing ich in irgendeinem Geflecht in der Uferböschung. Es hatte mich viel weiter weggetrieben als den Bus. Ihn sah ich nur noch als einen kleinen, fernen Punkt. Und begriff meine

Chance. Aus dem Wasser zu steigen und anstatt zurückzukehren und weiter meine Zeit abzusitzen und danach halt ein resozialisiertes Monster zu sein … Ich hatte damals gerade dieses Buch von Max Frisch gelesen. Es war auf unserer Leseliste: *Mein Name sei Gantenbein.* Und da stand ich im Wasser, blutend, einen tiefen Schnitt auf der Wange und an der Stirn, aber mit der Freiheit, mein verkommenes Leben wegzuwerfen. Der Name war sofort da. *Mein Name sei Polnitz.* Das ist nämlich entscheidend. Wenn Sie einen Namen haben, dann ist das der Beginn einer Identität. Kein Geld, kein Ausweis, kein Heim, aber ein Name. Erfunden oder nicht, entscheidend ist doch, sich in den Namen zu fügen. Den Körper anzunehmen, den dieser Name mitbringt. Und das tat ich. Ich wurde wirklich und richtig zu Polnitz. Der Vorname später war da bloß ein Anhängsel, weil der dazugehört, um ein Formular auszufüllen.«

Cheng musste daran denken, wie er ein Jahr zuvor, während der Pfingsten, Mary Shelleys Frankenstein-Roman gelesen hatte. Und sich die Frage gestellt hatte, die ihn schon als Kind so beschäftigt hatte. Die Frage nach dem Namen des Monsters. Und wie er am Ende der Lektüre zur Entscheidung gekommen war, den »Ingolstädter« nach der Mutter der Autorin zu benennen, nämlich Robert Wollstonecraft.

Dies fiel ihm nicht nur ein, weil Polnitz soeben die lebensstiftende Bedeutung eines Namens hervorhob, sondern auch den Begriff des Monsters mehrfach verwendet hatte.

»Ich verließ die Stelle«, erzählte Polnitz weiter, »wo mich das Wasser freigegeben hatte, und sah rasch zu, wegzukommen. Ich mied Züge und Busse, die ich ohnehin nicht hätte bezahlen können, unterließ es, Autos anzuhalten, deren Fahrer mich später hätten beschreiben können, blieb auf dem Land, schlief im Wald und verstand es eine ganze Weile, mich von diesem Wald zu ernähren. Nicht dass ich davon dick geworden wäre, aber es genügte, um eine Zeit lang zu überleben. Und ein wenig die Farbe des Waldes anzunehmen. Roher und derber zu werden. Mich zu verwandeln. Und wie!«

Aus den gleichen Zeitungen, so Polnitz, die er auf einem Rastplatz fand und die er sich eineinhalb Wochen nach dem Ereignis in die Hose und unters Hemd stopfte, um die Nacht in einem Erdloch zuzubringen, erfuhr er, dass die Suche nach ihm eingestellt worden war. Bei dem Unglück waren der Fahrer, einer der Wärter und zwei Jugendliche ums Leben gekommen, mehrere Personen schwer verletzt worden. Der Junge aber, den man vermisste, war nach tagelanger Suche für tot erklärt worden. Dass er überlebt hatte und sich nun auf der Flucht befand, wurde ausgeschlossen. Ein Experte äußerte die Vermutung, dass der Fluss den Leichnam möglicherweise nie freigeben würde. So waren Flüsse manchmal. Und wahrscheinlich dachten nicht wenige, wie stimmig es war, dass dieses Gewässer ausgerechnet diesen einen Körper für sich behalten wollte. Wie hier ein strenger, gerechter Strom diesen Leib in irgendeiner tiefen Nische festhielt und ins Absurde verformte.

»Mir selbst war das eine angenehme Vorstellung«, sagte Polnitz, »auf solche Weise aus dem Bewusstsein der anderen zu verschwinden. Als der Junge im Wasser, den die Fische fraßen.«

Und dann also begann das Leben als Peter Polnitz. Als jugendlicher Streuner zuerst am Land, dann in der Stadt und schließlich am Theater. Was ja mehr als folgerichtig war, zum Theater zu gehen und Schauspieler zu werden. Schauspieler und später auch – weil seine Stimme zu seinem schönsten Muskel wurde – Sprecher. Ein Mann mit einer erfundenen Biografie, die er aber auf eine glaubwürdige Weise vorzutragen verstand. Viel überzeugender als manche Menschen ihre wahre Geschichte.

»Es ging so weit«, sagte Polnitz, »dass auch mein Äußeres sich vollkommen veränderte. Sich mein Gesicht verwandelte. Schon mit zwanzig hätte kaum noch jemand den Siebzehnjährigen erkannt, der ich einmal gewesen war. Es hätte mich nicht gewundert, hätte auch mein Blut die Gruppe gewechselt. Ebenso glaubte ich schon bald nicht mehr, irgendjemand aus meinem alten Leben wiedererkennen zu können, wäre ich ihm begegnet.«

»Sie übertreiben. Ich denke etwa an Ihre Eltern.«

»Ich aber nicht.«

»Es gibt Dokumente«, sagte Cheng.

»Es gibt vor allem eine Trägheit. Träge Papiere, eine träge Bürokratie. Das liegt alles im vergangenen zwanzigsten Jahrhundert begraben. Es gibt Leute, die waren damals weltberühmt, und heute kennt sie kein Mensch. Mir scheint, dass jedes andere Jahrhundert präsenter ist als das zuletzt vergangene. Die anderen Jahrhunderte sind immerhin Geschichte, das letzte aber Verdrängung. Nicht nur wegen der Nazis.«

Er unterstrich das Gesagte mit einer Handbewegung, die wie eine Skulptur war, die sich für den Sockel geniert, auf dem sie steht.

Trotzdem wunderte sich Cheng, dass nicht spätestens beim Mordprozess gegen Peter Polnitz dessen tatsächliche Vergangenheit erkannt worden war.

»Wäre man draufgekommen«, sagte Polnitz, »sie hätten mich noch schneller verurteilt. Als Wiederholungstäter. Geschah aber nicht. Ich hatte mir mit meiner ersten halbwegs anständigen Gage eine neue Identität gekauft. Es mag verrückt sein, wie leicht das geht. Aber es geht. Als würde man eine alte Pflanze ausreißen und in einen neuen Boden einsetzen. Es wächst, was wächst.«

»Und warum bin ich es, der von der alten Pflanze erfahren darf?«

»Meine Tochter sagte mir, Sie würden nur für uns arbeiten, wenn ich Ihnen gegenüber die ganze Wahrheit offenlege.« Und dabei hob er seine Hände leicht an. »Offener geht es nicht.«

»Dann erzählen Sie mir doch bitte etwas über dieses Dim Mak«, bat Cheng.

»Das ist die große Ironie an dieser Geschichte«, meinte Polnitz. »Denn als ich mein neues Leben begann, zuerst ein Junge namens Polnitz, später ein Mann namens Polnitz, da gewann ich nach und nach die Einsicht, was für ein Verbrechen es damals gewesen war, ausgerechnet diesem einen Menschen die Zukunft genommen zu haben, eigentlich noch schlimmer, als wenn ich ihn umgebracht hätte. Da hatte sein Vater schon recht gehabt. Das Komische war nur, dass mir so vorkam, als sei meine Einsicht auf dieselbe Quelle zurückzuführen, die mich zuvor veranlasst hat, ein Monster zu sein.«

»Wollen Sie sagen, der Teufel hat Sie geheilt?«

»Nicht ganz. Denn so sicher ich war, ein solches Verbrechen nicht wiederholen zu wollen, war ich dennoch nicht frei von einem Hunger nach Gewalt. Die Gier war noch immer da. Ich war wie ein

Trinker, der die Flasche weggestellt hatte. Aber halt bloß auf Armlänge.«

Es sei darum entscheidend gewesen, erklärte Polnitz, dass er, während er noch auf den Straßen Berlins lebte, zum Theater gegangen war.

»Keine große Bühne, natürlich nicht, sondern ein kleines experimentelles Theater, wo sie mit Laien arbeiteten. Und dort habe ich ihn kennengelernt, den Mann, der mich in das Bubishi einwies. Ein geheimnisvolles Buch über alte chinesische Techniken der Selbstverteidigung. Man könnte sagen: *das* Buch.«

Dieser Mann sei aber kein wirklicher Karatekämpfer gewesen, sondern ein ehemaliger Balletttänzer und nun Choreograf, der auf einer Japanreise auf dieses ominöse Werk gestoßen war, es kopiert und studiert hatte, um schließlich das Erlernte – nicht zuletzt auch die darin beschriebenen Heilmethoden – in eine von ihm erfundene Tanzform einzubauen. Eine Tanzform, die er nach Berlin und ans Theater brachte. Und dort auch den jungen Polnitz damit vertraut machte.

»Ich war hingerissen davon«, erzählte Polnitz. »Hingerissen wie noch nie in meinem Leben. Bis dahin hatte ich mir solche Kampfkünste als eine verfeinerte Form des Zuschlagens gedacht. Bei denen auch das Ausweichen nur eine Vorbereitung für den Angriff war. Kluge Gewalt. Raffiniert, elegant und hinterlistig. Mehr nicht. Aber ich erlebte etwas ganz anderes. Mir kam bald vor, als würden mir diese Techniken ermöglichen, sogar noch im luftleeren Raum zu atmen. Indem ich sie erlernte, war ich vollkommen versöhnt mit der Gewalt in mir. Wie gut das war, zu wissen, wozu ich in der Lage wäre, es aber nicht zu tun brauchte. Nicht zuletzt, jemand mittels einer einzigen Berührung zu töten. Oder noch besser, ihn mit einer Verzögerung zu töten, die ich genau bestimmen konnte. Eine Uhr sein. Eine Uhr mit Weckruf. – Glauben Sie mir, Herr Cheng, diese Kunst zu beherrschen hat mich völlig davon befreit, sie auch wirklich zu benutzen. Es ist kein Verzicht aus moralischen Gründen. Es ist … man spürt genau, dass man die Fähigkeit, die man gewonnen hat, verlieren würde, würde man sie anwenden. Das ist ein grandioses Paradoxon.«

»Das gilt aber nicht für das Training.«

»Natürlich nicht. Das Training dient dazu, die Technik zu erhalten – dank Spiel, dank Tanz, alleine oder zu zweit. Aber nicht so der wirkliche Kampf. Zumindest in meinem Fall. Das habe ich bald begriffen.«

»Und Ihr Lehrmeister?«

»Er war Tänzer. Das sagt ja wohl alles. Tänzer spielen das Leben. Und sie spielen natürlich auch den Kampf.«

»Das ist aber nicht der Mann, der im Prozess als Leiter der Kampfschule auftrat, in der sie trainiert haben.«

»Nein. Mein Lehrmeister ist lange tot. Er war damals schon ein älterer Herr.«

»Und Andrew Wake? Er wusste von dieser Technik, nicht wahr?«

»Wir haben darüber gesprochen. Er war daran interessiert. Mehr nicht.«

»Sie haben also nicht etwa mit ihm ein wenig geprobt und die Probe entglitt.«

»Ich sagte Ihnen schon: Er kannte sich ein bisschen damit aus, theoretisch, aber er hat nichts davon beherrscht.«

»Und er war Ihnen nicht böse wegen Ihrer Stimme? Das hatten Sie doch vermutet. Dass er auf Ihre Stimme eifersüchtig ist, weil diese Stimme eigentlich die seine hätte sein müssen.«

»Nein, war er nicht.«

»Wie können Sie da so sicher sein?«

»Wir sprachen darüber. Und ich sagte ihm, ich hätte gerne sein Gesicht und seinen Körper, dafür könne er gerne meine Stimme haben. Worauf er mir versichert hat, die Sache mit der Stimme sei ein Gerücht. Er fände meine in Ordnung. Für eine deutsche Stimme sehr in Ordnung, selbst wenn sie Englisch redet. In Ordnung. So hat er sich ausgedrückt. In Ordnung, das war's.«

»Stellt sich nur die Frage«, sagte Cheng, »wie ein Stück von Ihrem Fingernagel genau an die Stelle seines Hemds gelangen konnte, an welcher der todbringende Schlag erfolgte.«

»Hätte ich ihn töten wollen«, antwortete Polnitz, »ich hätte anders zugeschlagen. Ich hätte vermieden, augenblicklich sein Herz zum Stillstand zu bringen, sondern lieber Stunden später seine Atmung.«

»Wovon leider im Prozess kaum die Rede war. Und es beantwortet auch nicht die Frage nach dem Fingernagel, oder?«

»Mein Gott, die Jurymitglieder haben wie alle Menschen nur gesehen, was sie sehen wollten. Ich war einfach der ideale Mörder. Der deutsche Mörder eines englischen Schauspielers. Wobei natürlich die Sache mit dem Fingernagel … Ich meine, ich kann nicht ausschließen, mir ein Stück abgebrochen zu haben. Aber sicher nicht, als ich gerade dabei war, Andrew Wake einen letalen Stoß zu versetzen, ihn zu küssen oder an seinem Herzen zu horchen, um zu überprüfen, ob er schon tot ist. Ich habe ihn – vom Händeschütteln einmal abgesehen – niemals berührt.«

»Vielleicht aber der Mann, der so gerne Blüten verstreut.«

»Blüten?«, staunte Polnitz.

»Blüten einer weißen Tulpe, *White Parrots.*«

»Meine Frau hat es mit Blumen. Ich nicht so.«

»Ich dachte, Ihre Frau hat es mit Hunden.«

»Sie kann beides.«

Cheng bemühte sich nun, das Aussehen einer *White Parrot* zu beschreiben. Dieser ausgefransten Schönheit. Das Blütenblatt befand sich natürlich noch immer in dem kleinen Pilzbuch und das Pilzbuch in seiner Tasche, die er in einem der Vorräume hatte abgeben müssen.

Polnitz schüttelte den Kopf. Die Beschreibung sage ihm nichts.

Cheng erklärte ihm, warum er danach frage. Er erzählte von der Blüte einer Tulpe auf dem Tatortfoto, auf die ihn der Frankfurter Anwalt aufmerksam gemacht hatte, ohne dass dieses Indiz aber in die Verteidigung eingeflossen war. Er erzählte von einer weiteren *White Parrot*, die am Tag zuvor, während er geschlafen hatte, in ROOM gelangt war. Und schloss mit der Erwähnung von Kirsten Bachs Interview mit einem früheren Agenten des MI5.

Polnitz wunderte sich. »Von der Blüte hätten mir die Anwälte eigentlich berichten müssen.«

»Nun ja, die meinten nicht, dass es irgendwie helfen könnte.«

»Sie meinen das aber schon, oder?«

»Wenn man es weiterspinnt … Die Sache mit dem Agenten ist recht verführerisch«, sagte Cheng.

»Ein Freelancer des MI5 mit Begeisterung für weiße Tulpen.« In Polnitz' dunklem Blick zeigte sich ein Streifen Licht.

Cheng nickte. »Und jemand, der die Kunst der tödlichen Berührung nicht nur beherrscht, sondern sie auch einsetzt. Jemand, der über Sie und Ihr Treffen mit Wake Bescheid wusste. Warum auch immer Andrew Wake sterben sollte. Eine Tulpe ist noch kein Motiv, außer natürlich in der Malerei.«

»Dann wäre es gut, den Mann zu finden.«

»Es wäre gut, mehr von ihm zu wissen, als nur sein Markenzeichen zu kennen«, sagte Cheng, hielt aber andererseits fest, dass, wenn man das neuerliche Auftauchen einer Blüte im Tatortzimmer richtig deuten würde, besagter Killer ihn, Cheng, ohnehin beobachte. »Im Grunde muss ich einfach nur weitermachen. Und mich gegebenenfalls im richtigen Moment umdrehen. Oder nicht im falschen stehen bleiben. Jedenfalls werde ich den Mann aufsuchen, der dieses Buch über den MI5 geschrieben hat.«

»Und Sie wissen, wo man ihn finden kann?«

»Meine Sekretärin hat recherchiert. Dieser Clive Mills scheint sich in Island aufzuhalten.«

»Island ist nicht England.«

»Da haben Sie wirklich recht«, sagte Cheng und erklärte, Mills habe sich an einen entlegenen Ort im Nordwesten des Inselstaats zurückgezogen.

»Und dort wollen Sie hin?«

»Muss ich. Nur so kann ich dem *White-Parrot*-Mann signalisieren, Lust auf mehr weiße Blüten zu haben.«

Cheng machte eine kurze Pause und meinte dann: »Eines würde mich noch interessieren. Wissen Sie etwas über den Jungen von damals? Was er heute macht. Sie sagten, Sie hätten noch immer den Brief seines Vaters.«

»Ich habe keine Ahnung, was aus ihm wurde. Aber es stimmt, ich trage diesen Brief bei mir. Dieser Brief ist das Einzige, was mich verraten könnte. Na ja, und jetzt auch Sie, Herr Cheng.«

»Ich bin bloß der Detektiv«, betonte Cheng seine Rolle, fragte aber nach dem Namen der Familie, die Polnitz mit wenigen Schlägen und Tritten aus ihrer Bahn geworfen hatte. Wo er sie finden könnte, käme er auf die Idee, nach Leuten aus dieser Zeit zu suchen.

Polnitz schien nachzudenken, ob er so weit gehen konnte. Schließlich nannte er den Namen: »Zerling.« Und nannte den Ort, an dem sich das alles zugetragen hatte: Darmstadt. Darmstadt Anfang der 1970er-Jahre. Wo er selbst gelebt hatte. Und eben auch die Zerlings, als das Unglück geschah.

»Ich weiß schon«, erklärte Polnitz, »ich sage *Unglück*, als spreche ich von einer Naturkatastrophe. Aber meine Natur war eben die der Katastrophe.«

»Und Ihr eigener Name? Der Name, den Sie früher trugen. Als Sie noch Monster waren.«

»Nein«, sagte Polnitz. »Den müssen Sie nicht kennen.«

Polnitz zog seine beiden Hände vom Tisch und legte sie leicht gespreizt auf seinen Oberschenkeln ab.

Als hätte sich aus dieser Haltung heraus ein Signal ergeben, ging die Türe auf, und der Wärter von zuvor trat ein.

Polnitz wandte sich zu ihm um und fragte: »Is it time yet?«

»The play!«, erinnerte der Wärter im Ton der Mahnung.

»Was wird denn gespielt?«, wollte Cheng von Polnitz wissen, während er sich aus seinem Stuhl erhob.

»Wir nehmen ein Hörspiel auf«, verriet Polnitz. »Ich bin natürlich einer der Sprecher, aber die verlangen auch, dass ich Regie führe.«

»Was denn? Obwohl man Sie so hasst?«

»Nun, ich bin auf eine gewisse Weise dennoch der eine überlebende Teil von Andrew Wake. Außerdem ist es die Idee des Direktors. Was auch immer er sich davon verspricht.«

»Welches Stück?«, wollte Cheng wissen.

Polnitz stand bereits neben dem Wärter in der Türe, als er antwortete: »*A Man for Endings*. Wir lesen das Drehbuch mit verteilten Rollen ein.«

»Wow!«, meinte Cheng. »Was für eine Idee! Das wird sicher ein Erfolg.«

Doch da war Polnitz bereits gegangen und Cheng wieder alleine mit Margaret Thatcher.

Als der Detektiv *The Ville* verließ, zogen Wolken auf. Es war ungemein schwül. Die Luft schmeckte klebrig. Wie nach Wasserperlen auf einem schwitzenden Fruchteis.

11

Die Harfe

Cheng entschied sich dafür, nicht noch eine weitere Nacht in ROOM zu verbringen. Er bat den jungen Mann an der Rezeption, ihm ein anderes Zimmer zur Verfügung zu stellen. Auf die Frage, ob irgendetwas mit der Suite nicht in Ordnung sei, erinnerte Cheng daran, für *ARTnews* einen Artikel über diese Räumlichkeit zu schreiben. Dazu würde eben auch gehören, einen gewissen Abstand zum Objekt der Beschreibung einzunehmen. Ohne darum aber völlig aus der Sphäre des Hotels zu treten.

In Wirklichkeit hielt er es für ratsam, nicht noch einmal in einem Schlafzimmer zu übernachten, in das zu gelangen für einen Tulpenblüten verteilenden Mann offensichtlich kein Problem darstellte. Er würde diesem Mann begegnen müssen, keine Frage, aber nicht in diesem Zimmer. Nicht während er schlief. So kurz das auch sein mochte.

Sein Argument mit der Distanz schien zwar etwas an den Haaren herbeigezogen, doch seinem Wunsch wurde entsprochen, und man bot ihm ein mit fünfunddreißig Quadratmetern immer noch recht geräumiges Zimmer an. Ein Zimmer, in dem er zunächst eine ruhige Nacht verbrachte, allerdings in der ihm vertrauten Weise um vier Uhr aus seinem Schlaf schreckte. Es war sein Herz, das ihn geweckt hatte. Es klopfte heftig. Er richtete sich auf, drehte das Licht an und blickte schnaufend in den leeren Raum. Er brauchte eine Weile, um sein Herz damit zu beruhigen, eh schon wach zu sein.

Als sein Herz das verstanden hatte, griff er nach dem Bubishi-Buch, das neben dem Pilzbuch auf dem Nachttisch lag. Er hatte sich die Seite mit den Vitalpunkten mit einer Büroklammer markiert und stellte nun dank der Abbildung einer Stundenuhr fest, sich soeben in den Stunden des Tigers zu befinden. Und somit in einer Periode, in der die Qi-Energie den Lungenmeridian durchfloss.

Was sollte er davon halten? Er, der Feind des Asiatischen im Europäischen.

Und was sollte er davon halten, dass diese Aufzeichnungen ihm verrieten, dass wenn er genau in dieser späten Nachtstunde einen oberhalb der rechten Achsel gelegenen Punkt namens Pi Jou angriff, dies zu einen Atemstillstand führen konnte?

Unwillkürlich zog er seinen rechten Arm hoch und fasste sich an die beschriebene Stelle. Er massierte sie nicht, sondern drückte seinen Daumen tief ins eigene Fleisch. Spürte nicht viel mehr als den bloßen Druck. Es schien ihm weder zu schaden noch zu nutzen. Wer weiß, vielleicht würde er in ein paar Minuten, Stunden oder Tagen ganz anders darüber denken. Vor allem war unwahrscheinlich, dass er auf die beiläufige Weise, mit der er einen ungefähren Punkt penetrierte, auch wirklich an die richtige Stelle gelangt war. Stümperei war kaum geeignet, eine Sache als Hokuspokus zu entlarven. Obgleich das ständig geschah. Siehe Atheismus.

Darum auch war Cheng kein richtiger Atheist, so wenig er an Gott glaubte. Atheismus erschien ihm einfach zu banal. Eine Spezialität von Dilettanten. Hätte man ihn gefragt, woran er glaube, er hätte gesagt: »An den Zweifel.«

Er fragte sich, ob es überhaupt möglich war, sich mithilfe einer Dim-Mak-Technik selbst zu verletzen. Sich einen Schmerz zuzufügen. Mehr noch, sich zu töten. Oder ob es nicht vielmehr eines Gegenübers bedurfte. Eines Fremden. Eines Partners.

Was ihn an dieser ganzen Technik faszinierte – falls man sie nur ein wenig ernst nahm –, das war vor allem, wie praktisch und einfach sie war. Bei aller Schwierigkeit und Geheimniskrämerei. Es brauchte wirklich nur eine Hand. Eine wissende Hand.

Cheng gestand sich ein, dass Polnitz durchaus überzeugend gewesen war. Und zwar gerade mittels seiner Behauptung, wie sehr der willentliche Einsatz einer bestimmten tödlichen Technik dazu führen konnte, genau diese Technik zu verlernen. Besser gesagt, ihrer verlustig zu gehen. Es war diese Paradoxie, die Cheng beeindruckte, weil er meinte, ihr im Leben immer wieder begegnet zu sein. Wie sich so manches nur erhalten ließ, indem man darauf verzichtete. Manche Liebe wurde allein dadurch möglich, dass sie nicht gelebt wurde. Manche Erkenntnis nur möglich, indem sie nicht gedacht wurde.

Den Daumen sanft gegen die Pi-Jou-Stelle gelehnt, nickte er noch einmal ein und geriet kurz in einen Traum vom Meer. Das Mädchen sah er nicht wieder, aber er sah den Hund des Mädchens. Allerdings gealtert. Sehr statisch. Ein wenig lauscherhaft.

Kurz vor halb sechs wachte er auf und ging hinüber ins Badezimmer, um seinen im Schlaf etwas in Unordnung geratenen Bart zu stutzen, mit dem Rasierer die Ränder auszubessern, Öl zu verteilen, es einzumassieren und das Barthaar kämmend wieder in eine Fasson zu bringen, die an jenen berühmten Schwarz-Weiß-Film über einen Mörder erinnerte.

Cheng ging zum Frühstück. Wie so oft war er der Erste.

Danach packte er zusammen und checkte aus, wobei es erneut die Flamingo-Dame war, die ihn betreute.

»Wegen des Buches …«, begann sie.

»Ja?«

»Es hat sich niemand gemeldet«, erklärte sie. »Wenn Sie es also behalten wollen …«

»Das tue ich. Danke.«

Die Flamingo-Dame verlieh ihrem schönen, schmalen Hals eine feine Neigung zur Seite hin und sagte zum Abschied: »Wir sind sehr gespannt auf Ihren Artikel.«

Stimmt, den hatte er ganz vergessen. Er lächelte vielversprechend und verließ das Hotel.

Cheng nahm den Mittagsflieger der Icelandair und erreichte nach dreistündigem Nonstop-Flug, aber unter Einsparung einer Stunde jene Insel, die trotz ihrer westlichen Lage in die Greenwich Mean Time eingemeindet war. Dieser Zeitzone hielt Island über das gesamte Jahr hinweg die Treue. Island war mehr Greenwich als Greenwich mit seinen sieben Monaten britischer Sommerzeit.

So herrschte an diesem Ort noch der alte Sommer. Und alt fühlte er sich auch an mit seinen dreizehn Grad.

Der Himmel war leicht bedeckt und silbrig wie vom Schimmer einer polierten Muschel. Er lag über einer Landschaft, die man auch gut auf den Mond hätte schmuggeln können. Cheng saß in einem Taxi, das ihn die vierzig Kilometer hinüber in die Hauptstadt brachte. Eine Stadt, in die sich ein Drittel aller Insulaner vor der Wildheit des Landes in Sicherheit gebracht hatte.

Cheng hatte kaum Zeit, seinen Koffer in der Lounge des Hilton abzustellen. Sein Taxi wartete und fuhr ihn rasch weiter zur Harpa, dem großen, modernen Konzerthaus, berühmt für seine sich im Tageslicht verfärbende, wabenartige Glasfassade, berühmt auch für die gigantischen Schulden, die praktisch sein Fundament bildeten. Bei der Harpa handelte es sich um einen ans Meer gelehnten, monumentalen Bau, der den Bewohnern den Blick auf ebendieses Meer und die Berge nahm. Und auch etwas vom Licht. Licht, das sich so wunderschön im Inneren des hohen, im Stil eines senkrechten Netzes ausgelegten Komplexes verfing.

In diesem verschuldeten Konzert- und Konferenzhaus sollte sich Cheng mit Clive Mills, dem Autor von *My Life Gathered In Twohundred Pages,* treffen. Also nicht an dem entlegenen Ort auf der Halbinsel Snæfellsnes, wohin sich Mills angeblich zurückgezogen hatte. Frau Wolf – gewissermaßen Chengs Stimme – hatte eine Handynummer des ehemaligen MI5-Mitarbeiters über dessen Verlag herausbekommen, Mills angerufen und ein Treffen vereinbart, wobei der Engländer auf dem Reykjaviker Konzerthaus als Treffpunkt bestanden hatte.

»Mir schien fast«, sagte Frau Wolf, als sie mit Cheng skypte, »als hätte dieser Mills meinen Anruf erwartet. Als hätte er geahnt, dass Sie ihn sprechen wollen.«

»Vielleicht besitzt er eine Glaskugel«, scherzte Cheng. Und konnte nicht ahnen, wie nahe sein Scherz an die Wahrheit heranreichte.

Cheng trat nun also in das Foyer des nach einem Frauennamen, einem Musikinstrument, vielleicht auch einem Sommermonat des altisländischen Kalenders benannten Gebäudes. Er begab sich in die Mitte der mächtigen Halle der Harpa, die drinnen noch höher wirkte als von außen vermutet. Treppen führten zu einer unteren, einer mittleren und einer weit oben gelegenen Ebene. Bienenwaben aus Glas, Licht und Spiegeln. Und einigem Gesumm der staunenden Besucher.

Wie vereinbart bewegte sich Cheng durch die Halle. Mills würde ihn erkennen und ansprechen. So war die Bedingung gewesen. Frau Wolf hatte ihren Chef beschreiben müssen. Die Wahrscheinlichkeit, es könnte sich noch ein anderer ähnlich aussehender und deutlich einarmiger Besucher im Haus befinden, hielt sich in Grenzen. Allerdings musste jetzt Cheng daran denken, dass sein Auftrag wohl kaum zustande gekommen wäre, wäre nicht Peter Polnitz vor langer Zeit in einem Hamburger Tonstudio einem Mann begegnet – Ire hin oder her –, den er dann Jahre später auf Mallorca mit Cheng verwechselt hatte. Ohne diese im Grunde bedeutungslose Ähnlichkeit wäre Cheng jetzt nicht in dieser Halle gestanden.

Er stand und wartete und blickte nach oben.

Da war eine Person. Weit oben auf der letzten Ebene. Cheng bemerkte sie ein wenig früher als die meisten anderen der zahlreichen Besucher.

Denn es gab sehr wohl etwas zu bemerken.

Die Person lehnte sich über die gläserne Brüstung. Sehr viel weiter, als gut war. Sehr viel weiter, als nötig war, um bloß einen besseren Blick auf den Abgrund zu gewinnen.

Cheng hatte etwas sagen wollen. Etwas rufen. Aber sein offener Mund erstarrte zu einem schwarzen Oval.

Die Person rutschte über das Geländer.

Die Person rutschte und stürzte und flog.

Natürlich konnte Cheng nicht sicher sagen, dass es Mills war. Er hätte nicht einmal sicher sagen können, es handle sich um einen Mann, es hätte auch eine Frau sein können. Aber wer sonst sollte es sein, als jener pensionierte Mitarbeiter des MI5, den er hatte sprechen wollen? Welcher nun durch die hohe Halle nach unten fiel. Und dessen Sturz aus solcher Höhe nichts bremsen konnte.

Einen Moment trieb es Cheng an, ihn aufzufangen. Er tat zwei Schritte auf die Falllinie des Stürzenden zu. Aber zwei Schritte waren zu wenig, und sie erfolgten auch viel zu zögerlich. Und ihn wirklich auffangen, mit nur einem Arm, und selbst mit zwei Armen …

Der Stürzende klatschte auf. Flach mit dem Rücken.

Die Fragilität des Menschen hatte Cheng seit jeher irritiert. Wie verletzlich wir sind, dachte er. Wie sehr alles auf eine Zerstörung unserer Körper ausgerichtet ist. Wir sind wie eine Teetasse aus Glas. Ein Stück Papier, das an eine Flamme gerät. Ein Röhrchen, in dem Viren und Bakterien sich verfangen. Hoch in der Luft sind wir so verloren wie tief im Wasser. Cheng konnte darin keine evolutionäre Vernunft erkennen. Eher eine Unvernunft. Oder sogar etwas Bösartiges.

Ob nun unvernünftig oder bösartig, der Aufprall verursachte ein Geräusch, wie wenn der Bug eines Bootes in eine hohe Welle sticht.

Der Mann lag da. Sein Totsein war keine Frage.

Menschen liefen davon, andere bewegten sich auf den Reglosen zu.

Cheng aber schaute nach oben. Er meinte jemanden gesehen zu haben, der hinter dem Mann gestanden hatte.

Cheng setzte sich in Bewegung. Widerwillig. Verfolgung war nicht seine Sache. Hatte etwas Hysterisches. Besaß einen Schwarzenegger'schen Keim. Aber er tat es dennoch, lief die Treppen hoch.

Ganz oben angelangt, fand er sich auf einer menschenleeren Ebene wieder. Alle waren geflüchtet. Cheng stand allein da. Nicht auszuschließen, dass der Täter – wenn denn ein solcher wirklich existierte – unter denen gewesen war, die Cheng auf dem Weg nach oben entgegengekommen waren. Wie hätte er ihn erkennen sollen? An einer weißen Blüte im Revers? Abgesehen davon, dass er auch unter den Leuten sein konnte, die in die Aufzüge gedrängt waren.

Doch Chengs Instinkt trieb ihn dazu, sich in den rückwärtigen

Teil der Galerie zu begeben. Er sah jetzt das Meer durch die Wabenscheiben. Er strahlte grün und grau und wirkte ein wenig zerzaust.

Ganz an der Seite entdeckte Cheng eine Türe, die in einen der Säle führen musste. Eigentlich hätte sie um diese Zeit versperrt sein sollen. War sie aber nicht. Ein leichter Druck, und sie ging auf. Cheng trat ein. Er tat ein paar Schritte. Indem nun die Türe hinter ihm ins Schloss fiel, geriet er in eine absolute Dunkelheit. Herrgott noch mal, was hatte er in dieser Finsternis verloren? Er duckte sich. Er duckte sich, weil er spürte, wie etwas näher kam. Wie er auch spürte, dass dieses Etwas im Vorbeifliegen einen leichten Wind in seinem Gesicht erzeugte. Einen Luftkratzer.

Der zweite Schlag aber traf.

Es mag nicht stimmen, dass Cheng noch im Moment der ihn ereilenden Ohnmacht überlegte, welche Stelle im System der Vitalpunkte es wohl sei, die um diese Uhrzeit – kurz nach sechzehn Uhr – die größte Sensibilität aufwies. Und ob der Schlag, den er soeben erhalten hatte, bei aller heftigen Wirkung diffizil gewesen war, punktgenau. Und inwieweit mit einer offenen Hand verabreicht statt mit einer Faust oder einem Gegenstand. Beim Erwachen jedenfalls meinte er sich zu erinnern, sich genau diese Frage gestellt zu haben, als zum Schwarz des Raums das Schwarz seiner Ohnmacht hinzugekommen war. Und ob das überhaupt möglich war, jemand punktgenau zu treffen, den man gar nicht sehen konnte.

Im Moment schaute er in ein Licht. Jemand hielt ihm die Lider des rechten Auges auseinander, dann die des linken, und führte den Strahl einer kleinen Taschenlampe an die Pupillen. Schließlich ließ er von Cheng ab und sagte etwas auf Isländisch. Seine Stimme war dunkles Pech mit ein paar weißen Federn darin.

Der Mann schloss eine Tasche und verließ den Raum.

War er der Typ gewesen, der ihn niedergeschlagen hatte?

Cheng schaute sich um. An der Wand hing schon wieder eine Frau. Natürlich hinter Glas und gerahmt. Aber er kannte sie nicht. Er kannte auch die beiden Herren nicht, die vor dieser verglasten Frau saßen.

»Herr Cheng! Das sind Sie doch, nicht wahr, Herr Cheng?«, fragte der eine in einem Deutsch, das ihn zumindest als Skandinavier auswies. Man musste an eine IKEA-Werbung denken. Als zerbeiße jemand beim Sprechen unglaublich dünne Sperrholzplatten.

»Das wissen Sie doch«, antwortete Cheng und zeigte auf den österreichischen Pass, den der Mann offen in der Hand hielt.

Sein Gegenüber verwies darauf, auf dem Foto sei kein Bart zu sehen.

»Haben Sie mich darum verhaftet?«, fragte Cheng.

Der Beamte meinte, das sei der falsche Moment für Scherze. Ein Mann sei tot.

»Ein Glück«, sagte Cheng, »dass es nicht zwei sind.«

»Wie meinen Sie das?«

»Na, weil ich ja hier sitze und lebe und Sie mich befragen können.«

Der Beamte schaute über den Rand seiner Brille und fixierte Cheng mit seinen hellen Polaraugen.

Wie sich nun zeigte, hatte man Cheng im Verdacht, den Sturz des Toten verursacht zu haben und bei der Flucht aus dem Gebäude in den vollkommen unbeleuchteten Saal geraten und in der Finsternis gegen eine Wand gestoßen zu sein. Dabei habe er sein Bewusstsein verloren. Ohne aber eine Gehirnerschütterung zu erleiden, wie soeben vom Arzt festgestellt.

»Ah ja, Sie halten mich also für einen Killer«, stellte Cheng fest. »Und für einen Clown ebenso. Einer, der gegen Wände stolpert. – Nein. Wirklich nicht.«

Cheng beschrieb, was er mit »wirklich nicht« meinte. Verdeutlichte, im Auftrag seines Mandanten, des in London inhaftierten Peter Polnitz, nach Reykjavik gereist zu sein, um jenen Mann zu sprechen, der genau im Moment seines Eintreffens in der Harpa zu Tode gestürzt war: Clive Mills, der ein Buch über den MI5 verfasst hatte und der auch …

»Von wem sprechen Sie da«, unterbrach ihn der Beamte der Polizei, die man hier Lögreglan nannte.

»Von dem Toten natürlich. Clive Mills.«

Der Polizist schaute fragend zu seinem Kollegen. Dieser nickte. Woraufhin der Erste sich wieder an Cheng richtete und meinte, das Opfer heiße nicht Mills.

Cheng riss seine hübsch gewinkelten Augen auf. »Nicht?«

»Nein.«

»Sondern?«, fragte Cheng, der aber glaubte, man stelle ihm eine Falle.

Es war der andere Beamte, der ihm antwortete. Offensichtlich verstand auch er Deutsch. Was kein Wunder war, denn er war Schweizer. Ein Berner in Reykjavik, der die Untersuchung leitete und dessen Deutsch frei vom Dialekt seiner Heimat war. Aber ebenso frei vom Ton der neuen Heimat.

Dieser Mann, der Henzli hieß, zog ein Buch von der Seite des Tisches und platzierte es mit der Vorderseite neben Chengs Pass. So war der Titel zu sehen, die schuppige Oberfläche, der Glanz der Aufschriften. Henzli nannte den Namen des Autors: »Thomas Or.«

Und erklärte, dieses Buch in Chengs Tasche gefunden zu haben.

»Ja, natürlich haben Sie das. Wo sonst? Es ist schließlich meines.«

»Thomas Or«, wiederholte der Polizist.

»Ja, schon gut, ich weiß, wie der Autor heißt.«

»Ich spreche von dem Toten.«

»Was soll der Unsinn? Thomas Or ist der Name des Mannes, der dieses Buch verfasst hat. Wie man lesen kann. Er starb vor über vierzig Jahren.«

»Unser Thomas Or starb vor gut fünfzehn Minuten.«

»Mills. Ich sollte Clive Mills treffen«, insistierte Cheng.

»Ich kann es nicht ändern, Herr Cheng, der Mann, der hier zu Tode kam, heißt Thomas Or. Er ist englischer Staatsbürger. Und ich bin überzeugt, dass er es war, mit dem Sie verabredet waren.«

»Nicht unter dem Namen Or.«

»Und wieso hatten Sie dieses Büchlein bei sich?«

»Sie werden doch sicher nachgesehen haben«, sagte Cheng, »ob der Autor eines Werks über fremde Pilze und der Tote auf dem Boden Ihres schönen Konzerthauses dieselbe Person sein können.«

»Natürlich. Haben wir. Aber die Übereinstimmung der Namen,

auch wenn es sich um verschiedene Personen handelt, das kommt doch nicht von ungefähr, oder?«

»Wahrscheinlich nicht«, sagte Cheng. »Ich will auch nur, dass Sie aufhören, mich als einen Verdächtigen zu behandeln.«

»Sie müssen sich aber schon die Frage gefallen lassen«, meinte Henzli, »was Sie dort oben gemacht haben.«

»Also, erstens bin ich erst angekommen, nachdem Mills … nachdem Or nach unten gestürzt war. Ich lief hoch – und ich laufe selten –, weil ich den Eindruck hatte, jemand habe ihn gestoßen. Und es hat ihn doch jemand gestoßen, nicht wahr? Ich wollte dem Täter folgen. Und ganz offensichtlich habe ich ihn gefunden. Oder er mich. Jedenfalls bin ich ganz sicher nicht gegen irgendeine Wand gelaufen, bloß weil es dunkel war. Ich wurde niedergeschlagen. Und allein darum hatten Sie die Möglichkeit, mich aufzuklauben.«

Henzli nickte. Er, der Schweizer, verstand den Österreicher. *Aufklauben. Das verstreut Umherliegende aufheben.* Dann aber fragte er: »Werden wir auf Spuren von Ihnen auf dem Toten stoßen?«

»Nein«, sagte Cheng und lächelte spitz. »Da waren so viele Leute. Ich kam leider gar nicht dazu, ihn zu berühren.«

»Was wollten Sie von dem Mann, den Sie Mills nennen?«

»Ich nenne ihn nicht so. So heißt er. Clive Mills. Autor eines Buchs über seine Zeit beim britischen MI5. Ich hoffte, er könnte mir entlastendes Material liefern. Es geht um den Wake-Fall. Andrew Wake. Sie wissen doch sicher, wovon ich spreche.«

»Der Schauspielermord in London.«

»Es handelt sich um einen Gegenstand, der möglicherweise helfen könnte, dem Fall eine Wendung zu geben.«

»Ein Fall, der abgeschlossen ist«, stellte Henzli fest.

»Man bezahlt mich, ihn zu öffnen.«

»Und was für ein Gegenstand?«

»Die Blüte einer Tulpe«, antwortete Cheng.

Henzli fragte Cheng, ob er versuche, der deutschen Tradition zu folgen, doch noch den Gärtner zum Mörder zu machen. Dabei öffnete er das Pilzbuch in der Mitte und deutete auf das zur Pressung eingelegte Pflanzenteil.

Cheng nickte und beschrieb dessen Bedeutung. Sein zweimaliges Auftauchen. Und inwieweit eine solche Blüte in den Bekenntnissen des Clive Mills eine Rolle spiele. Zumindest in einem nie gesendeten Interview, das er der BBC gegeben hatte.

»Es war Mills«, sagte Cheng, »der vorschlug, dass wir uns in diesem Konzerthaus treffen. Ich hatte sogar Mühe, rechtzeitig da zu sein.«

»Sie waren rechtzeitig da«, hielt Henzli fest.

»Denken Sie denn, dass Or und Mills dieselbe Person sind?«

Henzli sagte, man warte noch ab, was die englischen Kollegen über den toten Thomas Or mitteilen könnten.

Dann wandte er sich an seinen Nebensitzer und gab eine Instruktion. Auf Isländisch. Das übrigens viel eher einen Schweizer Akzent zu besitzen schien. Cheng hörte die Namen »Clive Mills« und »Thomas Or« heraus.

Henzlis Partner stand auf und verließ den Raum.

»Mal schauen«, sagte Henzli, »was wir über einen Herrn Mills sagen können. Sollte er tatsächlich in Island gemeldet sein.«

Henzli legte seine Hand auf das wieder geschlossene Pilzbuch, wie um den Anspruch der Polizei geltend zu machen.

»Bitte!«, ersuchte Cheng und streckte seinerseits Arm und Hand. Und meinte, dass es sich hierbei ja wohl kaum um ein Beweisstück handle.

»Es trägt immerhin den Namen des Toten«, sagte Henzli und erkundigte sich nach dem Inhalt.

»Rezepte«, erwiderte Cheng. »Haben Sie es denn nicht durchgesehen?«

»Nur flüchtig.«

»Pilzrezepte von Außerirdischen«, präzisierte Cheng. »Wobei diese Pilze nicht ganz einfach sind. Also man sollte sich gut mit ihnen stellen, bevor man sie verspeist.«

»Das gilt eigentlich auch für das Essen auf unserer Erde«, meinte Henzli, fragte dann aber, wie Cheng überhaupt auf die Idee gekommen sei, dieses Buch zu kaufen.

Cheng erklärte, es im Zimmer des Hotels entdeckt zu haben, in dem er in London übernachtet hatte. »Ich brauchte etwas, um die Blüte unterzubringen. Und da lag es.«

»Wohl nicht ganz zufällig«, sagte Henzli.

Cheng schnaufte. Er war sich über das Wesen von Zufällen sehr im Unklaren. Sollte hier aber doch ein Zufall vorliegen, dann musste dessen Genom ähnlich kompliziert sein wie das Erbgut eines Tintenfischs mit seinen 33 000 Genen und einer strukturellen Unordnung, von der Wissenschaftler meinten, es handle sich genetisch gesehen um Aliens.

In der Tat erschienen viele Zufälle wie Aliens.

Hier aber … nein, eher nicht.

Cheng sagte: »Trotzdem hätte ich es gerne zurück.«

Henzli überlegte noch. Schließlich schob er das Thomas-Or-Buch in Chengs Richtung.

Cheng nahm es, lehnte sich ein wenig zur Seite und schlug den Band in der Mitte auf. Er blätterte zu den Seiten 22 und 23, die die Zubereitung des *Devillish Kai-tsu-mushroom* mit seinem niedrig dosierten halluzinogenen und überaus erzieherischen Effekt beschrieb. Dort überzeugte er sich davon, dass die *White-Parrot*-Blüte ohne Verletzung geblieben war.

Henzli war währenddessen aufgestanden, hatte die Türe geöffnet und sprach mit einem Uniformierten. Dann kehrte er zu Cheng zurück und sagte: »Ich brauche Ihnen nicht erklären, dass Sie sich zu unserer Verfügung halten müssen.«

»Natürlich.«

»Wo wohnen Sie?«, fragte Henzli.

»Im Hilton.«

»Bergblick oder Straße?«

»Keine Ahnung, ich war noch gar nicht in meinem Zimmer.«

»Ich bringe Sie hin«, sagte Henzli.

Sie verließen den Raum. Cheng begriff nun, sich nicht etwa auf einer Polizeistation zu befinden, sondern noch immer in der Harpa. Offensichtlich hatte die Befragung in einem der Konferenzräume stattgefunden. Cheng würde später im Internet nachsehen, wann zuletzt eine Frau Island regiert hatte. Und feststellen, dass aktuell Katrín Jakobsdóttir von der Links-Grünen-Bewegung dieses Amt innehatte. Doch sie war ganz sicher nicht die Frau auf dem Foto. Nein, er fand heraus, dass es sich um Jóhanna Sigurðardóttir handelte, die von 2009 bis Mai 2013 die Regierung angeführt hatte. Nach ihr, aber noch vor Jakobsdóttir, hatten es drei Herren in diese Position geschafft.

Nicht dass Cheng der Umstand eines auf diese Weise überholten Bildes wunderte, nachdem er ja kürzlich Margaret Thatchers ansichtig geworden war. Überall stieg die Vergangenheit in kleinen, sehr robusten Seifenblasen in die Höhe.

Als sie nun in die Halle traten, sah Cheng hinüber zu der abgesperrten Stelle, wo der Mann, den er für Mills gehalten hatte, gestorben war. Die Leiche war nicht mehr zu sehen, die Spurensicherung aber noch vor Ort. Auch auf der obersten Ebene. Man schien zwingend von einem Verbrechen auszugehen. Keinem Unglück, keinem Selbstmord.

Als der Kommissar und der Detektiv wenig später ins Auto stiegen und Cheng auf dem Beifahrersitz Platz nahm, drehte er sich zu Henzli, blickte auf dessen Jackett und sagte: »Das muss ich Sie jetzt aber schon noch fragen.«

»Klar. Sie meinen die kleinen Hölzer.«

»Richtig.«

»Das wundert natürlich jeden«, sagte Henzli, »der mich das erste Mal sieht.«

Bei dem, was der Kommissar meinte und wonach Cheng sich erkundigt hatte, handelte es sich um drei fingerdicke Holzstücke von der Länge leicht benutzter Bleistifte. Sie waren in der Tat ein wenig zugespitzt, stammten aber eindeutig von einem Ast. Und sie ragten dort hervor, wo üblicherweise Einstecktücher ein Herrensakko schmücken, in der äußeren Brusttasche.

Henzli war ein auffallend gut gekleideter Mann. Er trug einen karierten Wollanzug mit passender Weste und eine weinrote Krawatte mit Paisleymuster. Schuhe, Brille, der Goldring, die Uhr an seinem Handgelenk, alles sehr edel und ausgewählt.

Und dazu also Holzstücke in der Brusttasche!

»Mein jüngster Sohn«, erklärte Henzli, »ist vier. Er hat die Äste gesammelt und die Enden zugeschnitzt. Er sagt, es sei ein Schutz für mich, weil ich ja Polizist bin. Ihn ängstigt die Vorstellung, mit welchen Leuten ich zu tun haben könnte. Ich musste ihm versprechen, die spitzen Stifte zu tragen. Sichtbar in der Brusttasche. Natürlich, ich könnte sie während der Arbeit herausnehmen und am Abend, wenn ich nach Hause komme, wieder reintun, aber … Man betrügt sein Kind nicht, nicht auf solche Weise, oder?«

»Nein, keinesfalls«, bestätigte Cheng und meinte, es schaue gar nicht so unpassend aus. Nur ungewöhnlich. Und fügte an: »Mögen die Dinger Sie eines Tages retten.«

Henzli verwies darauf, dass die offizielle Mordrate in Island pro 100 000 Einwohner in den letzten Jahren zumeist bei 0,3 gelegen habe, was dann genau einen Ermordeten im Jahr für alle Isländer ergebe. Das sei zwar immer noch mehr als in Monaco und Liechtenstein, aber sicher nicht so bedrohlich, wie es wäre, sich als Figur durch einen isländischen Kriminalroman zu bewegen.

»Manchmal«, sagte er, »ist die Realität ein Segen.«

»Ein Toter ist nicht viel«, bestätigte Cheng. »Außer man ist selbst der Tote. Thomas Or hat soeben Ihre Statistik bestätigt.«

»Das sollte für dieses Jahr genügen«, meinte Henzli und startete seinen Wagen.

Später würde Cheng genau diese Statistik der Tötungsraten nach Ländern aufrufen und sich fragen, wieso nicht mehr Kriminalromane in Honduras spielten. Ein Ort, der über eine Rate von 90,4 verfügte. Oder auf den Amerikanischen Jungferninseln, wo zwar wenige Leute lebten, dafür aber viele Mörder.

Mehr Mörder als Schriftsteller?

Während ja umgekehrt in Island eindeutig mehr Schriftsteller als Mörder zu Hause waren.

Henzli fuhr Cheng vor das Hotel, ließ sich dessen Handynummer geben und speicherte sie. Dann sagte er: »Morgen um acht Uhr. Ich hole Sie ab.«

»Um mich einsperren zu lassen? Oder weil Sie mit mir zusammenarbeiten wollen?«

Henzli sagte: »Wir werden sehen. Seien Sie einfach bereit.«

Cheng verließ den Wagen, ging ins Hotel und auf sein Zimmer. Er hatte Glück, der Fensterblick führte hinaus aufs Meer und damit auch über die Bucht hinweg zum lang gestreckten Hausberg der Reykjaviker, einem Massiv namens Esja.

Cheng öffnete das Fenster. Erst jetzt nahm er sich die Zeit, das Meer zu riechen. Da war aber nichts von Algen zu bemerken, nichts von Verwesung, auch nichts von Salz oder heftiger Frische oder dem Öl der Schiffsmotoren. Eher neutral. Wie wenn man seine Nase in ein kaltes Glas Wasser hält und etwas über den Charakter der Leitung erfährt, durch die dieses Wasser geflossen ist. Ja, was er zu riechen meinte, war die Hülle aus Luft und Erde, in dem das Wasser sich bewegte. Was er roch, war schlichtweg das Runde der Welt.

12

Nebel

Spät in der Nacht telefonierte Cheng noch mit Frau Wolf in Wien, wo es natürlich noch später war. Cheng hatte noch keine Sekunde wirklich geschlafen. Er lag ausgestreckt auf der Bettdecke und fühlte sich wie einer dieser Vögel, die schlummernd in den aufsteigenden Luftströmen kreisen und bei denen zumindest eine Gehirnhälfte wach bleibt.

Bereits Stunden zuvor, gleich nachdem er in sein Hotelzimmer gekommen war, hatte er sich via Skype bei Frau Wolf gemeldet gehabt, um sie zu informieren. Nicht ohne ihre Frisur zu loben.

»Lügen Sie doch nicht«, hatte sie gemeint.

»Nein, wirklich!«

Dann hatte er von den jüngsten Ereignissen berichtet. Wie da ein Mann namens Or in der Harpa zu Tode gestürzt war und wie zuerst der Verdacht auf ihn, Cheng, gefallen war. Und sich nun die Frage stellte, welche Rolle Clive Mills spielte, der ja zumindest gewusst hatte, Cheng würde sich zu dieser Zeit an diesem Ort aufhalten.

»Or! Mills!«, nannte Cheng die Namen. Und nannte auch noch die Namen Polnitz und Zerling, jene Familie Zerling, in die Polnitz, als er noch ein Monster gewesen war, das allergrößte Unglück getragen hatte. Wovon Cheng Frau Wolf noch von London aus berichtet hatte.

»Diese Namen«, so Cheng, »müssen wir miteinander verbinden.«

So sehr Cheng sich eher das jüngst Geschehene als das weit Zurückliegende merkte, brauchte er jemanden, der für ihn den Überblick behielt. Und den Überblick vergrößerte. (Es stimmt eben nicht, wenn am Anfang dieser Geschichte gesagt worden war, dass Cheng eigentlich keiner Sekretärin bedurft hätte und sie nur darum engagiert hatte, weil das Vorzimmer in seinem Büro nach einer solchen Person gebettelt hatte. Frau Wolf war nicht nur Chengs Stimme, sondern auch Chengs Gedächtnis. In letzter Zeit besonders. Und nicht zuletzt war sie sein Arm. Wie man sagt, jemand oder etwas sei der politische oder militärische Arm von jemandem oder etwas. Sie war der kluge Arm.)

Frau Wolf rief Cheng also auf seinem Handy an und sagte: »Man sollte ein Buch immer auch lesen.«

»Ach, fragen Sie mal die Kritiker«, entgegnete Cheng.

»Seit wann haben Sie Mitleid mit denen?«, wunderte sich Frau Wolf, wartete aber keine Antwort ab, sondern erklärte, das Buch von Clive Mills – sein *My Life Gathered In Twohundred Pages* – als kostenfreien Download entdeckt zu haben. Sie habe den Nachmittag und Abend damit zugebracht, es zu lesen. Und dabei festgestellt, dass Mills neben seinen Enthüllungen über den britischen Inlandsgeheimdienst und seine immer wieder angedeutete persönliche Nähe zu Teilen des Königshauses stellenweise auch von einer von ihm entwickelten Theorie spreche. Einer Literaturtheorie.

»Oje«, meinte Cheng, der ja viele Jahre seines Lebens das Gefühl gehabt hatte, vom Virus des Literarischen und Fiktionalen befallen zu sein.

»Aber interessant für uns«, sagte Frau Wolf und berichtete von Mills' Behauptung, gewisse Beschreibungen der Literatur würden nichts anderem dienen, als etwas Reales wiederzugeben, es aber ins Erfundene und Absurde oder gar Übersinnliche einzukleiden. Es zu tarnen. Denn es sei ja ein Unterschied, ob jemand eine Geschichte schreibe und ihr den Spruch »nach einer wahren Begebenheit« beifüge, oder jemand dieselbe Geschichte mit allen Zügen des Fantastischen ausstatte.

»Mit Realität«, sagte Frau Wolf, »meint Mills also nicht, dass im

Roman ein Mann eine Frau küsst und dass so was auch im richtigen Leben hin und wieder vorkommt. Er spricht von Dingen, die wir als die Schöpfung eines verspielten, verrückten, verträumten, fabulierenden Menschen erkennen, der halt mit Sprache gesegnet ist. Aber Mills sagt, das Verrückte sei vielmehr, dass viele dieser Dinge stimmen würden und wie sehr Literatur die einzige Form sei, darüber sprechen zu können, ohne im Irrenhaus zu landen. Und das gelte dann für den Schreibenden wie für den Lesenden. Und dass nicht wenige Autoren vor lauter bewusster oder unbewusster Angst, sie könnten in der Psychiatrie oder schlimmer enden, vorgeben, zu lügen.«

Mills, so erklärte Frau Wolf, sei also nicht nur ein Anhänger von fantastischer Literatur, sondern scheine sie auch für die realistische zu halten. Erstaunlich für einen Mann, der vier Jahrzehnte seines Lebens in einem Geheimdienst zugebracht habe. Vielleicht aber auch sehr bezeichnend.

»Jedenfalls«, sagte Frau Wolf, »ist das von einiger Bedeutung. Zuerst einmal, weil Mills in seiner Biografie von seinem großen Interesse an H. P. Lovecraft spricht, einem in den 1930er-Jahren gestorbenen Meister der Horrorliteratur.«

»Sagt mir nichts«, gestand Cheng.

»Sagte mir auch nichts. Sollte es aber«, meinte Frau Wolf. »Ich habe da mal ein paar Begriffe eingegeben.«

(*Ein paar Begriffe eingeben*, das war die Alchemie unserer Zeit. Man mischte zwei, drei Krötenbeine mit den letzten Tropfen aus einer Dose Red Bull, streute die Asche verbrannter Steuererklärungen darüber, verrührte alles mit dem Blut von Ochsen und dem Schweiß von Freunden und Followern, und nachher hatte man einen Prinzen oder einen Frosch oder ein Ungeheuer. Oder man begann, ein paar Zentimeter über dem Boden zu schweben. Es waren die wirklich hilfreichen Antworten, die einen in der Luft hielten. Wobei es natürlich Antworten gab, mit denen man nicht einmal einen Frosch zum Schweben brachte.)

Frau Wolf erklärte nun, H. P. Lovecraft sei ein amerikanischer Autor, der als Erster den Planeten Yuggoth erwähnt habe. Und zwar in einer Erzählung mit dem Titel »Der Flüsterer im Dunkeln«, in der von der außerterrestrischen Rasse der Mi-go die Rede sei, die auf Yuggoth eine Kolonie gegründet hätte. Wobei der Name des Planeten schon kurz zuvor von Lovecraft in einer Sammlung von Sonetten mit dem Titel *Fungi from Yuggoth* aufgetaucht sei, dort aber noch nicht als kolonisierter Planet, sondern einfach als ein fremder Ort, an dem besagte Pilze wuchsen.

Frau Wolf zitierte das eine bestimmte Sonett mit ihrer perfekten Telefonstimme: »Das ist die Stunde, wenn mondsüchtige Poeten wissen, welche Pilze in Yuggoth sprießen und was da duftet.«

Frau Wolf erklärte weiter, dass auch das Pilzbuch, das Cheng im Beaumont entdeckt habe, von Clive Mills in seiner Biografie erwähnt werde. Und er darin von jenen Mi-go erzähle, die ihrerseits Pilzwesen seien und sich von Pilzen ernährten. Und die sich durch ihre erstaunliche soziale Kompetenz auszeichneten.

»Ich weiß schon«, sagte Frau Wolf, »dass man nirgendwo etwas über dieses Pilzbuch findet, aber Mills spricht davon. Er behauptet, dieses Werk würde den genialen Lovecraft bestätigen. Und dass er selbst eins von nur drei Exemplaren besitze. Ein Geheimbuch.«

»Ein Geheimbuch«, sagte Cheng, »das immerhin bei Alfred A. Knopf erschienen ist.«

»Eher gedruckt als erschienen«, meinte Frau Wolf. »Was ebenso für Clive Mills' Biografie zu gelten scheint. Trotz Download.«

Keine Frage, Clive Mills' geringer Erfolg, vor allem der Umstand, dass die diversen Enthüllungen über seinen jahrzehntelangen Arbeitgeber, den MI5, von kaum jemandem ernst genommen wurden und sein Buch *My Life Gathered In Twohundred Pages* in den Tiefen des Vergriffenseins verschwunden war, schien ganz unmittelbar mit seiner Theorie des Fantastischen zusammenzuhängen. Der Mann musste als ein Sonderling gelten, wenn er meinte, was er sagte.

»Der andere Autor«, so Frau Wolf, »für den sich Mills begeistert und dem er ebenfalls eine Menge Realismus zuspricht, ist Jules Verne. Mills redet nicht bloß von einer visionären Kraft, sondern meint, dass man Teile von Vernes Geschichten sehr viel ernster nehmen müsste. Dabei denkt er ausgerechnet an die berühmte *Reise zum Mittelpunkt der Erde*.«

»Was denn? Glaubt er, dass man durch die Erde wandern kann: oben rein, unten raus?«

Wolf sagte, es sei nicht ganz leicht zu erkennen, was genau Mills ernst meine. Er bleibe etwas vage. Spreche aber eben auch hier vom »Realismus« des Romans. Und wie verführerisch es sei, diesem Realismus zu folgen.

»Kein Wunder also«, sagte Frau Wolf, »dass Mills nach Island gezogen ist.«

»Wieso?«, fragte Cheng, der sich kaum noch an die Details von Jules Vernes Abenteuerroman erinnern konnte, den er in seiner Jugendzeit gelesen hatte.

Frau Wolf half ihm. Am Beginn der Geschichte stehe der verschlüsselte Hinweis eines isländischen Alchemisten auf den Mittelpunkt der Erde und dass der Eingang dazu sich in einem Krater des isländischen Vulkans Snæfellsjökull befinden würde.

»Stromboli«, erwiderte Cheng, »ich kann mich nur mehr an den Stromboli erinnern.«

»Das ist der Ausgang«, sagte Frau Wolf. »Alle merken sich den Ausgang. Aber der Eingang liegt im Nordwesten von Island. Und ich sage Ihnen jetzt voraus, dass Sie irgendwo in der Gegend um diesen Vulkan auf Herrn Mills stoßen werden. Es kann ja kein Zufall sein, dass er sich ausgerechnet nach Island zurückgezogen hat. Sie finden ihn dort. Außer er entpuppt sich als der Tote in Reykjavik.«

»Und was, wenn das der Fall ist?«

»Ich vermute, dann werden Sie nahe dem Vulkan einem Mann namens Thomas Or begegnen.«

»Einem toten Schriftsteller?«

»Eher einem lebenden Antiquar«, antwortete Frau Wolf, »zumindest ist das der einzige lebende Mensch, auf den ich gestoßen bin, der diesen Namen trägt. Der Besitzers eines Antiquariats im englischen Watford.«

»Vielleicht heißt nur der Laden so, benannt nach dem Autor des Pilzbuchs.«

»Nein, das scheint wirklich der Besitzer zu sein. Ein Thomas Or.«

»Und die Familie Zerling?«, fragte Cheng.

»Ja, in dem Punkt bin ich auch weitergekommen. Es gab da eine Familie mit dem Namen, die zuletzt in Darmstadt lebte. Der Sohn starb bereits mit zweiunddreißig, die Eltern 2006 bei einem Autounfall, da waren sie beide achtundsiebzig. Es scheint auch eine Tochter zu geben, aber die lebt in Kanada. Das Haus der Zerlings steht noch. Es ist unbewohnt und befindet sich im Besitz einer Gesellschaft, deren Büro mir leider nicht sagen wollte, wieso sie seit über zehn Jahren das Haus weder vermieten noch irgendwie herrichten, renovieren, abreißen, mit Gewinn verkaufen, nichts. Das wäre schon interessant zu wissen, oder? Was halten Sie davon, Herr Cheng, wenn ich nach Darmstadt fahre und mich umsehe. Damit ich auch mal unterwegs bin.«

»Ist Ihnen langweilig in Wien?«

»Das habe ich nicht gesagt. Es muss auch nicht sein.«

»Nein, nein, das wäre gut, wenn Sie sich das Haus aus der Nähe anschauen. Und mit den Leuten dort reden. Nachbarn, die die Zerlings kannten. Nicht dass ich glaube, es könnte wirklich etwas mit dem Mord an Wake zu tun haben. Sondern allein mit dem Fall Peter Polnitz. Aber das ist ja immerhin unser Fall.«

»Soll ich ehrlich sein?«, fragte Frau Wolf.

»Wieso?«

»Ich bin schon seit zwei Stunden unterwegs. In einem Schlafwagen nach München. In der Früh um sechs geht es weiter nach Darmstadt.«

Cheng wusste nicht, was er sagen sollte. Stimmt, die Geräusche im Hintergrund hätten ihn irritieren müssen, Eisenbahnklänge, so ein flachwelliges Holpern. Stattdessen hatte er an die Töne aus einem Fernseher gedacht.

Er konnte jetzt schwerlich von Frau Wolf verlangen, in Linz oder Salzburg wieder aus dem Zug zu steigen, nach Wien zurückzufahren und ihre Eigenmächtigkeit zu bereuen. Außerdem fand er es ja absolut richtig, dass sie sich in Darmstadt umsehen wollte.

Er sagte: »Sie machen alles richtig«, und erkundigte sich fast ansatzlos nach dem Service im Schlafwagen.

»Hier scheinen schon alle zu schlafen. Aber ich habe ein Glas

Wein und lese noch die letzten Seiten von Clive Mills' Bekenntnissen. Er schreibt gar nicht so schlecht.«

»Dann wünsche ich Ihnen eine gute Fahrt«, sagte Cheng und bat seine Sekretärin, sich zu melden, sobald sie das Haus der Zerlings gesehen habe. »Und grüßen Sie mir Darmstadt.«

Er war nie in Darmstadt gewesen, aber er sagte es trotzdem.

»Gute Nacht, Herr Cheng.«

Cheng blickte auf die Uhr. Kurz vor eins. Er drehte das Licht ab, gab aber nach einer Viertelstunde seine Versuche auf, mit beiden Gehirnhälften in den Schlaf finden zu wollen. Er griff nach seinem Smartphone und klappte es auf. Licht schwappte ins Dunkel wie aus einem umgefallenen Glas.

Cheng verschaffte sich Zugang zu dem Wissen über den isländischen Vulkan Snæfellsjökull, las über das Geologische und Geografische, natürlich auch darüber, wie der Berg in die Literaturgeschichte eingegangen war und somit zu einer Schnittstelle zwischen dem Sichtbaren der eigenen Erscheinung und der Spiegelung dieser Erscheinung im reflektierenden Geist eines Geschichtenerzählers geworden war.

Dabei erfuhr Cheng, dass es zwei Aufklärer des achtzehnten Jahrhunderts gewesen waren, die den Berg 1753 das erste Mal bestiegen hatten. Und dass die beiden – wie auch bei der Bezwingung des Vulkans Hekla und überhaupt auf ihren Reisen durch die Insel – gegen jenen Aberglauben angingen, der all diese Orte mit angeblichen Gefahren umgab, sie mit Kreaturen ausstattete, die nicht von dieser Welt waren und doch dieser Welt ihren Stempel aufdrückten. Einen Stempel, den die Aufklärer naturgemäß für eine Art Kartoffelstempel hielten, mit dem kleine Kinder Papier bedruckten. Allerdings waren die beiden immerhin vorsichtig genug, Essigfläschchen bei ihrer Besteigung mitzuführen, falls der Berg doch so hoch sein würde, wie der Aberglaube meinte. Was nun nicht der Fall war, sie selbst sich aber bei ihrer eigenen Messung um ganze 708 Meter zugunsten der Höhe irrten.

Das Risiko einzugehen, sich zu verrechnen, ist aber ganz sicher ein so wagemutiges wie notwendiges Kennzeichen der Aufklärung.

So wenig sich Cheng an sämtliche seiner alten Fälle im Detail erinnern konnte – an einige nicht einmal in groben Zügen –, so war ihm dennoch sehr bewusst, dass diese Fälle immer wieder von unwirklichen und irreal anmutenden Umständen begleitet worden waren. Beziehungsweise die daran beteiligten Personen zwischen den Gesetzen der Natur, den Anforderungen des Alltags, den Forderungen der Aufklärung und jenen dunklen Rissen gestanden hatten, die eingebildet sein mögen, aber nichtsdestotrotz die Statik des Lebens gefährden.

Cheng glaubte nicht an das Übersinnliche, aber er glaubte doch an dessen Einfluss auf das Leben der Menschen. Es existierte eine Realität der Einbildung, die zu einer Wirklichkeit führte. Ganz in der Weise, wie jemand allein durch Willenskraft gesund wird. Oder durch Willenskraft krank. Auch die Einbildung verfügt über eine Chemie.

Wenn der aktuelle Fall eine magische Note besaß, dann mittels der Existenz der Bücher. Bekannter Bücher wie denen von H. P. Lovecraft und natürlich Jules Verne, vergriffener Bücher wie der Biografie von Clive Mills und vollkommen ominöser, aber dennoch existierender wie dem Pilzbuch des Thomas Or. Weder mochte ein Mittelpunkt der Erde bestehen, erst recht kein Planet namens Yuggoth, noch eine Rasse der Mi-go. Und die in Clive Mills' Buch beschriebenen intimen Kenntnisse des englischen Königshauses mochten einer Schwärmerei für die Princess of Wales zu verdanken sein, einer Krankheit des Herzens, die Mills mit nicht wenigen Menschen teilte. Die Liebe zu einer Frau, die auf eine unheimlich märchenhafte Weise den Charme heiliger Frauen in die bemitleidenswerten 1990er-Jahre übertragen hatte.

Und doch schienen all diese Bücher – ihr eigentümliches Auftauchen in dieser Geschichte – auf eine Wirklichkeit hinzuführen. Eine Wirklichkeit, die es zu begreifen galt. Cheng sah ein, dass es dazu nötig sein würde, sich in die Nähe dieses bestimmten Vulkans zu begeben. Allerdings hoffte er stark, es würde nicht dazugehören, ihn auch noch besteigen zu müssen. Umso mehr, als ein Gletscher bis zur Spitze des Vulkans reichte. Er konnte sich nicht erinnern, seit dem Verlust seines Arms je wieder auf einem solchen gestanden zu haben. Und dabei durfte es gerne bleiben.

Bei seiner Suche im Netz stieß Cheng auch auf ein Foto, das den Gletscher im Hintergrund zeigte, im Vordergrund jedoch einen in gelblichem Braun schimmernden kleineren Vulkanberg. Eine ungemein kompakte Pyramide, die fast ansatzlos und gänzlich eisfrei aus der küstennahen Ebene herauswuchs. Cheng dachte sich, selten einen so hübschen Berg gesehen zu haben.

»Hübsch« mochte vielleicht ein Wort sein, das der Berg selbst nicht so gerne vernommen hätte. Aber Cheng dachte es nun mal.

Nach dem hübschen Berg kamen die Männer an die Reihe. Das heißt, Cheng suchte nach Bildern, die Clive Mills und Thomas Or zeigten. Beziehungsweise beide Ors, wenn es denn wirklich zwei verschiedene gab, einen sicherlich toten Autor und einen vielleicht doch noch lebenden Antiquar. Von Mills fand er ein paar wenige, die anlässlich der Veröffentlichung von dessen Buch entstanden waren, sogar eines mit Kirstin Bach darauf, das wohl kurz vor dem dann nie gesendeten Interview entstanden war. Er war ein Mann mit einem sehr dünnen Haarkranz. Mit einem ungesunden Gesicht, wie von hohem Blutdruck modelliert. Ein Mann mit Bauch, dem man ansah, niemals zu den Schlanken gehört zu haben. Kein Bart, keine Brille, aber ein Lächeln auf allen Bildern. Kein Lächeln aus Fröhlichkeit, ein Lächeln aus Anstand. Letztlich ein Mann von allergrößter Unauffälligkeit. Eine von jenen Personen, die im Nachhinein niemand so richtig beschreiben kann, beziehungsweise jeder ein wenig anders.

Bezüglich Thomas Or entdeckte Cheng allein Fotos, die jenen Mann zeigten, der von den Orkneyinseln stammte, englische Literatur unterrichtet und offiziell ein paar SF-Geschichten veröffentlicht hatte, und der höchstwahrscheinlich der Autor von *How To Cook Mushrooms From Yuggoth* war. Geboren 1922, gestorben 1972. Ein groß gewachsener, muskulöser, sehr gut aussehender Mann, der durchaus eine Ähnlichkeit mit Andrew Wake besaß. Keine zwillingshafte, aber doch eine verwandte Männlichkeit, von der Freunde alter Filme hätten meinen können, sie erinnere an Rock Hudson und Cary Grant. Etwas gekonnt Geschnitztes, dem eine größtmögliche Politur gefolgt war. Eine schwarz-weiße Noblesse selbst noch auf den Farbbildern.

Hätte Cheng entscheiden müssen, wer von den beiden, Mills oder Or, in der Lage gewesen wäre, mit einem einzigen, zielgerichteten Schlag das Herz eines Mannes zum Stillstand zu bringen, er hätte sich sofort …

Aber der Thomas Or auf diesen Bildern war ja nicht der Thomas Or, der am Tag zuvor im großen Konzerthaus von Reykjavik möglicherweise zu Tode gekommen war. Wobei Cheng nicht wirklich hätte sagen können, wie dieser Tote ausgesehen hatte. Zu eilig war er die Treppe hochgelaufen, um einer Person zu folgen, die er im Verdacht gehabt hatte, hinter dem Mann gestanden und ihn gestoßen zu haben.

Zuletzt öffnete Cheng jene Internetseite, auf der das Antiquariat in Watford für sich warb. Und welches tatsächlich einem Mann zu gehören schien, der ebenfalls Or hieß und ebenfalls Thomas als Vornamen trug. Der aber sonst nichts von sich preisgab. Nicht auf dieser Seite. Und auch sonst nirgends. Ein Mann bloß mit einem Namen. Geradezu ein Kunstwerk der Reduktion. Ein Mensch wie das Gemälde *Schwarzes Rechteck* (Or) *und rotes Quadrat* (Thomas) von Kasimir Malewitsch. (Wobei vielleicht zu sagen wäre, dass sich genau dieses erwähnte Gemälde, nämlich *Schwarzes Rechteck, rotes Quadrat* aus der Kunstsammlung NRW, als eine Fälschung herausgestellt hatte. Aber was ist das eigentlich, eine Fälschung? Indem man im Jahre 2017 das ursprünglich auf etwa 1915 datierte Gemälde im wahrsten Sinne durchschaut hatte, war man zu der Ansicht gekommen, dass es zwischen 1972 und 1975 entstanden sein musste. Es war also deutlich jünger geworden und hatte natürlich seinen hohen Preis eingebüßt. War es darum auch hässlicher geworden? War dieses Bild bis zur Pressemitteilung vom 10.11.2017 eine Schönheit gewesen, danach aber ein Monster, eine Bösartigkeit? War umgekehrt Frankensteins Monster eine hässliche Kreatur, wäre aber vom Moment einer Namensgebung an – Robert Wollstonecraft! – zur Schönheit geworden?)

Als Cheng am nächsten Morgen aus dem Hilton trat, wartete dort bereits Kommissar Henzli in seinem Wagen. Diesmal aber nicht in dem Škoda vom Vortag, sondern in einem mächtigen Toyota Land

Cruiser. Dessen hoher Radstand, die ungemein dicken Reifen und die bullige Anmutung verrieten, dass man ganz sicher nicht in der Stadt bleiben würde.

Als Cheng auf dem Beifahrersitz Platz nahm und sich anschnallte, reizte es ihn, Henzli mit der Ankündigung zu überraschen, man werde wohl den Vulkan Snæfellsjökull ansteuern.

Er überlegte es sich aber anders.

Henzli bestätigte, dass Clive Mills tatsächlich vor mehreren Jahren von England nach Island umgezogen war. Zuerst habe er eine Weile in Reykjavik gewohnt, um etwas später weiter in den Norden zu ziehen, nach Arnastapi, wo er ein kleines Haus am Rand der Ortschaft gekauft habe. Er sei ordnungsgemäß registriert und bislang in keiner Weise den Behörden aufgefallen.

»Ein Engländer in Island«, sagte Henzli, wie um die scheinbare Unauffälligkeit dieses Mannes zu betonen. Und: »Ein vermögender Rentner. Dass er einst für den MI5 tätig war und jetzt im Ruhestand Bücher schreibt, macht den Mann nicht zu einem Kriminellen. Es liegt nicht das Geringste gegen ihn vor.«

»Und trotzdem wollen wir ihn also besuchen«, stellte Cheng fest.

»Nun, Sie sagten, Sie seien mit ihm verabredet gewesen. Genau in dem Moment, als Thomas Or starb. Darüber würde ich mich gerne mit ihm unterhalten. Persönlich.«

Henzli startete den Toyota, der ein Geräusch von sich gab, als stamme er ursprünglich aus dem Mesozoikum und habe sich in einhundert Millionen Jahren zum Geländewagen entwickelt.

»Wir konnten feststellen«, setzte Henzli fort, »dass Thomas Or ebenfalls erst gestern nach Reykjavik kam. Und ebenfalls aus London. Allerdings nahm er einen Flieger vor Ihnen. Was uns die englischen Kollegen über diesen Mann sagen können oder wollen, ist nicht viel. Jahrgang 1945, alleinstehend, kinderlos, Besitzer eines Antiquariats in Watford, das ist nahe London.«

»Ich weiß«, sagte Cheng.

»Sie haben nachgesehen, natürlich.«

»Eigentlich nur, wo Watford liegt«, untertrieb Cheng.

»Angeblich«, sagte Henzli, »war er aus geschäftlichen Gründen nach Reykjavik gereist. Um irgendein seltenes Buch oder Autograf zu erstehen oder anzubieten. Was bei einem Antiquar – ich zitiere die Engländer – nicht weiter verwunderlich ist.«

»Ein Sturz aus gut vierzig Metern aber schon.«

»Die Kollegen in London würden gerne von einem Suizid ausgehen. Ich will nicht sagen, dass sie uns einen solchen vorschreiben. Aber doch darum bitten, in diese Richtung zu denken.«

»Das wäre bemerkenswert«, fand Cheng, »sich drei Stunden in ein dummes Flugzeug zu zwängen, um sich dann in einer Stadt umzubringen, wo es fünfzehn Grad kälter ist.«

»Nicht wenige Leute wählen einen fremden Ort, um Schluss zu machen.«

»In Island?«

»Warum nicht? Allerdings glaube ich auch nicht daran. Wir werden die Engländer enttäuschen müssen. Wie Sie schon gestern ganz richtig angemerkt haben, Thomas Or ist der Mann, der unsere Statistik bestätigt. Ich kann mich schwerlich über die Statistik hinwegsetzen, nicht wahr?«

»Ist das jetzt Schweizer Ironie?«, fragte Cheng.

»Die Ironie der Schweizer«, antwortete Henzli, »ist ein Sparschwein, bei dem man vergessen hat, auf der Unterseite eine Schlüsselöffnung einzubauen. Nein, Herr Cheng, meine Ironie verdanke ich zehn Jahren Island. Und meiner Frau. Und die ist keine Schweizerin.«

»Isländerin?«

Henzli erzählte, im Zuge eines einjährigen Austauschs zwischen Schweizer und Isländischer Polizei nach Reykjavik gekommen und praktisch gleich im ersten Monat seiner zukünftigen Frau begegnet zu sein, damals noch eine Dozentin an jener Universität, an der sie heute als Professorin Geologie unterrichtete. Man könnte sagen, das Hauptfach der Isländer. Nirgendwo auf der Welt, so Henzli, würden sich die Menschen derart intensiv mit dem Boden beschäftigen, auf dem sie lebten und liebten und ihre Geschäfte trieben. Außerdem sei Geologie auch eine Art Wahrsagerei.

»Warum das?«

»Es ist ein Instinkt für Bewegungen«, antwortete Henzli, »für

Umschichtungen, die erst noch geschehen, sich aber ankündigen. Meine Frau hat mir gleich bei unserem Kennenlernen prophezeit, wir würden heiraten. Und dass wir eine Menge Kinder bekommen. Ich hatte diese Frau noch nicht einmal geküsst, und sie prognostizierte uns Kinderreichtum. Sie können sich denken, dass ich lachen musste. Damals. Nun gut, es sind zehn geworden.«

»Was? Zehn Kinder?«

»Zehn Kinder in zehn Jahren. Vier eigene, vier adoptierte, zwei Pflegekinder. Bei zehn ist jetzt aber Schluss. Weil bei elf meinen die Leute nämlich, einen ständig daran erinnern zu müssen, das sei nun eine Fußballmannschaft. Der Fußball ist auch in Island inzwischen eine Gottheit.«

»Alles Jungs?«, fragte Cheng.

»Um Himmels willen, nein, sechs Mädchen und vier Jungen.«

»Sie könnten die Zahl Elf überspringen«, meinte Cheng, »indem Sie Zwillinge adoptieren.«

»Nein danke, glauben Sie mir, zehn ist wirklich genug. Auch wenn meine Frau ein Genie ist, als Mutter wie als Geologin.«

»Und offensichtlich als Wahrsagerin.«

»Damit hat sie aber aufgehört. Doch ich muss zugeben, dass sie noch immer ein Gespür für die Zukunft hat«, sagte Henzli und wollte nun wissen: »Und Sie? Kinder?«

»Nein«, antwortete Cheng. »Meine geschiedene Frau hat eine Tochter … doch nein, Kinder … ich hatte einmal einen Hund. Ich weiß jetzt aber nicht, wieso ich das erzähle. Er war wirklich kein Kindersatz.«

Cheng schüttelte den Kopf darüber, Lauscher erwähnt zu haben, fragte dann aber: »Haben Sie Tiere zu Ihren Kindern?«

»Nicht zu den Kindern. Aber wir haben Mongolische Rennmäuse.«

»Rennmäuse in Island?«

»Ein Hobby meiner Frau.«

»Sie scheint über ein gutes Zeitmanagement zu verfügen.«

»Sie behauptet, Zeit sei eine Illusion, die unser Bedürfnis nach Faulheit fördert.«

Man fuhr jetzt aus der Stadt hinaus. Draußen war Landschaft. Ganz großartige Landschaft. Henzli steuerte den Polizei-Toyota an der Küste entlang. Das Meer kam und ging. Rechter Hand erhoben sich die vom Vulkangestein geschwärzten Berge. Zu Füßen der steilen Wände waren immer wieder kleine Wälder zu sehen, Aufforstungen aus den vergangenen Jahren, in die manchmal einzelne Häuser gebaut waren, die Baumwipfel kaum höher als die Dächer. Was den oft behaupteten Eindruck verstärkte, in diesem Land lebten Feen und Trolle. Das taten sie nach Meinung von Esoterikern sicher auch woanders, aber hier doch sehr viel mehr in der Rolle anerkannter Mitglieder der Gesellschaft. Trotz Aufklärung im 18. Jahrhundert und Bankenkrise im 21. Jahrhundert.

Die Landschaft wurde, als sie weiterfuhren, noch ausgedehnter. Weite Ebenen, die Berge nun in großer Entfernung. Der Himmel metallisch. Legierte Wolken.

»Ich habe noch nie«, sagte Cheng, »eine derartig fremde Landschaft gesehen.«

»Geht mir genauso, selbst nach zehn Jahren empfinde ich das noch so«, erklärte Henzli. »Was nicht heißt, dass ich mich nach den vertrauten Bergen der Schweiz sehne. Aber man hat hier schon oft das Gefühl, sich auf gewaltigen Landebahnen aufzuhalten, die Erich von Däniken erfunden haben könnte. Und der ist ja Schweizer.«

Cheng meinte, dass die Schweiz sich sicherlich schlecht eigne, Außerirdische aufzunehmen. Er selbst würde auch lieber in Island landen.

Nach eineinhalbstündiger Fahrt erreichten sie die Halbinsel Snæfellsnes und fuhren eine weitere Stunde entlang der Südküste. Regen war aufgekommen. Der Himmel über dem Meer hielt sich weiterhin recht hell, Weißgold mit ein paar zartblauen Einschüssen, die nordseitigen Erhöhungen aber waren in einen dunklen Nebel gehüllt. Wasserfälle schienen mancherorts wie aus dem Nichts aus den Bergen zu schießen.

Man erreichte den äußersten Westen der Halbinsel. Cheng erkannte ihn gleich, den Berg. Und das, obwohl dieser praktisch bis aufs untere Drittel von einer Nebelwand zugedeckt wurde. Genau der Berg, dem er in der Nacht zuvor das Prädikat »hübsch« zugedacht hatte. Wie sich jetzt erwies, handelte es sich um die Erhöhung, in dessen Schatten das Fischerdorf Arnastapi lag. Ein Dorf, das der hübsche Berg von jenem Vulkan trennte, an dem Jules Verne den Eingang zum Mittelpunkt der Erde verortet hatte. Nicht ohne guten, weil realistischen Grund, wie Clive Mills in seinem Buch behauptete.

Als sie ausstiegen, sah Cheng wehmütig zu dem Berg hinüber, der, wie er jetzt von Henzli erfuhr, den Namen Stapafell trug, was so viel wie *verstopfter Berg* bedeutet. Ob das nun eine rein geologische Bedeutung besaß oder auf etwas Mystisches verwies – Wikinger, Elfen, Geister –, konnte der Kommissar nicht sagen.

Im sogenannten Arnastapi Center, einem kleinen, modernen Restaurant, in dem sich einige Touristen aufwärmten, wartete ein uniformierter Polizist, der von der nächstgelegenen Polizeistation, dem an der Nordküste gelegenen Ólafsvík, gekommen war. Er stand an der Theke und hielt eine Tasse dampfenden Tee. Henzli redete mit ihm auf Englisch, was in Island nicht ungewöhnlich war. Der Beamte erklärte, dass sich das »Haus des Engländers« drüben am Ortsrand befinde, Richtung Hellnar.

Henzli meinte an Cheng gerichtet, der ganze Ort bestehe aus einem Rand.

Der Kollege aus Ólafsvík fühlte sich sichtlich unwohl. Er war es eher gewohnt, sich um häusliche Probleme zu kümmern. Und manchmal um Touristen, die auf den Wegen entlang der dramatisch schönen Felsenküste selbst verschuldet Schaden nahmen. Ein Kommissar aber, der extra aus Reykjavik kam, hatte etwas Unwirkliches. Als sei das Fernsehen im Ort. Weshalb er nun wissen wollte, ob es Schwierigkeiten geben werde.

»Schauen wir mal, was es geben wird«, meinte Henzli, der in keiner Weise die hellseherischen Fähigkeiten seiner Frau besaß, die es verstand, der Erde beim Atmen zuzuhören.

Der Polizeibeamte fragte, ob Henzli mit dem Wagen vorfahren wolle.

»Gehen wir zu Fuß«, schlug der Kommissar vor, »den kurzen Weg.«

Weder Henzli noch Cheng trugen einen Mantel. Beide marschierten in ihren dünnen Sakkos durch den Regen, der aber nicht wirklich nass machte. Der Regen selbst wurde vom heftigen Wind verpeitscht. Er ließ die Menschen, die hier gingen, erstaunlich trocken bleiben. Menschen, die freilich ebenfalls die Peitsche spürten.

13

Fallen

Gepeitscht, aber kaum nass kamen sie zu einem Haus, das in einer Reihe ähnlich einfacher Sommerhäuser stand. Zusammen bildeten diese eine locker besetzte Straße. Das Gebäude war umgeben von einem dieser kleinen Wälder jüngster Aufforstung. Ein weißes Haus mit blauem Dach und einer rot gestrichenen Veranda. Die drei Männer stiegen die wenigen Stufen hoch und traten vor die Eingangstüre.

»Klopfen Sie an«, wies Henzli seinen uniformierten Kollegen an.

Was dieser tat, mehrmals. Ohne dass etwas geschah. Kein Wunder, meinte der Uniformierte, schließlich sei ja auch der Wagen des allein lebenden Engländers nirgends zu sehen.

Henzli stellte sich an eines der Fenster und lugte in das Innere. Dann ging er hinter das Haus.

Cheng und der Uniformierte aus Ólafsvík standen eine Weile nebeneinander, ohne sich anzusehen. Cheng blickte hinüber zum Stapafell. Der dicke graue Nebel war nach oben gestiegen, sodass jetzt schätzungsweise die Hälfte des Berges zu erkennen war. Es sah aus, als stemme der Berg die Nebelwand in die Höhe. Als stemme er eine sehr große, in Tüll gehüllte Frau, die sich absichtlich schwer macht.

Plötzlich ging die Türe auf. Im Rahmen stand Henzli. Offensichtlich war er durch einen Hintereingang ins Haus gelangt. Unklar war nur, ob er diesen Eingang unverschlossen oder verschlossen vorgefunden hatte. Jedenfalls meinte Henzli an seinen Kollegen gerichtet, er solle zum Center zurückgehen und dort warten.

»Worauf?«, fragte der Uniformierte.

»Tun Sie es einfach«, sagte Henzli und gab Cheng zu verstehen, er möge ihm ins Innere des Hauses folgen.

»Dürfen wir das?«, fragte Cheng.

»Nein«, sagte Henzli. »Aber wer weiß, vielleicht folgt bald etwas, das unser jetziges Handeln rechtfertigt.«

»Also haben Sie doch was von Ihrer Frau«, meinte Cheng bezüglich gewisser hellseherischer Fähigkeiten und tat einen Schritt in das Haus hinein.

Bei dem vorderen Raum handelte es sich um ein nüchtern eingerichtetes Zimmer. Skandinavisch klare Linien, helles Holz, ein Sofa in Eisblau, leere, farbige Vasen auf den Fensterbrettern, die aussahen wie Urnen für moderne Leute. Doch absolut nichts Britisches.

Das änderte sich, als Cheng hinter dem Kommissar in einen rückwärtigen Arbeitsraum trat. Eine Glastüre war etwas zur Seite geschoben. Offensichtlich die Stelle, an der Henzli ins Haus gelangt war. Der Blick ging hinaus auf den dichten Jungwald. Im Raum selbst blieb es trotz der hohen Scheibe ausgesprochen dunkel. Was auch den vielen Gegenständen zu verdanken war, die das Licht schluckten. Bücherregale vom Boden bis zur Decke, zwei riesige, alte Globen, auf denen die Welt eine verflossene war, zwei schwere, an den Armlehnen aufgeraute Ledersessel, ein mächtiger, mit Papierstapeln bedeckter Schreibtisch. Kleine Bronzestatuen, die das Papier beschwerten. Achtzehntes, neunzehntes Jahrhundert. Wäre da nicht einer dieser flachen Bildschirme gewesen. Sowie ein Kamin jüngeren Datums. Ein aus Steinfliesen von grauer und rötlicher Tönung gemauerter massiver Ofen, dessen schwarze, rechteckige Öffnung wie ein Echo des Bildschirms wirkte. Beide befanden sich im Zustand des Erloschenseins. An der rechten wie linken Seite des Kamins ragten auf Brusthöhe Fliesen hervor und bildeten zwei Simse. Darauf mehrere gerahmte Fotografien.

Während Henzli die Papiere und Bücher auf dem Schreibtisch studierte und mit seinen wie zu einer Pinzette gestreckten zwei Fingern einiges hin und her schob, trat Cheng näher an den Kamin, um die Fotografien auf den beiden Vorsprüngen zu betrachten.

Und dann … bemerkte er das Licht.

Den Punkt von rotem Licht, der sich dort abzeichnete, wo der »kleine Himmel am senkrecht stehenden Horizont seiner linken Flanke« schwebte. An seiner Hüfte.

Einen Moment dachte Cheng, ins Visier einer laserunterstützten Waffe geraten zu sein. Aber dann hätte der Punkt doch wohl ein wenig zittern müssen. Er war jedoch auf eine unmenschliche Weise ruhig und starr. Es war die Unmenschlichkeit einer Lichtschranke, die Cheng hier traf.

Und es war nicht die einzige Lichtschranke, in die er geraten war. Ein zweiter Strahl verlief knapp über dem Boden und begegnete seinem Fuß in Knöchelhöhe. Offensichtlich ein Doppelstrahlsystem, mit dem verhindert werden sollte, dass allein der Durchmarsch eines unglücklich in dieses Zimmer geratenen kleinen Tiers einen Alarm auslöste. Sondern eben nur für den Fall einer ausgewachsenen Person, die sich auf den Kamin zubewegte.

In dem Moment einer Sekunde, da Cheng sowohl den einen wie den anderen Lichtpunkt erkannte und damit auch begriff, einen Kontakt ausgelöst zu haben – dem Licht im Wege zu sein –, hielt er die Luft an und war ganz in Erwartung von etwas, das er bewusst nicht mehr erleben würde. Wie da nämlich dieses Haus in die Luft flog. Und somit auch er selbst und leider ebenso der Vater von zehn Kindern. Was die allergrößte Schande wäre. Er hätte sich gerne für diesen Mann geopfert. Aber zweimal sterben, für sich *und* für einen anderen, das war zwar eine schöne, eine geradezu romantische Idee, doch darauf ließen sich weder ein Gott noch ein Teufel ein.

Er hörte sein Herz, wie es klopfte. Aber auch noch ein zweites Herz. Es war jetzt das erste Mal, dass Cheng meinte, den Hund, der Lauscher war ... Er spürte ihn an seiner Seite. Nicht winselnd oder hechelnd, nicht bellend, nicht bettelnd gegen Chengs Bein streichend, sondern bloß ein klein wenig gegen den linken Unterschenkel gelehnt. Wie man das tut, wenn man müde ist vom vielen Auf-seinen-vier-Pfoten-Stehen.

Wenn er also Lauscher wahrnahm ...

Eine Nahtoderfahrung?

»Was ist denn?«

Es war Henzli, der ganz lebendig von hinten an Cheng herangetreten war.

Cheng drehte sich etwas zur Seite und hielt nun seine Hand in die obere Schranke. »Sehen Sie?«

»Olala!«, meinte der Kommissar. »Das sollte jetzt eigentlich irgendetwas auslösen.«

Sie sahen sich an, als fragten sie sich, mit wie viel Verzögerung eine aktivierte Sprengfalle zur Detonation gelangen konnte. Was natürlich eine Frage der Programmierung der Apparatur war. Oder eines Defekts. Wie ja die ganze Welt immer zwischen einem Funktionieren und einer Panne wankte.

Henzli entschied sich für die Anschauung, diese Anlage würde einfach einen Alarm auslösen, der hier im Zimmer nicht hörbar war. Er erklärte schmunzelnd: »Na, vielleicht kommt bald die Polizei.« Und fügte an: »Schauen wir mal, was hier beschützt werden soll.«

Er meinte die gerahmten Fotografien auf den beiden Simsen. Zumindest waren es die einzigen erkennbaren Objekte, die jenseits der Schranke den Blick des Betrachters anzogen und deretwegen ja Cheng überhaupt diesen Schritt ins Licht hinein unternommen hatte.

»Sollten wir die Laser nicht ausschalten?« Cheng deutete auf die beiden Sensoren, die seitlich des Kamins installiert waren.

»Lieber nicht«, sagte Henzli. »Bisher ist ja nichts geschehen. Und wer weiß, vielleicht handelt es sich um eins dieser perfiden Geräte, die erst dann richtig losgehen, wenn man ihnen den Strom abdreht.«

So traten sie gemeinsam durch die zweifache Lichtschranke und gingen nahe an die Fotografien heran. Vier Stück. Zwei auf jeder Seite. Drei in Schwarz-Weiß, eins in Farbe. Drei der Bilder waren hochkant gestellt und zeigten einzelne Männer. Ein viertes im Querformat, jenes in Farbe, präsentierte eine Gruppe von drei Männern. Die drei Einzelporträts erkannte Cheng darum sofort, weil er all diese Gesichter in der Nacht zuvor auf dem Display seines Smartphones gesehen hatte.

»Jules Verne«, sagte er und meinte das Schwarz-Weiß-Bild eines Herrn mit Bart und Fliege und hellen, lachenden Augen. Dann zeigte er auf das andere, danebenstehende und ebenfalls in Schwarz-Weiß gehaltene Foto, das Brustbild eines hageren Mannes mit großem Kopf und länglichem Gesicht. Mit Lippen, die stark zusammengepresst und sehr gerade eine Linie der Verbitterung bildeten, während das Kinn darunter aussah wie von diesen Lippen geworfen. Dazu erklärte Cheng: »H. P. Lovecraft. Auch ein Schriftsteller.«

»Lovecraft? War das nicht dieser Rassist?«, fragte Henzli.

Stimmt, Lovecraft war nicht nur für seine Erzählungen bekannt geworden, sondern auch für seinen Rassismus und seine Frauenfeindlichkeit. Aus beidem war die Angst vor dem Fremden hervorgegangen, die seine Geschichten so ungemein befeuert hatte.

»Ich glaube nicht, dass er hier steht, weil er ein Rassist war«, sagte Cheng und erklärte nun, auch bei dem dritten Bild einer einzeln abgelichteten Person würde es sich um einen Schriftsteller handeln, wenngleich der lange nicht so bekannt war wie Lovecraft und unendlich weit entfernt von jener Popularität Jules Vernes. Man könne sagen, die drei Autoren würden die Endpunkte eines literarischen Himmels abstecken, der sich aus der Ewigkeit Jules Vernes, den fernen, aber zwischenzeitlich erkundeten Orten Lovecrafts und der so gut wie unbekannten Dimension bei Thomas Or zusammensetzte.

»Sind Sie Detektiv oder Literaturwissenschaftler?«, fragte Henzli, als wäre ein »und« schwer möglich.

Cheng hätte sagen können »Kunsthistoriker«, erzählte aber, wieso er wissen konnte, wer auf diesen Bildern zu sehen war.

»Und das vierte?«, fragte Henzli, während sie sich gemeinsam dem in einen schlichten Goldrahmen gesetzten, verglasten Querformat näherten.

Darauf waren drei Männer zu sehen. Sie trugen dicke Anoraks, und jeder hatte eine Schirmkappe auf dem Kopf. Sie standen im Schnee und in der Sonne. Hinter ihnen erhob sich der Gipfel des Snæfellsjökull. Cheng erkannte sofort die typische Form, die er in der Nacht zuvor auf diversen Internetbildern gesehen hatte: den schneebedeckten Felsen, der als höchster Punkt aus dem Gletscher herausragte und an dieser Stelle das unverkennbare Aussehen erstarrten Schaums besaß.

Wer aber waren die Männer, die da so eng und freundschaftlich beieinanderstanden?

Das Foto musste aus den frühen Achtzigerjahren stammen. Zumindest angesichts der in breiten Streifen aus mattem Grün, aus Blau und Violett gehaltenen Jacken oder den Kappen mit ihren transparenten Kunststoffschirmen. Auch der speckige Glanz des Papiers und die schon etwas müde Farbe verrieten das Alter.

Obgleich dieses Bild also sicher über dreißig Jahre alt war, meinte Cheng eine der Personen zu erkennen. Henzli eine andere.

Bei Cheng war es Clive Mills. Bei Henzli Thomas Or. Aber nicht der Thomas Or auf dem anderen Foto, jener schottische Autor, der 1972 mit erst fünfzig Jahren verstorben war, sondern der gleichnamige Antiquar aus Watford, vor dessen Leichnam Henzli noch spät in der Nacht im Universitätskrankenhaus gestanden hatte. Sein Gesicht stimmte wiederum mit dem Foto überein, das von Scotland Yard an Henzli übermittelt worden war und das den Mann zeigte, der in Watford ein Antiquariat betrieben hatte.

Die beiden Ors sahen einander in keiner Weise ähnlich. Wie von Cheng bereits festgestellt, entsprach der Autor Thomas Or dem Typus Andrew Wakes, während der Antiquar aus Watford zwar ähnlich groß gewachsen war – denn auf dem Gipfelfoto aus den Achtzigerjahren überragte er Mills um einen Kopf und den anderen Mann um einen halben –, doch er besaß ein Gesicht, das schlichtweg als unregelmäßig gelten konnte. In der Art nicht weniger Gesichter, bei denen – hätte ein Künstler sie geschaffen – man den Eindruck gewann, der Künstler sei in der Mitte seiner Arbeit verstorben oder habe einfach die Lust verloren, an diesem Kopf weiterzuarbeiten.

Blieb die Frage, wer der dritte Mann war. Etwas kleiner als Or, kam sein Gesicht ohne große Widersprüche aus. Er trug einen sehr ordentlich gestutzten Schnurrbart, der sicher das Aufregendste an ihm war. Weniger ein Schmuck in seinem Gesicht, mehr das tragende Element. Vor allem aber war er deutlich älter als Mills und Or, die auf diesem Bild etwa Mitte dreißig sein mochten, während der dritte Mann, der zwischen ihnen stand, wohl bereits die fünfzig hinter sich hatte. Sein Gesicht besaß nicht nur erste

Falten, es verfügte auch über diese gewisse Bräune, die nicht allein davon kam, viel in der Sonne herumzustehen, sondern auch schon eine ganze Weile im Leben. Es war eine Bräune wie von Jahresringen.

Wer der Mann aber war, fanden Cheng und Henzli auch nicht heraus, nachdem sie den Raum durchsucht hatten. Eine Durchsuchung, die eigentlich ohne legale Basis war. Sie hätten auf Clive Mills warten müssen. Allerdings vermuteten beide zu Recht, dass Mills nicht kommen würde.

Es mochte eine halbe Stunde nach dem Moment gewesen sein, da Cheng mit seinem Bein in den unteren und mit seinem fehlenden Arm in den oberen Lichtstrahl geraten war, als er und Henzli sich wieder nach draußen begaben. Henzli hatte das Foto, das die drei Männer auf der Spitze des Snæfellsjökull zeigte, vorsichtig aus dem Rahmen gelöst und die Rückseite auf irgendeine Beschriftung untersucht. Aber da war nichts gewesen. Das Foto hatte er Cheng gereicht, damit der es in seiner Tasche unterbringen konnte.

»So viel Vertrauen?«

»Ich vertraue Ihrer Tasche«, hatte der Schweizer im Dienst Islands erklärt.

Sie standen bereits auf der Terrasse, als sich Henzlis Smartphone mit dem Klingelton einer Kuckucksuhr meldete.

»Ich weiß, das ist lächerlich«, sagte er nur. Dann hob er ab.

Zu Cheng schauend, erklärte er: »Es ist London.«

Cheng sah, wie sich Henzlis Gesichtszüge verschoben. In Richtung auf eine große Verwunderung.

Kurz darauf erfuhr Cheng, woher diese Verwunderung rührte. Eine Bombe war hochgegangen. Eine Bombe in Watford, und zwar in jenem kleinen Haus, das Thomas Or besessen und in dem er bis zuletzt gewohnt und im Erdgeschoss sein Geschäft geführt hatte. Die Explosion hatte das gesamte, isoliert dastehende Gebäude zerstört. Ein Haus, in dem zum Glück kein Mensch gewesen war. Das Antiquariat war geschlossen gewesen und der einzige Bewohner zynischerweise dadurch geschützt, dass er bereits am Tag zuvor drei Flugstunden entfernt in Reykjavik zu Tode gekommen war.

»Ich will das nicht vorwegnehmen«, sagte Henzli, »aber wenn man bedenkt, dass die Bombe in Watford ziemlich genau zu dem Zeitpunkt explodierte, als Sie gerade durch die Lichtschranke traten … Also, das würde dann zumindest erklären, wieso hier drinnen rein gar nichts geschah. Da werden ein paar Sprengstoffexperten aus England bei den Nachforschungen ihre Freude haben.«

»Ein Grund mehr«, meinte Cheng, »dass wir Clive Mills finden.«

»Absolut«, sagte Henzli und schlug vor, den Wagen zu holen und die nahe gelegene F570 hochzufahren, eine Straße, die am Stapafell vorbei entlang des Snæfellsjökullgletschers führt und bei Ólafsvík endet. »Mein Gefühl sagt mir, dass wir irgendwo dort oben auf Herrn Mills stoßen.«

Das Wetter hatte sich gebessert. Der verstopfte Berg war nun ein gänzlich unvernebelter. Seine hübsche Form in derselben Weise sichtbar, wie Cheng sie aus dem Internet kannte. An vielen Stellen des Himmels brach ein kräftiges Blau durch. Das dichte Wolkenband verschob sich nach Osten hin.

Sie begaben sich hinüber zum Arnastapi Center, wo Henzlis Kollege wartete. Henzli sprach mit ihm.

Währenddessen läutete Chengs Telefon. Es war Frau Wolf. Aus Darmstadt natürlich.

»Sie haben das Haus der Familie Zerling gefunden?«, fragte Cheng.

»Ja und nein.«

»Wie meinen Sie das?«

»Ich stehe hier vor einer Absperrung der Polizei«, sagte Frau Wolf. »Es gab eine Explosion.«

»Sagen Sie jetzt nicht das Haus der Zerlings.«

»Genau das. Zumindest habe ich mich mit einer Frau unterhalten, die in der Nähe wohnt und die mir bestätigt hat, es sei die kleine Villa, in der das Ehepaar Zerling mit ihrem behinderten Sohn früher gelebt habe. Seit über zehn Jahren, seit dem Unfalltod der Zerlings, stehe es leer, und jeder wundert sich, wieso da niemand einzieht. Angesichts der guten Lage.«

»Eine Bombe?«

»Davon wird ausgegangen. Aber Sie wissen nicht, was für eine. Ob eine neue oder eine alte.«

»Und es ist nicht viel länger als eine halbe Stunde her, oder?«

»Sagen wir mal so, es wäre dumm von mir gewesen, eine halbe Stunde früher anzukommen und vielleicht im Vorgarten von diesem Haus zu stehen.«

»Gibt es Opfer?«

»Es heißt: nur das Haus. Wobei man den Eindruck haben könnte, die Leute seien ein wenig enttäuscht darüber.«

»Mein Gott, bin ich froh«, sagte Cheng, »dass Sie nicht früher dort waren.«

»Das ist lieb von Ihnen«, antwortete Frau Wolf.

»Ich wäre Ihr Mörder gewesen.«

»Wie kommen Sie denn auf so was?«

Cheng erklärte, wie er auf so was kam. Erzählte von der Lichtschranke in Clive Mills' Arbeitszimmer und der Explosion in Watford.

»Das Antiquariat?«

»Genau.«

»Tote?«

»Im Grunde nicht. Wenn man davon absieht, dass es sich bei dem Mann, der gestern in Reykjavik zu Tode stürzte, tatsächlich um Thomas Or handelt. Das ist jetzt fix.«

»Da fragt sich«, meinte Frau Wolf, »wieso das Haus von Clive Mills noch steht.«

»Sie sagen es«, nickte Cheng.

»So schön es ist, dass es das tut.«

»Aber wirklich«, meinte Cheng und fügte an, wie wichtig es nun wäre, sich ein Bild vom verstorbenen Herrn Zerling machen zu können. Wie er aussah. Ein Mann, den das Internet nicht preisgab.

»Den Vater oder den Sohn?«, fragte Frau Wolf.

»Den Vater«, antwortete Cheng. Denn sein Verdacht ging dahin, bei dem dritten Mann auf der Fotografie könnte es sich um den alten Zerling handeln. Eine Vermutung, die sich zwangsläufig aus der Verbindung der drei Häuser ergab: der beiden explodierten

Häuser in Watford und Darmstadt und des einen unten in Arnastapi mit seiner Lichtschranke.

Drei Häuser, drei Männer.

Der Sohn Zerlings aber konnte es nicht sein. Ganz abgesehen von seiner körperlichen Verfassung war er Mitte der Achtzigerjahre etwas über dreißig gewesen, kurz bevor er gestorben war. Der Mann auf dem Bild hingegen, zwischen Mills und Or, hinter ihnen der Gipfel des Snæfellsjökull, schien Mitte fünfzig. Wenn also einer der Zerlings …

Frau Wolf versprach, mit den Leuten aus der Nachbarschaft des explodierten Hauses zu sprechen. »Sobald ich an ein Foto komme, das den Mann zeigt, sende ich es Ihnen auf Ihr Handy. In Ordnung?«

»Ausgezeichnet.«

»Wo sind Sie jetzt eigentlich«, wollte Frau Wolf noch wissen.

»Auf dem Weg zu diesem Vulkan. Sie wissen schon, über den wir gestern Nacht sprachen und den Jules Verne erwähnt. Sollte ich verloren gehen, dann wissen Sie, wo Sie mich suchen müssen.«

Cheng hatte es halb im Scherz gesagt, halb im Ernst.

Frau Wolf antwortete ganz im Ernst: »Ich finde Sie schon.«

Damit legte sie auf.

Cheng richtete sich an Henzli und berichtete, was in Darmstadt geschehen war.

»Wow!«, sagte Henzli.

Wow! war kein kriminalistischer Terminus. Passend war er dennoch. Dann aber wollte Henzli schon noch wissen, inwieweit hier ein Zusammenhang bestand. Und nicht allein die Zufälligkeit von Explosionen überall auf der Welt.

Cheng überlegte, wie viel er verraten durfte. Konnte er davon sprechen, dass sein Klient, Peter Polnitz, ein jugendliches Verbrechen begangen hatte? Dass er ein gänzlich anderer gewesen war?

Cheng entschied sich dagegen.

Was er dann sagte, war, dass seine Untersuchungen im Falle des Mordes an Wake ihn auch nach Darmstadt geführt hätten, zu einem Mann namens Zerling. Einem Mann, der allerdings seit vielen Jahren tot sei, also nicht der Mörder Wakes sein könne, aber doch jemand, der in einem fatalen Verhältnis zu Peter Polnitz gestanden habe. Und dessen ehemaliges Wohnhaus nun, leer stehend, im gleichen Moment wie das in Watford in die Luft geflogen war.

»Was heißt *fatal?*«, wollte Henzli wissen.

»Darüber kann ich noch nicht sprechen.«

»Und wann werden Sie es können?«

»Wenn ich alles zusammen habe, um Peter Polnitz' Unschuld zu beweisen. Das ist die simple Natur meines Auftrags.«

»Oder wenn es nötig sein wird, sich selbst zu entlasten«, spielte Henzli darauf an, dass Cheng noch am Tag zuvor der erste Verdächtige im Fall des zu Tode gekommenen Thomas Or gewesen war. Und meinte dann angesichts des noch immer intakten Hauses unten in Arnastapi: »Jedenfalls erstaunlich, dass wir beide noch leben.«

»Vielleicht, weil Mills gefunden werden will«, sagte Cheng.

»Gut, dann machen wir ihm die Freude«, bestimmte Henzli.

Zu dritt traten sie nach draußen. Der Polizist aus Ólafsvík stieg in seinen Wagen, Henzli und Cheng in den anderen.

Der verstopfte Berg lag jetzt sehr klar vor ihnen, geradezu blendend scharf im Sonnenlicht des Nachmittags. In der Ferne sah Cheng Schwäne.

»Schwäne in Island?«, fragte er.

»Singschwäne«, antwortete Henzli. »Die sehen Sie hier das ganze Jahr.«

»Ach!«, sagte Cheng, der sich Schwäne nicht so weit im Norden gedacht hatte.

Es war ein fröhliches Seufzen in seiner Stimme.

14

Telefonieren am Berg

Sie fuhren ein Stück die große Küstenstraße zurück und bogen dann nach links auf die ansteigende F570.

F570. So hätte ein Asteroid heißen können. Und genau so sah die Straße auch aus: asteroidisch unwegsam, Steinbrocken mitten auf dem Weg. Eine Straße, die wie mit einem extrem großen Stück Gummi in die Landschaft radiert schien. Schroff und bröselig.

Henzli fuhr sehr schnell, denn langsam wäre auf einer solchen Piste unratsam gewesen. Man konnte einen Drachen nicht zähmen, indem man ihm zart über den Kopf strich und vom Miteinander der Kreaturen philosophierte.

Überraschenderweise war die Fahrt schon bald zu Ende. Gleich nach einer weiten Kurve, die auf die Rückseite des verstopften Bergs führte, stand seitlich ein Geländewagen geparkt. Henzli hielt. Hinter ihm der Polizist aus Ólafsvík.

Als sie alle ausstiegen, gab der Uniformierte zu verstehen, es handle sich bei dem Kennzeichen des Wagens um das des Engländers.

Henzli sah hinüber zum fernen Gletscher und drehte dann den Kopf in Richtung der sehr viel näheren, spitz zulaufenden Steinblöcke, die aus dem oberen Teil des Stapafell ragten. Keinerlei Weg führte an dieser Stelle nach oben, allerdings waren die Fußspuren der Person auszumachen, die den Wagen verlassen hatte. Noch war der Boden feucht und verfügte über ein sichtbares Gedächtnis.

Henzli erklärte, er hätte wegen der Fotografien eher vermutet, Mills würde den von Jules Verne veredelten Gletscher hochsteigen, aber ganz offensichtlich habe er sich für den kleineren Berg entschieden. Auf den zu marschieren allerdings sehr viel unangenehmer sei als über das Eis des Snæfellsjökull. Eine Folge des Palagonits, eines in Island besonders häufig auftretenden Gesteinsglases.

»Es fühlt sich dumm an«, prophezeite Henzli, »auf so was zu marschieren.«

Und damit sollte er wirklich recht haben.

Henzli öffnete die Hecktüre seines Polizei-Toyotas und holte zwei Paar feste, knöchelhohe und mit Manschetten ausgestattete Wanderschuhe hervor. Ein Paar davon hielt er Cheng entgegen, der ja noch immer seine für ihn so üblichen dünn besohlten, maßgeschneiderten Stuttgarter Halbschuhe trug, mit denen er auch bei hässlichstem Wetter unterwegs zu sein pflegte. Doch angesichts dieses Bergs war es wirklich besser, Henzlis Angebot anzunehmen und die Füße neu einzukleiden.

»Jacken wären auch gut«, meinte Henzli und zog zwei Stück mit der Aufschrift *Lögreglan Police* aus dem Wagen.

»Mir ist nicht kalt«, sagte Cheng.

Offensichtlich war auch Henzli nicht kalt. Er nahm die beiden Jacken, dazu zwei Flaschen Mineralwasser, steckte alles in einen Rucksack und schnallte ihn sich um.

Mit festem Schuhwerk ausgestattet, aber noch immer in ihren städtischen Anzügen – nie waren elegantere Männer einen Berg hochmarschiert –, begannen Henzli und Cheng mit dem Aufstieg, während der Polizist aus Ólafsvík bei den drei Wagen zurückblieb. Ein Aufstieg, der wirklich nicht einfach war. Der Stapafell war kein Ausflugsberg. Cheng erinnerte sich, bei seiner Recherche über diesen hübsch verstopften Berg zwar auf jede Menge Fotos gestoßen zu sein, jedoch auf niemanden, der darüber berichtete, wie es gewesen war, ihn hochzuwandern.

Immerhin passte das Wetter. Der Wechsel von Schatten und Licht bewirkte auch einen Wechsel der Farben. Farben, die alle aus einer Tabelle für Olivensorten zu stammen schienen, im Schatten der Glanz schwarzer und brauner Oliven, in der Sonne die polierte Helligkeit der grünen und gelben.

Henzli marschierte vorneweg, drehte sich aber mehrmals nach

Cheng um. Sicherlich fürchtend, es sei für einen Einarmigen ungleich schwerer, auf dieser steilen Strecke das Gleichgewicht zu halten. Und das stimmte ja auch.

Bald gelangten sie auf eine Art von Weg, auf einen schmalen Pfad, der sich mal zeigte, mal verschwand. Als atme er ein und aus.

»Mills Way«, sagte Cheng und gab zu verstehen, er würde es schon schaffen.

Sie bewegten sich weiter nach oben, der Wind blies ihnen eine Mischung aus Kalt und Warm ins Gesicht. Sie gerieten an scharfkantige, hohe Felsen, die den Beginn eines lang gezogenen Grats bildeten. Als Kegel zeigte sich der Berg nur von vorne und hinten, zur Seite hin markierte er jedoch die Ausdehnung eines Rückens. Der Grat führte hinüber zum südlich gelegenen Gipfel, zu einem hohen Felsstück und natürlichen Bergkreuz namens *Fellskross*, das bereits die Wikinger als heilig verehrt hatten. Wie übrigens der ganze Berg als ein ausgesprochen magischer galt. Es hieß, er sei die Heimat von »hidden people«. Ergänzt um ein »also called elves«.

Musste man sich Clive Mills als einen »hidden man« vorstellen? »Also called British.«

Chengs Handy läutete.

Das hatte etwas Merkwürdiges an einem solchen Ort. Nicht nur, dass überhaupt eine Verbindung bestand. Es wirkte, als käme der Anruf aus dem Weltall.

Aber er kam aus Darmstadt. Von Frau Wolf.

Cheng gab Henzli ein Zeichen. Sie setzten sich auf einen schmalen Vorsprung mit Blick auf den Atlantik. Cheng nahm ab.

»Sie haben was für mich, Frau Wolf?«

»Habe ich«, sagte die Sekretärin und kündigte an, jetzt gleich ein Familienfoto aus Darmstadt abzuschicken, das Foto eines Fotos, das ihr eine Frau zur Verfügung gestellt hatte, die einst mit den Zerlings auf nachbarschaftliche Weise befreundet gewesen war. »Ich schicke Ihnen das vollständige Bild per Mail. Darauf sind Hans und Mary Zerling und ihr Sohn Lukas zu sehen. Zusätzlich noch einen vergrößerten Ausschnitt nur vom Vater.«

Denn um den würde es ja in erster Linie gehen. Dann fragte sie

Cheng, ob er sich bereits auf dem Gletscher befinde. Sie könne den heftigen Wind hören.

»Wir sind auf dem Berg davor«, antwortete Cheng und erklärte, welchen »Berg davor« er meinte.

»Stapafell also«, wiederholte sie, als hätte sie die ganze Landschaft im Kopf. Dann kündigte sie an: »Ihre Fotos kommen jetzt.« Und legte auf.

Cheng und Henzli warteten. Sie saßen im Schutz eines Felsens und sahen auf die weite Fläche eines Meers, das aus dieser Entfernung stillzustehen schien. Ihre Gesichter glänzten vom Schweiß.

Mit dem Geräusch eines Singvogels, der mitten im Zwitschern seine Stimme verliert, vermeldete Chengs Smartphone die Ankunft der Fotografien. Cheng genierte sich für die Rasanz, mit der diese Bilder von Darmstadt an die Westküste Islands gelangt waren. Wieder einmal verdächtigte er sich einer Hinterlist, für die er irgendwann bestraft werden würde.

Aber die Hinterlist war nicht aufzuhalten.

Cheng klappte die Schutzhülle seines Handys zur Seite und tippte sich zu den beiden Fotos. Das erste zeigte die Familie Zerling, wie sie da im Garten höchstwahrscheinlich jenes Hauses stand, das kürzlich in die Luft geflogen war. Cheng strich mit Zeige- und Mittelfinger den Bildschirm abwärts, als hätte er auf den beiden Fingerspitzen zwei kleine Skier umgebunden, um damit Schuss ins Tal zu fahren, den rechten Ski ein wenig vor den linken gesetzt. Ein Ski hätte zwar genügt, aber er nahm gerne zwei. Wie, um nicht umzukippen.

Auf diese Weise holte er das untere Bild zum Vorschein, auf dem allein der Vater zu sehen war, verhalf der Fotografie zu etwas mehr Größe, zog es noch ein wenig auseinander und bekam nun bestätigt, womit er gerechnet hatte.

»Sehen Sie«, sagte er zu Henzli und reichte ihm das Gerät.

Henzli nahm es, schaute darauf und nickte: »Der dritte Mann.«

»Der dritte Mann auf dem Kaminfoto und der Besitzer des Hauses in Darmstadt, das nun nicht mehr steht.«

»Sie sagten, er sei lange tot, nicht wahr?«

»Zwölf Jahre«, bestätigte Cheng.

»Hoffen wir, dass Mills noch lebt«, meinte Henzli, »sonst bleibt das eine schrecklich unklare Geschichte.«

»Er lebt«, verkündete Cheng, bat aber darum, noch ein wenig ausruhen zu dürfen.

»Wenn Sie recht haben«, sagte Henzli, »wird er uns hier oben kaum entkommen, Pause hin oder her. Zumindest nicht, wenn das Wetter jetzt hält.«

Cheng schaute hoch. Eine einzelne Wolke stand über ihnen. Ein großer, weißer Ball. Ein Ballon aus sehr frischen, feuchten Luftgeistern.

Cheng schloss die Augen. Er meinte, sein klopfendes Herz zu sehen, wie es die eben gesehene Wolke auf eine rotglänzende Weise kopierte.

Nach zehn Minuten gingen sie weiter. Henzli musste Cheng manchmal von der Seite her stützen, wenn eine Passage auf dem rutschigen Untergrund nicht anders zu bewältigen war. Als trete man auf einen Scherbenhaufen.

»Wollen Sie irgendwo hier warten?«, erkundigte sich Henzli.

Eigentlich hätte Cheng gerne *Ja* gesagt, doch er sagte *Nein.*

Es ging ihm eigentlich wie vielen, die je auf einen Berg gestiegen waren. Man marschierte einfach weiter, man hörte nicht auf. Als wollte man in den Himmel.

Einen Himmel, der sich nun mit beträchtlicher Geschwindigkeit veränderte. Vom Atlantik her näherte sich eine breite, dunkle Front. Dennoch schlug Henzli vor, den Weg fortzusetzen, da man sich schon recht nahe dem Gipfel befand, jenem monolithisch aufragenden *Fellskross.* Und Henzli irgendwo um diesen Punkt Clive Mills vermutete. Von dort würde sich ein direkter Abstieg auf der Südseite des Berges anbieten, an dessen Fuß Arnastapi lag. Steil zwar, aber um einiges kürzer.

»Zeit für die Jacken«, sagte Henzli. Und das stimmte wirklich. Er reichte eine davon Cheng, der mit der ihm eigenen Routine einarmig in die dicke zweiarmige Haut schlüpfte.

Die Wolken kamen, und als Henzli nun nach dem Mann rief,

den man suchte, rief er bereits in den Nebel hinein, der sich im Berg verfing. *Fellskross* war nur noch als ein dunkler, schwebender, diffuser Block zu erkennen, als hätte Monet einen Hinkelstein porträtiert.

»Lögreglan!«, gab Henzli seiner Stimme Kraft. Und ergänzte: »Icelandic Police! Show up, Clive Mills!«

Und zu Cheng: »Er kann ja nur hier sein!« Sagte er und verschwand.

Der Kommissar hatte vier, fünf Schritte getan und war mit einem Mal nicht mehr zu sehen.

»Henzli!?«, rief jetzt Cheng in die Suppe hinein. Ihm kam aber vor, dass nicht der Nebel den Polizisten verschluckt hatte, sondern der Erdboden.

Vorsichtig bewegte sich Cheng zu der Position hin, von der er meinte, dass sein Begleiter eben noch dort gestanden hatte.

Dann erkannte er das Loch. Es klaffte schwarz und fast kreisrund aus dem dunkelgrauen Boden. Es war bei solchen Bedingungen leicht zu übersehen, allerdings bildete der Nebel eine kleine rotierende Schwade, die wie eine fliegende Untertasse über dem Loch stand.

Cheng beugte sich nach vorne und blickte hinein. Dabei bemerkte er, wie ungemein glatt der Rand war und dass an dieser Stelle eine Art natürlicher Rutsche nach unten führte. Er ging in die Knie und schaute entlang dieser Rutsche in den Hohlraum. Jetzt erkannte er Henzli. Der stand in der Dunkelheit, hob den Kopf und blickte zu Cheng hoch. Cheng konnte nicht erkennen, ob eine Einladung oder eine Warnung in Henzlis Blick lag.

»Was ist los dort unten?!«, rief Cheng in das Loch hinein. Und fragte, ob sich Henzli verletzt habe.

»Ich bin in Ordnung«, kam es von Henzli, der eine Taschenlampe in Betrieb gesetzt hatte.

Während Cheng ein wenig in die Knie ging, bemerkte er, dass an der Seite der natürlichen Rutsche kleine Kerben in den Stein gehauen waren, die es einem ermöglichten, anders als schlitternd nach unten zu gelangen und vor allem auch wieder nach oben. Er schickte sich nun an, hinunter in das Loch …

Ein Krach von fern! Eine Explosion. Eine kleine Kette von Detonationen. Drei oder vier. Dazu die Echos. Ein Ringelspiel heftiger Töne.

So wenig Cheng überhaupt hätte sagen können, aus welcher Richtung genau das Getöse kam, so war er überzeugt, es würde nicht etwa von den geparkten Autos stammen oder gar aus dem weiter nördlich gelegenen Areal des Gletschers. Wenn in diesen Stunden etwas explodierte, dann musste es sich um ein Gebäude handeln. Ja, es war wohl so, dass nach denen in Watford und Darmstadt nun eine dritte häusliche Bombe mit etwas Verzögerung auch das Anwesen von Clive Mills unten in Arnastapi zerstört hatte. Und es also entweder einer absichtlichen oder unabsichtlichen Verspätung dieser dritten Bombe zu verdanken war, dass Cheng überhaupt in der Lage war, ihre Wirkung als ein bewusst erfahrbares Geräusch wahrzunehmen und nicht als einen bloßen Nachhall, der ihn durch das Jenseits begleitete.

»Was war das?«, kam es von unten aus dem Loch.

»Kann eigentlich nur Haus Nummer drei gewesen sein«, meinte Cheng und sprach von dem Glück, lebend hier oben zu stehen. Und nicht tot dort unten zu liegen.

Während er das sagte, stieg er über die kleinen, abgerundeten Zacken die Steintreppe abwärts. Es war kaum zu sagen, ob ihre Regelmäßigkeit einer Laune der Natur zu verdanken war. Oder eher der Laune eines Treppenbauers.

»Dort drüben«, deutete Henzli, nachdem Cheng bei ihm angekommen war.

Sie befanden sich in einem kleinen, kapselförmigen Gewölbe, und Henzli wies mit seiner Taschenlampe auf einen hohen, aber schmalen Spalt, der nahelegte, es könnte sich dahinter ein weiterer Raum befinden.

»Ist das jetzt der Eingang für die Reise zum Mittelpunkt der Erde?«, fragte Cheng.

»Hoffentlich nicht der Eingang für die Reise zum Mittelpunkt der Hölle«, antwortete Henzli mit einer Ironie, die er wohl von seiner Frau hatte.

15

30 000

Eigentlich eine interessante Frage, dachte Cheng. Nämlich nicht nur, wie groß eine real existierende Hölle sei, sondern auch, wie ihre Beschaffenheit gerade im Zentrum ausfallen würde. Höllischer? Heißer? Schrecklicher als an ihren Rändern und in ihren Provinzen? Oder ganz im Gegenteil? Ähnlich dem Auge eines Wirbelsturms. Somit ein ungemein ruhiger, friedlicher Ort.

»Wollen wir?«, fragte Henzli.

Cheng nickte stumm.

Henzli zuerst, Cheng hinter ihm, zwängten sie sich durch die Lücke im Stein, wobei sie sich gut drei Meter entlang der nahen Felsen bewegten, dabei auch eine Biegung nach links vollzogen und etwas tiefer gerieten, bevor sich dann eine neue Kammer öffnete. Höher als der Vorraum und von einer Länge von mindestens zwanzig Metern und einer fast schon zimmerartig zu nennenden, leicht rechteckigen Anordnung der Wände.

In der Mitte dieses Höhlenzimmers waren Beleuchtungskörper auf Stangen montiert, die mehrere Abschnitte der Wände erhellten. Obwohl Cheng und Henzli geahnt hatten, in etwas mehr als eine simple Höhle zu gelangen, waren sie dennoch erstaunt über das mit Felszeichnungen bedeckte Innere.

Zeichnungen überall!

Es war in der Tat weniger Malerei als Grafik. Schwarze und dunkelblaue Töne dominierten, mitunter stark verwaschen, manchmal aber kräftig. Nur ganz selten zeigten sich auch rötliche Passagen, aber weder füllten sie Figuren aus, noch bildeten sie deren Umrisse, sondern sie bestanden allein aus Linien.

Im hinteren Teil des Gewölbes stand ein Mann mit dem Gesicht zum Felsen und einem Stift in der Hand, mit dem er sich an der Wand zu schaffen machte. Ein Lichtstrahl war direkt auf das Detail gerichtet, an dem er gerade arbeitete. Er trug eine Lupenbrille, die er nach oben über die Stirn schob. Er blickte jetzt zu Henzli und Cheng herüber, nachdem der Kommissar auf Englisch mit der offiziellen Ankündigung, wer er sei und in wessen Diensten er stehe, auf sich aufmerksam gemacht hatte.

Es war aber Deutsch, mit dem Clive Mills antwortete. Natürlich war es Mills, der pensionierte Agent und Interpret fantastischer Literatur. Und natürlich besaß sein Deutsch den typischen Akzent eines Mannes, der mit einem *BBC English* aufgewachsen war und darin sein ganzes sprachliches Leben zugebracht hatte. Aber eben offensichtlich auch mit einer deutschen Variante. Einer, die er ganz ausgezeichnet beherrschte.

Es war jedoch nicht der Schweizer, den Mills ansprach, sondern der Österreicher: »Da sind Sie also, Herr Cheng. Ich wusste ja, dass Sie nicht aufgeben werden, Ausreden zu suchen für Ihren Freund Polnitz.«

»Er ist nicht mein Freund«, antwortete Cheng und trat an Henzli vorbei näher an Mills heran, wobei er spürte, wie Henzli ihn am linken Arm fassen wollte, freilich ins Leere griff. Stattdessen strich seine Hand durch den Äther eines kleinen Himmels.

Cheng tat noch einen weiteren Schritt und fügte an: »Und er ist nicht der Mörder von Andrew Wake.«

»Natürlich nicht. Aber er verdient es, im Gefängnis zu sitzen. Und das ist doch eigentlich viel wichtiger. Finden Sie nicht?«

»Wer entscheidet, was Peter Polnitz verdient?«, fragte Cheng.

»Sinnvollerweise Leute, die seine ganze Geschichte kennen. Und nicht nur Teile davon«, erklärte Mills und richtete seinen Blick wieder auf die Zeichnung an der Wand. Dabei fragte er Cheng: »Hat Polnitz Ihnen denn gestanden, wer er einmal war und was er getan hat?«

»Das hat er. Ohne mir allerdings den Namen zu nennen, den er damals trug.«

»Bischof«, sagte Mills. »Sein Name war Peter Bischof.«

Cheng schüttelte den Kopf. »Unsinn! So heißt doch seine Tochter. Beziehungsweise der Mann seiner Tochter.«

»Das ist sicher ... nun, das ist sicher der einzige echte Zufall in dieser Geschichte«, erklärte Mills. »Wobei ja gerne gesagt wird, der Zufall im Leben der Menschen, das seien die Ritzen, durch die Gott doch noch in die Welt kommt. Jedenfalls muss es Polnitz ganz schön unheimlich vorgekommen sein, als er davon erfuhr, welchen Namen der Mann seiner Tochter trägt und wie darum in Zukunft auch seine Tochter heißen wird. Eine Tochter, die ja rein gar nichts weiß von der tatsächlichen Vergangenheit ihres Vaters.«

Er machte eine kleine Pause und wiederholte dann: »Bischof!« Dies sei der Name des Jungen gewesen, der Lukas Zerlings Leben zerstörte. Aus der puren Laune an genau dieser Zerstörung. Keine Frage, dass Bischof damals begriffen habe, einen besonders begabten Menschen zu treffen. »Wie man sagt: Ich bringe einen Vogel um, weil der so schön fliegt.«

»Woher kannten Sie die Zerlings?«, fragte Cheng.

»Sie haben das Foto auf dem Kamin gesehen, nicht wahr?«

»Haben wir«, erklärte Henzli. Und vergaß nicht zu erwähnen, dass der Kamin und das Haus zum Kamin wohl soeben in die Luft geflogen waren. Wie zuvor das Haus von Thomas Or. Und das Haus, in dem einst eine Familie mit dem Namen Zerling wohnte.

Mills legte seinen Stift zur Seite, nahm die Lupe vom Kopf und drehte sich zu Cheng und Henzli hin. Sein Gesicht erschien als glänzende Scheibe.

Mit einer kleinen Bewegung wies Mills auf die Darstellungen an den Wänden und meinte, es würde ihn freuen, wie gut alles funktioniert habe. »Schön, dass Sie beide hier lebend stehen und ich Ihnen dieses Wunder zeigen kann. Und meinen Beitrag zu diesem Wunder.«

»Ihren Beitrag zum Bau von Bomben?«, fragte Henzli.

»Meinen Beitrag zur Erinnerung«, antwortete Mills.

Was meinte er? Meinte er die konservatorische oder gar restaurierende Weise, in der er an diesem Ort arbeitete? Archäologische Arbeit leistete? Denn in der Tat schien es sich um wirklich alte, uralte Felszeichnungen zu handeln. Einerseits. Andererseits ...

War es möglich, dass Clive Mills dieses gewaltige Panorama einer früheren Welt dazu nutzte, in einem ähnlichen Stil – nein, in einem stark verwandten Stil – eine neuzeitliche Geschichte darüberzulegen? Dass also der Stift, den er soeben in der Hand gehalten hatte, gar nicht dazu diente, Altes hervorzukehren, sondern Neues hinzuzufügen? Etwas vollkommen Unverschämtes zu tun. Ein Sakrileg.

Cheng sah, dass an den Wänden auch Gegenstände abgebildet waren, die keinesfalls aus der Zeit stammen konnten, als die erste Schicht dieser Höhlenmalerei entstanden war. Eine Schicht, die – wie Mills jetzt ausführte – tatsächlich ein Alter von knapp 30 000 BP besaß. Vergleichbar den ältesten bekannten Höhlenmalereien. Nur, dass diese hier eben nicht zu den bekannten zählte, vielmehr nur ihm selbst bekannt sei.

Dazu fügte er an: »Und jetzt auch noch Ihnen.«

»BP?«, fragte Henzli. »British Petroleum?«

»Nein, Before Present«, antwortete Mills. »Bedeutet aber eigentlich *vor 1950*, also dem Jahr, als man begann, mit der Radiokohlenstoffdatierung zu arbeiten.«

Mills erzählte, er habe Hans Zerling in den frühen Siebzigerjahren kennengelernt. Er selbst arbeitete damals noch nicht für den MI5, sondern für deren extrovertierten Bruder, den Auslandsgeheimdienst MI6. Zerling wiederum war zu dieser Zeit ein in Deutschland lebender Agent des Mossad.

»Er war kein Jude«, erklärte Mills, »aber man kann doch sagen ein begeisterter Anhänger Israels. Nach außen hin leitete er eine kleine Kette von Blumenhandlungen, weshalb wir ihn gerne *den Floristen* nannten.«

Es sei damals nicht unüblich gewesen, dass MI6 und Mossad in gewissen Fällen kooperierten. Immer nur zwei, drei Leute, die eine Sache gemeinsam erledigten. Und mit Sache war eigentlich immer eine Liquidation gemeint. Eine unabwendbare.

Mills erinnerte daran, dass Anfang 1973, als er erstmals auf den Floristen traf, der Mossad eine Liste der Attentäter und vermuteten Hintermänner führte, die man für das Attentat auf die Olympischen Spiele von München im September 1972 verantwortlich machte. Im Rahmen der *Operation Zorn Gottes* sollten all diese Personen ermordet werden. Was auch geschah und das ganze Unternehmen dank der höchst effektiven Exekutionen wie auch einiger »Kollateralschäden« der Weltöffentlichkeit bekannt wurde. Nicht hingegen, dass der MI6 Informationen besaß, die die Unterstützung des Münchner Terrorakts durch einen deutschen Geschäftsmann belegten.

»Ein Mann«, sagte Mills, »den wir Briten aus gänzlich anderen Gründen gerne an einem Ort sehen wollten, der nicht von dieser Welt ist.«

»Nicht von dieser Welt ist eine nette Umschreibung«, meinte Henzli.

»So haben wir das wirklich genannt«, sagte Mills, »not of this world.«

Es habe eben immer auch eine poetische Phrase bestanden, die alles begleitet hatte. Nicht bloß eine klangvolle Benennung der Operationen.

Der MI6 hatte also entschieden, die Tötung des deutschen Geschäftsmanns den Israelis zu überlassen, diese aber mit sämtlichen Informationen auszustatten. Und ihnen Mills an die Seite zu stellen. Mills an die Seite von Zerling.

»Zerling war kein Killer«, sagte Mills. »Ein Agent ist nicht automatisch jemand, der Exekutionen ausführt.«

»Thomas Or offensichtlich schon«, mutmaßte Henzli, der nun neben Cheng getreten war.

»Das stimmt«, sagte Mills. Und fügte an: »Ein perfekter dazu. Kein lauter. Eher der leiseste, der sich denken lässt. Wobei das Erstaunliche war, dass Or, obgleich Engländer, ja gar nicht meine Wahl war, sondern Zerlings. Und ich somit Or nicht in London, sondern in Darmstadt kennenlernte. Und noch erstaunlicher, aber dennoch menschlich, dass wir drei in diesen Tagen der Besprechung und Vorbereitung und Planung zu Freunden wurden.«

»Freunde in was?«, fragte Henzli. »Im Töten?«

»Nein, Freunde aus Zuneigung«, sagte Mills. »Und glauben Sie mir, dieser deutsche Geschäftsmann hätte es sicher verdient gehabt, schmerzvoller zu enden, als einen Abschiedsbrief diktiert zu bekommen und hernach mittels einer Dosis Beruhigungstabletten und zweier tiefer, sauberer Schnitte an den Handgelenken an einen Ort *nicht von dieser Welt* zu gelangen.«

Cheng wendete ein, dass man im Falle von Andrew Wake offensichtlich nicht mehr ganz so subtil vorgegangen war.

»Ganz im Gegenteil!«, erwiderte Mills. Und erklärte, dass Or in der Sache »Wake« natürlich mit Absicht eine Spur genau dort hinterlassen hatte, wo er üblicherweise eine solche stets zu vermeiden pflegte. Davon abgesehen, dass er prinzipiell überall Blüten zurückließ, Tulpenblüten. Aber kaum jemand würde sich darum kümmern, um Blumen an Tatorten.

»Ich dachte, Zerling sei der Florist gewesen«, sagte Cheng.

»Zerling handelte mit Blumen«, sagte Mills, »Or aber verteilte sie.«

Jedenfalls waren diese drei Männer, die den Tod des deutschen Geschäftsmanns organisiert und umgesetzt hatten, tatsächlich Freunde geworden. Lebenslange. Or war damals achtundzwanzig gewesen, Mills ein Jahr jünger, Zerling bedeutend älter, Mitte vierzig. Sie hatten beschlossen, einmal im Jahr zusammenzukommen. Was natürlich in keiner Weise den Vorgaben von Mills' und Zerlings Arbeitgebern entsprochen hatte, und schon gar nicht den unternehmerischen Regeln des Thomas Or. Aber etwas trieb sie alle an, sich in diesem einen Punkt, dem Punkt der Freundschaft, über die Gebote zu erheben.

»Allerdings wollten wir es vermeiden«, sagte Mills, »diese jährlichen Treffen in einem Londoner Pub oder Darmstädter Kaffeehaus zu begehen. Oder dafür nach Tel Aviv zu reisen.«

»Arnastapi also.«

»Genauer gesagt der Snæfellsjökull. Uns schwebte ein unbekannter, entlegener, aber ebenso literarischer Ort vor. Wir waren alle drei in die Literatur verliebt. Schwer verliebt. Das darf man doch sein, nicht wahr? Ich rede nicht von Agenten- und Kriminalgeschichten, natürlich nicht. Ärzte lesen keine Ärzteromane, Eheberater keine Liebesgeschichten und Köche keine Kochbücher, höchstens schreiben sie welche. Nein, ich rede von fantastischer und utopischer Literatur. Darum dieser Gletscher, auf dem wir uns einmal im Jahr, jeden Sommer, trafen. Und immer war Zerlings Sohn dabei, und Sie wissen ja gut, Herr Cheng, wie schwer es diesem einst so vielversprechenden, diesem hochintelligenten und vor allem … diesem couragierten jungen Mann fiel, auch nur mit dem Wort *Berg* oder dem Wort *mountain* zurechtzukommen, und es ihm einfach unter allen Mühen nicht gelang, *glacier* zu sagen. Er ist 1985 an den Spätfolgen jener Verletzungen gestorben, die ihm Peter Bischof beigebracht hat. Der Mann, den Sie, Herr Cheng, zu retten versuchen. Aber bis es mit Lukas zu Ende ging, stand er jedes Jahr auf der Spitze des Snæfellsjökull. So schwer es für ihn war, da hochzukommen mit seinem gestörten Gleichgewichtsinn. Die Welt war ihm ein Schiff!«

»Immerhin«, sagte Cheng, dem ja seinerseits die Welt mitunter eine schräge Planke war, »konnte er auf diesem Schiff sicher genug stehen, um das Foto zu schießen, das bis vor Kurzem auf Ihrem Kamin stand.«

»Richtig, das ist von ihm. Or und ich sind kinderlos geblieben. Und Lukas war uns so ungemein nahe. Wie ein Bruder. Es war immer ein Vergnügen, und es war immer ein Schmerz, ihn zu sehen. Das Vergnügen, der Familie zu begegnen. Und der Schmerz zu wissen, was aus Lukas hätte werden können. Und wie hart er um das Wenige kämpfen musste, das ihm geblieben war und an dem er verzweifelt gearbeitet hat. Aber auch der Schmerz, dass wir uns eingestehen mussten, zwar in der Lage zu sein – Or und ich und Hans –, Feinde Großbritanniens und Feinde Israels aufzuspüren und auszuschalten, aber nicht den Kerl, der Lukas Zerlings Leben zerstört hat und der ja nicht etwa ein Kleinkind oder unzurechnungsfähig oder ferngesteuert gewesen war, als es geschah.«

»Nun, er war siebzehn.«

»Na und? Meinen Sie denn, das sei das ideale Sadistenalter?«

Das meinte Cheng eigentlich nicht. Fand es aber nicht zum ersten Mal bemerkenswert, wie ein Mann, der letztlich sein Geld damit verdient hatte, Tötungen im Dienste eines Staates – im Dienste einer Idee vom Staat – zu organisieren, einen tiefen Groll gegen individuelle Gewalt hegte. Gewalt ohne Verdienst.

Cheng erinnerte daran, dass Bischof nach dem Busunglück doch immerhin als tot gegolten habe.

»Das war geschehen«, sagte Mills, »kurz bevor ich Zerling kennenlernte. Aber ehrlich, so was spürt man. Erzählen Sie mir eine Geschichte, und ich erkenne den wunden Punkt. So sagt man doch? Ich war überzeugt, Hans hätte ganz recht damit, wenn er glaubte, Bischof, dieser kleine Teufel, habe das eigene Ertrinken nur vorgetäuscht. Sei gar nicht tot. Sondern weiterhin am Leben und nehme sich die Freiheit einer beträchtlichen Lüge.«

Es wäre weniger schlimm gewesen, meinte Mills, hätte der junge Bischof sich damit zufriedengegeben, an irgendeinen hintersten Winkel der Erde zu flüchten und an irgendeinen Strand, um in irgendeiner Hütte alt und älter zu werden. Dann hätten sie ihn wohl nie entdeckt. Aber er war ja sogar in Deutschland geblieben, um ein zweites Leben zu vollziehen. Sich reinzuwaschen und neu zu erfinden.

»Ein Schauspieler!«, gab Mills verächtlich von sich. »Ich habe mir schon immer gedacht, kein Beruf könne einem kleinen Teufel mehr liegen als die Schauspielerei.«

Es habe lange gedauert, sagte Mills, aber schließlich seien sie Peter Bischof auf die Schliche gekommen. Nur leider zu spät für Hans. Leider.

»Es gibt nichts Nobleres«, verkündete Mills, »als Gerechtigkeit herzustellen. Wir haben Bischof an den Ort zurückgebracht, dem er sich vor so vielen Jahren entzogen hat. Ins Gefängnis. Gerechter geht es nicht.«

»Ist das wahr? Musste Andrew Wake sterben, damit Sie Peter Polnitz ein Verbrechen anhängen konnten?«

»Das ist ja das Wunderbare, dass Wake ohnehin ... Auf gewisse Weise hat er ganz ähnlich wie Bischof gedacht. Dass es nämlich möglich sei, die Vergangenheit auszulöschen, indem man Schauspieler wird. Weltberühmt, von allen geliebt und verehrt. Aber es wird doch gerne gesagt, die Vergangenheit hole die Menschen ein. Das stimmt. Das ist mehr als ein dummer Spruch. Die Vergangenheit lässt sich von keinerlei Schauspielerei verjagen. Die Vergangenheit setzt sich durch wie ... wie ein Mann, der durch die Wand geht.«

Mills wischte sich seine Hände an einem kleinen Fetzen ab. Sie waren schwarz von Kohle. Dann setzte er seine Rede fort. Und eine Rede war es wirklich, so als stehe er vor Gericht und vereine Anklage und Verteidigung. Er erklärte, welche enorme Grazie daraus erwachsen sei, dass Thomas Or den letzten Auftrag seines Lebens, nämlich Andrew Wake zum Tode zu führen, damit verschmolzen habe, Peter Bischof in ein englisches Gefängnis zu befördern. »Es ist perfekt, oder? Es ist perfekt, *einen* Weg zu gehen, wo andere zwei nehmen würden.«

»Wollen Sie uns weismachen«, sagte Henzli, und zum ersten Mal klang aus seinem Deutsch etwas zutiefst Schweizerisches hervor – kein Horn, das nicht, sondern ein Stampfen, ein Beben am Berg –, »wollen Sie uns weismachen, auch Andrew Wake sei Agent gewesen? Ein feindlicher Agent?«

»Aber nein. Die Sache war ja auch darum so ideal, weil Wakes Schuld und Bischofs Schuld einander ungemein ähnlich waren. Indem beide das Leben eines anderen zerstört haben.«

Mills erzählte.

Wake – der ja sieben Jahre jünger als seine deutsche Stimme war, also 1962 geboren – war als angehender Schauspieler im London der frühen Achtzigerjahre sehr viel mehr der Natur eines wilden Lebens verbunden gewesen als später dann, als er in Hollywood richtiggehend zum Synonym für ein Phänomen wurde, das sogar als *Wakelike Life* oder *Wakeism* Einzug in die englische Sprache gefunden hatte. Zwei Begriffe, die dafür standen, dass ein Mann, der praktisch jede Frau auf diesem Planeten hätte haben können, sich seit drei Jahrzehnten mit einer einzigen begnügte und absolut niemals den Eindruck machte, dies irgendwie zu bereuen.

»1984 war das ganz anders«, sagte Mills.

Mills erwähnte 1984 darum, weil es sich um das Todesjahr der Frau eines bekannten schottischen Abgeordneten der Tories handelte. Die damals hochschwangere Frau war zusammen mit einer Freundin beim Überqueren eines Fußgängerübergangs von einem Wagen erfasst worden, dessen Fahrer bei hoher Geschwindigkeit die Kontrolle über seinen Wagen verloren hatte. Die Frau und ihre Freundin starben, wie auch das ungeborene Kind. Wagen und

Fahrer konnten trotz größter Bemühungen niemals eruiert werden. Nicht zuletzt wegen des üblichen Durcheinanders der Zeugenaussagen. Zudem kam der Verdacht auf, es könnte sich um einen besonders perfiden Anschlag gehandelt haben, immerhin galt der Abgeordnete als Vertreter eines harten Vorgehens im Nordirlandkonflikt und stand auf einer der Todeslisten der IRA. Allerdings war da niemand, der sich zu einer solchen Ungeheuerlichkeit bekannte, und die IRA-Spur führte ins Nichts. Der Fall blieb mysteriös, unklar und brachte den Abgeordneten fast um seinen Verstand. Ein Verstand, der aber dreiunddreißig Jahre später so weit funktionierte, um den Siebzigjährigen, der nie wieder geheiratet und in ewiger Verbundenheit zu seiner toten Frau und dem toten Kind gelebt hatte, die Tragweite des Briefs begreifen zu lassen, den eine anonyme Schreiberin kurz vor ihrem Tod verfasst und an ihn geschickt hatte. Ein Brief, in dem die Frau offenbarte, damals in besagtem Wagen gesessen zu haben, auf dem Beifahrersitz, voll mit Drogen und Alkohol und dem irren Gefühl, sich alles erlauben zu dürfen. Aus dem Spaß des Lebens eine Berechtigung für absolut jede Sache zu beziehen. Eben auch verrückt durch die Straßen einer Stadt zu fahren. Was natürlich in erster Linie für den Fahrer dieses Wagens galt.

»Andrew Wake«, sagte Henzli.

»Andrew Wake«, bestätigte Mills.

»Briefe schreiben kann jeder«, wendete Cheng ein, auch wenn er wusste, dass das nicht wirklich stimmte. Aber er meinte ja …

»Diese Frau«, sagte Mills, »kannte Details, die nur jemand wissen konnte, der in diesem Auto saß. Und bei der Briefeschreiberin hat es sich ja nicht etwa um einen verschmähten Wake-Fan gehandelt, sondern um eine Person, die kurz vor ihrem Tod eine Beichte ablegen wollte. Um nicht mit einer Lüge an einen Ort zu gehen, von dem keiner weiß, wie gut dort Lügen ankommen. Glauben Sie mir, Herr Cheng, Thomas Or hat das alles sehr genau überprüft. Er war kein Killer, der einfach jedermann umbrachte, sobald ein Auftrag vorlag. Er hielt sich an seine Prinzipien.«

Eigentlich wollte Cheng sagen: »Und so einen Mann haben Sie in den Abgrund hinuntergestoßen?« Aber es war Henzli, der es aussprach.

Mills jedoch ignorierte diese Bemerkung. Vorerst. Stattdessen erklärte er, Or habe immer wieder Aufträge ausgeschlagen, wenn er fand, die zu tötende Person – gleich aus welchem politischen Lager, Mann oder Frau, Krieger oder Privatier – habe den Tod nicht verdient.

»Wake aber schon«, sagte Cheng.

»Wake schon. Der Abgeordnete wollte seinen Tod. Und er bekam ihn.«

Der Politiker kannte Thomas Or von früher, aus MI6-Zeiten. Or überprüfte den Auftrag und nahm ihn schließlich als den letzten an, den er ausführen wollte. Er war da selbst schon sehr krank. Opfer einer weit fortgeschrittenen Krebserkrankung.

»Sie können das bald überprüfen«, sagte Mills an Henzli gewandt und meinte damit die anstehende Obduktion des Toten aus der Konzerthalle. »Für Thomas war dieser letzte Auftrag seines Lebens wie eine Möglichkeit, sich seinerseits auf ein Leben nach dem Tod vorzubereiten.«

Die Schicksalhaftigkeit des Ganzen, so erklärte Mills, habe darin bestanden, dass Or bei seiner Recherche von Wakes Leben zwangsläufig auch auf Peter Polnitz gestoßen war. Auf die bekannte deutsche Stimme des berühmten englischen Darstellers so vieler Rollen und Charaktere. Polnitz, dessen Stimme auch dem englischen Publikum im Zuge einer einzigen Autowerbung vertraut geworden war: *This car is more than a car. It's a driven spirit.*

»Ich weiß nicht«, sagte Mills, »ob man so was mit Instinkt erklären kann. Oder einfach nur mit Genauigkeit. Mit einem Blick fürs Detail. Aber es gab da ein Foto vom jungen Peter Bischof, das Zerling besaß und das Or und ich kannten. Ein Engelsgesicht, der Junge. Eine Provokation von Gesicht. So gänzlich anders als das grobe Antlitz des Peter Polnitz. Aber da war etwas …«

Es musste Or das erste Mal aufgefallen sein, als er einen Zeitungsausschnitt studiert hatte, auf dem neben dem Porträt von Andrew Wake das seines deutschen Synchronsprechers Peter Bischof abgebildet war. Und dort nun entdeckte er … Eine zarte Spur im Gesicht des Peter Polnitz. Eine Narbe, die an der rechten Schläfe entlanglief und die Form eines langgestreckten S besaß.

Or hatte diese Narbe schon einmal gesehen. Er kannte sie von dem Foto des jungen Peter Bischof. Weshalb Or begann, weitere Bilder von Peter Polnitz zu überprüfen: einen Wikipedia-Eintrag, ein Facebook-Bild, ein Zeitungsfoto. Überall dieser Schnitt.

Eine Narbe, die beim jungen Bischof eine völlig andere Wirkung besaß, mehr wie ein Notenschlüssel im Gesicht dieses engelhaften Monsters. Während sie im Gesicht des alternden Sprechers und Schauspielers dem Abdruck eines Peitschenschlags glich. Etwas von einem Schmiss besaß. Aber die Form war nun mal die gleiche.

Es waren zwei Dinge gewesen, die bei aller Verwandlung des Peter Polnitz, bei aller raffinierten Neugestaltung seiner Biografie, ein geradezu aufsässiges Festhalten am Vergangenen bedeutet hatte. Eigentlich drei. Eben in Deutschland geblieben zu sein, den Vornamen Peter behalten zu haben und nichts gegen diese Narbe an seiner Schläfe unternommen zu haben. Eine Narbe, die er einem Sportunfall als Dreizehnjähriger verdankte und zu der die Narbe hinzugekommen war, die er sich bei jenem Busunfall zugezogen hatte, der sein ganzes Dasein verändert hatte.

Beide Narben zu eliminieren wäre dank plastischer Chirurgie sicher möglich gewesen. Doch Peter Polnitz hatte sie behalten.

Als wollte er dem Schicksal eine Chance geben, ihn zu bestrafen.

Und Thomas Or wurde zum Erfüllungsgehilfen dieses Schicksals.

So erstaunlich war das gar nicht.

Sehr viel verblüffender fand Cheng, dass Peter Polnitz über die gleiche Technik der Penetration von Vitalpunkten verfügt haben musste wie Thomas Or. Die Technik des Dianxue oder Dim Mak.

»Nein«, sagte Mills, »wirklich beherrscht hat sie nur Polnitz. Mit allen Finessen. Or hat die Technik bloß kopiert, um auf diese Weise eine direkte Spur zu Polnitz zu legen. Er hat sich dieses Dim Mak bloß so weit angeeignet, als es nötig war, Wake am Herzen tödlich zu treffen und eine Polnitz'sche Aura entstehen zu lassen. Eine gefälschte Signatur.«

Mills beschrieb, wie Thomas Or im gleichen Hotel abgestiegen war wie Wake und Polnitz: dem Beaumont. Und wie er am Abend vor dem Treffen der beiden an der Bar mit dem deutschen Sprecher ins englische Gespräch gekommen war. Or benötigte irgendeine Winzigkeit von Polnitz, die man später am Leichnam Wakes würde entdecken können. Das Stückchen Fingernagel erwies sich dann als so viel besser als ein Haar oder ein Partikel der Haut. Weil es ja in einen unmittelbaren Zusammenhang zu einem mit großer Kraft und noch größerer Präzision ausgeführten Schlag gesetzt werden konnte. Einem Schlag, der entsprechend der Kunst des Dianxue nicht mit der Faust, sondern den gestreckten, versteiften Fingern ausgeführt wurde.

»Es war sicher ein Glück«, sagte Mills, »dass sich Polnitz bei einer ungeschickten Bewegung diesen kleinen Splitter seines Fingernagels abbrach.«

Was Polnitz selbst nicht bemerkte. Or schon. Or mit seinen Augen eines Greifvogels. Der später dann, nachdem Polnitz gegangen war, das Stück aufhob. Dieses Kleinod der Beweisführung.

»So ein Glück«, sagte Mills, »muss man eben auch zu nutzen wissen.«

Am nächsten Tag war Or, kurz nachdem Peter Polnitz sein Treffen mit Wake beendet und ROOM verlassen hatte, bei Wake aufgetaucht und unter einem Vorwand in dessen Suite gelangt, um den letzten Mord seines Lebens zu begehen.

»Ich schwöre Ihnen«, sagte Mills, »Or war gewiss die Sachlichkeit in Person. Er hat Wake genau erklärt, wieso er gekommen war und worin sein Auftrag bestehen würde. Und hat Wake auch gefragt, ob er leugnen wolle, damals, 1984, diese beiden Frauen überfahren, Fahrerflucht begangen und den Rest seines Lebens in grandioser Verdrängung dieses Vorfalls zugebracht zu haben.«

Wake war stumm geblieben. Kein Wort. Pures Staunen. Pure Verstörung ob der Sturheit, mit der seine Vergangenheit sich an diesem Ort und in Gestalt dieses Killers eingefunden hatte.

Thomas Or hatte dann erledigt, weswegen er gekommen war.

»Aber trotzdem«, wandte Cheng ein, »hat Or nicht darauf verzichtet, sein Markenzeichen zurückzulassen. Diese *White-Parrot*-Blüte.«

»Stimmt. Das war wirklich etwas gewagt.«

»Wie es von Ihnen gewagt war, in Ihrem Interview mit Kirstin Bach diese Blüte zu erwähnen.«

»Ein Interview, das nie gesendet wurde«, erinnerte Mills.

»Von dem ich aber erfahren habe«, erinnerte seinerseits Cheng. »Und darum jetzt eigentlich tot sein müsste. Angesichts der Blüte, die neben meinem Bett lag.«

»Es war nie Ors Idee, Sie zu töten«, versicherte Mills. »Wie gesagt, er stand so kurz vor seinem eigenen Ende. Er hätte dieses Ende verdorben durch einen Mord, für den es keinen Auftrag gab und keine gute Begründung. Andererseits war es doch ziemlich elegant, genau diesen Verzicht mithilfe einer Tulpenblüte zu schmücken. Auf die gleiche Weise, wie all seine Morde zuvor nun einen Nichtmord zu bekleiden.«

»Er war also in meinem Zimmer, als ich schlief.«

»Er war in Ihrem Zimmer. Und hat Sie leben lassen. Sie haben die Blüte doch noch, oder?«

Cheng nickte.

»Und das Buch, nicht wahr?«

Noch einmal nickte Cheng und sagte: »Blüte und Buch, richtig. Sonst wäre ich kaum hier.«

»Or wollte es so. Er wollte, dass Sie dieses Buch bekommen. Sie am Leben lassen mit Blüte und Buch.«

»Fragt sich nur, ob er dafür in den Himmel kommt oder bloß in einen besseren Abschnitt der Hölle«, sagte Cheng und dachte daran, sich eben noch das »Auge der Hölle« als ein ruhiges Zentrum vorgestellt zu haben.

Welche Berufsgruppen mochten in einem solchen Zentrum zusammenkommen? Zahnärzte, Zuhälter, Opernkritiker? Oder tatsächlich Berufsmörder wie Thomas Or, die den Verzicht eines letzten Mords pflegten?

Doch Mills ignorierte die Frage nach Himmel und Hölle und betonte erneut die weitgehende Nichtexistenz von Zufällen.

»Zweimal der Name Or ist also kein Zufall?«, fragte Cheng.

»Nein.«

»Einmal ist es der Name eines Künstler, das andere Mal ein Künstlername.«

Womit gemeint war, dass der 1972 verstorbene schottische Autor von *How To Cook Mushrooms From Yuggoth* tatsächlich so geheißen hatte. Während hingegen jener Mann aus dem Kreis der drei Freunde diesen Namen allein angenommen hatte, um damit seine bürgerliche Existenz als Antiquar zu tarnen. Seine Wahl war aus tiefer Verehrung für das Werk des Autors eines exquisiten Kochbuchs erfolgt.

Von diesem Buch hatte der schottische Autor ganze drei Exemplare drucken lassen. Eine Idee, die angeblich auf einen norwegischen Dichter zurückging, der eines seiner Werke ebenfalls in nur drei Exemplaren hatte herstellen lassen, um dann zu erklären, eins für sich selbst zu behalten, eins für einen seiner Bewunderer, sich aber beim besten Willen nicht entscheiden zu können, wer als Dritter infrage käme.

Übrigens war es wohl der Ironie des Autors Thomas Or zu verdanken, dass im Impressum seines Kochbuchs der Verlag Alfred A. Knopf angeführt wurde. Dabei handelte es sich um einen Schwindel. In Wirklichkeit war das Buch im Selbstverlag herausgegeben und von einer kleinen Druckerei in Glasgow hergestellt worden.

Weniger ironisch dürfte hingegen gewesen sein, dass Or bei seinem Tod mit fünfzig Jahren – anders als sein norwegisches Vorbild – kein einziges *A Little Cookbook Dictated To Me By The Alien Race Of The Mi-go* verschenkt hatte. Der gesamte Nachlass, darunter viele Manuskripte, wurde versteigert, wobei fast alle Schriften von einer literarischen Gesellschaft in Edinburgh ersteigert wurden, die sich dem schmalen Werk Ors wie dem nicht ganz so schmalen anderer fantastischer Erzähler verschrieben hatte. Und dabei auch zwei der drei Exemplare des Kochbuchs erworben hatte.

»Das dritte jedoch«, sagte Mills, »hat Or, unser Or, mittels anonymen Gebots ersteigert. Für nicht wenig Geld. Es war ihm offensichtlich ein großes Bedürfnis gewesen, zumindest eins der drei Bücher des Mannes zu besitzen, dessen Namen er angenommen hatte. – Übrigens wirklich ein großartiges Buch, wenn Sie mich fragen. Or hat es mich lesen lassen.«

Mills' Lob galt der Beschreibung der ganzen Mi-go-Kultur.

Deren Ratio. Einer Ratio, die über ein Kochbuch verständlich wurde. Ein Volk betreffend, das allen Ernstes aus der Geschichte gelernt hatte. Das nach vielen Kriegen und einer beträchtlichen Dezimierung der eigenen Spezies zur Notwendigkeit des Sozialen gefunden hatte. Das Soziale weder als Ideologie noch als Stimmung oder Sentiment begreifend, sondern als pure Notwendigkeit. Gerechtigkeit als Prämisse des Überlebens. Ohne Revolution, ohne Parteitag, sondern aus reiner Vernunft. Und genauso sah auch ihre Kochkunst aus.

Henzli meinte mit leisem Spott: »Ach, wäre man nur ein Mi-go!«

Aber so war es doch wirklich. Wäre man nur einer.

Wobei die eigentliche Tragik darin bestand, dass die Leser dieses Kochbuchs zwar das Wesen der Mi-go in prägnanter Weise kennenlernen und die Technik der Pilzverarbeitung begreifen konnten, aber wohl niemals die Chance erhalten würden, ein solches Pilzgericht im Original zu verspeisen. Es wuchsen keine Yuggoth-Pilze auf der Erde. Und ein Import schien unerwünscht oder sich nicht zu lohnen. Man brauchte nur an die Entfernung zu denken.

Cheng erinnerte sich daran, von jener literarischen Gesellschaft gelesen zu haben, die Ors Werk pflegte. Die aber mit keinem Wort das Or'sche Kochbuch erwähnte. Wieso?

»Ein Geheimbuch«, sagte Mills, »stellt man weder ins Regal noch ins Netz, oder?« Darum könne er sich auch gut vorstellen, dass dies der Grund dafür sei, dass Thomas Or sein Exemplar an ihn, Cheng, weitergegeben habe. Als eine geradezu logische Folge der Intimität. »Sie waren ihm auf der Spur. Sie waren in diesem Hotel, in diesem Bett. Und dann waren Sie auch noch der Mann, den er *nicht* umbrachte. Vielleicht allein dazu, sein Erbe antreten zu können.«

Cheng betrachtete Mills wie ein verglastes Gemälde, bei dem ein Sprung durch die Scheibe geht und man sich nicht sicher sein kann, ob dieser Sprung echt ist oder Teil des Gemalten.

Es war jetzt Henzli, der äußerte, sich bereits über die Blüte gewundert zu haben, die man beim Leichnam des Mannes, der am Tag zuvor durchs Innere der Harpa gestürzt war, entdeckt hatte. Eine Tulpenblüte zwischen seinen Lippen.

»Sein letzter Wunsch«, sagte Mills.

»Was?«, fragte Henzli, »dass Sie ihn hinunterstoßen?«

»Aber nein! Er sprang selbst. Doch ich war bei ihm, als er es tat. Darum hatte er mich gebeten. So wie ich es hier aufgezeichnet habe, noch bevor es geschah.«

»Aufgezeichnet? Wovon reden Sie?«

»Dort drüben«, antwortete Mills und zeigte auf die schwarz und bläulich schimmernden Figuren sowie auf all die Objekte und Darstellungen, die sich über den Fels zogen.

Mills erzählte.

Nachdem Lukas Zerling 1985 verstorben war, hatten die Freunde dennoch weiterhin Jahr für Jahr zusammen den Gletscher des Snæfellsjökull bestiegen und diese Tradition auch nach dem Tod von Hans Zerling und seiner Frau aufrechterhalten. Dann nur noch zu zweit, Or und er.

»Und als ich in Rente geschickt wurde«, sagte Mills, »habe ich beschlossen, an diesen Ort zu ziehen. Auch um das Buch zu schreiben, das leider kaum jemand ernst genommen und kaum jemand gelesen hat. Die Leute halten mich für verrückt. Und sie würden es nur noch mehr tun, würde ich ihnen von dieser Höhle berichten.«

Eine Höhle, so Mills, auf die er vor zwei Jahren im Zuge seiner Erforschung der Umgebung gestoßen war. Eine vollkommen unbekannte Höhle. Kein Hinweis in der Literatur, nicht einmal in der fantastischen. Wobei er den Zugang in den hinteren Raum erst einmal hatte freilegen müssen.

Er habe es zunächst auch nicht glauben mögen, aber all diese Zeichnungen waren tatsächlich 30 000 Jahre alt. Er habe mehrfach Proben eingesandt und aus verschiedenen Labors ähnliche Resultate erhalten. Kein Zweifel, ein sehr früher Mensch habe an dieser Stelle sein Leben dokumentiert.

»Ich begann, meine eigene Zeichnungen hinzuzufügen«, sagte Mills, »Zeugnisse meiner eigenen Geschichte und der Geschichte Zerlings und Ors und der von Lukas. Und der von Polnitz, der einst Bischof war. Unsere junge Geschichte über die alte zu legen. Wofür mich nicht nur die Archäologen köpfen würden. Auch behaupte ich nicht, ein Künstler zu sein. Aber der, der vor 30000 Jahren hier gearbeitet hat, war auch keiner. Sondern einfach ein Mann mit dem Drang, das Geschehene festzuhalten. Den Wald. Den Himmel. Die Jagd. Den Tod. Das Leben nach dem Tod als Vermutung. Auch ein paar geflügelte Wesen, die im Übrigen recht nahe an die Beschreibung der Mi-go herankommen. An die Beschreibungen, die H. P. Lovecraft hinterlassen hat, aber noch mehr an die von Thomas Or.«

Cheng war hinübergegangen, zu der vom Licht der Lampen erhellten Wand, und betrachtete die alten wie neuen Zeichnungen, die ja nicht nebeneinander bestanden, sondern eher miteinander. Als würden die Epochen verschwimmen, als vereinten sich 30000 Before Present mit 68 After Present. Die Anschauungen und Erlebnisse eines Cro-Magnon-Menschen mit denen eines gealterten englischen Agenten im verzweifelten 21. Jahrhundert, beide aber der Art Homo sapiens angehörend. Der erste von ihnen und der vorläufig letzte.

Es war schon klar, dass die Tierdarstellungen, die Vögel und Pferde und Hirsche, die wurmartigen Gebilde, die Waffen wie Speerschleudern, Alltagsgegenstände wie Öllampen aus der Zeit von vor 30000 Jahren stammten. Ebenso die mystischen Darstellungen, die Mills als Porträts der Mi-go interpretierte, krebsartige geflügelte Kreaturen (wobei es schon ein wenig frappierend war, dass die Darstellung dieser Wesen stets von der Darstellung eines Pilzes begleitet war. Mi-go, das hatte schon Lovecraft beschrieben, würden sich ja nicht nur von Pilzen ernähren, sondern besäßen ihrerseits eine »pilzähnliche Zellstruktur«).

Natürlich war es so, dass die Geschichte Islands – also die Geschichte der Menschen und nicht etwa der Schwäne – offiziell im 3. Jahrhundert n. Chr. begonnen hatte, frühestens. Eher mit den Wikingern im neunten Jahrhundert, vielleicht auch schon mit irischen Mönchen zu Beginn des achten. Aber doch wohl kaum mit Cro-Magnon-Menschen, dem Homo sapiens der letzten Kaltzeit. Wie sollten die denn 30000 Jahre vor dem Jahr 1950 auf diese Insel gelangt sein?

Das war die Frage, die Cheng jetzt stellte.

»Und was, wenn sie schon da waren?«, antwortete Mills.

»Dann müsste es aber mehr zu entdecken geben, oder?«

»Meinen Sie ernsthaft, diese Insel ist vollständig erforscht?«

Es war Henzli, der wohl eingedenk seiner Frau meinte: »Na, ein paar Steine haben die Isländer schon umgedreht.«

»Aber keinen Stein, wie den, der nötig war, um in diese Höhle zu gelangen«, entgegnete Mills.

Zwischen diesen alten, superalten Abbildungen hatte also Mills seine eigene Geschichte gesetzt.

Da war etwa die stämmige Figur eines Mannes zu erkennen, der auf der Schulter eines anderen sitzt, vor dem Hintergrund einer Leinwand. Aus dem Mund des Hockenden gleiten winzige Pünktchen, die sich zu einer kleinen Wolke fügen, ähnlich einer Sprechblase. Weder waren eine Physiognomie zu erkennen noch eine Form von Kleidung, aber man konnte schon meinen, damit sei der Schauspieler Wake gemeint. Und auf seiner Schulter sitzend dessen »deutsche Stimme« Peter Polnitz.

Bei aller Einfachheit der Figuren stimmten die Proportionen. Frappant. Die der vier Männer auf dem Berg genauso wie die des Peter Polnitz in seinen verschiedenen Lebensphasen: als Peter Bischof in Form eines schlanken Strichmännchens, das soeben auf eine am Boden liegende Gestalt tritt. Später dann die Szene, wie er aus einem im Wasser stehenden Bus taucht. Und noch später zum stämmigen Sprechblasenmann verwandelt, wie er da schwer die Schulter des Mannes belegt, der an einer Leinwand vorbeizieht.

Cheng kam nicht umhin, auch sich selbst wiederzufinden. Es handelte sich um die jüngste Zeichnung. Er erkannte sich nicht darum, weil die Figur irgendeine chinesische Beifügung besaß. Sehr wohl aber eine animalische. Darum, weil neben den Füßen der mit wenigen Strichen dargestellten Person die Gestalt eines Hundes zu sehen war: durchscheinend, nebulös und dennoch von eindeutig lauscherhafter Kurzbeinigkeit und Langohrigkeit.

Jemand hatte einmal behauptet, Lauscher besitze die untersetzte Gestalt eines U-Bootes. Und das stimmte wirklich. Cheng sah es und sah auf diese Weise auch sich selbst. Obgleich es ihn einigermaßen ärgerte. Wie konnte Mills von diesem Hund wissen? Mills und er waren sich zuvor ja erst ein einziges Mal begegnet, und zwar in der Dunkelheit eines unbeleuchteten Saals der Reykjaviker Harpa.

Hatte Chengs toter Hund im Dunkel geleuchtet? Und war darum von Mills als ein charakteristisches Beiwerk zu Chengs Gestalt auf diese Höhlenwand gefügt worden? Denn so wenig Cheng an »leuchtende tote Hunde« glaubte, die Zeichnung an dieser Stelle war real und unverkennbar.

Zudem waren immer wieder Figuren in den Stein geritzt, die sichtbar steif auf dem Rücken lagen und über denen jeweils ein kleines Blütenblatt schwebte. Ors Opfer.

Zuletzt erkannte Cheng die Darstellung explodierender Häuser. Schwarze Quadrate, deren Dächer in vielen kleinen Stücken nach oben flogen. Zwei auf einer Linie übereinander, ein drittes weiter rechts auf der Skala der Zeit, und alle drei durch jene rötlichen Linien verbunden, die gewisse Gegenstände in Beziehung zueinander brachten und im Fall der explodierenden Häuser ein liegendes Dreieck bildeten.

Über alldem stand ein Sternenhimmel, und ganz weit oben, bereits im Bereich der Höhlendecke, ein riesenhafter Planet, der in schönster Anordnung von Pilzen umrundet war. Keine Frage, Lovecrafts Yuggoth.

Doch wer hatte diesen Sternenhimmel aufgezeichnet? Mills oder der 30 000er-Mann?

Gut möglich, dass diese Abbildung weniger als ein Hinweis auf das tatsächliche Existieren eines solchen Planeten gelten mochte, sondern eher die Bedeutung dieses fiktiven Himmelskörpers für die drei Männer widerspiegelte.

Es waren aber die explodierenden Häuser, auf die Cheng zeigte und fragte: »Wann haben Sie die gemacht?«

»Vorgestern.«

»Also noch bevor es geschah.«

»Manches ist zwangsläufig. Da ist es keine Kunst, die Zukunft vorauszusehen. Die explodierenden Häuser genauso wie Ors Selbstmord, den er mir ja angekündigt hatte. Und so wie ich wusste, dass Sie mich hier finden würden.«

»Aber zu welchem Zweck? Ich meine, wieso diese Sprengfalle?«

»Um ein Ende zu beschließen. Einen wirklichen Abschluss. Eine vollkommene Auslöschung. Und sehen Sie: Niemand kam zu Schaden, oder? Diese drei Häuser, meins, das von Or und das von Zerling. Diese drei Häuser mussten sterben. Gemeinsam, wenn schon wir drei nicht gemeinsam sterben konnten. Das war immer der Plan gewesen. Das Versprechen, das ich gegeben hatte. Es mag Ihnen absurd erscheinen, für uns war es eine Notwendigkeit. Es war ja klar, dass ich der Letzte sein würde. Und dass von meinem Haus aus der abschließende Impuls ausgehen würde.«

»Das hätten Sie aber wirklich selbst erledigen können«, fand Cheng, »anstatt mich in diese Falle treten zu lassen.«

»Was haben Sie denn? Sie leben.«

»Keine Toten, das stimmt«, fuhr Henzli dazwischen. »Es hätte aber gut welche geben können.«

»Sehen Sie denn auf der Felswand Tote neben den Häusern liegen?«

Henzli schüttelte den Kopf. Wobei ihm selbst nicht ganz so klar war, ob dieses Schütteln meinte: *In der Tat, keine Toten!,* oder: *Das ist alles so irre!* Vielleicht meinte sein Schütteln beides. Und nicht zuletzt auch die ausgefeilte Technik, mit der das Durchschreiten der Lichtschranke die weit entfernten, leer stehenden »Partnerhäuser« hochgehen hatte lassen, das Arnastapi-Haus hingegen erst zur Zerstörung gelangt war, nachdem er und Cheng und der Polizist aus Ólafsvík es wieder verlassen hatten. Es stimmte schon: Es war genau so geschehen, wie auf den Abbildungen dieser Höhle zu sehen. Zerstörte Häuser, aber keine Toten.

Cheng wollte wissen, ob denn das Ende der Häuser auch wirklich das Ende der Geschichte darstelle.

»Nicht ganz«, meinte Mills.

Es war jetzt wieder Henzli, der sich meldete. Als der Polizist, der er war. Und als welcher er den Balkonsturz eines englischen Bürgers auf isländischem Konzertboden zu untersuchen und zu klären hatte. Ein Vorfall, der sich wie selbstverständlich auch unter den Felszeichnungen befand. Den Moment festhaltend, als Or über die Brüstung gleitet und ihm ein kleines Objekt aus dem Mund wächst.

Eine Tulpenblüte. Dahinter die Gestalt Clive Mills' mit eindeutig herunterhängenden Händen.

Keine Frage, es war für Henzli, den Kommissar und Ermittler, unmöglich, eine 30 000 Jahre alte Felszeichnung und ihre zeitgenössische Bearbeitung dafür anzuführen, die tatsächlichen Ereignisse beim Sturz Thomas Ors zu protokollieren. Wie hier ein Mann freiwillig gesprungen war, eine Blüte zwischen den Lippen, assistiert von seinem alten Freund. Während ja Cheng zumindest einräumte, ein Verbrechen beobachtet zu haben.

Henzli forderte Mills auf, mit ihm mitzukommen. Er werde ihn nach Reykjavik bringen. Dort erwarte man das Ergebnis der Obduktion des »Harpa-Toten«, wie ihn die Medien bereits nannten. Und dort werde man Mills' Aussage aufnehmen. Und vor allem natürlich das System einer ausgeklügelten Sprengfalle unter die Lupe nehmen. Der Umstand, dass niemand gestorben war, schließe ja den Umstand einer Straftat nicht aus.

»Nein!«, sagte Mills sehr bestimmt. Er meinte wohl die Aufforderung, mitzukommen.

Er verneinte also, und während er das tat, zeichnete er mit raschem Strich ein kleines Objekt an die Felswand.

Cheng dachte zuerst, es handle sich um einen weiteren geflügelten Außerirdischen. Aber es war einfach ein Flugzeug. Eine kleine Sportmaschine.

16

Drei Frauen, ein Parfüm

Natürlich wurde das Explodieren dreier Häuser mit dem Verschwinden dreier Männer in einen Zusammenhang gebracht. Wenn auch der Zusammenhang große Mühe hatte, eine feste Form anzunehmen.

Der Polizist aus Ólafsvík hatte nicht viel mehr bekunden können, als dass Henzli und Cheng auf den Berg Stapafell gestiegen waren, um weit oben vom Nebel verschluckt zu werden. Einem Nebel, der die Männer nicht wieder freigegeben hatte.

Über das Haus in Watford wurde bekannt, dass es jenem Antiquar gehörte, der am Tag zuvor in Reykjavik verunglückt war. Über das Haus in Darmstadt, es habe seit Jahren leer gestanden und befinde sich im Besitz einer Stiftung. Und über das in Arnastapi, dass in ihm ein pensionierter Mitarbeiter des MI5 gelebt hatte. Welcher wiederum zu den drei verschwundenen Männer zählte, während es sich bei den anderen beiden um einen »Schweizer Polizisten in Island« sowie einen »österreichischen Detektiv chinesischer Abstammung« handelte.

Cheng hätte sich sehr gegen eine solche Definition seiner Herkunft gewehrt. Er hätte gesagt, eher stamme er vom Wiener Walzer ab, ein Hinweis darauf, dass seine beiden Eltern genau aus diesem Grund, nämlich wegen ihrer Begeisterung für diesen speziellen Paartanz, vor langer Zeit in die Hauptstadt der Österreicher gezogen waren.

Natürlich wurde auch rasch publik, in wessen Auftrag Cheng nach Island gereist war. So begannen die Namen »Wake« und »Polnitz« die Namen der Verschwundenen zu überstrahlen.

Wenn drei Männer vermisst werden, dann ist es eigentlich nur gut und recht, dass es auch drei Frauen sind, die sich zusammentun, um diese Männer zu suchen. So wenig die betreffenden Frauen eine simple Gleichung im Sinn hatten.

Es dauerte zwei Tage. Zwei Tage, nachdem Frau Wolf das letzte Mal mit Cheng telefoniert hatte, um zu erfahren, das hörbare Pfeifen des Winds stamme nicht vom hohen Gletscher, sondern von dem vorgelagerten verstopften Berg. Und damit auch zwei Tage, in denen die Suche nach den drei Männern durch die isländische Polizei und mehrere Trupps freiwilliger Helfer ergebnislos verlaufen war und man deshalb begonnen hatte, die Suchmaßnahmen auf das Umland zu verlegen. Am Ende dieser zwei Tage beschloss Frau Wolf, nach Island zu fliegen. Schließlich war es genau das, was sie Cheng versprochen hatte, nämlich sich im Falle seines Verschwindens auf die Suche nach ihm zu begeben. Und dabei auf den richtigen Berg zu steigen, nicht auf den falschen. Dass diese Notwendigkeit nun tatsächlich eingetreten war, empfand sie weniger als eine Überraschung denn als die Erfüllung von etwas Erwartetem. Erwartet und befürchtet. Hätte sie allerdings einem Psychoanalytiker Auskunft geben müssen, sie hätte wohl bekennen müssen, dies auf eine gewisse Weise auch erhofft zu haben: einen Mann zu suchen, wenn auch nicht den eigenen.

Frau Wolf war gerade dabei, das Büro abzuschließen, um zum Flughafen zu fahren, als das Telefon läutete. Sie zögerte, ging dann aber zurück und hob ab. Es war Lis Bischof. Sie hatte aus der Presse von Chengs Schicksal erfahren und war überzeugt, der Detektiv sei auf einen Hinweis für die Unschuld ihres Vaters gestoßen. Und wäre genau darum »zum Verschwinden« gebracht worden.

Von Frau Wolf wollte sie nun erfahren, was und wie viel sie wisse.

»Später«, antwortete Chengs Sekretärin. Und erklärte, es sehr eilig zu haben. Sie müsse ihren Flieger nach Reykjavik erreichen.

»Gut, ich komme auch nach Reykjavik. In Ordnung?«

Eine Frage war es nicht wirklich. Lis Bischof gab an, von London aus anzurufen, wo sie ihren Vater im Gefängnis besucht habe. Sie könne augenblicklich nach Island aufbrechen.

»Wenn Sie mich dort begleiten wollen«, sagte Frau Wolf, »dann packen Sie Wanderschuhe ein.«

»Das mache ich.«

Die beiden Frauen vereinbarten, sich im Hilton zu treffen, dem Hotel, in dem noch immer Chengs Koffer als einzig sichtbares »Möbel« seiner Existenz in einer Ecke stand. Obwohl das Gepäckstück ja eigentlich auf eine Polizeistation gehört hätte. Doch es war schlichtweg vergessen worden.

Es ergab sich, dass genau in dem Moment, als Frau Wolf aus dem Haus ging und auf die Taubstummengasse trat, ihr Margot entgegenkam (natürlich besaß Margot einen Nachnamen, aber dieser schien zusammen mit dem Mann, der Margot einst gewesen war, verloren gegangen zu sein. Nicht für die Bürokratie, natürlich nicht, nicht für Ämter und Behörden. Aber sonst hatte er sich aufgelöst. Bereits für die Musikwelt war sie einfach nur Margot. Ohnedies wäre kein Nachname wirklich geeignet gewesen, diesem Vornamen ebenbürtig zu sein.)

Auch Margot hatte soeben erst begriffen, wer unter den drei Männern gewesen war, die sich in auffälliger Weise ausgerechnet zu dem Zeitpunkt in Luft auflösten, als dies auch drei Häuser taten. Und eines davon ganz in der Nähe dieser Männer.

Frau Wolf war Margot ein paar Mal begegnet. Sie war nicht ohne Bewunderung für das Fraugewordene in diesem Mann.

»Ich muss mich wirklich beeilen«, versicherte Frau Wolf und erklärte, warum sie sich wirklich beeilen müsse.

»Ich komme mit«, sagte Margot kurz und bündig, mit der Zügigkeit eines rasch gezogenen Lidstrichs. »Wenn Sie erlauben?«

»Sie auch?«

»Wieso?«

Frau Wolf erklärte im Gehen, wieso. Sprach von Lis Bischof, die es sich nicht nehmen ließ, ebenfalls in die isländische Hauptstadt zu reisen.

Noch in der Schnellbahn, die die beiden Frauen hinaus zum Flughafen brachte – an einen Ort von endloser Traurigkeit –, orderte Margot mittels Smartphone ein Flugticket für denselben Flug, den auch Frau Wolf nehmen würde. Cheng hätte angesichts dieser Buchung erneut von einem Trick gesprochen. Einem elektronischen Manöver. Umso mehr, als es Margot gelang, den allerletzten freien Sitz in diesem Flugzeug zu buchen.

So kam es also wirklich dazu, dass sich am gleichen Abend die drei Frauen in der Bar des Reykjaviker Hilton zusammenfanden und an einem der Tische Platz nahmen. Hätte man sie nun alle mit einem einzigen Wort beschreiben müssen – die achtundfünfzigjährige Frau Wolf mit einer Augenfarbe von rötlichem Braun, die neunundzwanzigjährige Lis Bischof, deren Iris den Detektiv Cheng einst an das alte Grün oxidierter Bronze erinnert hatte, sowie Margot, die gerne Farblinsen verwendete und im Moment ein dichtes, metallisches Grau trug, wie auch der Himmel es trägt, bevor erster Schnee fällt –, hätte man also diese drei Frauen auf den Punkt eines Wortes bringen müssen … vielleicht wäre »Rettung« das passende gewesen. Und ganz sicher war es die Sache, derentwegen sie sich hier zusammengefunden hatten.

Cheng retten!

So sehr Cheng einst im Traum gedacht hatte, dies sei der Grund, warum Männer auf der Welt waren, um nämlich Frauen zu retten, aber die Wahrheit liegt wohl wie immer und undramatischerweise in der Mitte.

Lis Bischof erfuhr nun, wer ihr Vater einmal gewesen war, bevor er der Mann wurde, den sie kannte und mit dem sie ja lange Zeit unglücklich gewesen war. Es freute sie nicht, diese Wahrheit zu hören, aber es erklärte ihr das dumpfe Gefühl, das sie immer verspürt hatte. Und das viele Menschen kennen, wenn sie Kinder sind und sich ein dunkles Geheimnis ihrer Eltern denken. Beziehungsweise sich oft die Frage stellen, ob ihre Eltern wirklich ihre Eltern sind und nicht irgendeine Art von Verwechslung, Tausch oder Täuschung vorliegt. Oder eine magische Verwicklung. Cheng etwa hatte als Kind ernsthaft überlegt, ob es möglich war, dass seine Eltern ihn statt auf konventionelle Weise im Zuge einer Walzerdrehung gezeugt hatten, und dass hiervon sein zeitweiliges Schwindelgefühl herrührte.

Was Lis Bischof dabei am meisten schockierte, war die eigentümliche Übereinstimmung des von ihrem Ehemann angenommenen Familiennamens mit dem Namen, den ihr Vater in seinem »ersten Leben« besessen hatte. Wobei sie nun immerhin verstehen konnte, wieso ihr Vater niemals von seinen eigenen Eltern gesprochen hatte und sie selbst darum auch ohne diese Großeltern hatte aufwachsen müssen. Sie hatte stets gedacht, die Eltern ihres Vaters seien wohl Ungeheuer, dabei war ihr Vater selbst das Ungeheuer gewesen. Ihr eigenes schwieriges Verhältnis zu ihm, das früh in der Kindheit begonnen, mit der Pubertät sich verstärkt und mit dem Eintritt ins Erwachsenenalter zur Trennung geführt hatte, erschien ihr nun vor diesem Hintergrund zwingend. Nicht in Bezug auf Gewalt. Körperliche Gewalt. Denn die war es ja nicht gewesen, die zwischen ihnen gestanden hatte, sondern das Gefühl, einen Vater zu haben, der real und leibhaftig nur dann existierte, wenn er auf der Bühne eines Theaters stand oder vor einer Kamera oder hinter dem Mikrofon eines Hörspielstudios, und der so wenig Empathie für das eigene Kind hatte aufbringen können.

Die Hysterie ihrer Mutter war wenigstens eine gewesen, die in das Familienleben hineingereicht hatte, der Vater hingegen war ihr allein kalt und gleichgültig erschienen. Auch hatte sie sich beharrlich geweigert, irgendeine Begeisterung für die väterliche Schauspielerei zu entwickeln. Und war dann mit zwanzig als die Designstudentin, die sie war, nach Rom gereist, um ihren Eltern zu entkommen. Dort hatte sie während eines Sommerjobs ihre geniale Dusche entwickelt, aber erst Jahre später ihren Mann kennengelernt, Tommaso Bischof, ohne ahnen zu können, wie sich dieser Familienname bereits zum zweiten Mal in ihr Leben schlich.

Und natürlich hatte auch ihr Mann nicht ahnen können, dass, indem er eine Polnitz heiratete, er in Wirklichkeit eine Bischof zur Frau nahm. Und er unter korrekteren Umständen darauf hätte verzichten können, seine zukünftige Frau zu bitten, seinen Namen anzunehmen.

»Werden Sie Ihrem Mann erzählen, wer Ihr Vater wirklich war?«, fragte Margot Lis.

»Ich glaube nicht«, antwortete Lis, »es bringt ja nichts. Es genügt, wenn *ich* es weiß. Ich finde, nicht einmal mein Vater braucht zu erfahren, dass ich im Bilde bin. Wobei es mir trotzdem guttut, es begriffen zu haben. Nicht, woher seine Gewalt kommt, die mir ja selbst nie widerfahren ist, aber seine Unfähigkeit, ein wirklicher Mensch zu sein. Ein Mensch abseits der Rollen und abseits der gespielten Stimmen. Jetzt ist er anders. Im Gefängnis.«

»Dann ist das eigentlich ein guter Platz für ihn«, meinte Margot.

»Ja und nein. Es macht ihn lebendig, und es bringt ihn um. Beides.«

»Na, dann wäre es doch besser, ihn dort herauszubekommen«, sagte Margot und konnte nicht ahnen, welche famose Rolle sie selbst bei diesem »Herausbekommen« in naher Zukunft spielen würde.

Wovon Frau Wolf freilich an diesem Abend in der Bar des Hilton nicht berichten konnte, waren all die Dinge, die Cheng in der Mills'schen Höhle erlebt hatte. Beziehungsweise, dass eine solche Höhle überhaupt existierte. Der Berg aber ganz sicher. Und wo sonst hätte man mit der Suche beginnen sollen?

Lis Bischof erinnerte daran, dass Polizei und Helfer auf keinerlei Spuren gestoßen waren. Auf nichts und niemanden.

Frau Wolf machte ein vielsagendes Gesicht, das wohl meinte, der akribische Blick und die Intuition dreier Frauen würden ganze andere Möglichkeiten hervorbringen als die Suchmaßnahmen durch die Gegend stapfender, mehrheitlich männlicher Freiwilliger.

»Wir fahren morgen los und sehen uns den Berg an«, bestimmte Frau Wolf.

Nun, genau darum waren sie hier.

Früh am nächsten Tag brachen sie auf. Und zwar sehr viel besser ausgerüstet als vor Kurzem Henzli und Cheng, eben nicht nur mit den richtigen Schuhen und den passenden Jacken, sondern bis zur Unterwäsche hin von Materialien umgeben, die sich mit jeglichem Wetter zu arrangieren verstanden.

Sie hatten einen Wagen samt Fahrer gemietet, der sie die hundertachtzig Kilometer in den Norden brachte. Es wurde kaum gesprochen. Die Frauen waren gedankenverloren, der Fahrer summte unentwegt zur Musik aus dem Radio, wobei sein Summen wie eine Art »Obertitel« schien, eine Übersetzung ins Überirdische. Nicht auszuschließen, dass er zur Kaste der göttlichen Boten gehörte, von denen Cheng meinte, sie seien ohne wirklichen Gott, aber doch mit einem Auftrag.

Kurz vor halb elf erreichten sie Arnastapi. Es war ein guter Tag, um zu suchen. Fünfzehn Grad, blauer Himmel, eine klare Luft, nur auf dem Wasser eine gewisse Unruhe. Die Schaumkronen auf den vielen kleinen, eng gruppierten Wellen zuckten wie ein Haufen nervöser Kinder, die auf die Pause warten.

Die Presseteams waren bereits abgezogen, aber noch immer parkten Fahrzeuge der isländischen Polizei in dem kleinen Ort. Auch waren mehr Touristen zu sehen als üblich. Das idyllische Arnastapi stand im Verdacht, in irgendeiner grotesken oder auch undurchsichtig-logischen Weise gemeinsam mit dem englischen Watford und dem deutschen Darmstadt eine geheimdienstliche Verbindung eingegangen zu sein. Natürlich war der Bereich von Mills' explodiertem Wohnhaus weiträumig abgesperrt worden. Noch immer waren Experten damit beschäftigt, Reste der Sprengfalle zu analysieren. Denn noch immer war nicht genau geklärt, wie sie mit den beiden anderen Häusern zusammenhing. Der Berg aber, Stapafell, war wieder freigegeben worden. Eines der Suchteams hatte sich in Richtung des Gletschers begeben, ein anderes befand sich in Hellnar, der nur unweit gelegenen Nachbarortschaft.

Die drei Frauen ließen sich von ihrem Fahrer genau zu jener Stelle bringen, von der auch Henzli und Cheng den verstopften Berg in Angriff genommen hatten. Wobei sie dort nicht alleine waren. Mehrere Wandertouristen nutzten die Freigabe des Geländes, um sich selbst ein Bild von dieser in die Medien gekommenen Erhebung zu machen. Umso mehr, als es sich um einen Wikingerberg handelte und die Wikinger gerade groß in Mode waren. Alles, was im Ruch irgendwie kultivierter Gewalttätigkeit stand, schien attraktiv. Die Lust der Welt spiegelte sich in den Scheiden sehr scharfer Schwerter und den erstarrten Augen virtuos abgeschlagener Köpfe.

Und es war dann ja auch der große Wikingerfelsen, den Frau Wolf, Lis Bischof und die Frau, die Margot war, gegen Mittag erreichten. Ohne aber irgendetwas entdeckt zu haben, was einen Hinweis auf den Verbleib der verschwundenen Männer gegeben hätte. Zwar fand sich etwas Müll – eine Zigarettenschachtel, ausgetretene Kippen, leere Plastikflaschen, eine 5-Kronen-Münze –, aber all das stammte mit großer Wahrscheinlichkeit von den Leuten, die in den letzten beiden Tagen den Stapafell abgesucht hatten.

Die drei Frauen marschierten mehrfach um den hohen Felsen. Es hatte etwas von Eiskunstlaufen auf schwerstem Gelände.

»Hier ist niemand«, sagte Lis Bischof schließlich, nachdem sie sich erschöpft auf einem bettartig daliegenden Felsen niedergelassen hatte.

»Ja, aber hier war jemand. Genau an dieser Stelle«, verkündete Frau Wolf.

»Was denn? Spüren Sie das?«

»Natürlich. So wie ich spüre, ob Herr Cheng gerade in seinem Büro ist oder nicht. Dafür muss ich ihn nicht hören. Wir sind alle Tiere.«

»Tiere, die durch Mauern sehen?«

»Man muss nicht immer sehen«, sagte Frau Wolf, den alten Spruch von wegen »nicht immer sprechen zu müssen« neu interpretierend. Doch es war dann sehr wohl ihrer Fähigkeit des Sehens zu verdanken, dass diese Geschichte nicht damit endete, wegen einer ergebnislosen Bergwanderung verbittert sein zu müssen.

»Die Uhr!«, rief Frau Wolf aus und richtete ihren vom Alter etwas verdünnten Arm so aus, dass er auf ein sockelartiges kleines, geradezu schwarzschwarzes Felsstück gerichtet war.

Schwarzschwarz war eine hilflose Formulierung für diese Farbempfindung. Auf Yuggoth hätte man von »sarko-sarki« gesprochen, was mit »Dunkelheit, die in Trauer erstarkt«, übersetzt werden kann, oder etwas ironischer mit »Depression, die sich wohlfühlt«.

Dieser sarko-sarki-artige Felsen stach aber nicht etwa aus der Umgebung heraus, vielmehr war er eingebunden – mimikriert – in eine ähnlich dunkle, stark trauernde Umgebung. Und ebenso eingebunden war auch der Gegenstand, auf den Frau Wolf soeben hingewiesen hatte und auf den die drei Frauen sich nun zubewegten.

Chengs Uhr!

Chengs Uhr mit dem schwarzen, extrem dünnen und leichten Metallarmband, das sich bei Berührung in einer ganz ähnlichen Weise schuppig und schlangenhautartig anfühlte wie Buchdeckel und Buchrücken von Thomas Ors in bloß drei Exemplaren aufgelegtem Pilzbuch. Das Gehäuse bestand aus schwarzem Edelstahl. Das Zifferblatt wiederum aus einer hauchdünnen Platte schwarzen Schiefers, in das die Stundenmarkierungen in Form künstlich geschwärzter Diamanten eingelassen waren. Nur die Zeiger für die Stunden und Minuten verfügten über eine gut sichtbare Helligkeit, während wiederum der davor sich drehende Sekundenzeiger so tiefschwarz war, dass er allein erkennbar wurde, wenn er an den zwei hellen Stäben vorbeizog. Eine »Finsternis« verursachend, die zweimal in der Minute geschah, außer natürlich wenn der Minutenzeiger genau über dem der Stunde stand und der Sekundenzeiger somit nur eine einzige Eklipse bewirkte.

Bei dieser Uhr handelte es sich nicht nur um die Spezialanfertigung eines indischen Uhrmachers, sondern auch erneut um das Erbstück eines ehemaligen Kunden Chengs. Und natürlich wusste Frau Wolf um diese Uhr, die täglich um Chengs rechtes Armgelenk gebunden war, die er aber auch jeden Abend abnahm, um dann morgens mit der Hand in das mittels Faltschließe fest verbundene Armband zu schlüpfen und es mit einer geschickten Bewegung an der Tischkante oder mit seinem Mund zu verschließen.

Dass niemand von den Suchmannschaften – und einige Helfer waren sicher auch an dieser Stelle vorbeigekommen – das Objekt entdeckt hatte, war nicht so verwunderlich. Es war wirklich nicht einfach, das Objekt vor solchem Hintergrund auszumachen. Man hätte meinen können, der viel zitierte Teufel habe ihn hier abgelegt, um sich für die vielen Tricks mittels Internet zu rächen.

Doch es war Cheng gewesen. Davon war Frau Wolf überzeugt.

»Er war hier«, sagte sie. »Und er lebt.«

Denn so schwer die Uhr zu erkennen war, schien sie doch in einer Weise platziert worden zu sein, wie man das tut, wenn man ein Zeichen setzt. Wenn man einen wertvollen oder geliebten Gegenstand nicht einfach in die Ecke pfeffert oder in achtloser Weise verliert, sondern ihn geografisch krönt.

So war das mit dieser Uhr. Sie war ihm nicht im Kampf von der Hand gerutscht oder gar vom Gelenk geschossen worden. Vielmehr hatte er sie fein säuberlich abgelegt. Sie stand auch nicht etwa still wie viele Uhren in Kriminalfällen, wenn nämlich die feststeckenden Zeiger den Zeitpunkt einer Tat und nicht selten das Ende ihres Trägers verraten. Nein, der Sekundenzeiger drehte sich im Takt der messbaren Zeit, Minute für Minute zwei schmale Finsternisse erzeugend.

»Und was machen wir damit?«, fragte Margot.

»Wir bringen die Uhr nach Wien«, sagte Frau Wolf.

»Meinen Sie«, wunderte sich Lis Bischof, »dass wir wenigstens seine Uhr in Sicherheit bringen sollten, wenn wir schon den ganzen Mann nicht finden. Pars pro Toto!«

So ironisch das vielleicht gemeint war, hatte es durchaus etwas für sich. Wer wenn nicht Frau Wolf hätte den Blick dafür gehabt, gewissermaßen dunkle Materie zu erkennen? Schwarz im Schwarz! Indem sie die Uhr gefunden hatte und sie nun nach Wien zurückbringen würde, war dies wie die Erfüllung eines Versprechens. Auf eine gewisse Weise hatte sie Cheng gefunden. Und auf eine gewisse Weise brachte sie ihn zurück in sein Büro. Freilich nicht ohne die Hoffnung, er würde irgendwann auch leibhaftig zurückkehren, um die Uhr wieder an sein Handgelenk anzulegen.

Wo auch immer er sich jetzt gerade befand. Jedenfalls war er nicht auf diesem Berg. Auch nicht als Toter unter einem der Steine. Davon war Frau Wolf nun überzeugt.

Obgleich die Frauen also nicht nach einem Toten Ausschau hielten, suchten sie das Areal nach weiteren Hinweisen ab. Aber sie fanden nichts. Allerdings stießen sie nahe der Fundstelle der Uhr auf einen kleinen Trichter, konnten aber allein dessen eigentümliche Form feststellen. (Dieser Trichter sollte später zum Gegenstand einer Untersuchung werden und in der Folge weniger zu einer kriminalistischen als zu einer archäologischen Sensation führen. Zu einer isländischen Revolution.)

Jetzt aber blieb allein die Uhr. Eine Uhr, die man eigentlich der Polizei von Reykjavik hätte aushändigen müssen. Aber wie gesagt, der Entschluss stand fest, dieses Kleinod nach Wien zu befördern. Es war Frau Wolfs Entscheidung, und die anderen beiden trugen sie mit.

Die drei Frauen verließen den Berg. Das Blau des Himmels zeigte erste kleine Schwächen.

Zurück in Arnastapi erfuhren sie von ihrem Fahrer, der kleine Ort Hellnar sei darum in den Mittelpunkt der polizeilichen Untersuchungen gerückt, weil sich herausgestellt habe, Clive Mills besitze an diesem Platz ein weiteres Haus. Ein Haus am Flughafen. Und ein kleines Flugzeug.

»Flughafen?!«

Na ja, meinte der Fahrer, das sei ein großes Wort für einen so kleinen, eigentlich winzig zu nennenden Ort. Aber …

Faktum war, dass der einst in Hellnar ansässige Schweizer Künstler Dieter Roth – berühmt für seine schimmelnden Wurstbilder und anmutigen Schokoladeköpfe –, dass also dieser Meister des kunstvoll Verwesenden den Ausbau eines Flugplatzes betrieben hatte. Den er zu Lebzeiten auch zu benutzen verstand.

Und Jahre später dann offensichtlich auch Clive Mills.

Man war nun mit aller Vorsicht in Mills' Haus in Hellnar eingedrungen, ohne aber auf eine weitere Sprengfalle zu stoßen. Das Gebäude hatte sich als vollkommen leer erwiesen. Was jedoch vor allem fehlte, war Mills' Flugzeug, eine renovierte Noorduyn Norseman, ein mit Schwimmern ausgerüstetes einmotoriges Landflugzeug aus amerikanischen Armeebeständen, das den Namen *The Spirit of the Black Dog* trug. Somit lag der Verdacht nahe, Clive Mills habe sich und die beiden Herren Henzli und Cheng mit der kleinen, seit Jahren sorgsam gepflegten Maschine fortgebracht.

Fragte sich, wohin und zu welchem Zweck.

Die drei Frauen marschierten entlang der Küste hinüber nach Hellnar. Wenn irgendwo der Arsch der Welt war, dann hier. Arnastapi war, wie sie jetzt begriffen, nur der Vorarsch gewesen.

Und dort, am wirklichen Arsch, befand sich also diese in die

Landschaft gepflügte kleine Start- und Landebahn als ein Beitrag der europäischen Avantgardekunst. Und offensichtlich auch als Ausgangspunkt einer Reise, die Cheng zusammen mit Henzli und wohl auf Antreiben von Clive Mills unternommen hatte.

Das einzige Flugzeug vor Ort war verschwunden. Der Flughafen eine bloße Narbe in der Landschaft.

Die Frauen ließen sich zurück nach Reykjavik bringen.

Noch in Hellnar hatte sich Frau Wolf die schwarze Uhr Chengs angelegt, um doch mit einigem Erstaunen festzustellen, wie gut sie ihr passte, wirklich so, als würden ihr und Chengs Handgelenk über den exakt gleichen Umfang verfügen. Das erschien als eine Sache von derselben Art, von der Mills gemeint hatte, Gott nützte all jene aus dem Zufall entstandenen Ritzen, um in die Welt zu gelangen. Ohne dabei aufzufallen. Sonst hieße es ja nicht Zufall.

Warum auch immer Gott nicht auffallen möchte.

Es hatte eine gewisse Verlegenheit für Frau Wolf bedeutet, sich die Uhr ums Gelenk zu binden. Aber dort blieb sie nun. Ganz gewiss der geeignete Ort für ein Werkzeug, das der Mensch nicht nur geschaffen hatte, um pünktlich zur Arbeit zu erscheinen, sondern vor allem, um die Zeit mit sich zu tragen. Sie zu begleiten, so wie er von ihr begleitet wurde. Auf eine gewisse Weise Hand in Hand.

Später in Wien würde sie diese Uhr auf Chengs Schreibtisch legen, wobei die schwarzlederne Schreibunterlage für die Uhr ein ähnlich maskierendes Umfeld bedeutete wie die Stelle auf dem verstopften Berg, wo Frau Wolf sie entdeckt hatte. Cheng freilich würde seine Uhr sofort erkennen, sollte er an diesen Platz zurückkehren.

Am nächsten Morgen ließen sich die drei Frauen zum Flughafen Kevlavík bringen, wo sie einen Flieger nahmen, mit dem sie nach London reisten. Noch im Duty-free-Bereich des Flughafens einigten sie sich darauf, ein Parfüm auszuwählen, das sie alle drei verwenden wollten. Das heißt, sie kauften zwar drei Flaschen, aber eben von der gleichen Marke und Sorte. Das hatte etwas Militärisches, dieses Bedürfnis nach einer olfaktorischen Gemeinsamkeit. Einer uniformen Wolke. Etwas, das aufgrund der verschiedenen Alter der drei Frauen, vor allem aber ihrer unterschiedlichen Auslegung des Weiblichen, gar nicht so einfach war. Aber es gelang.

In diesem Gelingen lag die allergrößte Würde. Mit Luxus hatte das rein gar nichts zu tun.

17

Drei Männer im Flugzeug

Während Mills die Aufforderung Henzlis ignorierte und seine Felszeichnung zu Ende brachte, indem er ein kleines Flugzeug auf die Wand kritzelte, erklärte er, darin würde das Wesentliche aller Kunst bestehen, *leibhaftig* zu werden. Gott habe damit angefangen, und die Natur sei ihm gefolgt. Und in der Folge auch jeder, der es schaffte, einen Stift zu halten oder einen Gedanken aufzuschreiben. Wobei so manches miserable Leben sich vielleicht dadurch erklären ließe, wie miserabel es erdacht und – noch schlimmer – wie miserabel es aufgezeichnet worden war.

»Sind das jetzt gute oder schlechte Zeichnungen hier?«, wollte Cheng wissen, ohne klarzustellen, ob er die alten oder die neuen meinte. Oder den sie verbindenden Stil.

»Zumindest keine ganz schlechten«, antwortete Mills. Und ergänzte, dass es ja selbst bei einer Katastrophe von Bedeutung wäre, ob sie schön oder hässlich sei. Aber das gelte freilich auch für jedes Glück. Weshalb so mancher Traum vom Reichtum, der sich erfülle, merkwürdig schal bleibe. Schlecht komponiert.

Dann fügte er an: »Eine Villa auf Mallorca ist nicht Mallorca selbst, wenn Sie verstehen, was ich meine.«

»Die meisten Leute«, entgegnete Cheng, »wären aber lieber hässlich reich als schön arm.«

Was nichts daran änderte, dass auch er, Cheng, als der Ästhet, der er im Laufe seines Lebens geworden war, von der Bedeutung »gut gemachter« Zeichnungen überzeugt war.

Henzli verlor in der Zwischenzeit die Geduld. Er griff sich in seinen Rücken, um dort nach der Waffe …

Mit einer ungeheuren Plötzlichkeit, die diesem rundlichen, untersetzten Mann nicht zuzutrauen war, stand Mills mit einem Mal aufrecht vor Henzli und Cheng und hielt ihnen eine Pistole entgegen. Er tat dies mit einer ähnlich großen Sicherheit, mit der er eben noch einen Stift gehalten hatte, um einen letzten, einen allerletzten Strich auf die Höhlenwand zu setzen.

Cheng blickte jetzt genau zu dieser soeben fertiggestellten Zeichnung. Sie zeigte ein Flugzeug, dessen Reisestrecke in eng gesetzten, kurzen Strichen über eine zerfranste Linie führte. Eine Linie, die man gleichermaßen für die Westküste von Schottland wie auch für den eingeschnittenen Blütenrand einer *White-Parrot*-Tulpe hätte halten können.

»Das ist lächerlich«, sagte Henzli zu Mills. »Geben Sie die Waffe her und seien Sie vernünftig.«

»Ich bin vernünftig«, antwortete Mills und wies hinüber zu der jüngst beendeten Grafik. »Es ist die reine Vernunft, eine Zukunft zu erfüllen, die darin besteht, dass wir drei eine Reise machen.«

»Nein, das ist völlig unnötig«, meinte Henzli, »etwas aufzuzeichnen und dann zu meinen, es auch ausführen zu müssen.«

»Die ganze Welt beruht auf Planung«, entgegnete Mills und fügte an, er könne natürlich auch eine Zeichnung anfertigen, die zeigte, wie er, Henzli, jetzt erschossen wurde. »Ist es das, was Sie wollen?«

Henzli schwieg. Es war schwer zu sagen, ob Mills wirklich schießen würde. Aber … Henzli legte seine Waffe auf dem Höhlenboden ab.

»Sie tragen keine, oder?«, fragte Henzli an Cheng gerichtet.

»Nein«, antwortete der Detektiv.

»Also bitte!«, sagte Mills. »Los! Gehen wir. Und bitte lassen Sie Ihre Handys hier.«

Cheng und Henzli entledigten sich ihrer Smartphones. Das war schon ein wenig so, als würden sie sich ein Organ entnehmen. Es spenden. Allerdings würde diese Spende nicht mehr allzu lange existieren.

Als sie kurz vor Einbruch der Dunkelheit Hellnar erreichten und in die am Rande der Startbahn stehende einmotorige, für Landungen an Land wie auf Wasser geeignete *Spirit of the Black Dog* stiegen, ereignete sich oben am verstopften Berg eine weitere Explosion.

Offensichtlich ging es Mills darum, alle seine Spuren zu verwischen, seinerseits unsichtbar zu werden. Es muss auch gesagt werden, dass Mills in seiner Zeit bei MI5 und MI6 zwar kein Killer gewesen war, aber durchaus ein Spezialist für Bomben und Sprengungen. Für erwünschte Sprengungen anglikanischer Briten wie für unerwünschte Bomben katholischer Iren. Und ihm dieses Wissen half, drei Häuser zum Verschwinden zu bringen. Und schließlich auch eine Höhle. Zumindest deren Eingang.

Immerhin war es Cheng gelungen, beim Verlassen der Höhle seine Armbanduhr auf einem Felsen abzulegen. Er hatte sein Handgelenk zum Mund geführt, wie um sich beim Husten oder Niesen die Hand vorzuhalten. Dabei hatte er mit der Routine oft geübter Praxis die Faltschließe des Armbands gelöst, die Uhr vom Gelenk rutschen lassen, sie aufgefangen und im Vorbeigehen auf der ebenen Fläche eines Felsstücks abgelegt.

Dies war durchaus spontan erfolgt. Und doch ein Symbol der fortlaufenden Zeit, die für ihn also nicht beendet war. Erst etwas später dachte er an Frau Wolfs Versprechen, ihn zu suchen, und dass sie dann wohl die Uhr finden und als das Zeichen eines Lebenden interpretieren könnte. Und nicht als das Überbleibsel eines Getöteten.

Zwei Tage nach den Ereignissen wurde Kommissar Henzli von Beamten der schottischen Küstenwache auf einer unbewohnten Insel der Äußeren Hebriden im Nordwesten Schottlands entdeckt, lebend, und zwar auf Eilean Mòr, ausgerechnet dort, wo im Jahr 1900 drei Leuchtturmwärter spurlos verschwunden waren. Dafür durfte man nun hundertachtzehn Jahre später einen Schweizer Polizisten aus Reykjavik – der drei zugespitzte Holzstücke in der Brusttasche seines Jacketts trug – von dem kargen Eiland retten. Was wiederum nichts daran änderte, dass Clive Mills, nachdem er Henzli auf dieser Insel zurückgelassen hatte, mit Cheng weitergeflogen war, um auf einem Meeresarm weiter südlich der schottischen Westküste zu landen, von wo man mit einem nahe einer

Farm bereitgestellten Wagen nach Edinburgh fuhr. Natürlich hatte Mills zu diesem Zeitpunkt bereits längst seine Pistole zur Seite gelegt. Cheng hätte tausend Mal fliehen können. Die Waffe war wirklich nur zu Beginn nötig gewesen. Als Nachdruck, um die auf der allerletzten Höhlenzeichnung vorgeschriebene Zukunft zu bestätigen. Mills war schneller als Henzli gewesen, hatte den so viel jüngeren Schweizer überrascht und entwaffnet, während Cheng waffenlos vor der Felswand gestanden hatte.

Was hätte Cheng auch tun sollen? Kämpfen? Er pflegte nicht zu kämpfen.

Beide Männer, Cheng wie Henzli, hatten sich in ihr Schicksal gefügt.

Ein Schicksal, aus dem dann Henzli wie aus einem Traum erwacht war, auf Eilean Mòr stehend – gleich der Personalunion dreier Leuchtturmwärter –, um in der Folge zu seiner Frau und der zehnköpfigen Kinderschar und seinem Reykjaviker Polizeibüro zurückzukehren. Etwas beschämt, weil er sich hatte entwaffnen lassen, aber noch beschämter, weil er ohne Cheng zurückgekehrt war.

Natürlich berichtete er von den Ereignissen, berichtete von der Höhle. Bei einem Lokalaugenschein fand man dann jenen Trichter, den schon Frau Wolf, Lis Bischof und Margot gesehen hatten und bei dem es sich um den versprengten Eingang von »Mills' Höhle« handelte. Der Eingang wurde freigelegt, und im Zuge schwieriger Grabungen entdeckte man die noch immer intakte Haupthöhle. Wo man schließlich in mühevoller Kleinarbeit begann, die neue Malerei von der alten zu lösen, in einen gereinigten Zustand zu versetzen und Theorien zu entwickeln, die das Vorkommen so früher Menschen auf Island zu erklären versuchten. Kriminalistisch blieb die Höhle vergleichsweise unbeachtet, umso mehr als ja Mills' Zeichnungen getilgt wurden. Aber für den Tourismus war sie ein Gottesgeschenk.

Es versteht sich, dass Henzli die Aussagen Clive Mills' bezüglich Peter Polnitz zur Sprache brachte, und inwieweit Mills für das Explodieren dreier Häuser in Europa verantwortlich war. Wobei die Vermutungen dahin gingen, dass mit diesen Sprengungen auch diverse Unterlagen über Zerlings, Mills' und Ors geheimdienstliche

Tätigkeiten, all die Mordaufträge betreffend, zum Verschwinden gebracht worden waren. Mills selbst wurde als Psychopath eingestuft, seine Aussagen über Peter Polnitz' wahre Vergangenheit und dessen Unschuld im Fall Wake von der englischen Behörde als ein reines Hirngespinst abgetan. Wie fast alles. Eher ging man davon aus, dass Mills für den Tod seines »Freundes« Thomas Or, jenes Antiquars aus Watford und mutmaßlichen Auftragskillers, verantwortlich sei.

Dieser Verdacht war es, der an die Presse kam. Nicht hingegen Mills' Behauptung, Or habe Wake für ein lange zurückliegendes Verbrechen und im Auftrag eines ehemaligen Abgeordneten der Tories liquidiert (und somit wurde auch nie bekannt, dass es sich bei diesem schottischen Politiker um den Ehrenvorsitzenden einer literarischen Gesellschaft in Edinburgh handelte).

In die Medien gelangte übrigens auch Henzlis jüngster Sohn, der – für einen Vierjährigen erstaunlich eloquent – der isländischen Presse erklärte, dass seinem Vater darum nichts hatte passieren können, weil er drei zugespitzte Holzstücke im Jackett getragen hatte. In der Schweiz hätte man sich darüber sicher lustig gemacht, in Island aber fanden das die meisten recht logisch.

Überhaupt wurde das Überleben Henzlis zur eigentlichen Sensation. Weil dadurch auch diese ganze Leuchtturmwärtergeschichte wieder in den Fokus geriet. Es gab Überlegungen der Produktionsfirma Netflix, daraus eine Serie zu machen, um die Geschichte von damals und die Geschichte von heute zu wenigstens zwei Staffeln zu verweben.

Und Cheng?

Cheng blieb verschwunden.

Vorerst noch.

Im Zuge jener Reise, die Frau Wolf zusammen mit Lis Bischof und Margot auf den Stapafell unternommen hatte, war vor allem eine enge Bindung zwischen Polnitz' Tochter und der so wunderbar zur Frau und zur genialen Pianistin gereiften Margot entstanden. Nicht zuletzt, da Lis bereits vor diesem Zusammentreffen in einem Reykjaviker Hotel eine Verehrerin von Margots Klavierspiel gewesen war. Es ergab sich nun, dass zur selben Zeit, da Lis ihren Vater im Gefängnis *The Ville* besuchte, Margot ihr erstes Konzert in London gab, in der St Bride's Church (und es eine kleine Pointe darstellte, dass die Liveübertragung dieses Konzerts durch die BBC von einer gewissen Kirstin Bach kommentiert wurde, beginnend mit den Worten »Today she plays *She*«). Selbstverständlich trafen sich Lis und Margot, und selbstverständlich besuchte Lis das Konzert, dessen Programm sich aus Stücken der Komponistinnen zusammensetzte, die Margot in ihrem Album *She* vereint hatte. Umgekehrt war es so, dass Margot ihre Freundin Lis in das Gefängnis begleitete. Die Umstände wollten es, dass Margot sich vom musikbegeisterten Direktor der *The-Ville*-Einrichtung überreden ließ, auf einem im Gefängnis stehenden und dank eines inhaftierten Klavierstimmers in tatsächlich allerbestem Zustand befindlichen Flügels vor den Insassen ein kleines Konzert zu geben.

»Der beste Flügel meines Lebens« würde man Margot später des Öfteren zitieren und damit nicht nur Bezug auf ihr Klavierspiel nehmen. Denn dank dieses Besuchs in der berüchtigten Haftanstalt begegnete sie Peter Polnitz, der sich zwischenzeitlich von seiner Karlsruher Frau getrennt hatte. Margot nun … jawohl, nicht nur Polnitz war augenblicklich vernarrt in diese Frau und ihre Erscheinung am Klavier wie jenseits des Klaviers, sondern auch Margot verliebte sich in den Mann. Nicht der schönste Mann auf der Welt, okay. Aber mit einer der schönsten Stimmen auf der Welt. Und sie verliebte sich wohl auch in etwas, das einfach keinen Namen hat, aber merklich unser Leben und unsere Entscheidungen bestimmt. Etwas, das die Mi-go *klaikan* nennen, was mit viel gutem Willen mit *Wenn zwei Köpfe zusammenstoßen und sich freuen* übersetzt werden kann.

Jedenfalls begann nun auch Margot, Polnitz zu besuchen und ihm zu schreiben. Die beiden schickten sich Mails und WhatsApp-Nachrichten voll Zuneigung, Verständnis und Sehnsucht. Zusammen mit dem einen oder anderen Versprechen in Bezug auf das Körperliche. Welches sich freilich in den Mauern von *The Ville* nicht würde verwirklichen lassen.

Kurz nach Ende des Jahrs kam es dann zu einer breit angelegten

Gefängnisrevolte, die nur auf den ersten Blick Züge eines spontanen Protests besaß. Vielmehr war sie gut durchdacht und bestens gelenkt. Und zwar in einer Weise, die es einer Gruppe von Häftlingen ermöglichte, inmitten des Chaos und der Gewalt einen Ausbruch vorzunehmen. Unter ihnen auch Peter Polnitz.

Es würden später diverse Theorien darüber kursieren, inwieweit Polnitz selbst diese Aktion geplant und dank der Gabe eines Menschen, der in erfundenen Geschichten und erfundenen Figuren zu denken verstand, organisiert hatte. Oder ob es eher ein Zufall gewesen war und Polnitz quasi in diesen Ausbruch hineingeschlittert war. Faktum war, dass es sich bei sämtlichen der Ausbrecher um Mitglieder jener Gruppe Freiwilliger handelte, die sich an der Einspielung der Hörspielfassung von *A Man for Endings* beteiligt hatten. Als die »Ville-Riots« begannen, waren alle diese Männer gerade beim Einsprechen der Schlussszene gewesen, um in der Folge in den Uniformen einer Eliteeinheit aus dem Gefängnis zu entkommen.

Es stellte einen in den Medien genussvoll ausgebreiteten Clou dar, dass es sich bei diesen Uniformen nicht um die Kopien tatsächlich existierender Modelle gehandelt hatte, sondern um frei erfundene Fantasieuniformen, die mit viel Liebe zum Detail und einem gewissen utopischen Flair in der anstaltseigenen Schneiderei hergestellt worden waren.

Die Polizei erwies sich aber nicht nur als unfähig. Es gelang, von den acht Flüchtigen fünf wieder einzufangen Nicht jedoch Polnitz. Polnitz verschwand. Und fast gleichzeitig auch Margot, die eigentlich ein Konzert in Barcelona hätte geben sollen. Dort aber niemals ankam. Vielmehr meldeten sich Zeugen, die behaupteten, Margot und Polnitz auf der kleinen Orkney-Insel Eday gesichtet zu haben, bevor die beiden auf einer Motorjacht wohl in Richtung Norden in See gestochen waren. Das war dann auch der letzte Hinweis auf das Paar.

Als Cheng von alldem erfuhr, war er einer der wenigen, die die Parallele erkannten. Die Parallele zwischen dieser Flucht aus einem Gefängnis und dem angeblichen Tod eines siebzehnjährigen Jungen in den frühen 1970er-Jahren im Zuge eines Transports jugendlicher Straftäter. Dass jetzt auch noch Margot in diese Sache hineingezogen wurde … Es machte Cheng gleichermaßen ungläubig, wie es ihn erfreute. Klar, für die Musikwelt war es ein Verlust. Und auch für ihn, natürlich. Aber es hatte schon eine ungemeine Größe, dass Margot alles sausen ließ, ihre ganze phänomenale Karriere, um diesem Mann wohin auch immer zu folgen.

Im Moment, da Cheng die Nachricht ereilte, war er freilich nicht in Wien, sondern in Edinburgh. Der Stadt, in die Mills ihn gebracht hatte. Genauer gesagt in einem Haus am Abercromby Place, das einer literarischen Gesellschaft mit dem Namen *The Real Club* als Sitz diente. Ursprünglich waren dieses Haus und diese Räumlichkeiten eine getarnte Einrichtung des MI5 gewesen, in welcher auch Clive Mills gearbeitet hatte. Doch nachdem der Standort aufgegeben worden war, war praktisch die Tarnung, also die literarische Gesellschaft, allein zurückgeblieben. Und mit ihr einige Leute, die entweder aus dem Dienst ausgeschieden, in Rente gegangen oder aus schierer Begeisterung für das verinnerlichte Thema der Tarnung zu Mitgliedern geworden waren, mit großer Lust am Sammeln wertvoller Bücher, nicht zuletzt der speziellen Pflege des Werks von Thomas Or. Und vor allem einer eingehenden wissenschaftlichen Untersuchung seines in der Öffentlichkeit vollkommen unbekannten *How To Cook Mushrooms From Yuggoth.* Diese Studien selbst hatten etwas Geheimwissenschaftliches. Man war ohne Ehrgeiz, die Welt daran teilhaben zu lassen.

Bekannt war die Gesellschaft aber durchaus für einige spektakuläre Ankäufe und Ersteigerungen wertvoller Erstausgaben und seltener Exemplare. Wenn man zu den Privilegierten gehörte, die das Haus am Abercromby Place besuchen durften, konnte man im hohen Hauptraum – der Bibliothek, die noch unter MI5-Beteiligung errichtet worden war –, zwei zentrale, frei stehende Glasschränke sehen, die sich wie freundliche Duellanten gegenüberstanden. In dem einen befanden sich eine frühe illustrierte Hetzel-Ausgabe von Jules Vernes *Voyage au centre de la Terre,* daneben die Erstausgabe von Robert Louis Stevensons *Treasure Island* von 1883 und als drittes Buch Lord Byrons Exemplar von Mary Shelleys *Frankenstein.*

Es war sicher mehr als passend, dass es nur wenige Minuten brauchte, um vom Haus des *Real Club* zu jenem Gebäude zu gelangen, in dem Robert Louis Stevenson als Kind mit seinen Eltern gelebt hatte, nämlich 17 Heriot Row, auf dessen Höhe sich die private Parkanlage der Queen Street Gardens befindet und dort wiederum ein kleiner Teich mit einer kleinen Insel, die manche für die »Urinsel« von Stevensons literarischer Erfindung einer Schatzinsel halten.

In dem anderen der beiden sich freundlich duellierenden Glaskästen waren ebenfalls drei Plätze für drei Bücher reserviert, wobei sich bis zu Chengs und Mills' Eintreffen nur zwei der Plätze als besetzt erwiesen. Und zwar besetzt von jenen beiden Ausgaben von Thomas Ors fiktionalem Pilzkochbuch, welche die literarische Gesellschaft ersteigert hatte. Das dritte Exemplar hingegen …

Klar, es befand sich in Chengs Umhängetasche.

Man kann sich fragen, wieso Mills dieses Buch Cheng nicht einfach abgenommen hatte, um Cheng wo auch immer zurückzulassen. Aber offensichtlich hatte sich Mills an die Ankündigung gehalten, Mann *und* Buch nach Edinburgh zu bringen. Ein Buch, das nun den vakanten dritten Platz in der Vitrine einnehmen würde.

Was sollte Cheng tun? Er mochte das Buch. Aber er begriff auch, wohin es gehörte. Die Lücke war zu offensichtlich. Und zu offensichtlich war auch, dass sie mittels dieses einen Buches gefüllt werden musste. Ein augenscheinliches Muss.

Als dieses dritte Buch an seinen Platz geriet, ging die Welt nicht unter. Tat sich keine gewaltige Fallgrube auf, wurde die Menschheit nicht schlagartig gescheiter und stiegen keine Dämonen aus den Vulkanen unserer Erde. Nicht einmal ein Haus oder eine Höhle flogen in die Luft. Sondern es geschah allein eine Ordnung. Gleich einem flüchtig gewordenen Atom, das in ein bestimmtes Molekül zurückkehrt. Und der Welt wieder seine alte Stabilität verleiht.

Es entstand Ordnung, und Cheng kam nicht umhin, in einer ähnlichen Weise Freude an dieser Ordnung zu empfinden wie die Klubmitglieder, die so taten, als hätten sie nicht Mills, sondern ihm, Cheng, vor langer Zeit eben genau den Auftrag erteilt, dieses Buch nach Edinburgh zu befördern. Ein Buch, das ja einst Thomas Or, dem Killer Thomas Or, gehört hatte. Welcher seinerseits durchaus in Kontakt mit dieser Gesellschaft gestanden hatte und im Auftrag von deren Ehrenvorsitzendem eine späte Bestrafung Andrew Wakes vorgenommen hatte. Und doch war es Cheng gewesen, dem Or das Buch samt einer Blüte übertragen – vererbt – hatte, und war Cheng es gewesen, der es an diesen Ort gebracht hatte.

Cheng erinnerte sich, früher einmal gedacht zu haben, ein Schutzengel zu sein. Auch wenn das sicher in einem ironischen Sinn gemeint gewesen war. Andererseits konnte man Ironie vielleicht ähnlich interpretieren, wie Mills es bezüglich der Fantastik tat. Nämlich etwas Wirkliches zu tarnen. Zu tarnen, um nicht als ein Verrückter dazustehen.

Es war so viel Ironie in dieser Welt.

Doch noch mehr als ein Schutzengel, überlegte Cheng jetzt, war er vielleicht ein Bote, so wie ihm das bisher oft bei Kellnern und Fahrern und Sekretärinnen vorgekommen war. Boten ohne Gott, aber doch mit einem Auftrag.

Vielleicht …

In der Tat, die literarische Gesellschaft des *Real Club* bezahlte Cheng mit großer Selbstverständlichkeit. Sie bezahlten ihm nicht das Buch. Sondern es gebracht zu haben.

Auch schlugen sie ihm einen weiteren Auftrag vor, nämlich die Spur eines irgendwo in den schottischen Lowlands vermuteten Manuskripts von Thomas Ors einzigem fertiggestellten Roman zu verfolgen, es zu finden und die Konditionen eines Erwerbs auszuhandeln. Ohne dabei aber den Namen der Gesellschaft ins Spiel zu bringen. Dass Cheng weder ein Kenner der schottischen Kultur noch ein Meister der englischen Sprache war, schien dabei nicht ins Gewicht zu fallen. Cheng war der Mann, dem sie vertrauten.

Und das, obwohl er doch eigentlich das Opfer einer Entführung war.

Und das, obwohl er doch eigentlich zurück nach Wien wollte, natürlich.

Und das, obwohl dieser Auftrag eindeutig mit der Verpflichtung zusammenfiel, einen anderen Auftrag fallen zu lassen, nämlich sich weiter um die wahren Umstände zu kümmern, die zum Tod Andrew Wakes geführt und Peter Polnitz ins Gefängnis gebracht hatten.

Auf eine gewisse Weise erkannte Cheng aber, dass der Umstand, noch immer am Leben zu sein, letztlich auch damit zusammenhing, dass man fest davon überzeugt war, er würde den neuen Auftrag annehmen und den alten aufgeben. Somit noch eine ganze Weile in Schottland verbleiben.

Und so geschah es. Wobei die Tatsache, dass Cheng sich längst nicht mehr in Mills' Gewalt befand, sondern gänzlich ungebunden in Edinburgh aufhielt, erst Tage nach der Entdeckung Henzlis auf Eilean Mòr an die Öffentlichkeit durchsickerte. Während Mills, sofort nachdem er Cheng nach Edinburgh gebracht hatte, verschwunden war. Wie nie gesehen.

Die Befragung Chengs durch Beamte des Police Service of Scotland wurde zwar nicht nachlässig geführt, schien aber doch sehr darauf ausgerichtet zu sein, allein Clive Mills' Verrücktheit bestätigt zu bekommen. Und vor allem, dass Mills als der Mörder von Thomas Or gelten konnte. Das war ihnen wohl das Wichtigste. Was Cheng aber weder bestätigen noch ausschließen wollte.

Bei alldem ahnte Cheng schon, dass die Bemühungen, der Person des Clive Mills habhaft zu werden, sich in Grenzen halten würden.

Sein Verschwinden war die einzige wirklich saubere Lösung.

(Was Cheng so ganz nebenbei erstaunte, war, dass in dem Raum, in dem er befragt wurde, ein gerahmtes Bild der Queen hing. Und zwar von der aktuellen Elizabeth II., die zwar schon sehr lange, seit 1952, diese Position innehatte, Cheng aber doch viel eher mit jemandem gerechnet hatte, der noch früher regiert hatte, etwa Queen Victoria).

»Meine Güte, Herr Cheng, wieso das denn?«

So froh Frau Wolf war, dass Cheng überlebt und er sie noch vor allen anderen von diesem Überlebthaben telefonisch unterrichtet hatte, war sie doch fassungslos ob seiner Ankündigung, noch eine Weile in Edinburgh zu bleiben, beziehungsweise die Lowlands zu bereisen, um im Auftrag einer literarischen Gesellschaft ein Romanmanuskript aufzutreiben.

»Und der Fall Polnitz?«, fragte Frau Wolf.

Seine Antwort war eine indirekte. Er bat Frau Wolf, einstweilen das Wiener Büro in der Taubstummengasse zu übernehmen. Sie sei ohnehin der bessere Detektiv.

»Aber Sie bleiben doch nicht ewig?«

»Ich weiß es nicht«, antwortete Cheng.

»Das klingt, als hätten die Schotten Sie in ein Gefängnis gesperrt.«

War es das? War er in einer Art Gefängnis gelandet?

Er konnte es sich selbst nicht erklären. Und er konnte es ihr nicht erklären. Er konnte sie nur bitten, zu warten.

Zum Schluss fragte Frau Wolf: »Soll ich Ihnen Ihre Uhr schicken?«

»Ich wusste«, antwortete er, »Sie würden sie finden. Nein, lassen Sie die Uhr bei sich. Am liebsten wäre mir sogar, wenn Sie sie tragen. Damit jemand die Zeit kontrolliert.«

Sie lächelte in die Telefonleitung hinein. Er fühlte dieses Lächeln wie einen Kuss an seinem Ohr.

Cheng blieb also in Schottland. Und Frau Wolf tat, was Cheng ihr aufgetragen hatte, sie übernahm die Geschäfte. Sie band sich seine Armbanduhr um und setzte sich an seinen Schreibtisch. Mit dem Stuhl erging es ihr wie mit der Uhr. Sie saß darauf in einer Weise, als sei er für sie maßgeschneidert worden.

War der Stuhl somit glücklicher als zuvor, als noch Cheng auf ihm gesessen hatte? Hatte dieses Möbel sich möglicherweise stets danach gesehnt gehabt, von Frau Wolf *besessen* zu werden?

Wir wissen sehr wenig über das Leben der Uhren und Stühle.

Jedenfalls wechselte Frau Wolf von der perfekten Sekretärin zur perfekten Detektivin. In nur kurzer Zeit gelang es ihr, die beiden verschwundenen Silberleuchter jener älteren Kundin Chengs aufzutreiben. So wenig die alte Dame darüber richtig glücklich wurde.

Und zwar nicht, weil auf diese Weise der Diebstahl eines ihrer Neffen offenkundig wurde, sondern weil sie fürchtete, in Zukunft darauf verzichten zu müssen, Cheng zum Tee einzuladen, auch wenn er irgendwann zurückkam.

Es war nur folgerichtig, dass Frau Wolf auch jenen Auftrag übernahm, den Lis Bischof dem Büro Cheng erteilt hatte, nämlich die Unschuld des Peter Polnitz zu beweisen (unter Frau Wolfs Führung hieß das Büro weiterhin *Cheng*, sodass auch weiterhin Leute anriefen, die meinten, sie könnten einen Platz in einem Restaurant reservieren). Ein Auftrag, der sich dann freilich mit dem Gefängnisausbruch des Peter Polnitz erledigte.

Als dies geschah, der Ausbruch, rief Lis Bischof bei Frau Wolf an und äußerte: »Das ist immerhin auch eine Lösung.« Dann lachte sie auf eine gequälte Weise.

»Lachen Sie«, fragte Frau Wolf, »weil schließlich Sie ja Ihren Vater mit Margot zusammengebracht haben?«

»Nein, aber ich musste daran denken, was Herr Cheng bei unserem ersten Gespräch sagte. Er hat mich gefragt, ob ich ihn dazu überreden wolle, einen Gefängnisausbruch meines Vaters zu organisieren. Das war natürlich ironisch gemeint, aber wenn man sich jetzt die ganze Sache ansieht, könnte man meinen, Herr Cheng hat da schon was ausgelöst. Eine Zündschnur in Brand gesetzt.«

»Die Bomben waren jedoch nicht von ihm«, erinnerte Frau Wolf. »Aber ich weiß, was Sie meinen.«

Gleich darauf fragte Frau Wolf: »Hat sich Ihr Vater bei Ihnen gemeldet?«

»Nein, aber Margot. Gewissermaßen. Sie hat mir eine Partitur geschickt, eine kleine Komposition aus ihrer Hand. *Prelude and Fugue for Thin People.* Sie werden es nicht glauben, aber ich nehme jetzt tatsächlich Klavierunterricht, damit ich dieses Stück einmal spielen kann.«

»Man sollte es vielleicht veröffentlichen«, meinte Frau Wolf.

»Ich glaube nicht, dass Margot das möchte. Aber Ihnen, Frau Wolf, Ihnen werde ich es bei Gelegenheit vorspielen.«

»Durchs Telefon?«

»Nein, nein, ich komme gerne nach Wien.«

Und sie kam.

Wer nicht so rasch kam, war Cheng. Obgleich Frau Wolf damit rechnete, dass ihr Chef nach erledigter Schottland-Arbeit bald nach Wien zurückkehren würde. Er selbst rechnete damit. Aber sein Auftrag, das Or'sche Manuskript zu finden, zog sich hin. Cheng logierte in einem kleinen Raum im Haus am Abercromby Place und begab sich von Edinburgh aus zu immer neuen Ausflügen aufs Land und auf die Inseln, um die Aufzeichnungen eines Romans aufzustöbern, der angeblich den Titel *Finally Damned* trug*. So kam Cheng viel herum, wurde zum Kenner des Landes, löste sogar einige biografische Unklarheiten betreffs des Lebens des Thomas Or, entdeckte ein unbekanntes Konvolut aus Briefen und Aufzeichnungen, blieb aber in seiner Suche nach dem Roman erfolglos. Man hätte wohl Frau Wolf nach Schottland holen sollen, die quasi im Handumdrehen die barocken Kerzenleuchter hatte ausfindig machen können. Aber Frau Wolf war aus Wien nicht mehr herauszubekommen.

Es war Cheng selbst ein Rätsel, wie lange er blieb. Ohne dabei auch nur einen einzigen Whisky zu konsumieren. Oder auch nur aufzuhören, sich als Österreicher zu fühlen. Als Wiener. Als ein aus einer Walzerdrehung Geborener.

Er blieb zwei ganze Jahre.

---

* Cheng sowie den Mitgliedern der literarischen Gesellschaft musste natürlich auffallen, dass dieser Titel, also *Finally Damned,* gewisse Ähnlichkeiten mit dem Titel jener groß angekündigten Wake-Biografie besaß, die zeitgleich mit der Premiere von Wakes letztem Film *A Man for Endings* auf den Markt kam, nämlich *Happily Damned.* Aber warum auch nicht? Die Blätter auf einem Baum waren sich nun mal recht ähnlich. So brauchte es auch nicht zu verwundern, dass eines von den Pilzgerichten, die Thomas Or in seinem Buch über die Kochkunst der Mi-go anführte, aus dem Mi-go'schen ins Englische übersetzt *A formidable little ragout of the White-Parrot-Fungus* hieß. – Das Leben, da und dort, bestand aus Fäden – *strings* –, von denen die Teilchenphysiker so gerne sprachen. Oder diese Theorie so gerne kritisierten. Auch das Gesagte und das Kritisierte waren durch einen Faden verbunden.

18

Heilige Verkalkung

Später Herbst.
Später Herbst in Wien.
Später Herbst in der Taubstummengasse.
Später Herbst in Cheng.

Cheng war zurückgekehrt. Allerdings nicht an seinen alten Tisch, den Frau Wolf sofort hatte räumen wollen. Cheng erklärte, sehr viel besser in den kleinen Raum zu passen, der dem großen Büro vorgelagert war und den er einst seiner Sekretärin zugedacht hatte. Einer Sekretärin, die natürlich auch ein Sekretär sein konnte.

Ja, Cheng wurde Frau Wolfs Sekretär, ohne darum nun aber jeden zweiten Tag zum Friseur zu gehen. Gewöhnte sich jedoch immerhin an, ab und zu dort vorbeizusehen, um eine letzte Ordnung in seinen Bart fügen zu lassen.

Der Sekretär Cheng wurde zu einem Meister der Details. Seine Recherchen hatten etwas von den Aquarellen Rudolf von Alts aus dem 19. Jahrhundert, auf denen man noch im hintersten Winkel eines Zimmers, hinter der Scheibe einer Vitrine, eine unter einem Glassturz stehende Figurine erkennt, auf deren emaillierten Körper sich Teile des Raums spiegeln. Eines Raums, in dem diese Vitrine, dieser Glassturz und diese Figurine stehen.

Es war dann Frau Wolf, die von dieser Figurine auf das genaue Aussehen und die Bedeutung des Raums schloss. Von den Teilen, die sich spiegelten, auf die, die sich nicht spiegelten.

Womit Cheng allerdings immer mehr Probleme hatte, war die eigene Geschichte, die eigene Vergangenheit.

Vieles aus Chengs Erinnerung war verblasst, und noch mehr war ihm völlig entfallen. Es rührte ihn, als er in einem Fernsehinterview die Äußerung einer kroatischen Klosterschwester vernahm, die erklärte, als Oberin würde ihr die Aufgabe zufallen, die wertvollen Reliquien ihres Klosters im Falle großer Gefahr in Sicherheit zu bringen. Wofür ein bestimmtes Versteck existiere, das bereits des Öfteren, immer wieder auch in Kriegszeiten, zum Einsatz gekommen sei. Allerdings sei die genaue Lage dieses Verstecks ein Rätsel und Mysterium, nicht nur eines, das sie nicht preisgeben wolle, sondern unter Umständen gar nicht mehr könne. Sie und die anderen Schwestern hätten sich schon so lange in Geheimniskrämerei geübt, dass sie mittlerweile wohl an einer »heiligen Verkalkung« leiden würden. Was dazu geführt habe, dass sie alle sich beim besten Willen nicht mehr an den Ort des Verstecks erinnern könnten. Dabei lachte sie in sich hinein.

Es war für Cheng keine Frage, dass beides stimmte. Dass die Oberin wirklich vergessen hatte, wo das Versteck lag, und darum außerstande gewesen wäre, den Ort zu verraten, auch unter Folter nicht, sie es aber dennoch jederzeit vermocht hätte – in großer Not ihrer Intuition folgend –, die Reliquien an diesen bestimmten geheimen Platz zu befördern.

Heilige Verkalkung!

Das war es ganz sicher, woran Cheng litt.

Trotzdem war er ein ausgezeichneter Sekretär.

Manchmal, wenn Frau Wolf unterwegs war, betrat er das große Büro und betrachtete Correggios *Schwierigen Mann.* Das erinnerte ihn – der sich an so wenig erinnerte – an die Zeit, als er den Auftrag von Lis Bischof angenommen hatte, und wie überzeugt er gewesen war, nicht mehr lange zu leben. Er hatte das Ende der Straße gesehen, auf die er sich unversehens zubewegte. Und sah sie ja noch immer. Sie war ohne Kurven, ohne Abzweigungen, ohne am Straßenrand befindliche Lokale, in die er hätte einkehren können. Sie war aber etwas länger, als er anfangs vermutet hatte, doch ihr Ende so deutlich wie der Punkt, der einen Satz abschließt. Und dadurch Platz schafft für einen nächsten Satz jenseits dieses Punkts.

In mancher freien Minute saß Cheng unweit der Taubstummengasse auf dem großen Platz vor der Karlskirche, zusammen mit einem Hund, den er nicht sehen konnte, dem er aber immer ähnlicher wurde. Das spürte er. Er spürte die eigene Verwandlung ins Geisterhafte. Das machte ihn ein wenig traurig. Aber auch fröhlich. Und das war's wohl. Fröhlich traurig zu sein und zu wissen, wie friedlich der Schluss sein würde.

Dann aber kam ein Anruf.

So ein Anruf, als hätte auf der Straße, die auf Chengs Ende hinführte, sich in einer der Fassaden doch noch eine Lücke aufgetan. Eine Nische. Eine Nische, in die er sich nicht ohne Erregung begab.

0

Das Stück am Ende

Es war Clive Mills, der sich am anderen Ende der Leitung meldete. Fünf Jahre danach. Fünf Jahre nach den Ereignissen, die hinauf auf einen verstopften Berg geführt hatten. Drei Jahre, nachdem Cheng Edinburgh wieder verlassen hatte. Die Stadt, in die Cheng von eben jenem Clive Mills entführt worden war, letztlich zu dem Zweck, ein Buch an seinen richtigen Platz zu stellen. Viereinhalb Jahre nach einer Londoner Gefängnisrevolte, im Zuge derer Peter Polnitz aus *The Ville* entkommen war. Um dann zusammen mit Margot unterzutauchen, deren Album *She* zu einem der größten Erfolge von Aufnahmen klassischer Musik wurde. Und im Zuge dessen sich sogar eine populäre Phrase der Transgenderbewegung durchsetzte: *She is it.*

Keine Frage, dass Margots Liebe zu Polnitz, die Aufgabe ihrer Karriere und das Geheimnis ihres Verschwundenbleibens ihre Popularität ins Wunderbare zu steigern vermochten. Umso mehr, als auch die Wake-Biografie *Happily Damned* Zweifel daran schürte, Peter Polnitz sei tatsächlich der Mörder von Andrew Wake. Stattdessen war in diesem Buch die Rede davon, der MI5 könnte an der Ermordung des Schauspielers, der in seinem letzten Film einen Meister von Romanenden verkörpert hatte, beteiligt gewesen sein. Und das hatte ja wirklich etwas für sich. Ohne dass freilich die englische Justiz sich davon rühren ließ. Die Leser schon. Allerdings schien der Autor von *Happily Damned* nichts von jenen Geschehnissen des Jahres 1984 zu wissen, die zum Tod einer schwangeren Frau und ihrer Freundin geführt hatten. Und die so viel später einen einstigen schottischen Abgeordneten des Unterhauses und derzeitigen Präsidenten einer literarischen Gesellschaft in Edinburgh dazu verleitet hatten, einen Mann zu beauftragen, der sich darin gefiel, Tulpenblüten an seinen Tatorten zurückzulassen.

»Ich habe Polnitz gefunden«, erklärte Clive Mills, als er Cheng auf seinem Mobiltelefon erreichte, woher auch immer er die Nummer hatte. Und präzisierte: »Er befindet sich auf einem Schiff nach Grönland.«

»Ach!«, sagte Cheng, und es klang, als hätte jemand nach hundert Jahren Pause wieder zu atmen angefangen. »Und wieso erzählen Sie mir das?«

»Sie gehören zu dieser Geschichte«, antwortete Mills. Mills, der ja gerne die Menschen als die Figuren in einer Geschichte schreibenden Höhlenzeichnung ansah. Er sagte: »Ich wollte Sie zumindest unterrichtet haben.«

»Und das ist wirklich sicher?«

»Die beiden heißen jetzt Bierce. Samuel und Jeanne Bierce«, nannte Mills die neuen Namen von Polnitz und Margot. Und meinte, dass man Polnitz nur schwer wiedererkenne. Er habe sich ein drittes Mal in seinem Leben äußerlich radikal verändert. Seine Stimme aber nicht. Beziehungsweise nur in dem Sinne, wie eine Stimme sich im Laufe eines Abends und im Laufe einiger Schnäpse verfärbt. Aber dennoch zu jeder Stunde die Person offenbart, die mit ihr spricht. Und diese Stimme sei es ja auch gewesen, die Polnitz letztlich verraten habe.

Offenkundig besaß Clive Mills immer noch beste Kontakte zu diversen Geheimdiensten, die in unserer löchrigen Welt in jede erdenkliche Ecke hineinsehen und hineinhören (und es ist ein Beweis für die Integrität des Jenseits, dass die Abhörspezialisten dorthin nicht vordringen können, um zu schauen, was wir tun und denken, wenn wir einmal tot sind). Wobei es immerhin fast fünf Jahre brauchte, bis Polnitz' markante Jahrhundertstimme – eine Stimme wie eine Harmonielehre – ins Netz ging. Beziehungsweise ins Mikro einer Überwachungskamera. Und zwar beim Kauf zweier Tickets. Tickets, dank derer Polnitz zusammen mit seiner Begleiterin eine Woche zuvor an Bord des Schiffs MS Myhre gelangt war.

Ausgerechnet in Reykjavik, von wo aus das touristische Unternehmen eine Reise zum Süden Grönlands vorsah, um dann an der Westküste entlang den Ilulissat-Eisfjord anzusteuern.

»Und Margot?«, fragte Cheng und stellte sich einen Moment vor, wie seine Freundin zum Zweck der Tarnung wieder etwas von ihrer überwunden geglaubten Männlichkeit angenommen hatte. Eine grässliche Vorstellung eigentlich.

»Sie ist jetzt blond, nicht mehr rotbraun«, sagte Mills, »sonst aber unverändert. Bis auf die Stimme. Die Stimme ist anders.«

Ja, bei Margot war es genau umgekehrt. Ihr Äußeres war – von der Haarfarbe abgesehen und abgesehen von der schon früher stets wechselnden Augenfarbe – gleich geblieben. Sie war nicht dicker oder dünner geworden, wirkte nicht älter oder jünger, und schon gar nicht hatte sie in irgendeiner Weise wieder männliche Züge angenommen, nein, allein ihre Stimme hatte einen markanten Wechsel erfahren. Und was für einen! Entsprach nun sehr viel mehr ihrer Erscheinung, verfügte über eine passende weibliche Tönung.

So ungewiss es war, mit welcher Art von Eingriff dieser Wechsel zusammenhing, gefiel Cheng die Vermutung, es könnte den stimmbildenden Fähigkeiten des Peter Polnitz zu verdanken sein, dass Margot diesen phonetischen Schritt hatte gehen können. Somit auch stimmlich zu der Frau zu werden, die sie immer hatte sein wollen. Die zu sein sie das Recht hatte. Weshalb sie nun keine Zigarette mehr in der Hand zu halten brauchte, um ihrer Stimme eine optische Begründung zu verleihen.

Das eigentlich Erstaunliche aber war, dass Mills bei Cheng überhaupt angerufen hatte. Womit wahrhaftig nicht zu rechnen gewesen war. Nicht nach all den Jahren, die wie ein andauernder Regenfall Chengs Herbst bestimmt hatten.

Stattdessen Grönland.

»Und was soll ich jetzt machen?«, fragte Cheng.

»Das ist Ihre Sache«, meinte Mills, erklärte aber, er selbst werde jedenfalls in Nuuk an Bord der MS Myhre gehen. Um zu tun, was getan werden müsse, nachdem sich Polnitz seiner Strafe zum zweiten Mal entzogen habe.

Dann legte er auf.

Cheng fragte sich, ob Mills ihn wirklich nur »der Ordnung halber« informiert hatte. Weil Cheng zu dieser Geschichte dazugehörte. Oder ob es nicht eher so war, dass Mills sich wünschte, Cheng würde ein Verbrechen verhindern. Würde ihn aufhalten.

Allerdings hatte er das schon beim letzten Mal gedacht, als er mit Henzli einen unwegsamen Berg hochmarschiert war und sie eine Höhle entdeckt hatten. Und sich Mills in keiner Weise hatte aufhalten lassen.

Cheng ging in sein altes Büro, das jetzt Frau Wolfs Büro war, dorthin, wo natürlich noch immer der Correggio hing.

»Ich möchte gerne ein paar Tage Urlaub nehmen«, kündigte Cheng seiner Chefin an, mit der er bei seiner Rückkehr nach Wien die Rollen, die Tische und eben auch eine Uhr getauscht hatte.

»Urlaub?«, zeigte sich Frau Wolf überrascht.

Er hätte ihr ruhig sagen können, wer ihn angerufen hatte. Doch etwas hielt Cheng ab. Anstatt ihr klipp und klar zu erklären, wer sich hier gemeldet hatte, benutzte er eine diffuse Angabe. Er sagte: »Etwas Familiäres.«

»Erzählen Sie mir nicht, Sie fahren nach China.«

»Aber nein«, antwortete Cheng. Ohne aber genauer zu werden. Vorerst.

Frau Wolf meinte, sie hoffe, er würde nicht wieder zwei Jahre brauchen, um zurückzukehren.

Cheng schüttelte den Kopf. Es wirkte aber weniger wie eine Verneinung, sondern erinnerte an Henzlis Kopfschütteln damals in Mills' Höhle, als der Kommissar das Irreale der Situation konstatiert hatte.

Was Cheng dann aber sagte, klang doch recht optimistisch. Er versprach: »Ich beeile mich.«

Dumm nur, dass Grönland nicht um die Ecke lag. Wenn man sich nämlich weder an der Westküste Islands noch der Ostküste Kanadas befand, sondern im äußersten Osten der Wiener Taubstummengasse.

Cheng überprüfte die Route der in der Vorwoche aus dem Hafen von Reykjavik ausgelaufenen MS Myhre und stellte fest, dass das

Schiff am kommenden Freitag in Nuuk ankommen sollte, um von dort die Fahrt in den Norden fortzusetzen. Er hatte somit vier Tage Zeit, um die grönländische Hauptstadt zu erreichen. Allerdings zeigte die Internetseite des Reiseveranstalters an, dass der touristische Teil des Schiffs ausgebucht war. Wobei Cheng kaum daran zweifelte, dass Mills einen Weg finden würde, um an Bord zu gelangen.

Es war in der Folge eine eigentümliche Pointe, dass Cheng Frau Wolf um Hilfe bat. So sehr sich die Detektivin über Chengs familiäre Bindung ans Grönländische wunderte, sie half ihm. Und zwar auf eine durchaus vertraute Art. Unter Vorspiegelung falscher Tatsachen ergatterte sie ab Nuuk einen letzten freien Kabinenplatz, nämlich dort, wo das elfköpfige Forscherteam aus Meeresbiologen untergebracht war. Eine Gruppe chinesischer Wissenschaftler der Universität Wuhan. Frau Wolf gab Cheng als einen Biologen und Ökologen der Uni Wien aus, was natürlich daran erinnerte, wie sie Jahre zuvor den Zugang zur ROOM-Suite des Hotel Beaumont dadurch ermöglicht hatte, Cheng als einen für ein New Yorker Magazin schreibenden Kunsthistoriker anzukündigen. Etwas, an das sich Cheng übrigens gar nicht mehr erinnern konnte. An die weiche Dunkelheit von ROOM schon, auch an die Tulpenblüte auf dem Schlafzimmerboden, nicht aber an den nie verfassten Architekturartikel, den er einer flamingohaften Hotelangestellten versprochen hatte.

Und nun also Meeresbiologie. Wovon er weit weniger verstand als von der Kunst. Aber noch viel schlechter beherrschte er die chinesische Sprache, mit der er an Bord der MS Myhre von einigen der chinesischen Wissenschaftler willkommen geheißen wurde. Denn immerhin hielten sie ihn für einen Kollegen und wohl auch Landsmann.

Cheng antwortete auf Deutsch, als sei eine andere Sprache gar nicht zulässig. Er gab sich zugeknöpft und spröde. Seinerseits das Porträt eines schwierigen Mannes verkörpernd.

Nachdem das Schiff abgelegt hatte, verbrachte Cheng die ersten Stunden auf der Liege der leeren Vierbettkabine und las in der erst neulich erschienenen deutschen Ausgabe von *How To Cook Mushrooms From Yuggoth*, die in leichter Abänderung des Originals den Titel *Wie man Pilze auf Yuggoth zubereitet, ohne dabei verrückt zu werden* erhalten hatte. Und die mit einem Nachwort des bekannten deutschen Literaturkritikers Denis Scheck ausgestattet war. Scheck, der ja nicht nur als fabelhafter Literaturlober und Literaturwarner galt, sondern auch als ein begabter Koch. Er behauptete, mit großem Erfolg das Rezept *Fa-tu-Pilze, die man mit einem guten Witz gnädig stimmen sollte* beziehungsweise dessen Übertragung in das für Menschen zubereitbare *Parasolschnitzel in einem Schaum von Knoblauch* nachgekocht zu haben.

Im Jahr zuvor war überraschenderweise eine neue englische Ausgabe erschienen, und zwar mit einer bedeutend größeren Auflage als von nur drei Stück. Passenderweise beim Verlag Knopf, einem Imprint der Knopf Doubleday Publishing Group und damit Nachfolger des Verlags Alfred A. Knopf, den Thomas Or ja fälschlicherweise im Impressum der ersten drei Exemplare angeführt hatte. So war aus einer Fälschung ein Original geworden. Was dann mal der umgekehrte Weg war.

(In einem neuen Vorwort, das aus den Aufzeichnungen von Thomas Or stammte – aus jenem Konvolut, dessen Auffindung Cheng zu verdanken war, als dieser nach dem verschollenen Romanmanuskript gesucht hatte –, verwies Or ausdrücklich darauf, dass es ein Irrtum sei, die Rezepte in diesem Buch als vegetarische zu bezeichnen. Mi-go, bei denen es sich ja selbst um Pilzwesen handelte, würden vehement eine solche Klassifizierung ablehnen, nicht nur aufgrund der auch auf der Erde bekannten Tatsache, Pilze seien näher mit Tieren als mit Pflanzen verwandt, sondern vor allem wegen der eigenwilligen Psyche und des markanten Seelenlebens dieser Speisepilze. Einem Seelenleben, das in der menschlichen Kultur am ehesten dem Begriff des Manisch-Depressiven entsprach. Ein Hin- und Herschwanken zwischen Überlebenstrieb und Todessehnsucht, zwischen der Weigerung, in einem Kochtopf zu landen, und dem Bedürfnis, genau das möge geschehen, weil nichts schöner und auch sinnvoller sei, als ein gutes Gericht abzugeben.)

Erst gegen Abend verließ Cheng die Kabine und machte sich auf die Suche.

Auf die Suche nach Clive Mills.

Auf die Suche nach Peter Polnitz.

Und auf die Suche nach einer erblondeten wie stimmlich an ihr Ideal gelangten Margot.

Als Cheng nach draußen aufs vordere Deck trat, brach soeben die Abendsonne durch einen breiten Riss in der Wolkendecke und verlieh den vorbeitreibenden Eisbergen den farblichen Glanz von altem, angegrautem Rosa. So ein Rosa, das manch einer als Großmutterrosa bezeichnen würde, bei dem Cheng aber an einen bestimmten Wassereisschlecker der Firma Eskimo aus den frühen 1970er-Jahren denken musste. Dieser hatte aus einer einzigen zylindrischen Form bestanden und den Namen *Lutscher* getragen. Ein Totem von Eis. Er hatte genau einen Schilling gekostet. 1 Schilling! Nicht 0,99.

Natürlich würde man heutzutage keine Marke mehr Eskimo taufen und keinen Lutscher mehr Lutscher. Und von der Währung Schilling zu sprechen klang so, als rede man über den in Entenhausen gebräuchlichen Taler. Doch für Cheng hatte die Erinnerung an dieses Eis seiner Kindheit, das praktisch dort draußen zu arktischer Natur verwandelt vorbeischwamm, etwas Besänftigendes. Die Erinnerung an eine größtmögliche Einfachheit, die größtmögliche Freude bereitet hatte.

Während er noch an das Eis seiner Kindheit dachte, sah er die beiden. Er sah sie von der Seite, Polnitz, den er nur darum als Polnitz wahrnahm, weil er sofort Margot erkannt hatte, wie sie im Arm ihres Geliebten eingehakt war und wie die beiden entlang der Reling spazierten, in Richtung auf das Innendeck. Und wie sie soeben an einem Mann vorbeigingen, der hinaus aufs Meer blickte und den Cheng nur von hinten sah. Aber gleich ahnte, wer das war, der dort stand.

Als sich Polnitz und Margot einige Meter entfernt hatten und sich der andere nach ihnen umdrehte, konnte Cheng sein Gesicht sehen: Clive Mills. Clive Mills, der sich nun wieder dem bewegten Meer und dem bewegten Himmel zuwandte.

Cheng näherte sich ihm und griff ihm von hinten kurz auf die Schulter.

Mills drehte sich um und meinte: »Ach ja, Sie sind es.« Er schien kaum überrascht, dass Cheng den Weg nach Grönland und auf dieses Schiff gefunden hatte.

»Natürlich bin ich es«, sagte Cheng, »immerhin haben Sie mich gerufen.«

»*An*gerufen«, korrigierte Mills.

»Wie auch immer, hier bin ich.«

»Gut, so können Sie mir helfen.«

»Bei einem Mord?«

»Wieso nicht?«

»Ich glaube«, sagte Cheng und zwar eingedenk dessen, dass er ja noch immer Detektiv war, wenn auch Detektivsekretär und einst *für* Polnitz, nicht *gegen* Polnitz gearbeitet hatte, »Sie verwechseln da etwas.«

»Mag sein«, antwortete Mills. »Aber was hält die Welt mehr zusammen als der Irrtum? Der Irrtum ist die Basis unseres Lebens.«

»Was soll das heißen?«

»Es heißt«, sagte Mills, »dass es die Missverständnisse sind, die uns vereinen. Freunde wie Feinde.«

»Darum also«, meinte Cheng, »kommt einem alles so wackelig vor auf dieser Welt.«

Wollte aber anfügen, trotzdem nicht gekommen zu sein, um Mills dabei zu assistieren, Polnitz zu bestrafen. Und schon gar nicht Margot, die Frau, der er alles Glück dieser verwackelten Welt gönnte.

Aber da hatte sich Mills bereits von der Reling gelöst und in Bewegung gesetzt. Im Davongehen meinte er, man werde sich später noch treffen.

Cheng überlegte. Er dachte daran, dass, soweit er wusste, Mills nie eigenhändig einen Mord begangen hatte. Dies war allein Thomas Ors Sache gewesen. Cheng war zwischenzeitlich überzeugt, dass Or damals in der Harpa tatsächlich selbst gesprungen war und dass Mills den Freund auf diesem letzten Gang zwar begleitet, ihn aber nicht etwa gestoßen hatte. So wie er auch jetzt niemanden stoßen würde, etwa ins Meer. Das war nicht Mills' Art, Rache oder Gerechtigkeit zu üben. Eine Bombe freilich …

Nun, es war aber ebenso wenig Mills' Art, Unschuldige oder Unbeteiligte zu opfern. Er würde dieses Schiff nicht in die Luft sprengen, nicht solange Menschen an Bord waren, unter ihnen immerhin auch englische Bürger. Er würde …

Ja, was würde er?

Cheng atmete die kalte Luft wie mit einem Löffel, auf dem etwas von kühlendem Eukalyptus schwamm.

Er blieb noch eine ganze Weile.

Kurz nach neun betrat Cheng den Speisesaal, in dem sich fast alle Passagiere eingefunden hatten. Gläser, Besteck und Menschen klirrten im Stil einer hübschen Geschwätzigkeit. Die Gruppe chinesischer Wissenschaftler sah sich kurz nach Cheng um, so als trage er kurze Hosen. Dabei war es das Letzte, was Cheng getan hätte. Egal wo auf der Welt. Er hielt kurze Hosen für einen Unfall.

Jedenfalls ignorierte er solche Aufmerksamkeit, ließ die Meeresbiologen links liegen und überblickte den weiten Raum. Er bewegte sich auf einen Tisch seitlich der linken Fensterreihe zu, denn er hatte Margots erblondetes Haar erkannt, die typische Art, mit der sie ihren Kopf beim Sprechen gleich einer kurzen Schleife bewegte und ja auch bewegt hatte, als ihre Haare noch mahagonibraun gewesen waren. Cheng war überzeugt, fast jeden ihm vertrauten Menschen von hinten zu erkennen. Am Gang wie an den Bewegungen. Übrigens auch die Tiere. Seine Katze Batman etwa. Die war zwar schon lange tot, aber sollte Batman in irgendeiner Form wiedergeboren werden, glaubte Cheng fest, ihn gleich daran zu erkennen, wie sein Körper an unsichtbaren Stangen vorbeistrich. Auch für den Fall, dass Batman gar nicht mehr als Katze zurückkehren sollte.

So sehr Cheng seine Erinnerung im Stich ließ, so wenig tat dies sein Gefühl für die Signatur eines Gangs oder einer Geste. Einer Geste, wie sie Polnitz gerade vollzog, indem er einen Finger an die Wange und den Daumen ans Kinn legte, als stütze er sich auf einer Zange auf.

Er sah schmaler aus, aber auch gesünder, also nicht so krankschmal wie in seiner *The-Ville*-Zeit, sondern freudigschmal, kompakter als noch im Gefängnis.

Wie hätte diesmal der Titel für sein Gesicht lauten können? Vielleicht *Der Mann, der bis zehn zählte, aber bereits bei drei aufhörte, einfach um die Zahl Drei besser genießen zu können.*

Dieser Mann, in dessen Gesicht von Holz sich die Freude an einer eleganten Zahl und damit am Leben spiegelte und der sein Kinn auf Finger und Daumen stützte, hielt nun inne, blickte nach oben und erkannte Cheng.

Aber auch er schien nicht wirklich überrascht.

Es war Cheng, der etwas sagte und damit bewies, nicht nur in Vergesslichkeit zu schwelgen. Er sagte: »Ich bin *nicht* der Ire aus dem Hörspielstudio in Hamburg.«

»Nein, natürlich nicht, Herr Cheng. Sie sind der Österreicher aus der Hotelbar in Mallorca.«

Margot drehte sich um. Sie sprang aus dem Sessel, trat auf Cheng zu und umarmte ihn. Dabei sagte sie: »Markus, was tust du hier?«

»Hoffentlich das Richtige«, antwortete Cheng. Erwähnte aber gleich, wie gut sie sich anhöre. Wie richtig. Er sagte es auf Englisch. Er sagte: »Very very.«

In diesem Moment wandte sich die dritte Person am Tisch in Chengs Richtung, freilich ohne aufzuspringen.

Ein »Oh!« entglitt Cheng. Ganz ähnlich dem *Ach!,* von dem gesagt worden war, es höre sich an, wie wenn jemand nach hundert Jahren wieder zu atmen anfängt.

Dieser Ausruf galt Polnitz' Tochter, Chengs ehemaliger Auftraggeberin: Lis Bischof.

Wobei auch sie nicht wirklich überrascht schien, Cheng zu sehen. Es war erneut Cheng, welcher der Überraschte war.

Er sagte: »Sie hier?«

»Sie ja auch«, antwortete Lis Bischof und berichtete, zwei Tage zuvor in Chengs Büro angerufen zu haben. »Ich wollte Sie wieder einmal sprechen. Ehrlich, ich wollte Sie fragen, ob Sie nach Rom kommen und etwas für meinen Mann tun könnten. Aber Frau Wolf hat mir gesagt, Sie seien nach Grönland unterwegs, um an

Bord dieses Schiffs zu gehen. Wegen etwas Familiärem. Frau Wolf hat sich gewundert. Und ich habe mich auch gewundert. Und ich dachte mir also, dass mit etwas Familiärem vielleicht gar nicht *Ihre* Familie gemeint war, Herr Cheng, sondern *meine.*«

Außerdem, so Lis Bischof, sei es ihr folgerichtig erschienen, nachdem sie Cheng Jahre zuvor nach Island nachgereist war, ihm nun auch nach Grönland zu folgen. Gar nicht erst zu versuchen, ihn am Handy zu erreichen, sondern ebenfalls diese Reise anzutreten.

»Und als ich heute Mittag das Schiff betrat«, sagte sie, »um eine Kabine zu beziehen, die glücklicherweise frei geworden war, und als ich da an Deck plötzlich … da wusste ich, wie sehr tatsächlich *meine* Familie gemeint gewesen war. Mein Vater. Meine Freundin Margot.«

»Das war nicht der Plan«, sagte Polnitz, »meine Tochter wiederzusehen. Und doch darf ich es als ein Glück annehmen.«

Sodann zeigte er mit seiner Hand auf einen freien Stuhl zwischen Margot und Lis und meinte: »Jetzt nehmen Sie doch bitte Platz, Herr Cheng.«

Cheng tat es.

»Wein?«, fragte Polnitz und verlieh dem Moment ein klein wenig Normalität.

»Wasser bitte«, bat Cheng.

Polnitz sagte, er freue sich, Cheng zu sehen, auch wenn es wahrscheinlich nichts Gutes bedeute, dass er hier sei. Aber es habe wohl seine Richtigkeit. Indem er ihn damals in Mallorca angesprochen habe, sei eine Bindung entstanden, eine schicksalhafte Spur, die ja nicht zuletzt dazu geführt habe, dass er und Margot sich kennenlernen und ineinander verlieben konnten.

»Es gibt nichts Wichtigeres als die Liebe«, sagte Polnitz, »nicht einmal die Kunst. Auch wenn mich die Kunst schon einmal gerettet hat. Aber nicht so endgültig wie die Liebe.«

»Hat Ihnen die Liebe zu Ihrem Ausbruch verholfen?«

»Absolut! Denn eigentlich hatte ich mich ja mit dieser Haft bereits arrangiert. Umso mehr, als ich sie wirklich verdient habe, das stimmt schon. Aber indem ich Margot kennenlernte … Unmöglich, weiter an diesem Ort zu bleiben und Radioplays mit Schwerverbrechern aufzunehmen. Ich musste dort raus. Und es war ja dann verblüffend einfach. Diese Leute aus dem Hörspiel, Sie wissen doch, die hatten das schon länger geplant. Und als es dann so weit war … Das Schöne war ja, dass es allen Ernstes losging, als wir gerade mit der letzten Szene fertig wurden, und es ist mehr als eine grobe Dummheit, dass diese Aufnahme nie veröffentlicht wurde, nur weil sie mit einem erfolgreichen Ausbruch zusammenfiel. Jedenfalls haben mich die Jungs da einfach mitgenommen. Und ich habe mich rein gar nicht gewehrt.«

»Ja, aber so sind Sie Ihrer Strafe entkommen«, sagte Cheng. »Und Sie ahnen vielleicht, dass da jemand ist, der das nicht zulassen möchte. Er ist hier auf dem Schiff. Clive Mills.«

»Der Mann, der Sie entführt hat?«, sagte Polnitz.

»Na, vor allem der Mann, der mit den Zerlings befreundet war. Mit Hans und Mary Zerling, dessen Sohn Lukas Sie auf dem Gewissen haben. Sie wissen, aus der Zeit, als Sie noch … Wie sagten Sie einmal? Also Sie noch Monster waren.«

Cheng bemerkte den Blick, den Polnitz seiner Tochter jetzt zuwarf. Und wie auch diese ihn ansah und für einen Moment ihre Lider senkte, wie man das tut, um ein Wissen zu bekunden.

Polnitz blickte wieder zu Cheng und fragte ihn, wie Mills habe wissen können, wo er und Margot zu finden seien.

»Ihre Stimme« sagte Cheng und erklärte, wie Polnitz' noch immer wunderbare Fernseh-, Film- und Radiostimme in das Netz irgendeiner Überwachung geraten war. Seine Wake-Stimme in die Falle eines Algorithmus.

Und genau darum habe er, Cheng, überhaupt wissen können, wo Polnitz und Margot zu finden seien. Weil Mills ihn angerufen und es ihm erzählt habe.

»Ich glaube fast«, sagte Cheng zu Polnitz, ein Dass-Gewitter entlassend, »dass Mills wollte, dass Sie es von mir erfahren. Dass ich Ihnen sage, dass er hinter Ihnen her ist. Dass er Sie gefunden hat.«

»Um mich ins Gefängnis zurückzubringen?«

»Ich glaube, er denkt sich das endgültiger.«

»Sie meinen, er will mich töten?«

»Ja, ich glaube, das ist sein Ziel.«

»Was denn? Hier auf dem Schiff? Vor allen Leuten?«

»Sicher nicht vor allen Leuten«, sagte Cheng. »Aber er wäre sonst kaum in Nuuk an Bord gekommen, hätte er nicht etwas Derartiges vor.«

»Und wo ist er jetzt, Ihr Freund?«

»Mein Freund, Herr Polnitz, ist er wirklich nicht.«

»Soll heißen, Sie haben sich der Mühe dieser Reise unterzogen, um mich … was … zu beschützen? Vor einem Mann … Wie alt ist Mills jetzt? Siebenundsiebzig, achtundsiebzig?«

Cheng meinte, er würde sich nicht darauf verlassen, dass ein Mann in diesem Alter im Töten versagte.

»Was will er wirklich?«, fragte Margot und griff für einen Moment nach Chengs Hand. Cheng meinte die Vibration eines kleinen Musikstücks zu spüren. Eine winzige Fuge für dünne Leute.

»Er will Gerechtigkeit«, antwortete Cheng. »Einen Ausgleich. Ein Gleichgewicht. Er will sicher kein Geld. Und ich fürchte, es würde auch nichts nützen, ihm irgendeine Form von Liebe anzubieten.«

»Sie hätten uns warnen müssen«, beschwerte sich Polnitz, »als wir noch die Möglichkeit hatten, das Schiff zu verlassen.«

Cheng nickte. Das hätte er wirklich müssen. Wenn schon nicht für Polnitz, dann für Margot. Aber vielleicht war es doch so, dass auch er einen Abschluss wünschte, der nur zustande kommen konnte, indem sie alle auf diesem Schiff vereint waren. *Finally Damned.*

Polnitz fragte, wie er Clive Mills erkennen könne. Denn in der Tat existierten trotz der Vorfälle in der Harpa und auf einem verstopften Berg und immerhin drei Häuserexplosionen nur wenige öffentliche Fotos von Clive Mills. Sein Konterfei war nie wirklich in die Medien gelangt. Noch immer konnte er als ein *verborgener Mann* gelten.

Cheng bemühte sich, Mills zu beschreiben, das Untersetzte seiner Gestalt, diese gewisse Gesichtslosigkeit seines Gesichts – etwas Vages, Verschwimmendes –, am deutlichsten und prägnantesten noch die eher dichten Augenbrauen bei einem gleichzeitig blanken

Schädel und einem schmalen Kranz von dünnem Haar, das in all den Jahren nicht grau oder weiß geworden war, sondern noch immer von einem blassen Braun bestimmt war. *Blasses Braun* war vielleicht überhaupt die Formulierung, die diesem Mann am ehesten entsprach. Leute, die man selbst dann nicht wiedererkannte, wenn sie sich kaum verändert hatten. Leute, die nie wirklich ganz jung ausgesehen hatten, denen aber wiederum im Alter lange noch das Gealterte fehlte.

Immerhin, so eine Beschreibung schloss alle gut gebauten und groß gewachsenen Männer aus, wie auch alle mit vollem Haar, mit Bart, wie auch Männer, deren von Urlauben und Abenteuern gebräunte Erscheinung frei von Blässe war. Und die Chinesen sowieso.

Cheng erwähnte auch, am Nachmittag gesehen zu haben, wie Polnitz und Margot am Promenadendeck an Clive Mills vorbeispaziert waren, ohne zu realisieren, von ihm beobachtet zu werden.

»Na, dich haben wir auch nicht bemerkt«, fügte Margot an.

»Kein Wunder, wenn ich als chinesischer Meeresbiologe getarnt herumlaufe.«

»Nein, wirklich nicht«, lachte sie und strich mit einer zärtlichen Bewegung ihrer Klavierhände über Chengs Krawatte. Er war neben den Leuten drüben am Kapitänstisch der einzige, der eine solche trug.

Cheng musste an den Moment damals in Wien denken, als er sich mit Margot im Gastgarten eines Wirtshauses getroffen und Margot die von Frau Wolf zusammengestellten Unterlagen zur Kampfkunst des Dim Mak auf dem Tisch bemerkt hatte. Und wie sie ihn gefragt hatte, ob er jetzt doch noch zum Chinesen werde. Und wie sie gelacht hatte. Und wie sehr ihr jetziges Lachen trotz veränderter Stimme dem Lachen von damals ähnlich war. Allerdings erschien ihm die Gastgartenszene so weit zurückzuliegen wie ein ganzes Leben. Er fühlte sich jetzt unendlich müde.

Müde, glücklich und verzweifelt.

Dann aber erzählte er. Erzählte von seiner Suche nach einem Manuskript des Thomas Or und seinen zwei Jahren in Schottland. Und erzählte von den neuen Verhältnissen in der Wiener Taubstummengasse. Und wie da also sein Handy geklingelt und Mills sich gemeldet hatte.

»Hoffen wir«, sagte Polnitz und lächelte bitter, »dass er diesmal keine Bombe dabeihat.«

Polnitz erzählte nun seinerseits, wie er und Margot die vergangenen Jahre mit Reisen zugebracht hatten, eigentlich auf der Flucht, aber einer Flucht, die eben auch Züge eines Abenteuerurlaubs besessen hatte und deren Gelingen teilweise den Beziehungen zu verdanken war, die Polnitz in seiner Zeit in *The Ville* geknüpft hatte. *The Ville* war auch sein Glück gewesen.

»Und die Musik?«, fragte Cheng. Das war eine Frage, die Konzertgeher auf der ganzen Welt gerne gestellt hätten.

»Klaviere gibt es überall«, sagte Margot. »Ich meine, wenn man sie sucht.«

Sie kündigte an, demnächst in einem Studio in Toronto eine neue CD aufzunehmen, darunter auch ihre Eigenkomposition in Andenken an Ethel Smyth, *Prelude and Fugue for Thin People.* Natürlich würde diese Aufnahme im Geheimen stattfinden, während hingegen die Veröffentlichung zwar ohne Margot, aber wohl mit einigem Getöse ablaufen würde.

Die Stimmung am Tisch schwankte zwischen Freude und Befürchtung.

Beim abschließenden Kaffee und den mit Aquavit gefüllten kleinen hohen Gläsern bemerkte Cheng, dass Polnitz plötzlich in eine bestimmte Richtung des Raums sah und wie da ein Schrecken in sein Gesicht fuhr.

War es eine »braune Blässe«, die Polnitz bemerkt hatte? Die Bewegung eines *verborgenen Mannes?*

Cheng drehte sich um und sah gerade noch, wie eine Gestalt aus dem Saal nach draußen trat.

Es war dann Stunden später, mitten in der Nacht, die hier eine weiße Nacht war, auch wenn rote Nacht der bessere Begriff gewesen wäre. Jedenfalls drang ein Dämmerlicht durch die Bullaugen und glitt wie mit einem sehr sanften Rasiermesser schräg über Chengs Gesicht. Ein Streifen von warmem Licht, der ihn weckte. Cheng hob den Kopf und glitt aus dem Streifen. Er lauschte in die Dunkelheit hinein. Die chinesische Wissenschaft schlief und schnarchte. Keine Chance, noch einmal zurück in den Schlaf zu finden. Cheng stieg aus seinem Bett und zog sich an. Auch jetzt, da sich das Schiff etwa auf Höhe des Polarkreises befand, schlüpfte er in einen Anzug. Immerhin nahm er einen Schal und einen Hut mit und trug etwas dickere Socken als üblich in seinen obligat dünnen Stuttgarter Schuhen.

Er trat hinaus auf den Gang und begab sich in Richtung von Polnitz' und Margots Kabine. Die ganz sicher so gut versperrt war, wie Kabinen nur versperrt werden können. Doch Cheng dachte sich, nicht umsonst genau jetzt aufgewacht zu sein. Anstatt etwa eine halbe Stunde später oder früher. Und als er nun um die Ecke trat …

Es war wie damals in der Harpa. Nur nicht ganz so heftig. Und gleich der erste Schlag traf. Kein tödlicher. Eigentlich überhaupt kein Schlag, mehr ein Griff, der tiefe Druck eines Daumens in seiner Armbeuge. Ein böses Kunstwerk.

Cheng wurde schwarz vor Augen. Er geriet in einen kleinen Traum. Er befand sich jetzt wieder mit dem Mädchen und dem Hund mitten auf dem Meer. Der Sturm hatte sich gelegt. Sie standen beide auf ihren Surfboards und paddelten. Diesmal war Cheng allerdings einarmig. Das Leben ein Traum. Es funktionierte dennoch. Er bemerkte, wie ihm das Mädchen etwas zurief. Der Wind trug die Wörter herüber und legte sie in sein Ohr wie Eier in ein Nest. Die Eier formten sich zu einem *Finally Happy*.

Die Ohnmacht musste kurz gewesen sein. Bewirkt durch eine Dim-Mak-Technik. Wobei sich Cheng nicht vorstellen konnte, dass es Peter Polnitz gewesen war, der ihn auf diese Weise für einen Moment außer Gefecht gesetzt hatte. Schon eher Clive Mills. Gut möglich, dass auch er sich dieser Technik bediente.

Cheng richtete sich auf und trat hinüber zur Kabinentür, die jetzt offen stand. Er schaute hinein und konnte im Dämmerlicht erkennen, dass allein Margot in dem breiten Bett lag. Ihre Brust bewegte sich in der Art der lebend Schlafenden. Sie schien unversehrt.

Cheng schloss die Türe und eilte nach oben aufs offene Deck. Die Sonne stand tief am Horizont und drang durch einen Schlitz im Wolkenband. Ein goldener Fleck, der sich wie ein grinsendes Kind im Wasser spiegelte. Dennoch war die See um das Schiff herum fast schwarz, und die vorbeitreibenden kleinen Eisschollen glänzten nicht rot, sondern blau. So ein Blau mit einem Schuss Gelb darin, wie von gefrorener Butter. Hätte man das malen müssen …

Cheng hatte ein Geräusch wahrgenommen. Er blickte über die Reling. Und sah jetzt, wie ein Mann in einem kleinen Schlauchboot sich mit einem Paddel vom Rumpf des Schiffs abstieß. Am Bug des Schlauchboots, auf der gerundeten Front sitzend, befand sich eine weitere Person.

Cheng erkannte in dem halb aus Nacht und halb aus Tag vermischten Licht sowohl die untersetzte Gestalt des Clive Mills wie auch die des größeren, in den vergangenen fünf Jahren gesundeten Peter Polnitz. Die beiden trieben in dem Schlauchboot davon. Es war Mills, der das Boot steuerte. Er senkte soeben den Propellerteil des Außenbordmotors und setzte die Maschine in Gang, die mit einem rhythmischen Knurren das Wasser verwirbelte. Mit der einen Hand bediente Mills den Hebel der Steuerung, mit der anderen richtete er eine Pistole auf Polnitz. Das verstand er wirklich: mit Waffen zu drohen, eine Forderung zu unterstreichen. Die Art, wie er sie hielt, hatte etwas von einer gut erlernten Fremdsprache.

Polnitz wirkte bei alldem demütig. Cheng konnte sich zwei Dinge vorstellen: dass Polnitz froh darum war, dass Mills es unterließ, Margot in die Bestrafung miteinzubeziehen. Und dass ein Teil von ihm sich sagte, dieses Ende folge einer gewissen Logik. Dass er dieses Ende schlichtweg verdiene. Jetzt ganz besonders. Mitten in seinem Altersglück mit Margot, während der Junge, den er einst mit aller monsterhaften Konsequenz ins Koma geprügelt hatte, bereits seit fast vier Jahrzehnten unter der Erde lag. Ein Geist vielleicht, hoffentlich kein ruheloser.

Polnitz hatte fünf wirklich gute Jahre mit Margot gehabt. Das waren fünf Jahre mehr, als ihm eigentlich zustanden. Margot, die, wenn er einmal weg war, in der Lage sein würde, in die Öffentlichkeit zurückzukehren. Konzerte zu geben. Das *Thin-People*-Stück eigenhändig vorzustellen, anstatt es von Ivo Pogorelich, Martin Stadtfeld oder Hélène Grimaud aufführen zu lassen.

Polnitz und Margot hatten ihre Liebe leben können. Lukas nie. Polnitz wusste, wie schrecklich gerecht es war, von Mills jetzt mit dem Boot zu einer der Eisschollen hinübergeführt und gezwungen zu werden, auf die weiße Fläche zu treten. Wobei in der Folge auch Mills auf die Eisscholle wechselte und mit dem Paddel das Schlauchboot wegstieß. Boot und Scholle drifteten auseinander.

Die beiden Männer standen nun aufrecht da und trieben auf ihrem »Teller aus Eis« davon. Mills hatte seine Waffe gesenkt.

»Frankenstein!«, rief Cheng hinüber.

Nun, eigentlich hätte er einen Alarm auslösen müssen, anstatt diesen Namen aufs Eismeer hinauszuschmettern. Aber er rief ihn nun mal. Auf diese Weise an das Ende eines Romans erinnernd. Eines Romans, der zu denen zählte, die Mills in seiner Biografie mehrfach erwähnte hatte und die seine Theorie von der Wirklichkeit im Fantastischen – und dem realen Körper im irrealen Kostüm – bestätigen sollte.

Cheng versuchte sich den letzten Absatz aus Mary Shelleys Jahrhundertroman ins Gedächtnis zu rufen. Dort war die Rede davon, das namenlose Monster sei aus dem Kabinenfenster auf eine dicht am Schiff liegende Eisscholle gesprungen. »Er wurde rasch von den Wellen fortgetrieben und verschwand in der Finsternis und Ferne.«

Als Cheng das letzte Mal diesen Satz gelesen hatte, da war ihm die Idee gekommen, dem Monster einen Namen zu geben. War es Richard gewesen? Oder Roland? Etwas mit einem »R« meinte er sich zu erinnern. Genau konnte er es nicht mehr sagen.

In dieser Geschichte hier waren es nun gleich zwei Männer, die soeben auf einer Scholle in der Ferne verschwanden. Zwei Monster. Jeder eines auf seine Weise.

Cheng verengte seine Lider zu größerer Sehschärfe, denn …

Er sah noch etwas. Ihm kam vor, zwischen den beiden Männern stehend die Schattengestalt eines Hundes zu erkennen. Das mochte reine Einbildung sein. Die Lichtverhältnisse waren schließlich durchaus angetan, eine Täuschung hervorzurufen. Dennoch empfand Cheng einen Verlust. So wenig er an geisterhafte tierische Begleiter glaubte. Aber sein Unglaube änderte nichts an dem Gefühl, soeben verlassen worden zu sein. Sicherlich zu einem guten Zweck. Aber …

Er beruhigte sich mit dem Gedanken, dass Hunde immer zurückkamen.

Oder waren es Katzen?

Während er sich ernsthaft fragte, ob es die Hunde oder die Katzen waren, die stets zurückkamen und zurückfanden, spürte er, wie jemand neben ihn hintrat. Es war Lis Bischof.

Er dachte, sie würde tun, was er unterlassen hatte. Sie würde versuchen, Hilfe zu holen und die Besatzung im Steuerhaus zu alarmieren.

Doch sie stand einfach da und blickte zu den in der Ferne verschwindenden Männern. Kaum möglich, dass sie die beiden noch richtig erkennen konnte, aber sie wusste sicher, um wen es sich handelte.

Sie sagte: »Hauptsache, sie haben den Hund dabei.«

Chengs erster Fall

*Cover- und Preisänderungen vorbehalten

Heinrich Steinfest

Cheng

Sein erster Fall

Piper Taschenbuch, 272 Seiten

€ 10,00 [D], € 10,30 [A]*

ISBN 978-3-492-24874-7

Markus Cheng ist Privatdetektiv in Wien. Seine Geschäfte gehen schlecht, und zudem wird auch noch sein letzter Klient mit einem Loch im Kopf aufgefunden. In diesem Loch steckt ein Zettel mit einer rätselhaften Botschaft: »Forget St. Kilda«. Und ob Cheng nun will oder nicht – damit steckt er mitten im Schlamassel. Denn eine unbekannte Dame erweist sich als eine knallharte Mordmaschine mit System …

Leseproben, E-Books und mehr unter **www.piper.de**